Anna Karênina

Texto Adaptado

Anna
Karenina
TEXTO ADAPTADO

LIEV TOLSTÓI

Anna Karênina

Texto Adaptado

Tradução Robson Ortlibas

Principis

Esta é uma publicação Principis, selo exclusivo da Ciranda Cultural
© 2020 Ciranda Cultural Editora e Distribuidora Ltda.

Adaptado do original em russo
Анна Каренина

Texto
Liev Tolstói

Adaptação e tradução
Robson Ortlibas

Preparação
Yuri Martins de Oliveira

Revisão
Flávia Yacubian

Produção editorial e projeto gráfico
Ciranda Cultural

Imagens
Ton Bangkeaw/Shutterstock.com;
Elymas/Shutterstock.com;
naum/Shutterstock.com;
Macrovector/Shutterstock.com;
Elena Preo/Shutterstock.com;
Afimineris/Shutterstock.com;
zao4nik/Shutterstock.com

Dados Internacionais de Catalogação na Publicação (CIP) de acordo com ISBD

T654a	Tolstói, Liév, 1828-1910
	Anna Karênina / Liév Tolstói ; traduzido por Robson Ortlibas. - Jandira, SP : Principis, 2020.
	368 p. ; 16cm x 23cm. – (Literatura Clássica Mundial)
	Tradução de: Анна Каренина
	Inclui índice.
	ISBN: 978-65-5552-083-5
	1. Literatura russa. 2. Romance. I. Ortlibas, Robson. II. Título. III. Série.
2020-1440	CDD 891.73
	CDU 821.161.1-3

Elaborado por Vagner Rodolfo da Silva - CRB-8/9410

Índice para catálogo sistemático:
1. Literatura russa : Romance 891.73
2. Literatura russa : Romance 821.161.1-3

1ª edição em 2020
www.cirandacultural.com.br
Todos os direitos reservados.
Nenhuma parte desta publicação pode ser reproduzida, arquivada em sistema de busca ou transmitida por qualquer meio, seja ele eletrônico, fotocópia, gravação ou outros, sem prévia autorização do detentor dos direitos, e não pode circular encadernada ou encapada de maneira distinta daquela em que foi publicada, ou sem que as mesmas condições sejam impostas aos compradores subsequentes.

Sumário

Primeira parte

Capítulo 1 15

Capítulo 2 16

Capítulo 3 17

Capítulo 4 19

Capítulo 5 20

Capítulo 6 23

Capítulo 7 24

Capítulo 8 25

Capítulo 9 26

Capítulo 10 28

Capítulo 11 30

Capítulo 12 31

Capítulo 13 33

Capítulo 14 34

Capítulo 15 36

Capítulo 16 37

Capítulo 17 38

Capítulo 18 39

Capítulo 19 40

Capítulo 20 42

Capítulo 21 44

Capítulo 22 45

Capítulo 23 46

Capítulo 24 48

Capítulo 25 49

Capítulo 26 51

Capítulo 27 52

Capítulo 28 53

Capítulo 29 54

Capítulo 30..55
Capítulo 31..56
Capítulo 32..57
Capítulo 33..58
Capítulo 34..60

Segunda parte

Capítulo 1..65
Capítulo 2..66
Capítulo 3..68
Capítulo 4..69
Capítulo 5..70
Capítulo 6..72
Capítulo 7..73
Capítulo 8..75
Capítulo 9..77
Capítulo 10..78
Capítulo 11..78
Capítulo 12..79
Capítulo 13..80
Capítulo 14..82
Capítulo 15..84
Capítulo 16..85
Capítulo 17..86
Capítulo 18..88
Capítulo 19..89
Capítulo 20..90
Capítulo 21..91
Capítulo 22..92
Capítulo 23..94
Capítulo 24..95
Capítulo 25..97
Capítulo26..99
Capítulo 27..101

Capítulo 28...102
Capítulo 29...103
Capítulo 30...105
Capítulo 31...107
Capítulo 32...108
Capítulo 33...109
Capítulo 34...111
Capítulo 35...113

Terceira parte
Capítulo 1...117
Capítulo 2...118
Capítulo 3...119
Capítulo 4...121
Capítulo 5...123
Capítulo 6...124
Capítulo 7...125
Capítulo 8...127
Capítulo 9...128
Capítulo 10...129
Capítulo 11...131
Capítulo 12...132
Capítulo 13...134
Capítulo 14...136
Capítulo 15...137
Capítulo 16...139
Capítulo 17...140
Capítulo 18...142
Capítulo 19...143
Capítulo 20...144
Capítulo 21...146
Capítulo 22...148
Capítulo 23...150
Capítulo 24...152

Capítulo 25..153
Capítulo 26..154
Capítulo 27..156
Capítulo 28..158
Capítulo 29..160
Capítulo 30..162
Capítulo 31..163
Capítulo 32..165

Quarta parte

Capítulo 1..169
Capítulo 2..170
Capítulo 3..171
Capítulo 4..173
Capítulo 5..174
Capítulo 6..175
Capítulo 7..177
Capítulo 8..179
Capítulo 9..180
Capítulo 10..182
Capítulo 11..183
Capítulo 12..184
Capítulo 13..186
Capítulo 14..187
Capítulo 15..189
Capítulo 16..190
Capítulo 17..191
Capítulo 18..194
Capítulo 19..195
Capítulo 20..197
Capítulo 21..198
Capítulo 22..199
Capítulo 23..200

Quinta parte

Capítulo 1 205

Capítulo 2 207

Capítulo 3 208

Capítulo 4 209

Capítulo 5 211

Capítulo 6 212

Capítulo 7 213

Capítulo 8 214

Capítulo 9 215

Capítulo 10 217

Capítulo 11 218

Capítulo 12 219

Capítulo 13 220

Capítulo 14 221

Capítulo 15 222

Capítulo 16 224

Capítulo 17 225

Capítulo 18 226

Capítulo 19 227

Capítulo 20 229

Capítulo 21 231

Capítulo 22 232

Capítulo 23 234

Capítulo 24 235

Capítulo 25 236

Capítulo 26 237

Capítulo 27 238

Capítulo 28 240

Capítulo 29 241

Capítulo 30 242

Capítulo 31 243

Capítulo 32 245

Capítulo 33 246

Sexta parte

Capítulo 1 251
Capítulo 2 252
Capítulo 3 254
Capítulo 4 255
Capítulo 5 256
Capítulo 6 257
Capítulo 7 258
Capítulo 8 260
Capítulo 9 262
Capítulo 10 263
Capítulo 11 265
Capítulo 12 267
Capítulo 13 268
Capítulo 14 269
Capítulo 15 271
Capítulo 16 272
Capítulo 17 274
Capítulo 18 275
Capítulo 19 276
Capítulo 20 278
Capítulo 21 280
Capítulo 22 281
Capítulo 23 284
Capítulo 24 285
Capítulo 25 287
Capítulo 26 288
Capítulo 27 289
Capítulo 28 290
Capítulo 29 291
Capítulo 30 292
Capítulo 31 294
Capítulo 32 295

Sétima parte

Capítulo 1 301
Capítulo 2 302
Capítulo 3 304
Capítulo 4 306
Capítulo 5 307
Capítulo 6 308
Capítulo 7 309
Capítulo 8 310
Capítulo 9 311
Capítulo 10 312
Capítulo 11 314
Capítulo 12 315
Capítulo 13 316
Capítulo 14 317
Capítulo 15 319
Capítulo 16 320
Capítulo 17 321
Capítulo 18 322
Capítulo 19 324
Capítulo 20 325
Capítulo 21 326
Capítulo 22 328
Capítulo 23 329
Capítulo 24 331
Capítulo 25 332
Capítulo 26 334
Capítulo 27 336
Capítulo 28 337
Capítulo 29 338
Capítulo 30 339
Capítulo 31 340

Oitava parte

Capítulo 1...345
Capítulo 2...347
Capítulo 3...348
Capítulo 4...349
Capítulo 5...350
Capítulo 6...351
Capítulo 7...352
Capítulo 8...353
Capítulo 9...354
Capítulo 10..355
Capítulo 11..357
Capítulo 12..258
Capítulo 13..259
Capítulo 14..360
Capítulo 15..362
Capítulo 16..364
Capítulo 17..365
Capítulo 18..266
Capítulo 19..267

Primeira parte

A Mim pertencem a vingança e a retribuição[1]

---
[1] Deuteronômio 32:35. (N.T.)

Capítulo 1

Todas as famílias felizes se parecem umas com as outras, cada família infeliz é infeliz à sua maneira.

A casa dos Oblônski estava uma verdadeira confusão. A esposa havia descoberto que o marido a traíra com a ex-governanta francesa e não queria mais viver com ele. Essa situação desagradável já se estendia por três dias. A esposa não saía de seu quarto e o marido mal ficava em casa. As crianças corriam livremente pela casa, pois a preceptora brigara com a governanta e fora procurar outro emprego; a mesma coisa ocorreu com o cozinheiro, o cocheiro e a ajudante de cozinha.

Três dias após a briga, o príncipe Stepan Arkáditch Oblônski, ou Stiva, como todos o chamavam, acordou às oito horas da manhã. Ele estava dormindo no sofá do escritório. Ao despertar, lembrou-se de que não estava em seu quarto, mas sim no escritório, e veio-lhe à cabeça toda a situação. Começou a relembrar de todos os detalhes da briga com a esposa, a situação irremediável entre os dois e, o pior de tudo, ele sabia que era o culpado.

Stepan sabia que sua esposa jamais o perdoaria. Ele continuou relembrando os detalhes mais dolorosos daquela briga; relembrou aquilo que ele considerava o pior momento, que fora seu retorno do teatro para casa. Quando Oblônski chegou em casa, não encontrou a esposa nem na sala, nem no escritório, ela estava no quarto de dormir, segurando o maldito bilhete, que revelava tudo.

Dolly estava sentada, com o bilhete na mão e olhava para ele com muita raiva. Ela perguntou o que significava aquilo, e foi neste momento que ele cometeu o maior erro: em vez de tentar justificar, sentir-se ofendido, negar tudo ou até mesmo pedir perdão, deu apenas seu sorriso tolo de costume.

Stepan não conseguia se perdoar por conta daquele sorriso tolo. Este mesmo sorriso deixou sua esposa mais nervosa ainda, que ela saiu do quarto e, desde então, não quis mais vê-lo. Ele colocava toda a culpa naquele sorriso tolo e não conseguia encontrar a resposta sobre o que fazer a respeito.

Capítulo 2

Stepan Arkáditch era um homem justo consigo mesmo. Não conseguia se enganar e dizer que estava arrependido do que fizera. Ele, um homem de 34 anos, bonito e mulherengo, não conseguia se arrepender por não estar apaixonado pela esposa, mãe de cinco crianças vivas e duas mortas, um ano mais nova do que ele.

O único arrependimento de Stepan era não ter conseguido fingir melhor diante dela. Talvez, se soubesse que a esposa descobrira tudo, ele tivesse elaborado melhor uma desculpa. Porém, Stepan não imaginava que aquela notícia a afetaria tanto. Acreditava que, por ser uma mulher velha, feia e simples, dar-se-ia por satisfeita apenas por ter um marido. No entanto, ocorreu exatamente o contrário.

Stepan se atormentava com aquela situação. Lembrava-se de como tudo estava indo bem até então, a esposa estava satisfeita, cuidava das crianças e da casa. Ele imaginava que o problema fora ele ter se envolvido logo com a governanta, a senhorita Roland, que nem sequer trabalhava mais na casa. Como ele não encontrava respostas para aquela situação, resolveu se deixar levar e pensou: "Veremos mais adiante".

Oblônski levantou-se, tocou a campainha, e logo vieram o camareiro Matvei e o barbeiro. Matvei trouxe-lhe um telegrama e disse que uma pessoa do serviço de carruagens de aluguel o procurara, mas ele havia avisado para que viesse apenas no domingo. Aquilo parecia ser algum tipo de código entre eles.

Enquanto era barbeado, Stepan abriu o telegrama e leu. Sua irmã, Anna Arkádievna, estava chegando para visitá-lo. Ele viu naquela visita uma oportunidade de a irmã ajudá-lo na reconciliação com a esposa. Pediu, então, a Matvei que avisasse Dária Aleksándrovna para arrumar o quarto de hóspedes para sua irmã. Matvei, com um olhar indagador, foi cumprir a ordem do patrão.

Quando Matvei retornou, com o telegrama na mão, o barbeiro já havia saído do escritório. Ele informou que Dária Aleksándrovna dissera que iria embora e não arrumaria quarto algum. De repente, Matriona Filimonovna, a babá, entrou no quarto. Embora Stepan fosse o único culpado daquela situação, Matriona e todos da casa estavam do lado dele. A babá tentou convencê-lo a assumir a culpa e pedir perdão à esposa, além de orar para Deus, que era sempre misericordioso.

Stepan não lhe deu ouvidos e pediu que saísse, para que ele pudesse trocar de roupas.

Capítulo 3

Já vestido, Stepan borrifou perfume, colocou seu relógio, sua carteira e seus cigarros nos bolsos e partiu para a sala, onde costumava tomar o café, ler o jornal e as correspondências, e tratar dos assuntos da repartição.

Uma das cartas era desagradável, de um comerciante que queria comprar uma floresta nas propriedades de sua esposa. Isso significava que a venda daquela floresta dependia de um pedido de perdão. Ele queria e precisava daquela venda, mas ofendia a si próprio só de pensar em ter que pedir perdão por conta da venda e não por conta de sua infidelidade. Mas não adiantava, agora, o interesse pecuniário já estava agregado àquela situação.

Depois de cuidar de alguns processos da repartição, começou a tomar seu café, enquanto lia o jornal. Stepan gostava de ler um jornal liberal, que era a tendência seguida pela maioria. Ele sempre seguia a maioria em tudo, nas roupas, na forma de pensar e até na maneira de agir. Mesmo sem se interessar por assunto algum do jornal, ele defendia os assuntos liberais em suas opiniões, e só mudava de opinião se os outros também mudassem.

Embora Stepan defendesse as ideias liberais, não o fazia por julgar que fossem melhores, mas sim porque representavam exatamente o modo de vida dele, desde à dificuldade financeira, à sua infidelidade conjugal e à sua necessidade de viver sem os freios impostos pela religião. Stepan se divertia com as opiniões e alfinetadas do editorial, sabia e entendia cada ironia contida ali. No entanto, por conta da briga com a esposa, não conseguia sentir mais o mesmo prazer de outrora naquela leitura.

Ao terminar o jornal e o café, levantou-se e sorriu, satisfeito com a refeição. Porém o mesmo sorriso o fez se lembrar de tudo novamente. De repente, ele ouviu as vozes de seus dois filhos, eram Gricha e Tânia, seu filho mais novo e sua filha mais velha, respectivamente. Stepan gostava muito mais de Tânia do que de Gricha.

Sua favorita entrou e o abraçou. Stepan logo lhe perguntou pela mãe e Gricha entrou em seguida. Stepan cumprimentou o mais novo, mas este sabia que não era o favorito do pai e por isso nem respondeu. Tânia disse que sua mãe já estava de pé, o que levou Stepan a pensar que ela sequer dormira. O pai perguntou à filha se a mãe estava alegre, mas ela não sabia. Disse apenas que a mãe pediu para que fossem para a casa da avó. Após dar bombons para os filhos, eles foram embora.

Matvei entrou em seguida e anunciou que a carruagem já estava pronta e que uma mulher queria vê-lo. A mulher era a esposa do capitão Kalínin, querendo pedir-lhe algo impossível de ser atendido. No entanto, como sempre, Stepan ouviu atenciosamente e até redigiu um bilhete para a pessoa a qual ela deveria pedir ajuda. Com a saída da mulher, Stepan pegou seu chapéu e ameaçou sair, mas lembrou-se de que esquecera algo importante.

Stepan havia se esquecido de ir conversar com a esposa. Ele ainda tinha dúvidas se isso resolveria alguma coisa. Stepan considerava que nada mais, além de falsidade e mentira, poderia resultar daquele casamento. Mas, vendo que era necessário enfrentar a situação e conversar com a esposa, ele tomou a decisão e foi rapidamente até o quarto dela.

Capítulo 4

Dária Aleksándrovna estava de blusa e de pé no meio do quarto, diante do guarda-roupa aberto, retirando algumas coisas. Ao ouvir os passos do marido, olhou para a porta e tentou fazer uma cara desdenhosa e severa, mas sem sucesso. Ela tinha medo de ter aquela conversa com o marido. Dária estava tentando fazer aquilo que já tentava fazer havia três dias: partir para a casa da mãe com as crianças. Sentia a necessidade de castigar Stepan, envergonhá-lo e vingar-se, pelo menos por uma parte do que ele lhe fizera. Ainda que ela falasse e quisesse abandonar o marido, sentia que era impossível. Tudo porque não conseguia deixar de amá-lo e considerá-lo seu marido. Sem contar que não conseguiria dar conta de cinco filhos sozinha. Mesmo estando na casa, já os negligenciava, deixando que perdessem o jantar, e desdobrando-se para cuidar do mais novo, que adoecera ao comer um caldo de carne estragado. Mas, ainda assim, ela fingia que iria deixar o marido.

Quando o marido se aproximou, seu rosto exprimia apenas sofrimento e desolação. Stepan, com uma voz suave e a cabeça encolhida entre os ombros, chamava pelo nome da esposa. Porém, embora ele tentasse parecer digno de pena, sua aparência era de frescor e saúde. Aparência esta que irritava profundamente sua esposa. Dária sentia que ele estava feliz e até satisfeito, e que sequer pensava nela.

Nervosa, Dária perguntou o que Stepan queria conversar. Ele anunciou que sua irmã estava chegando naquele dia. Dária disse que não poderia recebê-la, mas Stepan insistiu, dizendo que era preciso.

– Saia daqui! – gritou Dária para o marido.

Até agora, Stepan conseguira manter-se calmo, ler seu jornal, tomar seu café; mas, após ouvir aquele grito da esposa, seus olhos começaram a lacrimejar e sua garganta a sufocar. Stepan pedia perdão à esposa de maneira insistente e piedosa, alegando que não podiam jogar nove anos de casamento fora, por conta de apenas alguns minutos de deslize. Disse a ela que fora uma paixão repentina. Ao ouvir isso, Dária ficou ainda mais irritada e continuou a pedir para que ele saísse do quarto. Stepan começou a falar das crianças, que não eram culpadas pelo erro dele e continuou a pedir-lhe perdão.

Dária estava em dúvida, se perdoava o marido ou não, se afastava o pai das crianças ou deixava-as com um pai depravado. Para ela, era impensável perdoar a infidelidade do marido com a governanta dos filhos. Ela o acusou de não ter coração, nem dignidade, disse que ele era um estranho para ela, palavra esta que era pavorosa para Dária. Nesse momento, Stepan percebeu que sua esposa não o perdoaria e que até mesmo o odiava.

Então, no quarto vizinho, um dos filhos começou a gritar, como se tivesse caído. Dária mudou sua expressão imediatamente e foi em direção ao filho. Quando Stepan ameaçou ir atrás dela, ela disse que chamaria todo o mundo e contaria sobre sua traição. Disse que ia embora, para que ele vivesse na casa com sua amante e bateu a porta.

Stepan enxugou as lágrimas e saiu da casa. Matvei encontrou o patrão na varanda e perguntou o que faria para o jantar. Stepan deu-lhe dez rublos, mesmo sabendo que não era o suficiente, mas era o que tinha no bolso. Dária, após ouvir a carruagem partir, ficou pensando se o marido tinha ido ao encontro da amante. Ponderou que era impossível perdoá-lo, pois ele era um estranho.

Assim, Dária passou o resto do dia com os afazeres domésticos, que tomaram todo seu tempo, o que contribuiu para que afogasse toda sua mágoa.

Capítulo 5

Stepan Oblônski era muito inteligente e aprendeu as coisas com facilidade na escola; mas, por ser preguiçoso, acabou ficando entre os últimos alunos da classe. Apesar de sua vida desregrada e de sua pouca idade, Stepan tinha um cargo de chefe em uma das repartições de Moscou. Ele conseguira esse cargo através de seu cunhado, Aleksei Aleksándrovitch Karênin, que ocupava um alto posto no ministério, e era o esposo de sua irmã, Anna. Mesmo que o cunhado não conseguisse um cargo para ele, Stepan conseguiria qualquer outro cargo, de seis mil rublos, com qualquer outro amigo ou parente.

Oblônski conhecia todos em Moscou e Petersburgo, metade das pessoas era amiga ou parente dele. Nascera entre pessoas que ou eram poderosas ou se tornaram poderosas. Um terço dos funcionários do Estado, composto por velhos, era amigo de seu pai e o conheceu ainda nas fraldas; outro terço o tratava por "você"; e a última parte era formada por conhecidos seus. Portanto, ele estava

20 | LIEV TOLSTÓI

rodeado por pessoas que decidiam e distribuíam cargos públicos, arrendamentos, concessões e coisas do tipo.

Stepan não precisou esforçar-se para conseguir um bom cargo, apenas não fez objeções, não teve inveja, não discutiu, não se ofendeu. Ele queria apenas o cargo com o salário que todas as pessoas de sua idade recebiam e sabia que podia fazer o trabalho tão bem quanto qualquer outra pessoa.

As pessoas amavam Stepan não apenas por sua honestidade e benevolência, mas também por sua aparência. Quando o encontravam, recebiam-no com alegria. Trabalhando há três anos no posto de chefia, ele obteve o afeto e respeito dos colegas, dos subordinados e dos chefes. Entre suas qualidades estava a de ter boa vontade com as pessoas: tratava todos de maneira igualitária e tinha completa indiferença com os assuntos que tratava no trabalho, o que evitava que cometesse erros.

Depois que chegou no trabalho, Stepan foi até seu gabinete, vestiu o uniforme e foi para a repartição trabalhar em seus documentos. Ao entrar, todos os funcionários se levantaram e o cumprimentaram. Um secretário, alegre e respeitoso, trouxe-lhe os documentos para que ele desse uma olhada. Assim teve início seu dia de trabalho, que teria uma pausa, às duas horas, para o almoço.

Ainda antes do almoço, as portas da repartição abriram-se e deixaram todos surpresos na sala. Era alguém entrando rapidamente, mas o guarda tirou o homem da sala e fechou a porta. Quando Stepan terminou a leitura do processo, pegou seu cigarro e foi para o gabinete. Seus dois companheiros, Nikítin e o camareiro da corte Grinêvitch, foram atrás.

– Depois do almoço teremos tempo para terminar – disse Stepan.

– E como teremos! – disse Nikítin.

Stepan perguntou a Nikítin quem havia entrado na repartição. Nikítin respondeu que fora um homem à sua procura e que pedira a ele que esperasse os membros saírem, para que Oblônski o recebesse; o homem, porém, foi-se embora. De repente, Stepan viu aquele mesmo homem vindo em sua direção, andando rapidamente. Ele logo o reconheceu:

– Lévin, finalmente! – disse Stepan alegremente.

Stepan não se contentou com o aperto de mão e deu um beijo no rosto do amigo. Lévin disse que precisava muito conversar com o amigo e Stepan o levou até seu gabinete.

Stepan era tratado de "você" por quase todos seus conhecidos, independente da escala social, ele abrangia os dois extremos. Alguns ficavam muito surpresos, em saber que tinham algo em comum entre si, por conta de Oblônski. Stepan tratava por "você" todos aqueles com quem bebia champanhe, mas também bebia champanhe com todos.

Percebendo que Lévin não queria mostrar-se íntimo perante estranhos, Stepan o conduziu até seu gabinete.

Lévin tinha quase a mesma idade de Stepan e os dois eram amigos desde a juventude, portanto, neste caso, a informalidade dos dois ia muito além do "você" que todos usavam com Oblônski. Lévin e Stepan gostavam um do outro e respeitavam-se muito, mesmo com tantas diferenças de pensamento e até de vida. Um zombava do modo de vida do outro e um não entendia o trabalho do outro, mas era sempre em tom amigável.

No gabinete, Stepan apresentou Lévin a seus dois colegas, dizendo que ele era membro do conselho rural e irmão do grande escritor Serguei Koznychev. Lévin ficava irritado por ser lembrado apenas como irmão do escritor e não como Konstantin Lévin.

Após as apresentações, Lévin explicou que não fazia mais parte do conselho rural, pois não concordava com o modo de pensar deles. Stepan zombou de seu amigo, dizendo que ele estava em uma nova fase da vida, mais conservadora. Lévin interrompeu dizendo que precisava conversar com ele e queria marcar um encontro. Quando Stepan convidou-o para o almoço, Lévin negou-se, dizendo que era um assunto rápido, até que não aguentou mais e perguntou pelos Scherbátski, a família da esposa de Stepan. Logo Stepan se lembrou de que o amigo era apaixonado por sua cunhada, Kitty[2].

Após a entrada do secretário, com alguns papéis, interrompendo o assunto dos amigos, Lévin insistiu em obter sua resposta, até que Stepan respondeu que nada havia mudado com os Scherbátski e tentou dar continuidade a algo, mas interrompeu, dizendo que depois falaria a respeito disso.

Sendo assim, Stepan marcou um encontro com Lévin no Jardim Zoológico, entre quatro e cinco horas. Lá, estariam os Scherbátski e Kitty, que iria andar de patins. Depois, poderiam todos jantar juntos. Stepan pediu apenas para que o amigo não se esquecesse do compromisso, como era de costume. Lévin saiu do gabinete, olvidando-se até de se despedir dos amigos de Stepan.

Após sua saída, Stepan começou a conversar com Grinêvitch, sobre as posses de Lévin e de sua saúde, insinuando que era muito diferente deles dois, e dizendo que as coisas iam muito mal para ele.

---

2   Forma inglesa do apelido para o nome Ekaterina, Kátia. (N.T.)

Capítulo 6

Quando Oblônski perguntou a Lévin o motivo de estar em Moscou, ele ficara vermelho e irritado consigo mesmo, pois não queria responder que estava ali para pedir a mão de Kitty em casamento.

Os Lévin e os Scherbátski eram famílias fidalgas moscovitas e muito amigas uma da outra. Essa amizade se tornou ainda mais forte depois de Lévin ir para a universidade com o irmão de Dolly[3] e de Kitty. Naquela época, Lévin frequentava muito a casa dos Scherbátski. Ele se apaixonara mais pela casa, pela família, principalmente pela parte feminina, do que propriamente por uma das mulheres em si.

Lévin perdera os pais muito cedo e não tinha lembranças da mãe. Tinha apenas uma irmã, muito mais velha do que ele, como presença feminina em sua vida. Portanto, encontrou nos Scherbátski algo que nunca tivera; para ele, tudo naquela família era tão perfeito e misterioso que atiçava ainda mais sua admiração.

Ainda na universidade, por pouco Lévin não se apaixonou por Dolly, que logo se casou com Stepan. Depois, sua paixão foi pela segunda irmã, Natalie[4]. Ele precisava se apaixonar por uma das irmãs, apenas não sabia por qual, mas esta também se casou, com Lvov, um diplomata. Sendo assim, restou apenas Kitty, ainda muito criança quando Lévin terminou a universidade.

O jovem Scherbátski entrou na Marinha e morreu afogado no mar Báltico, o que fez com que Lévin se distanciasse um pouco da família, mesmo sendo muito amigo de Oblônski. Quando, naquele mesmo ano do afogamento, Lévin retornou para Moscou, ele finalmente entendeu que estava apaixonado por Kitty.

Lévin passou dois meses em Moscou, encontrando-se com Kitty em reuniões sociais. Mas, de repente, ele considerou que seria impossível seguir adiante com aquilo e partiu para o campo. Ele sabia que os parentes de Kitty o consideravam um ninguém, apenas um senhor de terras, pobretão.

No entanto, após dois meses de isolamento no campo, Lévin decidiu tentar a sorte e voltou a Moscou, a fim de pedir a mão de Kitty em casamento. Queria resolver essa questão o quanto antes e casar-se com a moça, caso ela o aceitasse. Lévin não queria nem pensar na hipótese da rejeição, não sabia o que seria dele.

---

3   Forma inglesa do apelido para o nome Dária, Dacha. (N.T.)

4   Forma inglesa do apelido para o nome Natália. (N.T.)

Capítulo 7

Depois de chegar em Moscou no trem matutino, Lévin ficou hospedado na casa de seu meio-irmão mais velho, Koznychev. Após trocar de roupa, foi até o escritório do irmão para pedir-lhe conselhos sobre seu pedido de casamento à Kitty. Porém, o irmão não estava só. No escritório, estava um professor de filosofia, que viera de Khárkov especialmente para discutir assuntos filosóficos de extrema importância.

Koznychev escrevera ao professor contestando algumas de suas ideias, então o professor fora até Moscou para elucidá-las. A discussão era sobre a questão de se haveria ou não uma fronteira entre os fenômenos psíquicos e fisiológicos na atividade humana e onde ela se encontraria.

Serguei recebeu o irmão de maneira afetuosa, apresentou-o ao professor e os dois continuaram a discussão.

Lévin se sentou para esperar a saída do professor, mas acabou se interessando pelo assunto. Ele lia muito sobre isso nas revistas e se interessava por ele, como forma de um aprimoramento das ciências naturais, mas nunca o relacionava com as questões do significado da vida e da morte. Ao ouvir a conversa entre os dois, notou que o irmão e o professor associavam questões científicas às questões espirituais, mas sempre se afastavam da questão em si e retornavam às referências, citações e subdivisões, tornava difícil o entendimento para Lévin.

Lévin resolveu formular uma pergunta ao professor:

– Sendo assim, se meus sentimentos forem exterminados, se meu corpo morrer, não haverá nenhum tipo de existência?

O professor, ultrajado com a interrupção, olhou de soslaio para Lévin e depois para Serguei, como quem perguntasse: "O que dizer a ele?".

Serguei apenas respondeu que não tinham o direito de solucionar aquela questão. O professor concordou com ele e continuou o assunto anterior à pergunta.

Lévin não quis mais escutar aquela conversa e passou apenas a esperar que o professor fosse embora.

Capítulo 8

Quando o professor saiu, Serguei passou a dar atenção ao irmão, dizendo estar muito feliz com sua visita e logo quis saber como estavam as propriedades rurais, que a mãe deixara de herança e que Lévin cuidava, tanto de sua parte, quanto da parte do irmão. Lévin sabia que o irmão não se interessava pelos assuntos rurais e limitou-se a dizer alguma coisa sobre o trigo e o dinheiro. Ele estava decidido a contar para o irmão suas intenções com Kitty e queria pedir-lhe conselhos, mas, após ouvir a longa conversa com o professor e a preocupação do irmão com as propriedades, resolveu não tocar no assunto, temendo que ele não dissesse aquilo que esperava ouvir.

Serguei achava muito importante os conselhos rurais, por isso perguntou ao irmão sobre o conselho rural do qual ele era membro, mas Lévin disse que não fazia mais parte dele e contou-lhe todos os motivos.

De repente, Serguei contou a Lévin que o outro irmão deles, Nikolai, estava novamente em Moscou. Nikolai era irmão de Lévin e meio-irmão de Serguei; gastara quase toda a sua fortuna e estava brigado com os irmãos, além de frequentar lugares degradantes da sociedade. Serguei disse que descobrira onde Nikolai morava e enviara uma nota promissória, que ele pagara em nome do irmão. No entanto, Nikolai apenas escreveu um bilhete, pedindo que os irmãos o deixassem em paz. Ainda assim, Lévin queria visitá-lo e pediu seu endereço a Serguei. Ele sabia que não podia ajudar o irmão, mas sentia que deveria visitá-lo.

Serguei disse que entendia o irmão e que considerava uma lição de humildade, principalmente os dois sabendo aquilo em que o irmão se tornara. Com o endereço em mãos, Lévin decidiu visitar o irmão à noite e foi direto para a repartição, visitar Oblônski, e, depois, encontrar-se com Kitty.

Capítulo 9

Às quatro horas, Lévin chegou à entrada do Jardim Zoológico. Seu coração batia forte e ele seguia pela vereda, repleta de tílias cobertas de neve, em direção aos montes de neve, onde ficava o rinque de patinação. No caminho, ele encontrou a carruagem dos Scherbátski estacionada. Então ele teve a certeza de que encontraria Kitty patinando. Lévin estava muito agitado e falava consigo mesmo, enquanto seguia para o rinque. Ele temia não conseguir falar com Kitty ou até mesmo chegar perto dela.

Ao aproximar-se do rinque, ele imediatamente reconheceu Kitty em meio à multidão. Para ele, Kitty iluminava tudo a seu redor, como o sol, mas o lugar onde ela estava parecia ser inalcançável e ele temia não conseguir chegar até lá, por conta do medo. Naquele dia e hora, reuniam-se ali pessoas do mesmo círculo, todos já se conheciam. O lugar era frequentado pelos ases da patinação, aprendizes, meninos e velhos. Para Lévin, todos eram felizardos por estarem ali, perto de Kitty.

O primo de Kitty, Nikolai Scherbátski, reconheceu Lévin e gritou para ele, convidando-o para patinar, pois tinha a fama de ser um excelente patinador. Lévin até se surpreendeu com a desenvoltura com que se acercou de Nikolai e conversou com ele. No entanto, sentiu que Kitty se aproximava, que patinava sem firmeza alguma nas pernas, com as mãos de prontidão, como alguém que não tem muita prática em patinar. Ela sorria para Lévin, enquanto se aproximava dele.

Kitty estava muito mais linda do que Lévin poderia imaginar. Sua aparência e suas expressões faziam com que ele fosse transportado para um mundo mágico, fazia com que recordasse os raros dias da infância, em que se sentia bem.

A moça cumprimentou Lévin e perguntou-lhe quando havia chegado a Moscou, enquanto dava-lhe a mão. Emocionado, ele mal sabia o que responder, mas disse que chegara naquele mesmo dia e pretendia ir à casa dela, e elogiou a forma como a jovem patinava. Kitty agradeceu ao elogio e comentou sua fama de ótimo patinador. Lévin ficou ruborizado e disse que fazia muito tempo desde a última vez que patinara, mas que o fazia com paixão, buscava a perfeição. Kitty não perdeu tempo e disse que ele fazia tudo com paixão e que adoraria vê-lo patinar; então, pediu a Lévin que calçasse os patins e patinasse com ela. Ele mal podia acreditar que fora convidado para patinar com Kitty, e foi correndo calçar os patins.

Lévin falava consigo mesmo, tentando decidir se falava com Kitty ou não sobre suas intenções e tentava espantar seus pensamentos pessimistas. Ele se levantou e foi para o rinque junto de Kitty, os dois de mãos dadas. Kitty apertava sua mão, conforme aumentavam a velocidade.

A jovem dizia que se sentia confiante em aprender ao lado dele. Neste momento, sem pensar, Lévin disse que ele também se sentia seguro ao lado dela. Então, notou que a fisionomia da moça mudou e ficou preocupado, pensando tê-la aborrecido. Ele ficou apavorado quando Kitty disse a ele que fosse conversar com a senhorita Linon, uma senhora que gostava muito dele, pois parecia mesmo tê-la aborrecido como pensou antes.

Com a senhorita Linon ele conversou sobre a infância, sobre Kitty e como ela havia crescido durante aqueles anos todos. Ela lembrou que Lévin chamava as três irmãs de ursinhos, fazendo alusão a um conto infantil inglês. Depois, ela deixou que Lévin retornasse ao rinque para patinar com Kitty.

Quando Lévin retornou para Kitty, notou que sua fisionomia voltara ao normal e continuaram a conversar. No entanto, quando Kitty perguntou por quanto tempo ele ficaria em Moscou, Lévin disse:

– Não sei, depende da senhorita.

Lévin não sabia se Kitty ouvira ou não o que ele dissera, mas ela se afastou, correndo até a senhorita Linon e depois foi tirar os patins. Ele continuou patinando e fazendo manobras. Kitty ficou pensando naquilo que Lévin dissera, mas não entendia porquê ele havia dito. Ela o achava um ótimo rapaz e passou a preocupar-se com o que diriam os outros, pensando que ela estivesse flertando com ele. Porém, ela se sentia feliz perto dele e o considerava muito simpático, embora amasse outra pessoa.

Quando Lévin viu Kitty indo embora com a mãe, correu e alcançou-as no jardim. A mãe convidou Lévin para ir à casa deles naquele mesmo dia e despediram-se. Depois, Lévin encontrou Stepan e os dois foram jantar no restaurante inglês. No caminho, não falaram nada, apenas conversavam sobre o que comeriam logo mais.

Capítulo 10

Quando Lévin entrou no restaurante do hotel com Oblônski, ele não pôde deixar de notar o ar de esplendor no rosto do amigo. Oblônski percorreu o salão, cumprimentando a todos que estavam ali e dando ordens aos garçons tártaros. Como sempre, todos ficavam muito felizes em vê-lo. Ele foi diretamente ao bufê e serviu-se de vodca e peixe. Lévin não bebeu vodca, porque achou ultrajante a garota francesa sentada na recepção. Ele achava tudo muito falso naquela garota, toda empoada e de cabelos postiços. Afastou-se dela como se fosse algo imundo. No entanto, no rosto de Lévin brilhava um sorriso de felicidade ao lembrar-se de Kitty.

Um velho tártaro tratou de receber Oblônski e seu amigo. Era um tipo pegajoso, de quadril largo e vestia um fraque. Ficou diante de Stepan, esperando que fizesse o pedido. No entanto, ele quis fazer a refeição no compartimento privado, pois ficou agitado ao saber que tinham ostras frescas e perguntou se Lévin aceitava mudar os planos do cardápio que haviam escolhido previamente. Ele não parava de pedir pratos e mais pratos: quis ostras, sopa de legumes, rosbife, linguado e frutas em conserva, mas só depois Stepan resolveu perguntar o que Lévin queria. Na verdade, Lévin era uma pessoa simples e queria apenas uma sopa de repolho e mingau, mas eles não serviriam nada disso naquele restaurante e até o tártaro zombou de tal pedido. Sendo assim, Lévin acompanhou o amigo na escolha e pediram vinho e champanhe.

Quando trouxeram as ostras e o champanhe, Stepan esbaldou-se. O tártaro olhava com muita alegria a satisfação com que Stepan comia. Lévin preferia queijo com pão, mas comeu as ostras e olhava com admiração para o amigo.

Stepan tentava alegrar Lévin, mas este estava muito constrangido com aquele lugar cheio de compartimentos privativos, cercado por agitação, peças de bronze e espelhos. Tudo naquele lugar era-lhe ultrajante, pois ele era um homem do campo. Não aguentando mais, Lévin comentou com Stepan que se sentia constrangido com todo aquele absurdo e citou até as unhas e abotoaduras enormes de Grinêvitch. No campo, ele dizia, um homem cortava suas unhas bem curtas e arregaçava as mangas para o trabalho. Mas em Moscou, os homens faziam questão de mostrar que não faziam trabalhos braçais. Disse achar um absurdo demorar tanto para comer, como se estivessem adiando o trabalho, pedindo pratos e mais pratos. No campo, comia-se o mais rápido possível para estar pronto para o trabalho. Stepan disse que aquele era o propósito da educação: fazer de tudo um prazer, e disse ainda que Lévin era um selvagem.

Depois, Lévin lembrou-se de Nikolai, seu irmão, e sentiu-se envergonhado e triste com a situação, mas Oblônski interrompeu com um assunto ainda mais interessante.

– Então, hoje iremos até a casa dos Scherbátski? – perguntou Stepan.

Lévin assentiu, mas disse pensar que fora convidado a contragosto. Stepan achou um absurdo, dizendo que aquele era o jeito de sua sogra. Os dois começam a conversar sobre a partida de Lévin de Moscou e seu retorno. Ao fitar os olhos de Lévin, Stepan percebeu que ele estava apaixonado e disse que era um felizardo, pois tinha toda uma vida pela frente. Lévin notou um ar melancólico no amigo e perguntou o que estava acontecendo, então Stepan disse que as coisas iam mal, mas que era tudo complicado demais para explicar. Para pôr fim à curiosidade do amigo, Stepan perguntou o motivo do retorno a Moscou, embora dissesse que já adivinhava o motivo pelos olhos do amigo.

Neste momento, Lévin perguntou o que Stepan pensava a respeito dele e Kitty. Oblônski disse que seria um sonho tê-lo na família e acreditava que não havia como dar errado. Lévin não acreditou, achava que o amigo estava apenas tentando agradá-lo, e disse ainda ter receio de ser rejeitado por Kitty.

Stepan tranquilizou-o, dizendo que receber uma proposta de casamento alegrava qualquer mulher. Mas Lévin não considerava Kitty uma mulher qualquer. Para ele, havia todas as outras mulheres e havia Kitty. Stepan tentou mudar de assunto, mas Lévin insistiu, dizendo ser um assunto de vida ou morte: precisava falar sobre aquilo com ele, que considerava seu grande amigo. Então Stepan contou que até mesmo Dolly fazia muito gosto naquela união e que acreditava que Lévin se casaria com Kitty.

Segundo Stepan, Dolly tinha algumas premonições e essa afirmação encheu os olhos de Lévin de alegria. Apesar disso, ele começou a andar pelo espaço reservado, divagando sobre seu amor, dizendo que era diferente de tudo o que ele já sentira e que se sentia indigno por gostar de uma garota tão pura, sendo ele já um velho pecador. Stepan tentou tranquilizá-lo, dizendo que o mundo era assim mesmo. Ao final, Lévin se convenceu de que Kitty poderia perdoá-lo.

Capítulo 11

Após Lévin beber sua taça de champanhe, os amigos ficaram calados, até Stepan resolver perguntar se ele conhecia um tal de conde Aleksei Vrônski. Lévin ficou intrigado e quis saber o motivo da pergunta. Stepan contou-lhe que Vrônski era seu rival, um pretendente de Kitty.

Stepan explicou que o rapaz era um dos filhos do conde Kiril Ivánovitch Vrônski. O jovem era considerado um perfeito exemplar da juventude dourada de Petersburgo. Stepan o conhecera em Tvier, quando ele havia se alistado no exército. Segundo Stepan, Vrônski era bonito, muito rico, bom e gentil, além de um rapaz de futuro. Lévin ficou em silêncio durante um tempo, e Stepan concluiu dizendo que Vrônski chegara em Moscou um pouco depois de Lévin e ficara perdidamente apaixonado por Kitty.

– Desculpe-me, não estou entendendo – disse Lévin, nervoso e lembrando-se de seu irmão Nikolai, de quem ele havia se esquecido e considerava-se um canalha por isso.

Percebendo que Lévin ficara pálido com a informação de um suposto rival, Stepan tentou tranquilizá-lo, dizendo que apenas contara o que sabia e que ele deveria agir o mais rápido possível, pedindo a mão de Kitty; mas, ao mesmo, aconselhou que não o fizesse naquele dia, mas que fosse no dia seguinte, de manhã, à casa de Kitty e a pedisse em casamento.

Lévin, tentando mudar de assunto, perguntou quando Stepan iria caçar em suas propriedades. Ele já estava arrependido de ter iniciado a conversa sobre Kitty, pois um assunto sobre um sentimento tão especial, que era o amor, fora profanado com a notícia de que havia um concorrente.

Stepan sorriu e entendeu o que se passava com o amigo, disse que um dia iriam caçar juntos e insistiu no assunto, dizendo que toda a vida de um homem girava em torno das mulheres e ele era um exemplo disso, pois sua situação com Dolly não estava nada bem e por isso sua vida estava um desastre.

Nesse ponto, Stepan resolveu contar o que acontecera, a traição com a ex--governanta francesa e tudo o mais. Ele explicou que não amava mais a esposa, mas queria manter sua família; no entanto, ele amava muito a francesa. Lévin não conseguia entender aquela situação. Dizia que jamais trocaria uma esposa por outra mulher. Stepan o chamou de moralista e disse que era difícil tomar a decisão, escolhendo entre uma mulher que ele amava, que não pedia nada em troca, e outra mulher, mãe de seus filhos e que pedia seu amor em troca. Sem contar que Stepan achava cruel deixar a jovem francesa, que abandonara tudo para poder amá-lo.

Lévin disse que talvez Stepan tivesse razão, mas não tinha certeza. Stepan disse-lhe que sua integridade era sua maior qualidade e seu maior defeito, pois ele esperava que tudo e todos na vida fossem íntegros, e não era assim que a vida funcionava. Lévin apenas suspirou e ficou calado, pois estava pensando em si mesmo e nem prestava atenção em Stepan.

Passado algum tempo, Oblônski gritou pedindo a conta e foi para outra sala, onde começou a conversar com um militar que ele conhecia. Ele se sentiu mais leve, pois as conversas com Lévin sempre o sobrecarregava demais. Quando a conta chegou, Lévin pagou sua parte e foi direto para casa, para trocar de roupa e seguir para a casa dos Scherbátski, onde seu destino seria selado.

Capítulo 12

A princesa Kitty Scherbátskaia já estava com 18 anos e aquele era seu primeiro inverno na sociedade. A jovem fez mais sucesso do que suas outras duas irmãs, quando foram apresentadas à sociedade moscovita. Praticamente todos os jovens dançarinos se apaixonaram por Kitty e ela já tinha Lévin e Vrônski como dois sérios pretendentes.

Quando Lévin, com seu visível amor pela garota, passou a visitar frequentemente a casa dos Scherbátski, foi motivo de longas conversas entre os pais de Kitty sobre o futuro dela. Porém, foi também motivo de desavenças entre o pai e a mãe. O pai achava Lévin perfeito e o defendia, mas a mãe esperava encontrar um partido ainda melhor do que Lévin, pois o achava um homem muito estranho, um homem do campo (e até mesmo selvagem). Quando Lévin partiu inesperadamente, a princesa sentiu um grande alívio e confirmou o que a mãe pensava: que ele não tinha intenções sérias com sua Kitty.

Com o surgimento de Vrônski em suas vidas, a velha princesa Scherbátskaia ficou entusiasmada, ela viu nele o partido perfeito para sua filha. Para a princesa, não havia sequer comparação entre Vrônski e Lévin, pois não via Lévin com bons olhos, principalmente por conta de seu constrangimento perante a sociedade e por ter frequentado a casa deles por mais de um mês, sem anunciar qualquer intenção com Kitty e, de repente, ir embora sem dizer nada. Já Vrônski era tudo o que a a mãe de Kitty desejava em um genro; era rico, inteligente, fino e tinha uma brilhante carreira militar pela frente. Além disso, Vrônski cortejava Kitty abertamente nos bailes, demonstrando suas intenções.

A velha princesa havia se casado à moda antiga, com um noivo arranjado pela tia casamenteira. Os noivos tiveram um único encontro, previamente arranjado; depois, a tia transmitiu aos noivos a boa impressão que um causara no outro, e tudo correu de maneira tranquila. No entanto, a velha princesa teve dificuldades em casar suas duas filhas mais velhas e ainda mais dificuldade em arranjar um bom partido para Kitty. As pessoas diziam que "as coisas já não eram como antigamente"; casamentos arranjados estavam fora de moda e eram até indesejados. Era preciso deixar tudo a cargo dos jovens, que eles mesmos decidissem a melhor maneira de conduzir suas vidas.

O príncipe era extremamente ciumento com Kitty, sua favorita. Ele sempre discutia com a esposa, acusando-a de comprometer a caçula perante a sociedade. O fato é que o velho costume russo de usar casamenteiras era considerado, naquele tempo, ridículo e abominável. No entanto, a mãe de Kitty não fazia ideia de como deveria casar a filha e ninguém sabia dizer a ela como fazê-lo. Agora, o maior medo da princesa era a obediência de Vrônski à mãe. Ele dissera à Kitty que não tomava decisão alguma sem antes pedir conselhos maternos, e anunciara que, em breve, a condessa Vrônskaia viria até Moscou.

A princesa estava ansiosa para saber se a mãe dele aprovaria sua escolha e achava estranho que ele ainda não tivesse apresentado seu pedido de casamento. Além de tudo, agora a chegada de Lévin poderia atrapalhar todo o esforço feito por ela.

Enquanto saíam do Jardim Zoológico, a princesa perguntou à filha há quanto tempo Lévin estava em Moscou. Kitty respondeu que ele acabara de chegar. Dito isso, a princesa fez a filha prometer que não se envolveria com Lévin, pondo tudo a perder com Vrônski, a fez prometer também que nunca mentiria para a mãe. Diante das lágrimas da filha, a princesa obteve a confirmação de ambas as promessas.

Capítulo 13

Kitty, após o jantar, experimentou a mesma ansiedade que os jovens sentem antes de uma batalha. Seu coração batia forte e seus pensamentos se misturavam.

Ela sentia que, naquela noite, quando os dois se encontrassem, seria determinado seu destino. Passou a imaginar os dois juntos, depois separados. Quando ela pensava no passado, lembrava com ternura seu convívio com Lévin, sobretudo a amizade com seu falecido irmão. Esses pensamentos traziam-lhe tranquilidade e alegria, pois não tinha dúvidas do sentimento de Lévin por ela e isso também a alegrava. No entanto, quando pensava em Vrônski, era uma mistura de embaraço, como se tivesse algo de falso, mas não da parte do rapaz, e sim dela mesma. Ainda assim quando pensava em seu futuro com Vrônski, sentia que seria feliz. Já com Lévin, o futuro parecia nebuloso.

Kitty estava em seu quarto, preparando-se para a noite. Sentia-se muito bem, disposta e com forças para enfrentar a decisão de seu destino. Lévin chegou às sete e meia da noite e foi anunciado pelo criado. Neste momento, Kitty ficou desesperada e pensou até em fugir, pois sabia que Lévin viera mais cedo para ficar a sós com ela e pedir-lhe a mão. Começou a pensar que aquela decisão não dizia respeito apenas a ela, mas também ao homem que ela amava e ao homem que estava prestes a recusar.

Quando já estava perto da porta, Kitty ouviu os passos de Lévin e decidiu enfrentá-lo e dizer toda a verdade, e ao encontrá-la, Lévin disse, sem rodeios, que viera mais cedo para poder ficar a sós com ela. E lembrou o que disse mais cedo: que sua permanência em Moscou dependia dela. Sendo assim, de maneira desajeitada e inesperada, Lévin pediu a mão de Kitty em casamento. A jovem ficou atordoada com o pedido e, sem saber o que dizer, apenas disse que sua mãe estava para descer. Porém, logo depois, tomou coragem e disse:

– Não pode ser, desculpe-me.

Por um momento, Kitty estivera tão perto de Lévin e, agora, estava completamente alheia e distante dele.

– Não poderia ser diferente – Lévin respondeu, sem olhar para Kitty, e fez menção de ir embora.

Capítulo 14

Enquanto Lévin fazia menção de ir embora, a velha princesa descia as escadas. Ao ver os dois a sós, ficou horrorizada. Mas, quando Lévin apenas fez uma reverência sem dizer nada e Kitty sequer ergueu os olhos, ela ficou mais aliviada e supôs que a filha tivesse rejeitado o pedido de casamento. A partir de então, a princesa ficou com o mesmo bom humor que ficava todas as quintas-feiras ao receber convidados e passou a fazer perguntas a Lévin sobre o campo. Lévin, por sua vez, resolveu ficar mais um pouco e ir embora apenas quando a casa estivesse mais cheia, para poder sair sem ser notado.

Em cinco minutos, chegou a condessa Nordston, amiga de Kitty, que se casara no inverno. A condessa adorava Kitty e estava ansiosa para casá-la com Vrônski e, claro, tinha aversão a Lévin. Seu passatempo preferido era provocá-lo o tempo todo. Da parte de Lévin, essa aversão era recíproca, pois ele desprezava tudo aquilo que era importante para a condessa. No entanto, como todos da sociedade, os dois mantinham relações amigáveis e nunca se ofendiam.

Ao cumprimentar Lévin, a condessa o relembrou de quando ele chamara Moscou de "Babilônia" certa vez e fez-se de surpresa ao vê-lo retornando à "cidade dissoluta". Lévin não perdeu tempo e disse estar lisonjeado pela condessa se lembrar de suas palavras tão bem, mesmo depois de tanto tempo, pois parecia que ele tinha conseguido impressioná-la. Era assim que transcorria o tratamento entre os dois em público.

De repente, entrou um militar logo atrás de uma senhora. Os olhos de Lévin se voltaram rapidamente para vê-lo; tinha certeza de que aquele era o tal Vrônski. Para confirmar, bastou olhar para Kitty, a fim de ver sua reação perante o militar. Então, diante do brilho dos olhos da jovem, teve a certeza de que era realmente Vrônski. Sendo assim, Lévin decidiu permanecer mais um pouco, pois precisava conhecer aquele homem e descobrir o que ele tinha de tão especial. E não demorou para descobrir.

Vrônski era um homem moreno e robusto, tinha um rosto belo e gentil, mas também sereno e firme. Vestia uma farda nova, que o tornava simples e, ao mesmo tempo, elegante. Depois de cumprimentar a todos, sentou-se e não olhou para Lévin uma única vez, ao contrário dele, que não tirava os olhos do jovem militar.

A velha princesa Scherbátskaia fez questão de apresentar Lévin a Vrônski, que educadamente o cumprimentou e disse que, por pouco, não tinha jantado com Lévin naquele inverno, se ele não tivesse ido embora tão de repente...

A condessa Nordston, por sua vez, não perdeu a oportunidade e disse que Lévin detestava as pessoas da cidade. De novo, Lévin disse à condessa que parecia que suas palavras realmente tinham causado nela uma forte impressão.

Vrônski questionou Lévin sobre o campo, se não era entediante ficar lá no inverno. Porém, ele mesmo assumiu que sentira falta dos campos russos enquanto estivera em Nice. Lévin respondeu que se há trabalho para fazer, o campo não é entediante.

Lévin queria se livrar daquela situação e sair dali o quanto antes, mas não conseguia encontrar o momento certo. A conversa tomou outro rumo, começaram a falar sobre espiritismo e a condessa relatou coisas que presenciara a respeito, na mesa giratória. Vrônski se interessou rapidamente e pediu até para ir com ela em uma dessas ocasiões.

A condessa perguntou a Lévin o que ele pensava do espiritismo, mesmo já sabendo a resposta. Lévin relutou em responder, pois sabia que era uma provocação, mas não aguentou e disse tudo o que pensava:

– Minha opinião é que essas mesas que giram mostram exatamente que a sociedade instruída não é diferente dos mujiques, que acreditam em todo tipo de crendices.

A condessa se ofendeu, dizendo que ela mesma presenciara e que ele estava duvidando da palavra dela. Lévin rebateu, dizendo que as camponesas também diziam ver duendes. Kitty intercedeu por Lévin, tentando explicar que ele dizia não acreditar no espiritismo em si, não propriamente na condessa.

Vrônski se interessou e passou a fazer perguntas a Lévin e, diante de sua opinião contundente, propôs que fizessem um teste ali mesmo, com a mesa que girava. Enquanto procuravam por uma mesinha, os olhos de Kitty cruzaram com os de Lévin, como se ela dissesse ter pena dele e pedisse perdão, mas os olhos de Lévin pareciam dizer que odiava todos ali, inclusive a si mesmo.

Lévin levantou-se em busca de seu chapéu para ir embora, mas acabou se encontrando com o príncipe Scherbátski, que o abraçou e começou a conversar com ele. Vrônski ficou esperando para cumprimentá-lo, mas o príncipe continuava conversando com Lévin. Ao ver o que estavam fazendo, o príncipe disse que aquilo tudo era uma bobagem, referindo-se ao espiritismo e a mesa que girava.

De relance, Lévin ouve Vrônski perguntar se Kitty iria ao baile na casa da condessa Nordston.

Assim que o príncipe lhe entregou suas coisas, Lévin saiu sorrateiramente e com a lembrança do rosto de Kitty ao responder à pergunta de Vrônski sobre o baile.

Capítulo 15

Quando a noite terminou, Kitty contou à mãe como fora a conversa com Lévin. Ela sabia que agira corretamente; porém, enquanto estava em sua cama, Kitty sentiu tanta pena que acabou chorando. Mas logo passou a pensar em Vrônski e começou a sentir-se alegre. Ela repetia para si mesma que não era culpada de nada, mesmo assim pedia perdão a Deus.

Enquanto isso, no escritório do príncipe Scherbátski, os pais de Kitty discutiam. O príncipe culpava a esposa por expor tanto a filha ao ridículo, ao armar um jantar apenas com pretendentes, em vez de convidar todos da sociedade; disse ainda que considerava Lévin um partido muito melhor do que Vrônski. De acordo com ele, Lévin era verdadeiro e Vrônski, um esnobe, como todos os outros do tipo dele, que havia aos montes em Petersburgo.

A princesa não ia tocar no assunto com o marido, mas quando ela disse que o casamento de Kitty com Vrônski dependia apenas da chegada da senhora Vrônskaia, o príncipe enfureceu-se. Ele duvidava das intenções de Vrônski, e acreditava que o conde queria apenas enrolar a filha. Ficou irritado com a bajulação da esposa e encerrou dizendo que ela estava cometendo o mesmo erro que cometera com a Dolly e Stepan.

O casal fez o sinal da cruz, se beijou e foi dormir. Na cama, tal como Kitty, a princesa começou a pensar em tudo o que o marido dissera e passou a ter suas dúvidas a respeito do futuro desconhecido da filha. Como a Kitty, pedia perdão a Deus.

Capítulo 16

Vrônski não sabia o que era uma vida familiar. A mãe levara uma vida mundana na juventude e continuou levando a mesma vida durante o matrimônio e depois dele, tendo inúmeros casos de amor, dos quais toda a sociedade tinha conhecimento. Vrônski não tinha quase nenhuma lembrança do pai e fora criado na escola militar. Ao terminar a escola, já era um oficial e integrou-se à vida dos militares ricos de Petersburgo.

Em Moscou, experimentou a vida de encantos com uma bela jovem, gentil e de boa família, que o amava. Vrônski sequer imaginava que havia algo de mau em sua relação com Kitty. Ele não conseguia conceber que aquilo que ele fazia, ao frequentar a casa de uma jovem solteira, fazê-la se apaixonar e não ter intenção alguma de casar-se, era algo abominável na sociedade. Ele apenas gostava daquela sensação agradável que sentia na presença de Kitty, e sabia que ela também gostava.

Se Vrônski ouvisse a conversa dos pais da jovem princesa, se conseguisse colocar-se no lugar deles, ficaria surpreso em saber que Kitty seria infeliz se ele não se casasse com ela. Ele mesmo não considerava que deveria se casar. Para Vrônski, o casamento nunca fora uma opção, pois odiava a vida familiar e nem podia se imaginar como marido. Tudo o que ele sabia era que, na casa dos Scherbátski, ele era uma pessoa melhor. Sabia que seu relacionamento com Kitty havia avançado e, por conta disso, deveria tomar uma atitude, mas não sabia que atitude seria.

Enquanto saía da casa dos Scherbátski, começou a pensar onde terminaria a noite. Cogitou o clube e diversos outros lugares, mas acabou indo para casa, dormindo seu sono sereno, como sempre.

Capítulo 17

No outro dia, às onze horas da manhã, Vrônski foi até a estação ferroviária encontrar a mãe, e a primeira pessoa que encontrou foi Oblônski, que esperava pela irmã e os dois começaram a conversar.

Vrônski estava sorridente, como todos ficam diante de Oblônski. Stepan comentou que esperara por Vrônski até tarde da noite, mas o rapaz disse que fora direto para casa, pois tivera uma noite tão agradável ao lado de Kitty, tanto que não tivera vontade de encontrar mais ninguém.

Stepan, tal como fizera com Lévin, disse que reconhecia um olhar apaixonado de longe, ao olhar para Vrônski. O jovem tentou mudar de assunto e perguntou por quem Stepan esperava. Sempre brincalhão, ele disse que esperava por uma bela mulher, mas logo disse se tratar de sua irmã. Vrônski não lembrava se conhecia Anna Karênina ou se apenas se lembrava vagamente do nome. Não satisfeito, Stepan perguntou se Vrônski conhecia seu cunhado, Aleksei Karênin, famoso em Petersburgo. O jovem disse que o conhecia de nome e por sua fama de conservador, dizendo que aquele não era o estilo dele.

Vrônski gostava de estar perto de Oblônski, e agora se sentia mais próximo dele por conta de Kitty. Stepan perguntou se ele conhecera seu amigo Lévin na casa dos Scherbátski. Vrônski disse que sim e que lhe parecia um bom homem, e que partira muito cedo. Então Stepan não resistiu em fazer o mesmo que fizera com o amigo: anunciar seu rival no amor por Kitty.

Após dizer que Lévin pediria a mão de Kitty, Vrônski logo imaginou qual teria sido a resposta, a julgar por seu nervosismo e pela tristeza em seu rosto. Disse a Stepan que Kitty merecia um partido melhor e estufou o peito, com um ar de vencedor. Stepan contou-lhe que o amigo estava apaixonado pela Kitty havia muito tempo, e que tinha pena do pobre Lévin. Neste momento, a locomotiva se aproximou e começaram a descer os passageiros.

Vrônski ficou esperando o momento de encontrar sua mãe. Ele não a respeitava, nem sequer a amava, mas sabia que, perante a sociedade, era de bom tom ser obediente à mãe. Quanto maior a demonstração de obediência e consideração, menor o respeito e o amor pela mãe.

Capítulo 18

Vrônski foi até o vagão e parou diante da entrada, para dar passagem a uma senhora que desembarcava. Graças à sua sensibilidade mundana, ele notou, com apenas um olhar, que aquela mulher era da alta sociedade. Após a mulher descer, ele quis olhá-la outra vez, não porque ela fosse bonita ou elegante ou discreta, mas porque na expressão de seu rosto havia algo de meigo e delicado ao passar por ele. Quando ele olhou para trás, seus olhares se cruzaram e ele pôde observar os olhos cinzentos brilhantes, em meio aos cílios espessos. Ele percebeu uma vivacidade contida e um sorriso muito discreto. A mulher virou o rosto e começou a procurar por alguém que estava esperando. Vrônski virou a cabeça e entrou no vagão.

A condessa Vrônskaia estava sentada em sua cabine, esperando pelo filho. Quando ele entrou, ela se levantou e deu um beijo no rosto dele, perguntando se recebera o telegrama dela e se estava bem de saúde. Vrônski conversava com a mãe, mas só conseguia prestar atenção na voz daquela mulher, que conversava do lado de fora. Ela conversava com um homem e comentava que estava procurando pelo irmão.

Quando ela retornou ao vagão, entrou na mesma cabine da condessa Vrônskaia. A senhora então lhe perguntou se havia encontrado o irmão. Neste momento, Vrônski entendeu que aquela era Anna Karênina, irmã de Oblônski, e tratou de dizer que seu irmão estava na plataforma. Ele a cumprimentou e disse que talvez ela não se lembrasse dele. Karênina disse que se lembraria dele caso o tivesse visto, sobretudo após sua mãe falar nele durante toda a viagem. Vrônski saiu do vagão e gritou por Oblônski, avisando que sua irmã estava ali. Karênina, sem esperar, foi ao encontro do irmão assim que o avistou. Eles se abraçaram e se beijaram. Vrônski acompanhava Karênina com os olhos.

Quando Karênina retornou para pegar suas coisas, ela e a condessa trocaram gentilezas e a velha tranquilizou-a, dizendo que não havia nada de errado em deixar seu pequeno filho, de 8 anos, sozinho por uns dias. Karênina agradeceu e partiu ao encontro do irmão. Após uma breve conversa, Vrônski e sua mãe desceram do vagão com as bagagens. A condessa havia ido até Petersburgo para o batizado de seu neto.

De repente, houve um tumulto, pessoas com uma aparência assustada estavam indo em direção aos vagões. O chefe da estação passou correndo, certamente acontecera algo muito grave. Ouviam-se algumas palavras assustadas entre as pessoas que passavam, parecia que alguém morrera esmagado entre os trens. Oblônski retornou com a irmã e foi com Vrônski até o local do acidente para saber o que acontecera.

Um vigia, talvez por estar bêbado ou simplesmente por não ter visto o trem recuar, morrera esmagado e estava com seu rosto todo desfigurado. Quando os dois retornaram, Karênina e a condessa já sabiam de tudo que acontecera.

Comentaram que a esposa do vigia estava ali e se jogara sobre seu corpo, ele sustentava sozinho a família. Ao saber da história, Vrônski correu para o vagão e saiu em disparada até o local do acidente. Ele deu duzentos rublos à esposa do falecido.

No caminho para casa, Oblônski comentou com a irmã que Vrônski era um bom homem e pretendente de Kitty Scherbátskaia. Anna não pareceu demonstrar grande interesse e, logo em seguida, quis saber sobre a vida do irmão; afinal, ela viera rapidamente ao encontro dele, por conta do telegrama que recebera. Oblônski disse-lhe que as suas esperanças estavam nela, então a irmã quis saber de todos os detalhes.

Stepan deixou Anna em sua casa e seguiu direto para a repartição.

Capítulo 19

Quando Anna entrou, Dolly estava sentada na saleta com Gricha, seu caçula, um menino gorduchinho e loiro, que era a cara do pai.

Embora tivesse dito ao marido que não se importava com a visita da cunhada, Dolly arrumara o quarto de hóspedes e esperava ansiosamente por Anna. Ela não queria que a cunhada tentasse consolá-la ou tomar o partido do irmão em sua infidelidade, mas queria uma companhia.

Anna sempre fora muito boa e cordial com Dolly, quando ela visitava os Karênin em Petersburgo. Essa era a lembrança que tinha da cunhada e o fato de que a casa dos Karênin não a agradava, ela sentia que havia algo de falso naquela família, mas não tinha motivos para não a receber bem em sua casa. Tudo o que ela não queria era consolo ou misericórdia, pois já pensara nisso milhares de vezes e de nada havia adiantado.

Dolly esperava a chegada de Anna a qualquer momento, olhando o relógio o tempo todo. No entanto, justamente quando ela se descuidou, não ouviu a campainha tocar e perdeu a chegada da cunhada. Quando viu que Anna estava dentro da casa, correu para abraçá-la.

– Como, já chegou? – disse Dolly, beijando Anna, que estava muito feliz em vê-la.

Dolly tinha um sorriso em seu rosto, mas, mentalmente, tentava adivinhar se Anna já sabia de toda a história. Ela teve a confirmação disso depois de ver a expressão de piedade em seu rosto. Sem esperar qualquer coisa, Dolly quis levar a cunhada para o quarto que havia lhe preparado, a fim de adiar a conversa.

– Este é o Gricha? Ele cresceu tanto! – disse Anna, olhando para Dolly. – Vamos ficar um pouco por aqui? – insistiu.

Anna conhecia todos os sobrinhos pelo nome, sabia do caráter de cada um deles, a data de aniversário e até das doenças que já haviam tido. Dolly apreciava muito toda essa atenção que a tia tinha com os sobrinhos.

Após ver todas as crianças, as duas ficaram a sós, tomando café na sala. Foi então que chegou o momento da conversa, tão adiada por Dolly.

Finalmente, Anna expôs à Dolly que Stepan havia lhe contado todos os detalhes do que acontecera. Dolly ficou paralisada, já esperando as declarações de fingida compaixão da cunhada. No entanto, a conversa teve outro rumo.

Anna entendia que era impossível consolá-la e nem mesmo queria falar sobre tudo aquilo, mas ela sentia muita pena.

– É impossível me consolar. Está tudo acabado! – disse Dolly.

Anna falou que era preciso pensar em tudo que se passara. Dolly repetia que estava tudo acabado. Estava presa ao casamento, pois tinha filhos, mas vivia um tormento e não suportava nem olhar para o marido. Anna disse que queria ouvir a versão dela da história, demonstrando simpatia e amor pela cunhada. Dolly resolveu contar tudo desde o início, quando ainda era solteira.

Stepan nunca lhe contara que tivera outras mulheres, por isso pensava que ela fosse o primeiro relacionamento dele e assim pensou durante oito anos, até que ele resolveu traí-la justamente com a governanta. Dolly disse que vivia muito feliz até receber a carta dele para a amante. Não podia aceitar que o marido amasse outra mulher, estando casado com ela. Disse que dedicou os melhores anos de sua vida em função do marido e dos filhos e, agora que estava velha e feia, o marido a trocara por uma mulher mais nova e mais bonita do que ela. Segundo ela, Stepan não sentia remorso algum pelo o que fizera.

Neste momento, Anna interrompeu e disse que conversara com o irmão e que ele estava muito arrependido e sentia por tudo o que havia feito com ela. Disse que Stepan a amava muito e não queria perdê-la, além de ter vergonha de suas ações. Porém, acrescentou que o irmão era orgulhoso demais para pedir perdão. Dolly não via como perdoá-lo, não havia hipótese de voltar a ser sua esposa, sabendo que ele beijara outra mulher.

Anna disse conhecer o irmão muito bem e sabia que ele a amava mais do que tudo e não queria perdê-la. Disse até que homens como ele desprezavam mulheres como a governanta e jamais deixavam de amar a esposa. Por fim, Anna pediu à Dolly que perdoasse Stepan, mesmo que as coisas mudassem um pouco. Mas que perdoasse como se nada tivesse acontecido.

Neste momento, Dolly decidiu levar a cunhada para o quarto e disse que estava muito contente e aliviada por ela ter vindo.

Capítulo 20

Anna passou todo o dia na casa dos Oblônski. Não recebeu ninguém e ficou a manhã toda com Dolly e as crianças. Após a conversa com a cunhada, ela enviou um bilhete para o irmão, pedindo que viesse jantar com a família, indicando que havia chances de ser perdoado.

Durante o jantar, a conversa transcorria de maneira natura, pois Dolly o tratava sem formalidades, mesmo que a distância entre o casal ainda existisse, ao menos não falavam mais em separação. Stepan viu uma ponta de esperança de reconciliação com a esposa.

Logo após o jantar, Kitty veio visitar a irmã de Stepan. Ela a conhecia pouco e estava temerosa em como receber aquela dama tão conhecida da alta sociedade de Petersburgo. Apesar disso, no fim das contas, Kitty acabou gostando muito de Anna e foi recíproco. Anna gostara muito da beleza e juventude de Kitty e, dentro de pouco tempo, esta já estava sob sua total influência, completamente apaixonada.

Anna não parecia uma senhora casada e com um filho de 8 anos. Aparentava ter seus 20 anos, tamanha sua beleza, leveza de movimentos e frescor, mantidos com a idade. Kitty via em Anna tudo aquilo que ela ainda não vivera.

Quando Dolly se retirou para seus aposentos, Anna tratou de cutucar o irmão, indicando que aquela era a hora de conversar com a esposa e tentar uma reconciliação. Anna voltou para o sofá, rodeada pelas crianças, e começou a conversar com Kitty.

– Quando será o próximo baile? – perguntou Anna, iniciando a conversa com Kitty.

Kitty, alegre, disse que haveria um grande baile, na próxima semana. O mesmo baile que Vrônski a convidara. Disse que aquele baile era do tipo em que se ficava alegre o tempo todo, mas Anna disse que este tipo de baile não existia mais para ela, apenas para jovens solteiras.

– A senhora irá ao baile? – perguntou Kitty.

Anna disse que seria impossível não ir e comentou que sabia o motivo da euforia de Kitty para que ela fosse. Sabia que era porque algo muito importante aconteceria e, por isso, ela queria a presença de todos. Kitty ruborizou-se e Anna continuou, dizendo que conhecera Vrônski naquela manhã e que ele era um rapaz adorável. Comentou que viajara junto de sua mãe, a condessa, que falava o tempo todo no filho, contando até mesmo que ele salvara uma mulher do afogamento, ainda criança. Curiosamente, Anna não contou nada sobre o acidente com o vigia e os duzentos rublos que Vrônski dera à esposa do falecido.

Depois de dizer que, no dia seguinte, visitaria a condessa Vrônskaia, Anna se levantou abruptamente, parecendo contrariada aos olhos de Kitty.

Capítulo 21

Dolly saiu do quarto na hora do chá. Stepan não estava junto dela. Dolly demonstrou preocupação com Anna, dizendo que a mudaria de quarto, pois o andar de cima era muito frio e sem luz, além de querer a cunhada mais próxima. Anna disse para não se preocupar, afinal, ela dormiria em qualquer lugar, pois tinha o sono pesado. O único pensamento de Anna era se houvera ou não a reconciliação.

– Do que estão falando? – perguntou Stepan à esposa, saindo do escritório.

Pelo tom de voz, Anna confirmou que o casal havia se reconciliado. Durante toda a conversa entre os dois, ela observava cada gesto, cada sorriso e tom de voz do irmão e da cunhada, chegando à conclusão de que houvera uma reconciliação total, e que ela fora a responsável. Stepan estava contente, mas tentava não demonstrar tanto, para não parecer que se esquecera de sua culpa.

Às nove e meia, a agradável reunião familiar foi perturbada por um fato simples, porém muito estranho. Enquanto falavam em Petersburgo, Anna levantou-se para pegar o álbum de fotos, para mostrar seu filho. Enquanto ela subia as escadas, a campainha tocou. Quando ela olha para trás, viu Vrônski. Ela acenou com a cabeça e notou que o conde não queria entrar, apesar da insistência de Stepan, e logo se foi.

Quando voltou com o álbum, Anna ouviu Stepan dizer que Vrônski queria saber sobre o jantar do dia seguinte, mas achou estranha a atitude dele. Kitty pensava que Vrônski viera atrás dela, mas não quisera entrar por conta do horário. Aquela situação pareceu estranha a todos. Para Anna, porém, pareceu estranha e ruim.

Capítulo 22

O baile mal começara quando Kitty e sua mãe entraram pela escada. Enquanto as duas se arrumavam diante do espelho no patamar da escada, um velho em trajes civis e muito bem perfumado lançou um olhar de admiração para Kitty. Era um jovem muito bem barbeado, daqueles que o príncipe Scherbátski chamaria de "almofadinha", ele cumprimentou-as e convidou Kitty para dançar, mas ela já havia prometido a primeira quadrilha a Vrônski.

Kitty estava muito bem vestida e demonstrava um total desembaraço em seu vestido de tule com barra cor-de-rosa. Todos os detalhes das fitas e das rendas foram minuciosamente pensados. A jovem estava em um de seus melhores dias, a roupa perfeita, os sapatos não apertavam e os cabelos loiros não se desmanchavam. Ela estava tão satisfeita que sorriu ao passar diante do espelho.

Mal entrou no salão, em meio à multidão de damas, à espera de um convite para dançar, Kitty já foi convidada para dançar pelo melhor cavalheiro e o mais importante daquele baile. Era um homem bonito, casado, um famoso mestre de cerimônias, chamado Egóruchka Korsúnski. Assim que ele terminou a dança com a condessa Bánina, percorreu com os olhos o salão em busca de seu próximo par e escolheu Kitty, correndo até ela e tirando-a para dançar aquela valsa.

Egóruchka elogiava a pontualidade de Kitty em chegar cedo ao baile e sua leveza ao dançar. Enquanto dançava, Kitty olhava sobre os ombros de seu par, observando todo o salão. No canto esquerdo do salão, estava a nata da sociedade, inclusive a bela Lidie, a esposa de Korsúnski, e Krívin. Naquele mesmo canto, Kitty encontrou Stepan e a encantadora Anna, em um vestido preto de veludo. Lévin, que Kitty não vira desde a fatídica noite, também estava ali.

Após a valsa, Kitty pediu a Egóruchka que a conduzisse até Anna. Kitty havia se encontrado com Anna todos os dias desde sua chegada e sempre a imaginava de lilás no baile. No entanto, ela estava de preto, com um vestido decotado, mostrando todo seu colo e os braços. Kitty notou que não a conhecia completamente: Anna não precisava de um vestido que ficasse por cima dela, mas sim de um vestido no qual ela se sobressaísse e, para isso, aquele era o vestido perfeito.

Anna conversava com o dono da casa e sorriu carinhosamente para Kitty, com um olhar de aprovação para seu vestido; em seguida, comentou que ela mal chegara ao baile e já entrara dançando. Korsúnski convidou Anna para uma valsa, ela relutou, mas ele insistiu e os dois foram para o meio do salão. Naquele mesmo momento, Vrônski chegou e fez uma reverência para Anna, que não deu atenção e foi dançar. Kitty ficou intrigada, pois lhe parecia que Anna estava aborrecida com Vrônski, e ela não entendia o porquê.

Vrônski se aproximou de Kitty, lembrou-a de que a primeira quadrilha era dele e desculpou-se por não ter chegado antes. Mesmo assim, a jovem Scherbátskaia esperava que Vrônski a tirasse para dançar, mas ele não a convidou.

Kitty olhava para Vrônski e só depois de algum tempo foi que ele a tirou para dançar. No entanto, assim que ensaiaram o primeiro passo, a música terminou; os dois ficaram de rostos bem próximos e Kitty notou que Vrônski já não mais retribuía seu olhar, cheio de amor. Isso encheu seu coração de vergonha.

Capítulo 23

Vrônski e Kitty dançaram algumas valsas. Após dançar, Kitty foi até a mãe e mal teve tempo de conversar com Nordston, quando Vrônski a tirou para dançar a primeira quadrilha.

Durante a dança, eles não conversaram nada de especial, apenas amenidades e curiosidades da sociedade. Então, Vrônski perguntou a Kitty se Lévin não estava no baile e disse que gostara muito dele.

Kitty aguardava ansiosamente a mazurca[5], para a qual já recusara cinco pares, na certeza de que dançaria com Vrônski. Ela dançou a noite toda, parando apenas algumas vezes para descansar. Em uma dessas vezes, ela dançou com um rapaz, do qual não conseguira se livrar, e viu Vrônski e Anna conversando.

A princesa, que já estava acostumada com o jeito de Anna, viu-a de uma forma completamente diferente, mudada. Ela viu em Anna as feições de uma pessoa embriagada com a admiração que provocava. Kitty conhecia aquele sentimento e o reconheceu em Anna. Enquanto Kitty a observava, seu coração apertava cada

---

5 Dança popular de origem polonesa, em compasso ternário e geralmente em um ritmo animado. (N.E.)

vez mais no peito, pois ela notava que não era a admiração de todos que contagiava a Anna, mas a admiração de um único homem.

Toda vez que Vrônski falava com Anna, os olhos dela brilhavam de contentamento. Ao observar Vrônski, Kitty notou que ele não tinha mais aquele jeito sereno e firme de conversar, pois estava totalmente seduzido por Anna, parecia outro homem, que Kitty não havia conhecido até então. Naquele momento, o baile já não existia para ela, tudo se encobriu com um nevoeiro em sua alma.

Kitty se apoiou em sua educação e manteve-se firme, dançando, conversando e até sorrindo. Porém, antes de iniciar a mazurca, quando já estavam preparando os pares, Kitty ficou desesperada, pois parecia óbvio que ela não dançaria com Vrônski e ficaria sem par para a dança, após recusar cinco convites. Ninguém mais a convidaria pois a todos parecia óbvio que ela já tinha um par definido. Kitty teve vontade de ir embora, mas sabia que não seria possível explicar à mãe. Estava petrificada.

Kitty saiu do salão e sentou-se na poltrona, em outra sala. Sua cabeça estava atormentada pelos pensamentos e lembranças daquela cena da conversa de Vrônski com Anna. Ela achava que poderia ser um engano da parte dela. Então, a condessa Nordston se aproximou, perguntando se ela não iria dançar a mazurca e Kitty respondeu que não, prestes a chorar. A condessa percebeu a situação e contou que Vrônski convidara Anna Karênina para a mazurca. Kitty mostrou-se indiferente, mas estava pensando no fato de ter rejeitado alguém que realmente a amava, por acreditar nos sentimentos de um outro. A condessa Nordston encontrou Korsúnski e pediu para que ele convidasse Kitty para a mazurca.

Durante a dança, Kitty cruzou com Vrônski e Anna, reparando na maneira como os dois se comportavam. Ela começou a pensar que havia algo de estranho em Anna, algo ao mesmo tempo estranho, demoníaco e encantador. Aquela situação toda fez com que Kitty admirasse Anna ainda mais, mas sabia que aquela noite poderia mudar seu destino de uma maneira desagradável.

Após as danças, Korsúnski convidou Anna para o jantar, mas ela disse que não ficaria, pois partiria no dia seguinte e acrescentou, olhando para Vrônski, que estava cansada de tanto dançar. O anfitrião não insistiu. Vrônski perguntou se Anna realmente partiria no dia seguinte e ela confirmou.

No fim, Anna nem ficou para o jantar e nem viajou de volta a Petersburgo.

Capítulo 24

Lévin, depois de deixar a casa dos Scherbátski, pensava consigo mesmo que havia algo de ruim nele, algo que repelia as pessoas, enquanto ia ao encontro do irmão, Nikolai. Ele sabia que as pessoas diziam que era orgulhoso, mas não se considerava assim; afinal, ele não passaria por esse vexame se fosse orgulhoso. Lévin se achava o único culpado por ter sido rejeitado por Kitty e considerava que ela não tinha outra escolha senão Vrônski. Por fim, chegou à conclusão que se considerava um homem insignificante.

Então Lévin lembrou-se de Nikolai, imaginando que ele tinha razão ao afirmar que tudo no mundo era ruim e sórdido. Imaginou que ele e Serguei julgavam Nikolai erroneamente e considerava que o irmão, apesar de tudo, tinha uma alma boa e era até parecido consigo.

No trajeto até a casa do irmão, Lévin relembrava a vida de Nikolai. Um ano antes e um ano depois da universidade, ele vivera como um monge, seguindo os rigorosos ritos da religião, indo às missas, fazendo jejuns e evitando até as mulheres, mesmo com as zombarias dos colegas e até mesmo de Lévin. Depois, Nikolai trouxera um menino do campo para educar, mas bateu tanto nele que foi processado por mutilação. Teve também o dinheiro que ele perdera no jogo e assinara uma nota promissória, mas depois prestara queixa, dizendo que fora enganado. Nikolai já havia processado até o irmão Serguei, acusando-o de não ter feito a partilha correta da herança da mãe. A vida de Nikolai era realmente horrível, mas, aos olhos de Lévin, não parecia tão horrível assim, pois ele conhecia o coração do irmão. Por fim, lembrou-se de que quando o irmão deixou a vida de devoção, todos viraram-lhe as costas. Então, aquelas pessoas não eram menos desprezíveis que Nikolai.

Ao chegar próximo do hotel onde vivia o irmão, perto das onze horas, Lévin estava decidido a mostrar todo o amor que sentia por ele. Subiu para os quartos doze e treze, onde o irmão estava. A porta estava entreaberta e ouvia-se apenas a voz de outro homem, conversando. Ao ouvir uma tosse, reconheceu que era do irmão e entrou.

Enquanto Lévin tirava as botas, uma mulher passou por ele e o viu, anunciando a Nikolai que ele tinha visita. Quando Nikolai viu que era o irmão, seus olhos alegraram-se. No entanto, após um momento, ele ficou diferente e disse que não queria mais contato com ninguém. Lévin insistiu, dizendo que queria apenas vê-lo e Nikolai o convidou para sentar-se.

Nikolai apresentou ao irmão aquele homem estranho, disse que o conhecera em Kiev, na universidade, e que era procurado pela polícia, mas injustamente. Em seguida, gritou para a mulher, dizendo que colocasse mais um prato à mesa, aproveitando para apresentá-la: aquela era Mária Nikoláievna.

Segundo o próprio Nikolai, ele a tirara de uma casa de mulheres da vida. Disse que a amava, respeitava e considerava sua esposa. Portanto, assim todos deveriam agir da mesma forma com ela, caso contrário, podiam tomar o rumo da porta da rua.

Capítulo 25

Nikolai falava diversas coisas sem sentido algum, tudo ao mesmo tempo, como se estivesse ansioso. De repente, começou a falar sobre seus planos de um novo empreendimento. Ele pensava em uma associação produtiva e falava sobre ela.

Lévin mal prestava atenção, apenas olhava a fisionomia doentia do irmão e sentia cada vez mais pena dele. Logo percebeu que a associação era apenas uma forma de salvá-lo do desprezo por si mesmo.

Nikolai continuava a falar e, desta vez, era a respeito da opressão do capital sobre o trabalhador, sobretudo a respeito dos mujiques[6] que, segundo ele, trabalhavam muito, e o salário, que deveria ser para melhorar a vida deles, era tomado pelos capitalistas. Concluiu que o regime atual precisava ser modificado e olhou para o irmão, como se o interrogasse. Lévin não queria contrariá-lo e apenas concordava com tudo, até que Nikolai disse que organizaria uma associação de serralheiros em uma aldeia, em Kazan.

Lévin indagou o motivo de ser em uma aldeia, onde já havia muito trabalho. Neste momento, Nikolai se sentiu ofendido e começou a falar mais alto e a dizer que ele e seu outro irmão não suportavam que os mujiques fossem libertados daquela escravidão.

---

6   Camponês russo; homem simples do povo. (N.E.)

Nikolai, diversas vezes, falara de Serguei; ele considerava que os dois irmãos eram uns aristocratas. No calor da discussão, Nikolai disse que Lévin podia ir embora, por desprezar todas os ideais dele.

Então, Mária Nikoláievna retornou, aproximou-se de Nikolai e sussurrou algo.

– Estou doente, fico irritado à toa – disse Nikolai ao irmão e continuou falando de Serguei.

O outro homem ali presente, Krítski, que estava na sala, não quis saber do assunto, pois achava que fosse perda de tempo, e foi até a porta de saída. Nikolai disse ao irmão que Krítski também não prestava.

De repente, o rapaz chamou Nikolai até a porta, deixando Lévin sozinho com Mária. Ele aproveitou para saber da saúde do irmão. A moça contou-lhe que Nikolai bebia demais e que aquilo fazia muito mal para ele. Quando Nikolai retornou, quis saber o que os dois conversavam e aborreceu-se.

Neste momento, um criado apareceu e colocou o jantar sobre a mesa. Nikolai pediu uma garrafa de vodca e começou a beber sozinho, enquanto comia pão. Lévin ficou observando o irmão, que xingava Serguei o tempo todo e, entre um xingamento e outro, fazia algumas perguntas.

Nikolai perguntou se Lévin havia se casado, quis saber como ele vivia e perguntou sobre a aldeia. Quando Lévin o convidou para visitá-lo, Nikolai disse que só iria caso não corresse o risco de encontrar Serguei.

Lévin ficou irritado e disse ao irmão que não estava do lado de nenhum dos dois, pois os dois estavam errados naquela briga. Então, Nikolai concordou e disse que o irmão, finalmente, entendera tudo.

Nesse ínterim, Mária tentou tirar a garrafa de Nikolai e ele a ameaçou, mas, logo em seguida, atendeu a seu pedido e entregou-lhe a garrafa. Depois, para quebrar o silêncio, Lévin perguntou a ela:

– A senhora nunca esteve em Moscou?

Nikolai irritou-se, disse que ela não estava acostumada a ser tratada como senhora e se assustava, pois era uma prostituta. Contou que somente o juiz a chamara de senhora, quando ela tentara fugir da casa de prostituição.

Depois, ficou agitado e quis sair com o irmão para beber e ouvir música. Com a ajuda de Mária, Lévin conseguiu convencê-lo a dormir, pois estava muito bêbado. Lévin deixou seu contato com Mária, para que escrevesse em caso de necessidade, e que tentasse convencer Nikolai a ir morar com ele.

Capítulo 26

De manhã, Lévin deixou Moscou e chegou em casa ao anoitecer. No caminho, conversou com um passageiro no trem e pensou muito na insatisfação consigo mesmo. Quando desembarcou, avistou seu cocheiro Ignat, sentado no trenó estofado, com belos cavalos arreados. Enquanto arrumava as bagagens, Ignat já contava as novidades da aldeia: a chegada de um empreiteiro e o nascimento da cria de Pava, sua vaca.

Aos poucos, Lévin sentia que estava voltando à vida normal, sem vergonha ou insatisfação alguma. Ele agora começava a compreender tudo o que acontecera. Não queria ser outra pessoa, apenas ser alguém melhor. Decidiu não ter esperanças de felicidade advinda de um casamento e não menosprezaria seu presente. Depois, não se permitiria nenhuma paixão sórdida, que lhe causasse a mesma vergonha que tivera em Moscou, e nunca mais se esqueceria de Nikolai. Então, prometeu a si mesmo acompanhar a vida do irmão e ajudá-lo quando necessário e ele sabia que esse dia estava muito próximo de acontecer.

Em seguida, começou a pensar na conversa com o irmão sobre o comunismo, que ele não levara a sério, mas o fizera com que começasse a refletir. Lévin considerava a reforma absurda, mas reconhecia que havia injustiça social e a injustiça de sua fartura, em comparação com o povo. Sendo assim, decidiu que deixaria um pouco de seu luxo e trabalharia ainda mais, a fim de sentir-se mais justo.

Ao chegar em casa, encontrou-se com a governanta, Agáfia, e um dos criados, Kuzmá, que correu para a varanda com a cadela Laska, que fez uma festa ao vê-lo. Lévin foi para seu gabinete e lá viu todas suas coisas de sempre e ficou em dúvida a respeito de mudar de vida. No entanto, sua alma pedia essa mudança. Animado, foi para o canto do gabinete, pegou alguns pesos e fez alguns exercícios.

Depois, o administrador contou sobre a perda do trigo-sarraceno na máquina secadora, que Lévin projetara. Ele ficou irritado e repreendeu o administrador, pois sabia que perdera o trigo-sarraceno por imprudência dos funcionários, mas logo esqueceu tudo ao ver a nova cria da vaca Pava.

Mais tarde, Lévin voltou para casa, para conversar com o administrador e o empreiteiro Semiôn.

Capítulo 27

A casa era grande e antiga. Lévin, embora vivesse só, mantinha todo o imóvel aquecido. Ele sabia que aquilo era uma tolice e um exagero, além de ir contra seu novo modo de vida, mas aquela casa era o seu mundo inteiro. Naquela mesma casa haviam morado seu pai e sua mãe. Eles viveram vidas que, segundo Lévin, eram exemplos de perfeição, era um tipo de vida que ele desejava viver junto de sua esposa e de sua família, um dia.

Lévin lembrava-se pouco de sua mãe. Mas o pouco que lembrava era uma recordação sagrada e sua futura esposa deveria ser uma cópia daquele ideal de mulher que fora sua mãe. Ele não era capaz de conceber o amor sem um casamento, e mais: imaginava a família em primeiro lugar e, só depois, a esposa. Sendo assim, seu conceito de matrimônio era muito diferente daquele das demais pessoas da sociedade. Para Lévin, disso dependia sua felicidade, mas ele precisava renunciar a esse desejo.

Lévin foi para a sala de chá e sentou-se com um livro. Agáfia trouxe-lhe um chá e sentou-se perto da janela, enquanto falava sem parar. Ele notara que não se desfizera de seus sonhos, pois não conseguiria viver sem eles. Sendo assim, pôs-se a pensar em sua futura família, na futura esposa, que poderia ser qualquer outra mulher.

De repente, a cadela Laska veio para perto de Lévin, pedindo-lhe atenção, e Agáfia disse que a cadela sentia que o dono estava triste. Lévin ficou surpreso que a governanta tivesse notado sua tristeza, mas ela logo disse que conhecia bem os fidalgos. Antes de trazer-lhe mais chá, disse ainda que ficaria tudo bem, desde que o amo tivesse saúde e a consciência limpa; depois, saiu.

Lévin ficou mais confiante, com a certeza de que daria tudo certo em sua vida.

Capítulo 28

Após o baile, de manhã, Anna enviou um telegrama ao marido avisando-lhe que partiria de Moscou naquele mesmo dia. Depois, explicou à cunhada que precisava ir sem demora, como alguém que se lembra de algo que precisa ser resolvido rapidamente. Stepan não jantaria em casa, mas prometera acompanhá-la à estação, às sete horas.

Naquele dia, Kitty também não veio jantar, disse que estava com dor de cabeça. Sendo assim, Dolly e Anna jantaram apenas com as crianças e a preceptora. Por algum motivo desconhecido, as crianças estavam indiferentes com a partida da tia e sequer quiseram brincar com ela. Anna ocupou-se, durante a manhã, com a escrita de um bilhete aos conhecidos de Moscou e a arrumação das malas.

Dolly sentia que Anna não estava tranquila e que algo a estava preocupando; era uma daquelas preocupações que encobria uma insatisfação consigo mesma. Após o jantar, Dolly foi ter uma conversa com a cunhada. Disse-lhe que ela estava estranha naquele dia, e Anna confessou que não estava bem, mas que não era nada demais, sentia apenas vontade de chorar, pois, assim como não queria sair de Petersburgo, agora, não queria sair de Moscou.

Nesse momento, Dolly disse que ela viera e praticara uma boa ação. Anna, como sempre, disse que não fizera nada de especial e não merecia tal elogio. Tudo fora obra do amor de sobra, que a cunhada tinha para perdoar. Quando Dolly falou que na alma de Anna tudo era claro e bom, Anna retrucou que todos têm seu lado sombrio. Dolly não acreditava, mas, para provar, Anna resolveu contar-lhe o motivo de sua partida.

Contou que Kitty não viera jantar porque ela, na tentativa de unir a jovem e Vrônski, acabou fazendo com que o conde se interessasse por ela mesma, e não por Kitty. Segundo Anna, a mazurca fora a gota d'água. Disse não se sentir totalmente culpada, talvez apenas um pouquinho, e que esperava ser perdoada por Kitty, por ter estragado sua noite e, talvez, seu futuro noivado. Dolly, talvez para consolá-la, disse que não fazia gosto daquela união, principalmente se Vrônski fosse capaz de apaixonar-se por outra mulher de forma tão repentina.

Por fim, quando Stepan chegou, já na hora da partida, Anna pediu à cunhada que ajudasse a corrigir seu erro com Kitty, pois ela queria muito que todos gostassem dela, assim como ela gostava de todos.

Anna e Dolly se despediram, jurando uma a outra que sempre se amariam como melhores amigas.

ANNA KARÊNINA | 53

Capítulo 29

"Graças a Deus, está tudo encerrado!", foi o primeiro pensamento de Anna, quando se despediu do irmão pela última vez.

Ela sentou-se ao lado de sua criada Ánuchka e já estava ansiosa para encontrar o filho, o marido e, finalmente, retomar sua vida normal. Anna preparou sua poltrona da maneira mais confortável possível. O vagão estava cheio e estava próxima de outras mulheres que conversavam com ela e outra que se queixava da calefação do vagão. Ela não deu muita atenção à conversa e pediu à Ánuchka que pegasse uma lanterna, para que pudesse ler um livro. Anna, porém, estava muito agitada para ler. O barulho do trem, a neve batendo na janela, as vozes das mulheres, o entra e sai de pessoas e o funcionário do trem, entrando todo coberto de neve e esbarrando nela, tudo isso a incomodava muito e não conseguia se concentrar em sua leitura.

Depois de um tempo, Anna já conseguia até entender o livro, mas não tinha vontade alguma de ler. Em geral, quando lia algum livro, sentia vontade de vivenciar exatamente aquilo que o personagem vivenciava, fosse uma grande aventura, fosse apenas um acontecimento qualquer. Naquele dia, ela não sentia a mesma vontade e fazia um tremendo esforço para continuar a leitura.

Anna baixou o livro e pôs-se a pensar em tudo o que acontecera em Moscou. Tudo era agradável e bom em sua lembrança. Lembrou-se da noite do baile, de Vrônski, com seu rosto apaixonado e obediente diante dela. Lembrou-se de todas suas atitudes com ele e não viu nada de vergonhoso nelas. Porém, justamente por conta dessas lembranças, ela começou a sentir vergonha, pois parecia que ouvia uma voz dentro de si, dizendo que aquilo era ardente demais.

Ela tentou pegar o livro novamente para ler, mas seus pensamentos estavam muito dispersos, e pôs-se a imaginar diversas coisas, como em um devaneio, e foi ficando cada vez mais tensa. De repente, ouviu a voz de um homem ao longe e despertou. Era a voz do condutor, avisando que se aproximavam da estação.

Para tentar se recompor, Anna decidiu sair do vagão e respirar um pouco do ar gelado na plataforma. Foi com prazer que inspirou aquele ar gelado e observou toda a plataforma iluminada.

Capítulo 30

A tempestade se intensificara e cobria tudo e todos de neve. Em meio à tempestade, pessoas andavam para todos os cantos e falavam entre si. Anna já se preparava para subir no vagão quando, diante dela, surgiu a imagem de um homem, que cobria a luz fraca da lanterna. Anna olhou para aquele homem e, imediatamente, reconheceu o rosto de Vrônski, que a cumprimentou e perguntou se poderia fazer algo por ela. Sem dizer nada, Anna apenas o fitou e observou a mesma expressão de admiração que exercera um grande efeito sobre ela, na noite do baile.

Durante todos aqueles dias, Anna dizia para si mesma que Vrônski era um entre muitos que haviam passado por sua vida, não tinha importância alguma. No entanto, nesse encontro, viu-se dominada por um sentimento radiante de orgulho. Ela sequer precisava perguntar o motivo de ele estar ali, pois já sabia e tinha certeza de que era por causa dela. Mesmo assim, Anna perguntou para Vrônski:

– Por que o senhor está aqui? – perguntou com brilho nos olhos.

O conde deu exatamente a resposta que ela esperava: estava ali apenas para ficar perto dela, onde quer que ela estivesse.

O apito do trem soou para que todos retornassem a seus vagões. A tempestade já não parecia tão horrível, pelo contrário, parecia até bela. Anna ficou em silêncio, pois, apesar de ouvir aquilo que queria, sua razão dizia-lhe para ter medo. Vrônski percebeu e pediu perdão pelo que dissera.

– O que o senhor disse está errado! Peço para que, se for um homem decente, esqueça tudo o que eu e o senhor conversamos – disse Anna.

Vrônski respondeu que não podia se esquecer de tudo o que ela lhe dissera, nem mesmo de seus movimentos.

– Basta! – gritou Anna, tentando parecer severa.

Anna subiu no vagão e ficou pensando nas palavras ditas pelos dois. Entendeu que aquela pequena conversa fora o suficiente para uni-los ainda mais. Após alguns minutos, Anna decidiu entrar em seu vagão e sentou-se em sua poltrona. Não dormiu a noite toda, conseguiu cochilar apenas ao amanhecer. Quando acordou, já estava próxima de Petersburgo. Com a proximidade de sua casa, pôs-se a pensar no marido, no filho e na casa em si, com todos os afazeres.

Assim que o trem chegou em Petersburgo e Anna desembarcou, a primeira imagem que viu foi a do marido. Ele estava parado diante dela, esperando-a. Quando olhou para ele, algo havia mudado. Mesmo com toda a hipocrisia costumeira de seu casamento, ela se surpreendera por olhar o marido de uma maneira diferente; conseguia enxergar todos os defeitos físicos dele, até a orelha, estranhamente pressionada pela aba do chapéu.

A primeira pergunta ao marido foi sobre o filho, se ele estava bem.

– Essa é a minha recompensa por todo o ardor que sinto por você? Sim, ele está bem – respondeu Karênin.

Capítulo 31

Vrônski sequer tentou dormir aquela noite. Ele ficou em sua poltrona, apenas pensando em tudo o que acontecera na plataforma da estação. Sentia-se confiante, como um rei, superior a todos. E sentia-se assim não por acreditar que exercera uma forte impressão em Anna, pois ele sequer acreditava nisso, mas porque Anna produzira nele felicidade e orgulho. Então, Vrônski não se arrependia de ter dito a ela tudo o que pensava, estava contente por tê-lo dito e ter a certeza de que, agora, Anna sabia tudo o que ele sentia por ela.

Em Petersburgo, o conde desceu do vagão e esperou um pouco, desejando ver Anna mais uma vez. Ele desejava vê-la caminhando, ver seu rosto e, quem sabe, conversar mais uma vez com ela. Porém, antes de vê-la, Vrônski viu o marido, conduzido pelo chefe da estação. Pela primeira vez, lembrou-se de que Anna tinha um marido. Sabia, claro, que ela era casada, mas não acreditava na existência desse homem e passou a acreditar apenas quando o viu, com um ar de posse, pegando levemente Anna pelo braço.

Ao vê-lo, Vrônski teve a horrível sensação de ter chegado até uma fonte de água, com sede, e deparar-se com animais bebendo água, deixando-a imprópria para ele. Ele observou atentamente Aleksei Karênin e concluiu que aquele homem não tinha o direito de amar Anna, apenas ele tinha esse direito.

Quando seu criado chegou para pegar as malas, Vrônski seguiu na direção de Anna, viu quando os dois se encontraram e percebeu nela certo constrangimento ao falar com o marido. Então, decidiu que Anna não amava aquele homem. Continuou seguindo o casal, até que Anna percebeu sua presença e olhou para trás.

Vrônski, então, aproximou-se e tomou a liberdade de perguntar a ela se passara bem a noite. Anna respondeu que sim e seus olhos brilharam no mesmo instante. Ela olhou para o marido, para entender se ele conhecia Vrônski. Karênin ficou olhando para ele, imaginando se o conhecia ou não. Quando Anna disse que era o conde Vrônski, o marido o cumprimentou, crendo que o conhecia e logo passou a falar com a esposa, indicando que Vrônski estava sobrando naquele momento, mas o conde não se deteve.

– Espero ter a honra de poder visitá-la – disse.

Karênin tomou a fala para si e disse que eles recebiam às segundas-feiras. E falou para a esposa, em tom de ironia, que ela partira na companhia da mãe e retornara na companhia do filho.

Vrônski continuou a andar atrás do casal e Anna podia até ouvir seus passos. Anna e Karênin conversavam sobre o filho que, segundo o marido, se comportara muito bem e pouco sentira a falta da mãe. Disse também que ela precisava visitar a condessa Lídia Ivánovna, que ele apelidara de Samovar[7], pois se enchia de ardor por qualquer coisa, porque a condessa estava preocupada com a situação do casal Oblônski.

Karênin conduziu Anna até a carruagem e seguiu para seu trabalho.

Capítulo 32

Em casa, a primeira pessoa a encontrar Anna foi o filho. Ele desceu a escada correndo, apesar dos gritos da preceptora, e agarrou o pescoço da mãe. Assim como o marido, o filho também despertara um sentimento próximo a uma decepção. Ela o imaginava melhor, mas, ainda assim, era o mesmo menino encantador de sempre. Anna experimentou um grande prazer com os carinhos do filho, uma sensação de apaziguamento moral.

---

7 Utensílio de origem russa, utilizado para aquecer a água para o chá. (N.T.)

Anna mal teve tempo de tomar o café, quando chegou a condessa Lídia Ivánovna. Anna gostava da amiga, mas, naquele dia, pareceu enxergar todos os defeitos dela. A condessa perguntou como fora a reconciliação de Stepan e Dolly. Tão logo Anna começou a contar, a amiga interrompeu e passou a descrever seus próprios problemas. Ela cuidava de uma instituição filantrópica e reclamava o tempo todo das pessoas que também ajudavam. Anna percebera que, apesar de a condessa ser cristã e fazer caridade, vivia nervosa e cheia de inimigos, justamente por conta de seu cristianismo e sua caridade. Após uma breve conversa, a condessa partiu para um compromisso.

Após receber mais uma visita, que lhe contara as novidades da cidade, Anna deu um passeio antes do jantar. Mais tarde, aproveitou para acompanhar o filho em seu jantar e colocar em ordem suas correspondências.

Todo o sentimento anterior, de vergonha sem motivo, desaparecera. Agora, ela estava de volta à sua vida normal. Lembrando-se do que aconteceu, Anna considerava que fizera o correto e botara um fim à história com Vrônski. Ela sequer julgava necessário contar ao marido; certa vez, ele havia dito que uma mulher estava sujeita às declarações de outros homens, mas ele confiava na esposa e nunca se rebaixaria ao ciúmes.

"Então, não há nada para contar? Sim, graças a Deus, não há nada para contar", disse Anna consigo mesma.

Capítulo 33

Aleksei Aleksándrovitch Karênin chegou às quatro horas, mas não teve tempo de conversar com a esposa, então foi direto para o escritório para receber as pessoas que o aguardavam com petições e assinar alguns outros papéis. Na hora do jantar, estavam presentes uma prima sua, um diretor de departamento e a esposa. Às cinco horas em ponto, Aleksei entrou na sala, vestindo fraque e usando suas medalhas no peito, pois teria mais um compromisso após o jantar. Ele era um homem muito atarefado e, por isso, mantinha uma rigorosa pontualidade em tudo o que fazia. Sendo assim, entrou na sala, cumprimentou a todos e sentou-se à mesa, sorrindo para a esposa.

Durante o jantar, conversou com a esposa sobre Moscou, perguntou a respeito de Stepan e falou sobre os serviços da administração pública e a vida social de Petersburgo. Quando terminou de jantar, passou mais trinta minutos com os convidados e retirou-se para ir ao conselho.

Após o jantar, Anna não quis sair. Ela recebera um convite para ir até a casa da princesa Betsy Tvérskaia, mas não foi. Assim como não foi ao teatro. Ela não saiu, em grande parte, por conta de seu vestido não estar pronto, o que a deixou tão enfurecida com a costureira, que, depois, sentiu até vergonha de si mesma. Para acalmar-se, passou a noite toda com o filho em seu quarto, até ele dormir.

Depois de deixar o filho, Anna ficou lendo um livro junto à lareira, até que o marido retornou, às nove e meia em ponto. Os dois conversaram mais um pouco sobre a viagem a Moscou; Karênin disse que não acreditava ser possível perdoar um homem como Stepan. Anna adorava esse traço característico do marido: ele não deixava de exprimir sua opinião sincera por conta de parentesco.

Em seguida, Aleksei quis saber se Anna ouvira algo sobre a nova lei que ele fizera passar no conselho. No entanto, ela não ouvira nada a respeito e lamentou não ter dado atenção a isso. O marido contou-lhe que fora ovacionado por conta dessa aprovação.

Antes de ir ao escritório, Aleksei perguntou o que a esposa estava lendo. Ele não se importava com a arte da literatura, preferia a leitura de assuntos políticos, filosóficos e teológicos. Lia muito sobre tais assuntos em busca de respostas. Já em questão de poesia e música, ele tinha uma compreensão limitada e formava opiniões mais categóricas. Adorava Shakespeare, Rafael e Beethoven, então falava sobre as novas escolas de poesia e de música.

Após essa breve conversa, os dois se despediram e Anna foi para seu quarto, a fim de escrever uma carta à cunhada. Consigo mesma, ela tentava se justificar, como se alguém tivesse questionado o motivo de seu amor pelo marido, pois ele era um homem bom, gentil, sincero e notável em seu trabalho. No entanto, Anna ainda acha estranho como as orelhas do marido se sobressaem.

À meia-noite, o marido foi dormir e, antes, passou no quarto da esposa para despedir-se mais uma vez. Ao ir dormir, Anna já não tinha mais a mesma vivacidade que tinha em Moscou. Talvez a chama estivesse apagada ou, talvez, estivesse apenas guardada em algum lugar.

Capítulo 34

Ao ir para Moscou, Vrônski deixara seus aposentos com seu grande amigo Petrítski. Ele era um jovem tenente, não era rico e vivia endividado, pois bebia muito à noite e se metia em muitas encrencas, o que lhe rendia idas constantes à cadeia.

Ao chegar em casa, depois das onze horas, Vrônski ouviu vozes de mulher e a risada de um homem. Ele pediu à criada que não fosse anunciado e entrou de mansinho. Na sala, estavam a baronesa Shilton, fazendo café, diante de uma mesa redonda; Petrítski, de sobretudo; e o capitão de cavalaria Kameróvski, ainda de uniforme completo.

Petrítski soltou um brado com a chegada do amigo. Ele estava agitado, pedia para que a baronesa fizesse café para Vrônski, e o apresentou a ela, embora ambos já se conhecessem. A baronesa fez menção ir embora, para não atrapalhar o dono da casa, mas o conde disse-lhe que ela jamais atrapalhava. Ao ouvir isso, a baronesa perguntou-lhe, em tom jocoso, se ele trouxera a esposa, ao que o conde respondeu que não havia nem nunca haveria esposa alguma, pois ele nascera e morreria cigano.

Aproveitando-se da presença do amigo, a baronesa pediu-lhe alguns conselhos sobre sua situação com o marido. Ela achava um absurdo que seu marido não lhe desse o divórcio, pois ele queria as propriedades dela apenas porque ela o traíra. Pelo jeito, a baronesa não via motivos para tal reação do marido. Vrônski deu razão à baronesa, tratando-a como ele sempre tratava as mulheres daquele tipo: de forma jocosa.

No mundo de Vrônski, havia dois tipos de pessoas, que se dividiam em classes opostas. Uma era a classe inferior, onde estavam as pessoas tolas, vulgares, que acreditavam que um marido deveria ser fiel, uma jovem solteira, inocente, uma mulher, recatada, e o marido, másculo para prover aos filhos e pagar as dívidas. A outra classe era de pessoas elevadas, à qual ele e os amigos pertenciam; uma classe que precisavam ser elegante, bonita, generosa, corajosa, alegre e entregar-se a todas as paixões.

Vrônski ainda estava sob o efeito de Moscou, mas logo se sentiu finalmente em casa, entrando em seu mundo alegre e agradável de sempre. Após preparar o café e derramá-lo em seu vestido, a baronesa resolveu ir embora, assim como seu amigo Kameróvski.

Enquanto Vrônski se lavava, Petrítski o deixou a par de tudo o que acontecera em sua ausência, contou-lhe de suas mazelas, da falta de dinheiro, das dívidas e de um alfaiate que queria vê-lo preso. Contou-lhe ainda de uma bela jovem que conhecera e o quanto a baronesa o entediava, querendo dar-lhe dinheiro o tempo todo. No dia anterior, desentendera-se com Berkóchiev e estava prestes a duelar com ele. Enquanto o amigo lhe contava tudo, Vrônski sentia a agradável sensação de estar de volta ao lar.

Depois, Petrítski falou sobre os assuntos menos relevantes, mas não menos interessantes, que fizeram com que Vrônski e o amigo gargalhassem e mantivessem esse tom de alegria durante toda a noite.

Assim que soube de todas as novidades, Vrônski vestiu seu uniforme e saiu para apresentar-se ao regimento. Após se apresentar, tinha a intenção de visitar o irmão, ir à casa de sua prima Betsy e introduzir-se ao círculo social da cidade, a fim de encontrar Anna.

Segunda parte

Segunda parte

Capítulo 1

No final do inverno, na casa dos Scherbátski, reuniu-se um conselho médico para decidir sobre o estado de saúde de Kitty e como recuperar suas forças que estavam cada vez menores. Ela estava doente e piorava com a chegada da primavera.

O médico da família deu-lhe óleo de fígado de bacalhau, ferro, nitrato de prata, mas nada ajudara. Depois, ele recomendou uma viagem ao exterior. Por conta disso, a princesa trouxe um médico famoso.

Esse médico era jovem, bonito e fez questão de examinar a paciente. Ele achava descabido que uma jovem tivesse pudor em ser examinada, nua, por um médico jovem, sentia-se até mesmo ofendido. Apesar de todos os médicos terem a mesma formação, por algum motivo, acreditavam que somente aquele médico poderia salvar Kitty. Após um longo exame, o médico foi até a sala para conversar com o príncipe.

O príncipe era daquelas pessoas que não confiavam na medicina e ouvia tudo com incredulidade. O médico, todo cheio de si, tentava explicar ao príncipe e tinha um certo ar de desprezo, como se tivesse que descer o nível para poder explicar-lhe algo. Ao final da explicação, entendeu que era inútil conversar com o pai de Kitty e resolveu conversar com a princesa. Nesse momento, a princesa apareceu com o médico da família, e o médico famoso disse que precisava deliberar com ele, a fim de chegar a um diagnóstico.

Enquanto os dois médicos conversavam, o médico famoso olhava o tempo todo no relógio, ele estava com pressa para algum outro compromisso. Por fim, decidiram que Kitty poderia ter um início de pneumonia, mas ainda era cedo para diagnosticar. Porém, ela deveria tomar águas de Soden[8], para não causar danos à paciente. O desafio era manter Kitty nutrida e acalmar-lhe os nervos. O médico da família também levantara a hipótese de algum problema moral ou espiritual.

Por fim, o médico famoso concordou com a viagem a Soden, mesmo sendo contra inicialmente, sob a condição de não se tratar com os charlatões alemães. Antes de ir embora, o médico famoso quis examinar Kitty mais uma vez, para desespero da princesa. Ao chegar no quarto para examiná-la, Kitty chorava e acabou se irritando com as mesmas perguntas que o médico fizera anteriormente, saindo do quarto.

Kitty achava que aquilo era uma tolice, mas fazia apenas para não magoar a mãe. Ela sabia que o problema dela era coração partido. Para acalmar a mãe, que ficara feliz com a visita dos médicos, Kitty aceitou viajar, fingiu estar alegre e até começou a conversar sobre os preparativos da viagem.

Capítulo 2

Dolly chegou assim que o médico foi embora. Ela sabia que haveria um conselho de médicos e, apesar de ter uma filha doente e outra recém-nascida, resolveu ver o que os médicos decidiram sobre a saúde da irmã.

Ela mal entrou na casa e já perguntou como estava a saúde de Kitty. Com a alegria da mãe, logo concluiu que estava tudo bem. A princesa tentou explicar, palavra por palavra, o que o médico dissera, mas não conseguia transmitir adequadamente. Mas o importante é que poderiam viajar ao exterior.

Dolly suspirou, pois Kitty era também sua melhor amiga e ia viajar. Ela não estava feliz, o relacionamento com Stepan não ia bem, desde a reconciliação.

---

8   Cidade alemã, na província prussiana de Hesse-Nassau. A água do local é conhecida por ser rica em óxido de ferro e ácido carbônico, eficazes para doenças do trato respiratório, do fígado e do estômago. (N.T.)

A reunião que Anna promovera não fora suficiente para evitar rachaduras. Não acontecera nada de especial, mas o marido ficava muito pouco em casa, havia a escassez de dinheiro e Dolly sentia muito ciúmes, devido à falta de confiança no marido. Para completar, a numerosa família a consumia por completo. Dolly disse à mãe que sua filha, Lili, estava com suspeita de escarlatina e, caso se confirmasse, ela não poderia sair de casa por um longo período.

Nesse momento, o príncipe saiu do escritório, cumprimentou a filha, e perguntou à esposa se ele precisaria ir junto na viagem. A princesa disse que era melhor que ficasse, e ele mostrou-se indiferente. Kitty, a filha preferida do príncipe, sugeriu que o pai viajasse junto com elas, pois seria mais alegre. O pai afagou a filha, como que se desse a entender que somente ela o entendia. O príncipe pergunta por Stepan, e Dolly responde que não sabia nada dele, pois vivia fora de casa. Depois, o príncipe falou à Kitty que, quando ela acordasse e dissesse, para si mesma que estava tudo bem, alegre e saudável, então eles iriam juntos passear na friagem da manhã.

Kitty entendera que o pai sabia que seu problema era o coração partido, ela pôs-se a chorar e saiu da sala. Quando a princesa repreendeu o marido, ele irritou-se e começou a dizer que a culpa era toda da esposa, que empurrara um almofadinha para a filha e que ele a enganara. Aproveitou e culpou a esposa por trazer os médicos para casa, que ele considerava uns charlatões. O príncipe tinha muito mais para dizer, mas, quando a princesa começou a chorar, ele parou e foi consolá-la por um instante e saiu da sala.

Dolly comentou com a mãe que Lévin tinha a intenção de pedir a mão de Kitty e, naquele dia, talvez ela o rejeitara. A princesa disse que nada sabia a respeito e acusou Kitty de não contar nada para ela. Sabendo que a culpa por tudo aquilo era dela, a princesa se zangou e disse que não entendia mais nada daquela juventude.

– Mamãe, vou falar com Kitty – disse Dolly.

– Vá. E eu estou impedindo? – respondeu a mãe, irritada.

Capítulo 3

Ao entrar no pequeno quarto de Kitty, um quarto cor-de-rosa, com bonequinhas de porcelana, tão jovem e alegre, como ela mesma era dois meses atrás, o coração de Dolly gelou ao ver a irmã sentada, perto da porta, olhando para o chão. Kitty olhou de soslaio e sua expressão fria e severa não se alterou.

Dolly disse à Kitty que, por conta da escarlatina, ela iria para casa e não poderia receber a visita da irmã por muito tempo; por isso, precisava falar um pouco com ela.

– Sobre o quê? – perguntou Kitty.

Dolly disse que era sobre o desgosto que ela estava sentindo. Kitty negou estar sentindo algum desgosto. A irmã mais velha irritou-se e pediu para que a caçula parasse com aquilo, pois, o que ela estava sentindo, todos já haviam sentido alguma vez na vida. Kitty ficou em silêncio.

Quando Dolly disse que Vrônski não merecia o sofrimento dela, Kitty disse que ele a desprezara. Dolly tentou dizer que era mentira, mas Kitty disse que não precisava da compaixão da irmã e ficou furiosa, de uma maneira que Dolly já vira antes. Ela bem sabia que a irmã, em seus momentos de fúria, era capaz de dizer as coisas mais terríveis; por isso, sabia que precisava acalmá-la, mas já era tarde demais.

Kitty acusou a irmã de não ter compaixão e de atormentá-la com tal assunto. Disse ter orgulho o suficiente para não cair mais em armadilha de homem algum e que não se permitiria amar um homem que não a amasse. Então Dolly perguntou se Lévin havia falado com ela. Nesse momento, Kitty perdeu totalmente o controle e não parou mais de falar, disse que não era como a irmã, capaz de perdoar um homem que a traíra. Ao terminar de falar, notou que a irmã ficara em silêncio, cabisbaixa.

Dolly estava pensando somente em sua própria humilhação, que sentia o tempo todo, e as palavras de Kitty fizeram com que ela se lembrasse de tudo. Dolly não esperava um golpe daqueles vindo da irmã e ficou zangada, mas Kitty, arrependida, logo se aproximou dela e pôs-se a chorar em seu colo. Ela havia entendido que suas palavras machucaram profundamente a irmã. Dolly, no entanto, teve a comprovação de que o sofrimento de Kitty se dava ao fato de ter rejeitado Lévin por conta de um homem que a enganara; agora, ela estava pronta para amar Lévin.

Kitty se abriu com a irmã, dizendo que não tinha mais prazer algum em ir aos bailes. Disse que só se sentia bem quando estava próxima das crianças, como na casa de Dolly, com seus sobrinhos. Dolly lamentou que Kitty não pudesse ficar em sua casa, por conta da escarlatina. Porém, Kitty se lembrou de que já tivera escarlatina e poderia ajudar a irmã na tarefa.

No fim das contas, Kitty conseguiu ficar na casa da irmã e cuidou de todas as seis crianças, que pegaram escarlatina. No entanto, a saúde de Kitty não melhorou e, na quaresma, os Scherbátski viajaram para o exterior.

Capítulo 4

O círculo mais alto da sociedade de Petersburgo é realmente um círculo fechado, onde todos se conhecem. No entanto, há subdivisões neste círculo. E Anna Karênina tinha amigos em três dos círculos.

O primeiro era o dos funcionários públicos, ao qual pertencia seu marido; eram colegas de trabalho e subordinados, divididos de acordo com as condições sociais. Anna conhecia cada um deles a fundo. Este círculo de associações políticas nunca a interessara e ela até o evitava, embora a condessa Lídia Ivánovna insistisse para que ela participasse.

O outro círculo era o da condessa Lídia Ivánovna. Era um círculo pequeno, apenas com mulheres feias, velhas e devotas; e com homens inteligentes e ambiciosos. Dele dependia a carreira de Aleksei. Este respeitava muito esse círculo e Anna fizera bons amigos ali. Porém, após retornar de Moscou, ela passou a evitar esse círculo, por considerá-lo enfadonho, passando a evitar também a casa da condessa Lídia.

O último círculo era o da alta sociedade, que organizava os bailes, jantares e usava roupas luxuosas. O que ligava Anna a este era a princesa Betsy Tvérskaia, esposa de seu primo, que tinha uma renda muito alta. Após voltar de Moscou, tornara-se o círculo favorito de Anna. Era ali que ela conseguia encontrar Vrônski, primo de Betsy.

Onde quer que Vrônski encontrasse Anna, ele fazia questão de declarar seu amor. Anna tratava-o com desdém, mas o que ela sentira em Moscou retornava a cada vez que o encontrava. De início, Anna se culpava por permitir os assédios de Vrônski, mas depois, quando o conde deixou de aparecer em certa ocasião, ela ficou muito triste e entendeu que aquele assédio até lhe fazia muito bem, era o principal interesse de sua vida.

Certa vez, no teatro, Vrônski encontrou sua prima Betsy e foi até seu camarote. Betsy já desconfiava da paixão entre o primo e a amiga. Ela fazia insinuações para ele, dizendo que os apaixonados tinham premonições, referindo-se ao dia em que nenhum dos dois compareceu a seu jantar. Ela observou, ainda, que seu primo estava agindo exatamente da mesma maneira que as pessoas de que ele tanto zombava, ao se apaixonarem por alguém. Disse que ele fora agarrado. Vrônski respondeu dizendo que era tudo o que ele queria, ser agarrado, mas o tempo estava passando e nada acontecia.

Vrônski temia estar sendo ridículo aos olhos dos outros, por estar apaixonado daquela maneira por alguém. No entanto, um homem que se apaixona por uma mulher casada e faz de tudo para que ela traia o marido é algo belo, grandioso e jamais seria ridículo aos olhos da sociedade. Vrônski até mesmo se sentia orgulhoso e satisfeito.

Quando Betsy perguntou o motivo de o primo não ter ido a seu jantar, ele disse que fora ajudar na reconciliação de um marido com o homem que ofendera sua esposa. Betsy se interessou pela história e pediu para que ele contasse, mais tarde, no intervalo da ópera. Porém Vrônski estava de saída, justamente por conta da tal reconciliação e resolveu contar imediatamente.

Capítulo 5

Vrônski resolveu contar a história, mas alertou que omitiria os nomes. Segundo ele, dois jovens alegres estavam seguindo pela rua, após o almoço, em direção à casa de um amigo para o jantar. Estavam muito alegres e, de repente, passou uma carruagem de aluguel com uma bela moça dentro; ela olhou para trás, segundo eles, e acenou com a cabeça e sorriu. Eles ficaram descontrolados e passaram a persegui-la a galope. Ela foi para o mesmo local que eles estavam indo encontrar o amigo. A mulher saiu da carruagem e subiu correndo as escadas até o segundo andar.

Os dois amigos entraram e foram jantar com o outro amigo, que fizera um jantar de despedida. Os dois beberam demais e procuraram saber quem morava no andar de cima. O criado respondeu que moravam muitas mulheres. Após o jantar, resolveram escrever uma carta apaixonada para a mulher e foram entregá-la em mãos.

Quando tocaram a campainha, a criada atendeu e eles entregaram a carta, dizendo que estavam apaixonados pela mulher que entrara e eram capazes de morrer ali mesmo. De repente, surgiu um homem, de suíças, todo vermelho, dizendo que ninguém morava naquela casa, exceto sua esposa, e os expulsou. Para azar dos jovens, o marido era um conselheiro titular, que prestou queixa e sobrou para Vrônski reconciliá-los.

Por fim, contou que tivera dificuldades em reconciliá-los. O marido mostrava-se gentil e, de repente, começava a ofendê-los. Assim aconteceu por algumas vezes. Então, concluiu dizendo que estava indo ao Teatro Francês por conta do ocorrido. Betsy desejou-lhe boa sorte e Vrônski partiu.

Vrônski foi direto para o Teatro Francês, onde se encontraria com o comandante do regimento, a fim de conversar sobre a reconciliação. Os envolvidos eram Petrítski e o jovem príncipe Kedrov. Eles eram do esquadrão de Vrônski, que fora incumbido de reconciliá-los com o marido, para que não manchasse o nome do regimento. O próprio comandante deu a ordem para que ele ajudasse os companheiros.

O marido, em sua queixa, contara que sua esposa não se sentira bem e saíra da igreja às pressas para casa e fora perseguida por dois militares, que a assediaram e entregaram-lhe uma carta. Como o comandante viu que o marido não desistiria da queixa e quis evitar um duelo, enviou Vrônski.

Quando Vrônski contou tudo o que ocorrera ao comandante, este condenou o acontecido, mas não deixou de achar engraçado.

Capítulo 6

A princesa Betsy foi embora antes do último ato. Ela mal teve tempo de chegar em casa, retocar a maquiagem e ir ao toalete quando, no instante seguinte, começaram a chegar as carruagens de seus convidados para a reunião daquela noite.

Os convidados desembarcavam e eram recebidos pelo porteiro gordo da casa. Betsy entrou quase ao mesmo tempo no salão de paredes escuras, com tapetes de veludo, uma mesa iluminada sob a luz das velas, um reluzente samovar de prata e a bela porcelana do serviço de chá.

A anfitriã, com a ajuda dos criados, começou a colocar as cadeiras em ordem, divididas em duas partes, uma em volta do samovar, próximo dela, e na outra extremidade, em volta da bela esposa de um embaixador. Em ambos os círculos, a conversa era pouca, por conta da chegada de outros convidados e do chá, que ainda estava sendo servido.

De início, falavam da atriz de ópera Nilsson, e sua bela atuação. Então, a princesa Miágkaia, uma das amigas de Betsy, irritou-se, pois estava cansada de ouvir falar sempre a mesma coisa sobre Nilsson. A princesa era uma senhora gorda de cabelos loiros. Ela era sempre muito franca e áspera, e todos a chamavam de "criança terrível". A princesa Miágkaia estava sentada entre os dois círculos, interagindo ora com um, ora com outro.

A conversa não durou muito e a esposa do embaixador sugeriu que contassem algo divertido, mas sem ser malicioso. O diplomata disse que era difícil, pois só na malícia há diversão. Mas disse que tentaria, caso alguém desse um tema. A conversa continuou, mas como era em um tom gentil, não durou muito. Dessa forma, recorreram a um tema infalível: falar mal dos outros.

A esposa do embaixador começou a falar sobre Tuchkévitch, dizendo que ele tinha algo de parecido com o estilo Luís XV. Dizia isso apontando para ele, que estava junto à mesa e completava que era por isso que ele sempre frequentava aquele salão, que era no mesmo estilo Luís XV. A conversa se prolongou, devido à alusão da relação entre Tuchkévitch e Betsy. Enquanto isso, no outro círculo, as conversas também não duraram muito e tiveram que recorrer ao mesmo tema.

O marido de Betsy, um homem gordo e bondoso, entrou no salão, antes de ir ao clube. Ele entrou bem silenciosamente e abordou a princesa Miágkaia, que se assustou com sua maneira sorrateira. Eles começaram a conversar sobre as gravuras que ele colecionava. Os dois sempre conversavam de maneira jocosa entre si.

Depois, como todos gostavam de ouvir as histórias da princesa Miágkaia, sugeriram juntar os círculos, mas ela se recusou. O assunto da vez era o casal Karênin.

Comentaram que Anna voltara muito diferente de Moscou; diziam que retornara com a sombra de Vrônski, insinuando que ele a perseguia por todos os lugares. A princesa Miágkaia, que gostava muito de Anna, interrompeu, dizendo que ela era uma mulher excelente, e que não gostava do marido dela. Disse que Karênin era um tolo e que, no início, achava que ele fosse inteligente, mas nunca conseguiu encontrar um traço sequer de inteligência em Aleksei Aleksándrovitch. Finalizou dizendo que não deixaria que falassem mal de Anna diante dela, pois era uma mulher admirável e gentil.

De repente, Vrônski apareceu à porta e entrou no salão. Ele conhecia todos ali. Perguntaram de onde estava vindo, ele disse que viera do teatro bufo e que contaria a respeito, mas ninguém queria saber, por considerar o teatro bufo muito vulgar. Mas Vrônski disse gostar mais do teatro bufo do que da ópera, que lhe dava sono.

Capítulo 7

Ouviram-se passos na porta de entrada e a princesa Betsy olhou para Vrônski, sabendo que eram os passos de Anna Karênina. O conde olhava ansiosamente para a porta e a expressão de seu rosto mudara: havia prazer e timidez em seu olhar para Anna.

Anna entrou e cumprimentou a anfitriã, sorrindo, e cumprimentou Vrônski com o mesmo sorriso. Ele ofereceu-lhe uma cadeira a seu lado.

Enquanto ela cumprimentava os outros convidados, falava com Betsy, explicando que se atrasara porque estava na casa da condessa Lídia e ficara conversando com Sir John, o missionário. Alguns falavam de Sir John e na paixão que Vlásseva tinha por ele. Quando comentaram que a Vlásseva caçula se casaria por amor, a esposa do embaixador mostrou-se surpresa por alguém ainda se casar por amor. Segundo ela, somente casamentos por conveniência é que eram felizes. Vrônski interrompeu e discordou, dizendo que casamentos por conveniência viravam pó quando alguém encontrava o verdadeiro amor após o casamento. Betsy direcionou a conversa para Anna e perguntou-lhe o que ela pensava sobre o assunto. Anna respondeu que, assim como existem muitas cabeças diferentes, devem existir também muitos amores diferentes. Vrônski, que olhava para Anna, à espera de sua resposta, soltou um suspiro de alívio.

Anna virou-se para Vrônski e disse que recebera uma carta de Moscou, informando que Kitty estava muito doente. O conde mostrou-se curioso, e Anna ficou furiosa, afinal, era ele o culpado por tudo o que acontecera à jovem Scherbátskaia. Sem poder se aguentar, Anna disse a Vrônski que ele fora desonroso com Kitty e não percebia isso.

Vrônski não conseguia entender. Ele não se sentia culpado e não via mal algum em sua atitude com Kitty. Dizia que, se agira mal, fora tudo culpa de Anna, ela era a causa de tudo. Anna ficou ainda mais nervosa e disse que ele não tinha coração. Embora suas palavras dissessem isso, seus olhos diziam o contrário; justamente por ele ter um coração é que Anna o temia.

O conde continuou a se explicar, dizendo que o que houvera com Kitty não fora amor, fora um engano. Quando falava em amor, Anna o censurava e proibia de falar aquela palavra diante dela. Ao dizer que o proibia, ela reconhecia que tinha algum direito sobre ele, e isso o incentivava a falar ainda mais sobre o amor.

Então, Anna disse que viera à casa de Betsy de propósito, para pedir a Vrônski que terminasse com toda essa história. O conde disse não entender o que Anna queria dele. Ela respondeu que queria que ele fosse até Moscou pedir desculpas à Kitty.

– A senhora não quer isso – responde Vrônski.

– Se o senhor me ama, fará isso para que eu fique em paz – respondeu Anna.

O rosto de Vrônski se iluminou. Ele disse que não poderia deixá-la em paz, pois ele não sabia o que era paz. Disse que só poderia dar-lhe seu amor e que, para ele, os dois eram um só. Com o silêncio de Anna, Vrônski teve a certeza de que ela também o amava. Então, ele continuou a falar, dizendo que os dois jamais poderiam ser amigos e que, entre os dois, só pode haver a felicidade ou a infelicidade, e que isso estava nas mãos dela. Disse que, caso ela quisesse, ele poderia desaparecer. Porém Anna interrompeu, dizendo que não tinha a intenção de bani-lo.

Nesse momento, chegou Aleksei Aleksándrovitch, com seu andar calmo e desajeitado. Depois de olhar para a esposa e para Vrônski, sentou-se e tomou um chá com a anfitriã. Os dois discutiram sobre o serviço militar obrigatório. Uma senhora apontou para o casal Karênin e para Vrônski, dizendo que aquilo era indecente. Realmente, parecia que aquela situação era desconfortável para todos no salão. Vrônski e Anna estavam isolados do grupo e todos olhavam para eles, como se aquilo os incomodasse sobremaneira. Apenas Karênin não olhava para os dois.

Percebendo o incômodo, Betsy deixou Aleksei e foi até a mesa onde estavam os dois isolados. Para interromper a conversa, ela começou logo a falar com Anna sobre o marido. Anna levantou-se e foi para junto do grupo.

Meia hora depois, Karênin levantou-se e convidou Anna para ir embora com ele, mas Anna negou, dizendo que ficaria para o jantar.

Após o jantar, Vrônski conduziu Anna até a carruagem e falou, mais uma vez, sobre o amor que sentia por ela. Anna disse que não gostava daquela palavra, pois tinha um significado muito grande para ela. Olhou para ele e despediu-se.

Após beijar a mão de Anna e colocá-la na carruagem, Vrônski sentiu que progredira com ela mais naquela noite do que nos dois últimos meses.

Capítulo 8

Aleksei Aleksándrovitch não vira nada de especial ou indecente na conversa de sua esposa com Vrônski, sentados à mesa, isolados de todos os convidados. No entanto, ele percebeu que a situação havia incomodado o restante dos convidados, que pareciam ver nela algo de inconveniente; por causa disso, ele mesmo passou também a ver algo de inconveniente naquela conversa. Sendo assim, Karênin resolveu ter uma conversa com a esposa.

Já em casa, foi direto a seu escritório, como sempre, e sentou-se na poltrona para ler um livro. Ele sempre lia durante uma hora, mas, desta vez, parecia estar com a mente em outro assunto, e balançava a cabeça, como se quisesse espantar algum pensamento incômodo.

No horário de sempre, ele se preparou para dormir. Anna ainda não retornara do jantar. Com o livro debaixo do braço, ele pensava a respeito do que vira naquela noite. Foi para o quarto e não se deitou, mas ficou andando em círculos e refletindo sobre aquela situação que se desdobrara diante dele. Antes, pensava que seria simples conversar com a esposa, mas, agora, entendia que seria algo muito complicado e embaraçoso.

Aleksei Aleksándrovitch não era um homem ciumento. Ele acreditava que deveria confiar na esposa e tinha certeza de que a esposa sempre o amaria. No entanto, apesar da situação não ter abalado essa confiança, ele sentia que deveria fazer algo a respeito. Estava diante da possibilidade de sua esposa amar outra pessoa que não fosse ele.

Karênin sempre cuidava da administração pública e sempre fugia da vida real. Agora, ele precisava enfrentar a vida e, por isso, perdera o chão. Começou a caminhar pela casa, pensativo e tenso; ora ia até o escritório da esposa, ora até o quarto, ora para sala e, depois, fazia todo o caminho novamente. Falava consigo mesmo que era preciso resolver a questão e dar um basta, mas não sabia o que dizer e nem qual decisão tomar. Ele não conseguia ver nada de errado em uma mulher ter a liberdade de poder conversar com quem quisesse. Procurava se lembrar de que o ciúme o rebaixaria e rebaixaria também sua esposa.

Entrou no escritório de Anna e sentou-se. Ele não podia acreditar que, logo agora que seu projeto estava para ser aprovado, ele teria essa questão para resolver com a esposa e estragar sua tranquilidade, tão necessária. Ao mesmo tempo, sabia que os assuntos sentimentais e espirituais de Anna só diziam respeito a ela mesma e à religião. No entanto, como ele era o chefe da família, sentia que lhe cabia o dever de orientar a esposa e mostrá-la o perigo que ele via, preveni-la e até usar de sua autoridade se necessário.

Sendo assim, formulou tudo o que deveria dizer à esposa. Ele falaria sobre a importância do decoro e da opinião pública, do significado religioso do casamento, da desgraça que poderia recair sobre o filho e, por fim, da desgraça que poderia recair sobre ela mesma.

Nesse momento, Aleksei ouve os passos da esposa na escada e preparou-se para ter a conversa com ela. Embora estivesse preparado, ficou apavorado com a iminência daquele momento decisivo.

Capítulo 9

Anna caminhava cabisbaixa e, ao ver o marido, ergueu a cabeça e sorriu, surpresa por ele não ter ido dormir. Ela não parou e foi direto ao toalete, dizendo que já passara da hora de ele estar dormindo.

– Anna, preciso conversar com você – disse Karênin.

Admirada, Anna saiu de trás da porta e olhou para o marido, perguntando o que ele queria conversar. Em seguida, sentou-se e aceitou conversar, embora indicasse que queria dormir. Anna dizia tudo aquilo de maneira falsa, como se ela quisesse realmente dormir, e sentia que algo invisível a ajudava naquele momento. Aleksei Aleksándrovitch disse que se sentia no dever de adverti-la e Anna fez-se de desentendida, com um jeito artificial, mas o marido a conhecia muito bem e sabia que ela se fechara para ele de alguma forma.

Então, o marido a advertiu sobre a conversa muito animada que ela tivera com Vrônski, disse que aquilo poderia dar motivo à sociedade para falar dela. E dizia isso olhando para a esposa, observando seus olhos brilhantes e intransponíveis, percebendo que tudo aquilo era inútil. Anna mal prestou atenção e apenas retrucou sobre o fato de o marido se incomodar com sua alegria.

Aleksei Aleksándrovitch já não reconhecia Anna, com toda aquela dissimulação. Ele mal podia acreditar que a esposa fingia-se de desentendida a respeito de tudo o que ocorrera naquela noite. Ele insistiu, dizendo que abominava o ciúme, mas ela precisava ter o mínimo de decoro. Disse que não percebera nada de especial, mas a atitude da esposa causara uma má impressão a todos os convidados presentes no salão. Anna disse que o marido não estava bem e quis sair da sala, mas ele correu para detê-la.

– Pois bem, estou ouvindo – disse Anna jocosamente.

Karênin explicou que ele não tinha o direito de invadir seus sentimentos, mas era obrigado a dizer-lhe quais eram seus deveres como esposa. Lembrou que os dois estavam unidos perante Deus e que romper esta união poderia trazer um pesado castigo a ela. Anna, mais uma vez, fez-se de desentendida e disse estar com sono. Aleksei Aleksándrovitch declarou que fazia tudo aquilo por ela também, pois a amava. Falou que ela deveria refletir sobre tudo o que acontecera e que fosse franca com ele.

– Não tenho nada a falar, já é hora de dormir – respondeu Anna.

Aleksei Aleksándrovitch deu um suspiro e foi direto para o quarto.

Quando Anna entrou no quarto, ele já estava deitado e não olhou para a esposa. Anna se deitou e esperou que o marido começasse a dizer algo. Ela temia, mas também queria que o marido falasse. Esperou por um longo tempo, mas o marido permaneceu calado e adormeceu.

Enquanto o marido dormia, Anna pensava no outro, sentia o coração se encher de emoção e de uma alegria criminosa com aqueles pensamentos.

Capítulo 10

Desde essa noite, a vida de Aleksei Aleksándrovitch e Anna mudou. Não houve nada de especial. Anna continuava frequentando a sociedade, principalmente a casa de Betsy, onde sempre encontrava Vrônski. Aleksei Aleksándrovitch via tudo, mas não podia fazer nada.

Sempre que tentava dizer algo, Anna sempre se fazia de desentendida e se fechava para o marido, não dando espaço para uma conversa. Por mais que quisesse ser duro com a esposa e dar um basta naquilo, sempre que ia falar com Anna, ela mudava o tom e tornava impossível dizer o que ele queria de maneira contundente.

Capítulo 11

Aquilo que, durante quase um ano, Vrônski desejava e que tomara o lugar de todos os outros desejos anteriores e que era, para Anna, um sonho impossível, assustador e fascinante, fora realizado.

Vrônski, desesperado, trêmulo e de pé junto à Anna, implorava para que ela se acalmasse. Porém, quanto mais ele pedia para que ela se acalmasse, mais Anna baixava a cabeça e se envergonhava. Ela estava tão desesperada que praticamente caiu aos pés de Vrônski. Anna pedia perdão a ele. Sentia-se tão criminosa e culpada que só lhe restava pedir perdão. Dizia que só lhe restara ele. Vrônski cobria Anna de beijos nas mãos e nos ombros. Ela estava imóvel.

Quando Vrônski tentou se ajoelhar diante dela e dizer-lhe algo, ela não olhou para ele e repetiu que agora estava tudo acabado, que não tinha mais nada além dele e pedia para que não a esquecesse. O conde disse que jamais a esqueceria, pois era a vida dele, porém Anna se levantou e afastou-se dele.

Anna sentia muita vergonha e horror diante de uma nova vida e não queria falar mais naquilo. Nos dias que se sucederam, ela não conseguia falar e sequer pensar em tudo que se passava em sua alma. Anna sempre adiava essa reflexão.

No entanto, no sono ela não tinha esse controle e acabava tendo sonhos com toda essa situação. Ela, frequentemente, sonhava que tinha dois maridos ao mesmo tempo, Vrônski e Aleksei. Os dois ficavam felizes por estarem com ela. Esse sonho, para ela, era como um pesadelo e Anna sempre acordava com horror.

Capítulo 12

Ainda nos primeiros momentos de seu retorno de Moscou, quando Lévin estremecia e ruborizava toda vez que lembrava a rejeição que sofrera, ele começava a pensar em todos os acontecimentos, durante toda a vida, que haviam lhe causado essas mesmas reações. Esses pensamentos faziam com que ele acreditasse que, com o tempo, ficaria indiferente a tudo aquilo.

No entanto, passaram-se três meses e Lévin continuava a sentir a mesma sensação. Era tão doloroso quanto no primeiro momento. Ele não conseguia se acalmar porque pensara durante muito tempo na construção de uma família e já se sentia maduro para vivenciá-la. Dera-se conta de que não ficava bem ser um homem solteiro na sua idade. Mas o casamento ficava cada vez mais longe de ser uma realidade.

Agora que seu coração tinha um lugar vago, ele não conseguia preenchê-lo com nenhuma outra mulher que passava por sua vida. Sem contar que a lembrança da rejeição e do papel a que ele se prestara diante de todos o martirizava, fazendo com que ruborizasse e estremecesse.

Mesmo que não conseguisse cicatrizar sua ferida, o tempo e o trabalho agiam a seu favor. Com o tempo, pensava cada vez menos em Kitty e esperava até notícias de que ela se casara, a fim de pôr uma pedra em tudo o que acontecera. Enquanto isso, a primavera se aproximava e Lévin reforçou ainda mais sua intenção de renunciar ao passado e organizar sua vida solitária. Mesmo que muitos planos não houvessem se concretizado, o plano de levar uma vida pura estava sendo cumprido.

Mária Nikoláievna escreveu para Lévin, informando que seu irmão Nikolai estava muito doente, mas não queria se tratar. Foi por isso que Lévin foi até Moscou e conseguiu convencê-lo a tratar-se no exterior e a aceitar o dinheiro para a viagem. Tal acontecimento deixou Lévin satisfeito consigo mesmo.

Apesar da solidão, ele levava uma vida muito atarefada com a agricultura. Estava preparando um livro sobre o assunto, sobre a importância do agricultor e conversava bastante com Agáfia sobre a vida e sobre filosofia, que era o assunto preferido dela.

A Páscoa chegou e, com ela, a verdadeira primavera finalmente apareceu.

Capítulo 13

Lévin calçou suas botas grandes e saiu para caminhar pela propriedade, atravessando os córregos que feriam seus olhos com o brilho da luz do sol, enquanto pisava no gelo e na lama.

A primavera era o momento de fazer planos e projetos. Lévin saía pela propriedade ainda sem saber quais projetos elaboraria, como uma árvore que ainda não sabe para qual direção crescerão seus brotos e ramos na primavera.

Antes, ele foi ver o gado. Viu as vacas soltas no curral, ainda com a pelagem nascendo, se aquecendo ao sol e mugindo. Após ficar admirando por um tempo, Lévin mandou levá-las para o pasto e deixar apenas os bezerros no curral. As bezerras que nasceram estavam com um bom tamanho, muito maior do que o normal. A cria de Pava já tinha o tamanho de uma novilha de um ano, apesar de ter apenas três meses. Lévin pediu para dar-lhes feno atrás de um tapume. No entanto, notou que o tapume estava quebrado e mandou chamar o carpinteiro. Mas o carpinteiro estava consertando as grades, que já deviam estar prontas há muito tempo. Ele ficou irritado, pois se repetia a mesma coisa de sempre, o desleixo, que ele tanto lutava contra.

Lévin foi atrás do administrador, que estava radiante, como tudo naquele dia. Quando Lévin questionou o motivo de o carpinteiro não estar cuidando da debulhadora, o administrador disse que ele estava consertando as grades. Lévin, irritado, não se contentou e perguntou o que fora feito no inverno, que não consertaram nada. O administrador colocava toda a culpa nos mujiques e Lévin não gostava, pois achava que a responsabilidade era do administrador.

– Ora, para que eu pago o senhor? – gritou Lévin, mesmo sabendo que era inútil gritar.

Lévin suspirou e quis saber se era possível semear e o administrador informou que no dia seguinte ou logo depois. Perguntou sobre o trevo, e o administrador disse que Vassíli e Michka estavam semeando, mas demonstrou incerteza, pois o solo estava com lama. Quando disse que semearia apenas seis dessiatinas[9], Lévin irritou-se mais ainda, pois queria que semeassem vinte dessiatinas. O motivo, segundo o administrador, era a falta de gente para trabalhar. Os que foram chamados queriam receber mais do que o normal pelo verão. Sendo assim, Lévin mandou buscar outros trabalhadores, em outras regiões.

Assim como no ano anterior, não fizeram aquilo que Lévin ordenara com a aveia e, agora, precisavam despejar a aveia para que não mofasse. Ele foi até lá para acompanhar o que estavam fazendo com a aveia e notou que estavam retirando a aveia com pás, em vez de despejar diretamente no celeiro. Após mostrar como se fazia, Lévin mandara dois dos trabalhadores semearem o trigo.

Depois, pediu a Ignat que preparasse um cavalo para que ele percorresse a propriedade. Antes, ordenou ao administrador que transportasse o esterco antes da ceifa e lavrasse com arados os campos mais distantes. Os trabalhadores receberiam salários e não uma parte da colheita. O administrador fazia o possível para cumprir as ordens do patrão, mas tinha uma expressão desanimada, que dizia que não importam as ideias, pois seria tudo como Deus quisesse. Lévin

---

9   Antiga medida agrária russa, equivalente a aproximadamente 1,093 hectares. (N.T.)

odiava aquela expressão, pois todos sempre tinham a mesma expressão, quando ele expunha suas ideias. Ele sempre lutava contra isso, pois acreditava que Deus sempre queria o contrário do que ele mesmo queria.

Lévin disse ao administrador que cuidaria pessoalmente de tudo naquele ano, não deixaria as coisas na mão dele. O administrador ficou satisfeito em trabalhar sob o olhar atento do patrão. Depois, Lévin foi até o Vale das Bétulas, ver os homens semeando o trigo. Chegando lá, viu Vassíli e Michka sentados na beira da estrada. Quando eles avistaram o patrão, começaram a trabalhar rapidamente.

Contrariado, Lévin viu que estavam fazendo de uma maneira diferente da que ele queria; sendo assim, ele mesmo pegou as sementes das mãos de Vassíli e começou a semear. Desenvolvera essa técnica para abafar sua irritação, quando não faziam as coisas como ele queria. O próprio Lévin mostrava como se fazia, esperando que a pessoa aprendesse e passasse a fazer igual.

Lévin foi até o final do sulco e devolveu as sementes. Vassíli brincou com ele, dizendo que, se não desse certo aquele sulco, não reclamasse com ele depois. Lévin já estava alegre, sua irritação já passara. Vassíli esperava uma boa plantação de trigo naquele verão. Contou até que plantara em seu pequeno pedaço de terra, tal como Lévin ensinara, e o trigo crescera de uma maneira maravilhosa.

Lévin pegou o cavalo e retornou pela floresta atravessando os córregos que já haviam baixado a água. Ele esperava chegar em casa a tempo de jantar e preparar a espingarda para aquela tarde.

Capítulo 14

Ao aproximar-se de casa, muito alegre, Lévin ouviu a campainha na entrada principal. Sabia que era alguém que viera da estação, pois era a hora do trem de Moscou passar, mas não fazia ideia de quem poderia ser. De início, imaginou ser Nikolai, que resolvera não ir ao exterior e viera ficar em sua casa. Essa ideia o perturbou, pois a chegada de seu irmão poderia atrapalhar aquele estado de espírito alegre que ele vivenciava. Mas se repreendeu por pensar assim do irmão e foi de braços abertos ao encontro da visita.

Ao ver quem era, Lévin gritou de alegria: era Stepan Arkáditch. A primeira coisa que Lévin pensou foi que, finalmente, saberia se Kitty já se casara.

O curioso é que aquela lembrança não o fazia mais sofrer. Stepan disse que viera visitá-lo, depois caçar com ele e vender a floresta de Erguchovo. Lévin estava muito feliz em receber o amigo. Ele tratou de acomodar Stepan no quarto de hóspedes, passar as ordens à Agáfia sobre o jantar e foi direto falar com o administrador.

Quando Stepan já estava acomodado e de banho tomado, os dois foram juntos para o andar de cima da casa, conversar. Stepan estava maravilhado com a casa de Lévin, ele a considerava agradável e elogiou também Agáfia, embora preferisse uma criada mais novinha. Stepan contou as notícias de Moscou, informou que Serguei Ivánovitch viria visitar o irmão naquele verão. Ele não disse nada a respeito de Kitty e nem dos Scherbátski, percebendo que Lévin poderia ficar agitado.

Lévin, como estava um longo período isolado no campo, conversando apenas com seus empregados, despejava todas suas ideias e pensamentos em Stepan. Contou-lhe sobre os planos para a propriedade e sobre o livro de agricultura. Stepan ouvia tudo de maneira interessada e gentil.

Agáfia preparara um verdadeiro banquete para o jantar. Embora Stepan estivesse acostumado aos jantares suntuosos de Moscou, apreciou muito e fartou-se de tudo aquilo que a governanta preparara. Após o jantar, Stepan conversou sobre as ideias de Lévin para o livro, que alertou não se tratar de um livro sobre economia política, mas sim de ciência agrícola. Após a sobremesa, Stepan perguntou se não era o momento de sair para caçar. Lévin pediu para prepararem a charrete e foram pegar suas armas e roupas para a caça. Stepan avisou a Lévin que o comerciante Riabínin apareceria na casa e pediu para que o recebesse, pois ele venderia a floresta ao comerciante, que era uma pessoa peculiar, com uma fala muito engraçada.

Ao se sentarem na charrete, Stepan disse que Lévin tinha uma vida maravilhosa, com tudo aquilo que ele gostava.

– Talvez eu seja feliz porque me alegro com o que tenho e não me preocupo com aquilo que não tenho – disse Lévin, referindo-se à Kitty.

Stepan notou a conotação, mas não disse nada a respeito, percebendo que Lévin temia falar nos Scherbátski.

Lévin, sentindo-se culpado por falar apenas sobre si mesmo, perguntou como estava a vida de Stepan. Este começou a contar sobre suas aventuras fora do casamento, dizendo ser um estudioso das mulheres; porém, disse que, quanto mais as estudava, menos as compreendia. Lévin continuava a não entender aquele modo de vida do amigo.

Capítulo 15

O local da caçada ficava um pouco além do rio, em uma floresta de álamos. Quando chegaram na floresta, Lévin conduziu Stepan até uma clareira lamacenta, sem neve. Ele foi para o outro lado, próximo de uma bétula. A cadela Laska estava de prontidão, atenta a todos os ruídos da floresta. O sol já baixava por detrás da floresta e iluminava as bétulas com seus ramos que desabrochavam. Podia-se ouvir os passarinhos, o som das águas pelos córregos e o sussurro das folhas que se remexiam.

Muitos pássaros cantavam e voavam sobre as cabeças de Lévin e Stepan; Laska ficava atenta, esperando seu momento de agir e pegar a caça abatida no chão. De repente, Lévin viu uma galinhola, ele engatilhou sua arma e avisou Stepan. O pássaro se aproximava cada vez mais com seu grasnido, voava direto para eles e já se viam seu bico e todo o pescoço. Enquanto Lévin fazia a pontaria, Stepan disparou a arma, o pássaro desceu e arremeteu novamente para o alto, mais um tiro e o pássaro já lutava para manter-se no ar, mas caiu sobre a lama. Stepan pensou ter errado o tiro, mas Laska foi até a caça e a trouxe para seu dono. Lévin diz ter ficado contente por Stepan ter acertado o tiro, mas, ao mesmo tempo, sentia inveja por não ter ele mesmo acertado. Depois, surgiram mais duas galinholas; foram disparados quatro tiros, mas elas conseguiram se safar e sumiram da visão dos caçadores.

O saldo da caçada foi que Oblônski matou três galinholas e Lévin outras duas, que Laska não conseguiu encontrar. Já estava escurecendo, já se via Vênus e as estrelas no céu. As galinholas já não voavam, mas Lévin resolveu esperar mais um pouco e tentar caçar mais alguma.

Enquanto esperava por outra galinhola, Lévin tomou coragem e perguntou a Stepan sobre Kitty, se ela já se casara ou quando seria o casamento.

– Ela não pensou e nem pensa em se casar, pois está muito doente e viajou para o exterior. Pensaram que ela não sobreviveria – disse Stepan.

Lévin, surpreso, perguntou o que Kitty tinha e queria saber como isso aconteceu. Porém, no mesmo momento, Laska avistou mais uma galinhola e olhou para seu dono impacientemente. Os dois ouviram o pio da galinhola e atiraram no pássaro, que caiu na mata. Lévin parecia ter esquecido o assunto, então se lembrou de que Kitty estava doente, mas apenas lamentou. Laska encontrou a galinhola e trouxe para o Lévin, que comemorou.

Capítulo 16

No caminho para casa, Lévin quis saber os detalhes da doença de Kitty e os planos dos Scherbátski, ele sentia vergonha, mas ficou contente com o que ouvira. Seu estado de contentamento se dava pelo fato de que ainda havia esperança para ele e não por conta da doença de Kitty, que lhe causara tanta dor. Quando Oblônski citou que Vrônski fora a causa de sua doença, Lévin aborreceu-se e disse que não queria mais saber nada da vida deles, pois não lhe dizia respeito.

Lévin mudou de assunto e perguntou sobre a floresta de Oblônski, querendo saber se já a vendera. Stepan disse que fizera um ótimo negócio: havia vendido por trinta e oito mil rublos, com oito mil adiantados e o saldo restante em seis anos. Lévin, descontando sua raiva, disse que Stepan estava entregando a floresta de graça, pois ela valia quinhentos rublos por dessiatina e não os duzentos que Riabínin oferecera.

Stepan considerou que Lévin estava apenas desprezando pessoas como ele, que vivem na cidade, sugerindo que ele nada sabia dos negócios do campo. Disse que fizera um ótimo negócio, tanto que até temia que Riabínin voltasse atrás no acordo. Completou dizendo que na floresta não havia muita madeira para construção, apenas lenha.

Lévin sorriu desdenhosamente, por conta de o amigo usar algumas palavras do campo. Para Lévin, as pessoas da cidade aprendiam um punhado de palavras do campo e já se consideravam conhecedoras, usando, o tempo todo, aquelas poucas palavras. Ele tentou explicar o motivo de Stepan estar vendendo muito barato sua floresta. Disse que pessoas como Riabínin eram atravessadores, não compravam nada que não pudessem lucrar muito mais do que vinte por cento.

– Basta! Você não está de bom humor – disse Stepan.

Chegando na casa, a telega de Riabínin estava parada frente à varanda. Riabínin encontrou os amigos na antessala. Ele era um homem alto, magricelo e de idade avançada. Cumprimentou Stepan, dando-lhe a mão e, quando estendeu a mão para Lévin, este ignorou e fingiu que não viu, tirando as galinholas da bolsa. Riabínin desdenhou as galinholas de Lévin, duvidando que aqueles pássaros fossem bons para comer.

Lévin ofereceu o escritório para que os dois negociassem a venda da floresta. Riabínin olhava tudo no escritório com o mesmo desdém que olhara para as galinholas. Stepan perguntou a Riabínin se ele trouxera todo o dinheiro; este disse-lhe que o dinheiro não era o problema, mas havia um entrave na negociação: o valor.

Lévin já havia guardado a espingarda e retornava quando ouviu Riabínin reclamar do valor, querendo que Stepan o baixasse ainda mais. Lévin irritou-se e disse que a floresta valia muito mais. Em seguida, perguntou se o negócio ainda não fora fechado, caso contrário, ele mesmo compraria a floresta do amigo. Riabínin ficou furioso, dizendo que a floresta seria dele, tirando sua carteira do bolso e entregando o adiantamento a Stepan. Lévin advertiu, dizendo para Stepan não se apressar, mas o amigo disse que já dera sua palavra e Lévin saiu do escritório, batendo a porta. Riabínin sorriu e disse que era coisa da juventude. Mas, por garantia, pediu um contrato para Stepan.

Uma hora depois, Riabínin partiu em sua telega, feliz, com o contrato no bolso. Stepan foi para o andar de cima, feliz, com o dinheiro no bolso.

Capítulo 17

Com o bolso cheio de dinheiro, pois Riabínin pagara três meses adiantados, Stepan foi para o andar de cima da casa. A floresta fora vendida, o assunto estava encerrado, a caçada fora excelente e Stepan estava o mais alegre possível. Por isso, queria acabar com o mau humor que dominava seu amigo.

Lévin estava mal-humorado por conta da notícia sobre Kitty; não conseguia controlar, mesmo querendo ser acolhedor com seu hóspede.

Kitty não se casara, mas estava doente e tudo por conta de um homem que a desprezara. Vrônski desprezara Kitty e esta desprezara Lévin. A situação tomou conta dele da pior maneira possível. De alguma forma, ele se sentia ofendido, mas se irritava muito mais por conta do péssimo negócio que Stepan fizera em sua casa.

Assim que viu o amigo entrando, quis confirmar se o negócio fora mesmo fechado. Ao receber a confirmação, convidou Stepan para jantar. Ele perguntou a Lévin o motivo de não ter convidado Riabínin para jantar com eles.

Lévin irritou-se, dizendo que não o convidara e que não o cumprimentou porque não dava a mão para lacaios. Stepan o acusou de ser retrógado e citou a integração das classes. Lévin irritou-se ainda mais e disse ser contra essa tal "integração". Quando Stepan disse que ele estava de mau humor, Lévin concordou e revelou que estava de mau humor por conta da má venda que Stepan fizera, pois as terras valiam muito mais. Stepan disse que o amigo tinha apenas cisma com Riabínin. Lévin assumiu ser verdade e disse que estava irritado com o empobrecimento da nobreza, à qual ele pertencia, enquanto pessoas como Riabínin enriqueciam.

Stepan tentou mudar de assunto, elogiando a comida de Agáfia, que ficou muito feliz com os elogios. Lévin, porém, não conseguia se controlar e permanecia com o mesmo mau humor. Stepan já havia ido para o quarto, se lavado e colocado a roupa para dormir, mas Lévin estava no quarto dele, conversando sobre assuntos diversos. Ele queria, na verdade, fazer uma certa pergunta, mas não tinha coragem para tal.

De repente, ele criou coragem e perguntou onde estava Vrônski. Stepan respondeu que ele partira de Moscou logo depois de Lévin e nunca mais voltara à cidade. Disse que Lévin se precipitara ao retornar para o campo, deveria ter insistido com Kitty, pois ela estava apenas maravilhada com toda a possibilidade de posição na sociedade, a aristocracia perfeita de Vrônski. Ao ouvir, Lévin conseguiu ficar ainda mais irritado, pois Stepan chamara Vrônski de "aristocrata". Evidentemente, ele não considerava Vrônski como tal, pois ele sim é que era um aristocrata de respeito, pois seus antepassados eram pessoas com história e de muito respeito. Sendo assim, Lévin resolveu contar a Stepan que pedira a mão de Kitty e fora rejeitado por ela e que, agora, não queria mais se lembrar dela.

Quando Stepan perguntou o motivo, Lévin pediu-lhe desculpas e disse que não contaria mais nada. Após libertar todas aquelas palavras presas em seu peito, Lévin já estava com um humor melhor do que antes. Stepan aproveitou e o convidou para caçar no dia seguinte, de manhã, antes de partir para Moscou. Lévin prontamente aceitou o convite.

Capítulo 18

Apesar de Vrônski estar tomado pela paixão por Anna, sua vida continuava como antes, inalterável e irresistível, interessando-se pela vida mundana e pelo regimento, que era uma das coisas mais importantes para Vrônski, pois ele respeitava muito o regimento e era muito respeitado. Sendo assim, tentava preservar aquela vida. Tinham orgulho dele, pois era um homem muito rico, educado e com um caminho de sucesso pela frente, que havia trocado tudo isso pelo regimento. Vrônski não falava com ninguém do regimento a respeito de sua paixão por Anna. Caso alguém comentasse ou insinuasse, ele tratava de silenciar a pessoa.

No entanto, apesar de todos na cidade saberem de seu amor, os jovens invejavam justamente o fato de Vrônski amar uma mulher casada com um homem poderoso, o que elevava sua fama na vida mundana. A própria condessa Vrônskaia, de início, ficara orgulhosa do caso amoroso do filho. Porém, quando descobriu que ele rejeitara uma ótima posição em outro regimento, apenas para poder ficar próximo de Anna, e despertara o descontentamento no alto escalão, passou a pensar de outra forma. A condessa temia que o filho pudesse fazer alguma besteira, como Werther[10].

Desde a partida do filho para Petersburgo, a condessa não tinha mais contato com ele. Assim, pediu para o filho mais velho, Aleksandr, avisar que ela queria conversar com Vrônski. O irmão mais velho também estava descontente com o caçula. No entanto, ele próprio também era adepto do mesmo estilo de vida mundana, mesmo já casado e com filhos.

Vrônski, além da vida mundana, também tinha paixão por cavalos e competia em corridas com obstáculos. Essa paixão era sua válvula de escape, onde ele se revigorava.

---

10 Referência à obra *Os sofrimentos do jovem Werther,* do escritor alemão Johann Wolfgang von Goethe (1749-1832), em que o personagem, Werther, comete o suicídio. (N.T.)

Capítulo 19

No dia das corridas em Krásnoie Selo, Vrônski chegara mais cedo ao refeitório do regimento, a fim de comer um bife. Ele não podia engordar, portanto evitava qualquer coisa feita com farinha.

Estava sentado à mesa, esperando o bife, enquanto lia um livro. O livro era apenas para poder pensar em Anna, enquanto ninguém o incomodava. Ele estava preocupado, pois não se encontravam havia três dias. Ela prometera se encontrar com ele após aquela corrida. No entanto, Karênin retornara de uma viagem ao exterior e seria difícil encontrar com Anna, agora. Da última vez, eles haviam se encontrado na datcha[11] de Betsy. Então, Vrônski teve a ideia de ir até a datcha dos Karênin e dizer que Betsy a convidara para a corrida. Sendo assim, pediu para que um criado preparasse sua troica[12].

Na outra sala, ouviam-se as bolas de bilhar baterem e vozes alegres. De repente, chegaram dois oficiais e sentaram-se ao lado dele, tentando chamar sua atenção. Como não tiveram sucesso, retornaram para o bilhar. Enquanto os dois oficiais saíam, chegou o melhor amigo de Vrônski, Iáchvin. Um homem muito alto e forte, que adorava a vida mundana e era capitão da cavalaria.

Vrônski ficou feliz em ver o amigo, o único a quem podia contar a respeito de sua paixão e que guardaria segredo. No entanto, nem para ele Vrônski comentava nada, mas sabia que o amigo tinha conhecimento de tudo.

Iáchvin adorava jogar cartas, como era muito forte, nem mesmo após beber muito perdia o raciocínio para o jogo, o que lhe rendia milhares de dezenas de rublos. Ele comentou com Vrônski que ganhara oito mil, na noite passada, no Clube Inglês. Vrônski disse que ele tinha dinheiro de sobra para perder na aposta que fizera nele, na corrida. Mas Iáchvin disse que não perderia a aposta que fizera no amigo. Assim, a conversa ficou nos detalhes da corrida, o único assunto interessante para Vrônski naquele dia. Depois que terminou seu almoço, chamou Iachvin e os dois foram direto para a casa de Vrônski.

---

11 Casa de veraneio russa. (N.T.)
12 Conjunto de três cavalos atrelados a um trenó ou a uma carruagem. (N.T.)

Capítulo 20

Vrônski estava alojado em uma isbá[13], construída em estilo finlandês. Ele a dividia com Petrítski. Este estava dormindo quando Vrônski e Iáchvin chegaram. Iáchvin tratou de acordá-lo, que despertou assustado e caiu de joelhos. Ele reclamou e quis voltar a dormir, mas Iáchvin não lhe dava o cobertor.

Como Petrítski estava de ressaca, Iáchvin recomendou-lhe que bebessem juntos mais um pouco de vodca e pediu ao criado uma garrafa e pepinos em conserva. Vrônski se negou a beber e vestiu sua sobrecasaca, indicando que estava de saída. Quando indagado, disse que ia falar sobre os cavalos com Briánski, pois ele, de fato, precisava visitar o amigo, para pagar pelos cavalos, mas o motivo de sua saída era Anna. Os amigos desconfiaram e Petrítski piscou para Iáchvin.

Quando Vrônski ia saindo, Petrítski lembrou-se de que o irmão de Vrônski estivera lá, o acordara, deixara uma carta e um bilhete, e disse que retornaria para conversar com o irmão. No entanto, ele não conseguia lembrar onde deixara a carta e o bilhete. Enquanto Vrônski esperava, impaciente, Petrítski refazia seus passos ao receber o irmão de Vrônski. De repente, lembrou-se e retirou a carta e o bilhete de sob o colchão e entregou-as ao amigo.

Na saída, Vrônski encontrara mais dois oficiais que vieram à sua isbá. A isbá de Vrônski era o ponto de encontro de todos os oficiais. Eles brincaram com Vrônski, dizendo que seu cabelo estava grande em cima. Na verdade, ele estava ficando calvo precocemente.

No caminho, Vrônski pensou em ler a carta e o bilhete, mas já sabia qual seria o conteúdo, então decidiu ler mais tarde, para não se distrair antes de examinar seu cavalo.

---

13 Casa de camponeses muito utilizada na Rússia, construída com madeira de pinheiro. (N.T.)

Capítulo 21

O estábulo provisório era um barracão construído ao lado do hipódromo e Fru-Fru, sua égua, deveria ter sido levada para lá no dia anterior. Vrônski ainda não a tinha visto. Em vez sair com a égua, nos últimos dias, ele a deixara aos cuidados do treinador. Então, não sabia a condição do animal que iria montar.

Vrônski mal saíra da troica, quando o cavalariço inglês veio a seu encontro. Vrônski logo perguntou como estava a Fru-Fru. O inglês disse que estava tudo bem com ela e disse que colocara uma focinheira, pois ela estava agitada. Recomendou que não entrasse para vê-la, com receio de ela ficar nervosa. Vrônski ignorou e quis vê-la mesmo assim.

Ele sabia que o cavalo Gladiador, de seu principal rival, Makhótin estava ali também, mas não podia ver e nem mesmo perguntar pelo cavalo do adversário, por questões éticas da competição. Porém, um dos funcionários abriu uma baia e lá estava o Gladiador, então Vrônski olhou de soslaio e logo se dirigiu até sua égua. O inglês confirmou que aquele era o Gladiador e disse que apostaria em Vrônski, caso ele o montasse. Vrônski, sorrindo pelo elogio, disse que tudo dependia do cavaleiro e da audácia, que ele sabia ter de sobra.

Vrônski entrou na baia de Fru-Fru e a examinou no escuro mesmo. Ele observou que ela tinha alguns defeitos, mas notou que estava em plena forma para a corrida: musculosa e forte. Ele acariciou a égua no pescoço, a fim de acalmá-la. No entanto, quando a égua lembrou que estava de focinheira, tornou a ficar agitada e Vrônski a deixou sozinha.

A agitação da égua contagiou Vrônski, que ficou todo agitado, com o sangue pulsando em seu coração. Sentia que estava pronto para se movimentar, morder; era assustadora e prazerosa ao mesmo tempo aquela sensação de euforia.

Vrônski confirmou com o inglês, que estaria na pista às seis e meia. O inglês perguntou onde estava indo. O conde achou aquilo uma audácia do inglês, mas entendeu que ele perguntara como um jóquei preocupado com a competição. Respondeu que iria até Peterhof, acertar com Briánski a compra dos cavalos. O inglês disse apenas que ele não podia se agitar muito, não podia ficar de mau humor ou irritar-se com coisa alguma, pois poderia prejudicar a corrida.

Assim que Vrônski saiu, caiu uma forte chuva. Ele ficou preocupado, pois o hipódromo já estava enlameado e, agora, a corrida seria ainda mais difícil. No caminho, resolveu ler a carta e o bilhete de seu irmão e de sua mãe.

Era como ele esperava: os dois estavam se metendo em sua vida com a Anna. Eram totalmente contrários a seu amor. Vrônski ficou irritado, pois sabia que os dois não aprovavam justamente porque sabiam que era algo sério e não passageiro ou uma aventura. Ele sentia que os dois não tinham o direito de se meterem em sua vida.

Depois, Vrônski começou a pensar que já estava cansado de mentir e enganar a todos. Ele pensava que já era hora de escancarar para todos seu amor por Anna e livrar-se das mentiras que precisa contar. Ele notara que Anna, apesar de infeliz, era orgulhosa e serena, mas, agora, não podia mais ser honrada e serena. Ele queria colocar um fim em tudo isso.

Veio-lhe à mente a ideia de abandonar tudo e fugir com Anna para algum lugar distante e viverem sozinhos aquele amor.

Capítulo 22

A chuva logo passou e quando Vrônski se aproximava da datcha de Anna, o sol já batia nos telhados e nas folhas das tílias, fazendo-as reluzirem. Ele nem mais pensava na lama que poderia estar na pista de corridas, pensava apenas que, com aquela chuva, Aleksei Aleksándrovitch ainda não deveria ter chegado à datcha. Esperando encontrar Anna sozinha, Vrônski foi pela entrada dos fundos. Ali, encontrou o jardineiro e assegurou-se de perguntar se o patrão estava na casa. O jardineiro disse que a patroa estava sozinha, mas pediu para que ele entrasse pela porta da frente. Vrônski não lhe deu ouvidos e seguiu pelo jardim.

Ele queria surpreendê-la, pois Anna não esperava encontrá-lo antes da corrida. Vrônski foi até a varanda, tentando fazer o mínimo de ruído. Naquele momento, ele pensava apenas em vê-la e já se esquecera de todo o fardo que os dois carregavam para manter aquele amor. Porém, lembrou-se daquilo que era a coisa mais dolorosa em sua relação com Anna: o filho dela, Serioja[14], que sempre lhe parecia questionador e hostil.

---

14 Diminutivo de Serguei. (N.T.)

O garoto era um obstáculo em sua relação. Diante dele, Anna e Vrônski privavam-se de ter uma conversa mais aberta, íntima. Eles precisavam agir como se fossem apenas dois amigos. Mesmo assim, Serioja ficava olhando para Vrônski com um olhar questionador, como se tentasse entender qual era a relação que aquele homem tinha com sua mãe e se ele deveria ou não gostar dele. O garoto sabia que o pai e as outras pessoas da casa não gostavam de Vrônski, apenas sua mãe gostava dele.

Nem Vrônski nem Anna gostavam daquela situação diante do garoto. Achavam horrível ter que enganar aquela criança. A presença de Serioja causava um sentimento de repulsa em Vrônski, não em relação ao próprio garoto, mas consigo mesmo e por tal situação.

Por sorte, naquele dia, Serioja não estava em casa: havia saído e ficado detido em algum lugar por conta da chuva. A mãe enviara dois criados para ir em busca dele. Quando Vrônski se aproximou da varanda, viu Anna, que estava regando as plantas. Vrônski parou por um momento para admirá-la, até ser notado. Ele perguntou se Anna estava doente, por conta de sua aparência e mãos trêmulas, então ele quis se aproximar, mas se deteve, com receio de ter alguém na casa. Anna disse que estava bem e apertou-lhe a mão ao cumprimentá-lo. Vrônski desculpou-se por aparecer de maneira inesperada, mas Anna disse estar contente com a presença dele. Ele notou que havia algo de diferente nela e insistiu, indagando-a a respeito de suas mãos frias e trêmulas.

Vrônski perguntou em que Anna estava pensando quando ele chegara. Ela se esquivou da pergunta, dizendo que pensava na mesma coisa de sempre. Não mentira, ela sempre pensava no relacionamento dos dois. Naquele momento, pensava na dificuldade que era o relacionamento entre eles, ela perguntava-se como Betsy conseguia conviver com seu relacionamento com Tuchkévitch tão tranquilamente, enquanto para ela, Anna, aquilo era uma tortura. Anna perguntou sobre a corrida e Vrônski respondeu e tentou distraí-la, notando que estava muito agitada, contando todos os detalhes.

Depois, Vrônski insistiu em saber em que Anna tanto pensava quando ele chegara. Ela realmente tinha algo importante para contar, mas estava em dúvida se deveria ou não. Nesse instante, Anna começou a tremer ainda mais e Vrônski disse saber que havia algo muito importante, que a estava consumindo, e pediu para que ela contasse de uma vez por todas.

– Estou grávida – disse Anna, com uma voz baixa.

Ela dissera aquilo olhando atentamente para o rosto de Vrônski, para ver como ele receberia aquela notícia. Esperava que ele recebesse da mesma forma que ela, mas se enganara.

A notícia fora um golpe forte para Vrônski. Ali, ele teve a confirmação de que a crise que ele tanto queria havia começado, aquele deveria ser o momento de ruptura que tanto esperava e não podia mais esconder tudo aquilo de Aleksei Aleksándrovitch. Ao mesmo tempo, no entanto, Vrônski ficou comovido, olhou para Anna, beijou-lhe a mão e ficou andando pela varanda. Disse que agora era o momento de pôr um fim àquela situação entre os dois e contar tudo para Karênin.

Ele propôs que Anna deixasse o marido e os dois fossem viver juntos. Anna, porém, não conseguia compreender como fariam aquilo, pois ela era casada. Vrônski disse que precisavam colocar um fim na tortura que ela sentia perante a sociedade, o filho e o marido. Anna disse que não se torturava pelo marido, pois ele não sabia de nada. Porém, Vrônski disse que a conhecia e sabia que ela se torturava por Karênin. Anna começou a chorar de vergonha, pedindo para que não falassem mais no marido.

Capítulo 23

Vrônski já tentara discutir a situação por diversas vezes, mas nunca de uma maneira tão firme quanto agora. Mas ele sempre esbarrava no impedimento de Anna, que encarava com superficialidade seus argumentos. Nesses momentos, era como se surgisse outra Anna, desconhecida por Vrônski, que oferecia resistência a qualquer possibilidade de solução para a situação dos dois. Mesmo assim, ele insistia.

Decidido, Vrônski disse a Anna que, Aleksei Aleksándrovitch sabendo ou não, os dois deveriam contar tudo e resolver a situação. Sobretudo agora, com a iminência de um filho. Mas Anna continuava perguntando o que deveria ser feito, sempre de maneira leviana. Ela, que antes temia como Vrônski receberia a notícia, agora já não gostava da forma como ele pensava, que a gravidez era um motivo para tomar uma atitude séria. A solução, para Vrônski, era Anna contar tudo a Aleksei Aleksándrovitch e deixá-lo de uma vez.

Então, Anna começou a expor as consequências que viriam em decorrência dessa solução. Explicou que Aleksei era uma pessoa má quando ficava nervoso, que não a deixaria partir e trataria de abafar toda a história. Jogaria em sua cara que a alertara sobre as consequências de seus atos e que, mesmo assim, ela insistira neles, e, o pior de tudo, Anna sabia que ele não lhe entregaria o filho. Vrônski, pacientemente, insistia, dizendo que primeiro eles contariam, depois pensariam no que fazer, de acordo com o que o marido fizesse.

– Então, fugir? – perguntou Anna.

Vrônski confirmou que era uma possibilidade, mas Anna não aceitou. Ela não queria fugir para ser a amante dele e perder tudo; não conseguia pensar no que o filho pensaria sobre a mãe abandonar o pai para viver com outro. Então, Anna suplicou a Vrônski para que ele nunca mais tocasse naquele assunto e que a deixasse decidir sozinha. Disse que sabia de toda a sordidez de sua situação, mas que não era fácil resolvê-la.

Vrônski prometeu não tocar mais no assunto, mas disse que não ficaria em paz depois de saber o que Aleksei poderia fazer com ela. Disse que não poderia viver em paz, sabendo do mal que causara para à vida dela, ao fazê-la apaixonar-se por ele. Anna disse a mesma coisa, que ela causara um mal à vida dele. Disse que não era infeliz, pois ele era a felicidade dela.

No mesmo instante, o filho retornou com os criados. Anna se despediu de Vrônski, com um beijo, e disse que iria à corrida com Betsy. Vrônski olhou para seu relógio e partiu rapidamente.

Capítulo 24

Quando Vrônski olhou para o relógio na casa dos Karênin, estava tão agitado que sequer conseguiu prestar atenção aos ponteiros. Ele sabia apenas que precisava estar na casa de Briánski e foi para a troica, acordou o cocheiro e partiu diretamente para a casa do amigo, que prometera ir ainda naquele dia.

No caminho, após se tranquilizar um pouco, notou que já eram cinco e meia e, portanto, ele já estava atrasado para a corrida. Nesse dia, haveria diversas corridas e a dele seria a quarta do dia. Ele podia chegar a tempo para a corrida, mas indo para a casa de Briánski, chegaria em cima da hora. Mesmo assim, como dera sua palavra, seguiu em frente, pedindo ao cocheiro que acelerasse. Na casa de Briánski, Vrônski ficou apenas cinco minutos e partiu de volta para o hipódromo.

Aquela viagem o acalmou. Tudo o que ele tinha na cabeça sobre a conversa com Anna, a incerteza que rondava, tudo se dissipou. Agora, Vrônski pensava apenas na corrida, que ainda assim chegaria a tempo e só de vez em quando pensava em seu encontro com Anna. À medida que se aproximava do hipódromo e já via as carruagens estacionadas e o povo seguindo em direção à competição, a sensação da corrida aumentava e o dominava cada vez mais.

Quando chegou ao alojamento, não havia mais ninguém exceto seu criado, que o ajudou a se vestir. Segundo o criado, o inglês o procurara por duas vezes. Após trocar de roupas, Vrônski foi direto para o acampamento. De lá conseguia ver uma imensidão de carruagens, pedestres e soldados ao redor do hipódromo. As tribunas estavam lotadas. Naquele momento, estava acontecendo a segunda corrida.

No caminho, ele encontrou o cavalo Gladiador sendo levado ao hipódromo. Vrônski perguntou pelo inglês e disseram que ele estava colocando a sela. Na baia, Fru-Fru estava selada e já estavam levando-a para fora. Vrônski olhou atentamente cada parte do corpo da égua e depois saiu da cocheira. A segunda corrida já estava no final e todos os olhos estavam direcionados para os cavaleiros. Era o momento ideal para Vrônski passar sem ser notado.

Ele sabia que Karênina, Betsy e a esposa de seu irmão estavam naquela multidão, mas não queria chegar perto delas, para não se distrair antes da corrida. Alguns conhecidos o paravam e perguntavam o motivo de seu atraso e contavam sobre as corridas anteriores. De repente, viu seu irmão Aleksandr Vrônski se aproximando. Ele queria saber se o irmão lera seu bilhete.

Para não chamar a atenção, Aleksandr falava como se estivesse apenas conversando tranquilamente com o irmão. Vrônski, por sua vez, respondeu que lera, mas que não sabia o motivo de tanta preocupação. O irmão disse que se preocupava porque já comentavam nas ruas, ao que Vrônski respondeu não ser da conta de ninguém e que esse era um assunto que dizia respeito somente a ele. Aleksandr disse, então, que ele deveria sair do exército, assim suas aventuras não o afetariam mais.

Vrônski ficou muito irritado e pediu para que o irmão não se intrometesse. Aleksandr conhecia bem aquela expressão do irmão e sabia que ele se transformava em alguém perigoso quando irritado. Sendo assim, deu um sorriso e disse que queria apenas que Vrônski respondesse à carta da mãe. Em seguida, desejou-lhe boa sorte na corrida.

No mesmo instante, Vrônski foi interrompido por outra pessoa. Era Stepan, que viera de Moscou e estava ali no hipódromo. Oblônski queria se encontrar com Vrônski, que combinou de encontrá-lo no dia seguinte, no refeitório dos oficiais. O conde despediu-se, pedindo desculpas, mas estava com pressa e precisava ir para o centro do hipódromo, pois chegara o momento de sua corrida.

Vrônski foi para o centro do hipódromo, com o inglês conduzindo sua égua. Os números dos corredores foram distribuídos por sorteio e Vrônski fica com o número sete. Os cavaleiros recebem a ordem para montarem em seus cavalos. Fru-Fru continuava a tremer. Vrônski conferiu se a sela estava devidamente colocada, o que deixou o inglês irritado, por parecer que o patrão duvidava de sua capacidade.

O inglês instrui Vrônski a não tentar conduzir a égua, para deixá-la seguir para onde quisesse. Vrônski montou Fru-Fru, que estava relutante em dar o primeiro passo e puxava as rédeas de suas mãos com o pescoço. Ele tentava acalmá-la com as mãos e falando docemente com ela. Ali, Vrônski via todos os cavaleiros, alguns eram seus amigos, outros eram seus completos rivais, como Makhotin, que passou por ele a galope e deixou Fru-Fru ainda mais irritada. Vrônski olhou para ele com reprovação. O inglês também fechou a cara para o rival.

Capítulo 25

Todos os dezessete cavaleiros eram oficiais. A grande pista media quatro verstas[15] e tinha forma elíptica. Na pista havia nove obstáculos, entre riachos, barreiras, um fosso seco, um com água, um declive e o pior de todos, uma banqueta irlandesa, que era um aclive com ramagens secas, seguida de outro fosso, que ficava invisível ao animal; depois, ainda mais dois fossos com água e um seco. Por fim, uma corrida em frente às tribunas.

---

15 Antiga medida russa, equivalente a 1,067 km. (N.T.)

A corrida não começava na pista, mas fora dela, com a travessia de um riacho represado. A largada fora queimada por três vezes, até que, finalmente eles largaram e a multidão correu para poder ver melhor. O aglomerado de cavaleiros ia se desfazendo, ficando cada vez menos cavaleiros juntos uns dos outros. Fru-Fru estava agitada e perdeu um pouco de tempo, deixando alguns cavalos saírem à frente dela. Porém, antes de alcançar o riacho, Vrônski ultrapassou três competidores e restaram apenas Makhotin e, mais à frente, a égua de Kuzovlev.

Vrônski ainda estava com dificuldades para controlar a égua. Makhotin e Kuzovlev cruzaram quase ao mesmo tempo o riacho. Fru-Fru fora logo atrás deles e, no mesmo instante que Vrônski saltou, viu que Kuzovlev e sua égua haviam caído e, com isso, Fru-Fru acertaria em cheio a pata dianteira da montaria rival. No entanto, ela se alongou e conseguiu passar sem atingir a outra. Vrônski estava entusiasmado com sua égua, mas começava contê-la, para poupar fôlego para a corrida final, sem obstáculos.

A barreira ficava bem em frente da tribuna do soberano. Ele, toda a corte e o povo olhavam para os dois competidores, Vrônski e Makhotin. A distância entre eles era pequena, quando se aproximavam da barreira maciça. Makhotin manteve a distância e ultrapassou a barreira; Vrônski também ultrapassou e Fru-Fru bateu em algo durante o salto, mas em nada atrapalhou o ritmo dos dois.

Após o salto, Vrônski e Fru-Fru notaram que era hora de ultrapassar Makhotin e Gladiador. Vrônski foi pelo lado da corda, mas Makhotin fechou a passagem, então Vrônski tentou o outro lado e, antes de chegar na próxima barreira, conseguiram ultrapassá-lo, salpicando lama em seu rosto. Eles ainda galopavam quase lado a lado, Vrônski conseguia ouvir até a respiração do Gladiador. Na pior barreira, a da banqueta irlandesa, Vrônski e Fru-Fru ultrapassaram de maneira tranquila, aos gritos de seus amigos do regimento. Ele pôde até ouvir a voz de Iáchvin.

Vrônski notava que sua égua estava mais cansada e ofegante, restava apenas mais uma barreira e depois a corrida final sem barreiras. Vrônski sabia que a energia da égua era suficiente para a etapa final e a égua acelerou ainda mais, indo em direção ao fosso.

Fru-Fru atravessou o fosso como se não houvesse nada, tranquilamente. No entanto, Vrônski sentiu que fizera um movimento errado com seu corpo, ao recolocar o peso sobre a sela. Ele entendeu que algo horrível acontecera, antes mesmo de entender o quê, então a seu lado, passou Makhotin a toda velocidade e o ultrapassou.

Vrônski e Fru-Fru caíram diretamente na terra. Ele notou que a égua fazia esforço para manter-se de pé, mas não teve jeito, caiu de lado. Vrônski estava de pé, sozinho, com sua égua caída de lado e virando apenas o pescoço para ele. Sem entender, Vrônski puxou a rédea, mas a égua não se levantava. Ele tentou mais uma vez, mas a égua não se mexia e apenas bufava com o focinho enterrado na terra.

Vrônski estava desesperado. Havia perdido a corrida e sabia que fora por culpa sua. Um movimento errado durante o salto havia rompido a espinha de Fru-Fru, que precisou ser sacrificada ali mesmo, com um tiro. Vrônski virou as costas e saiu do hipódromo. Iáchvin foi atrás dele e os dois foram para casa.

Meia hora depois, Vrônski estava renovado. Porém, aquela seria a pior lembrança de sua vida, a mais torturante de todas.

Capítulo 26

Por fora, a relação entre Aleksei Aleksándrovitch e Anna permanecia imutável. No entanto, ele procurava se manter sempre muito atarefado. Na primavera, viajou para uma estação de águas no exterior, para tratar da saúde abalada por conta do excesso de trabalho. Em julho, retornou e atirou-se completamente ao trabalho. Sua esposa viajou para a datcha, enquanto ele ficou em Petersburgo.

Após a fatídica conversa que o casal tivera, logo depois da reunião na casa da princesa Tvérskaia, Karênin nunca mais falou sobre suas suspeitas e sobre seus ciúmes. Mostrava-se mais frio com a esposa e sua feição parecia sempre dizer que o azar era todo dela, por não querer esclarecer a situação com ele. Aquele homem, tão inteligente para os assuntos do Estado, não conseguia compreender o perigo que era tratar a esposa daquela maneira. Até mesmo o filho, com quem ele sempre fora muito atencioso, agora tratava de maneira fria e sempre com zombarias. Na verdade, Aleksei Aleksándrovitch havia trancado todos os seus sentimentos em uma gaveta. Sendo assim, ele procurava qualquer tipo de assunto no trabalho e ocupava-se bastante justamente para não precisar abri-la nunca mais.

Sempre que alguém lhe perguntava sobre sua esposa, ele ficava tremendamente irritado. Aleksei Aleksándrovitch não queria saber de nada relacionado à Anna, absolutamente nada. A datcha do casal ficava em Peterhof e, todo ano, a condessa Lídia passava uma temporada por lá, próxima deles. Neste ano, ela não foi para Peterhof e comentou com Karênin que era inconveniente a proximidade de Anna com Betsy e Vrônski. Aleksei ficou irritado e disse que a esposa estava acima de qualquer suspeita. Depois disso, passou a evitar se encontrar com a condessa Lídia. Ele tentava não ver que a sociedade inteira olhava para sua esposa de maneira dúbia. Não via que Anna insistia para viajar e ficar perto de Betsy, que estava em um lugar muito próximo de onde ficava o acampamento do regimento de Vrônski.

Em oito anos de matrimônio, Aleksei Aleksándrovitch sempre condenou esposas infiéis e maridos enganados. Não entendia como eles toleravam aquela situação, ele achava que deveriam colocar um fim naquilo. Porém, agora que ele mesmo estava vivendo exatamente uma situação daquelas, fingia que nada via, que nada sabia.

No dia da corrida, ele iria até a datcha, pois precisava dar o dinheiro da quinzena para Anna. Naquele mesmo dia, recebeu a visita de seu administrador, que avisou sobre o déficit em suas contas, e de seu médico, que tomara um bom tempo de seu dia, fazendo um exame completo, pois estava preocupado com sua saúde. Na verdade, fora a condessa Lídia que enviara o médico, pois ela achava que Aleksei não estava bem.

Enquanto o médico saía, encontrou Sliúdin, o secretário de Aleksei Aleksándrovitch, os dois haviam sido colegas na universidade. Quando Sliúdin perguntou sobre o estado de Karênin, o médico disse que, com a pressão do trabalho, estava prestes a ter um colapso. Após o médico, ele recebeu ainda um viajante, que viera da China e que a condessa Lídia pedira para que ele o recebesse em sua casa.

Após pôr tudo em ordem, foi com o secretário resolver algo de extrema importância. Ele sequer teve tempo de retornar para jantar em casa, acabou jantando com o secretário e o convidou para ir junto dele até a datcha e depois para as corridas. Aleksei Aleksándrovitch sempre procurava estar na companhia de alguém, quando se encontrava com a esposa.

Capítulo 27

Anna estava se arrumando, com a ajuda de Ánuchka, quando ouviu o barulho de uma carruagem parando em frente à casa.

Ela sabia que não era Betsy, pois ainda era cedo e ao olhar pela janela, viu o chapéu já conhecido e as orelhas de Aleksei.

"Será que ele passará a noite aqui?", pensou Anna.

Aquela possibilidade parecia-lhe tão terrível que, sem pensar direito, saiu com o rosto alegre e radiante ao encontro do marido. Com mentira e falsidade, agora tão familiares, Anna cumprimentou Aleksei e o secretário Sliúdin. Em seguida, perguntou se Aleksei iria passar a noite, dando a entender que seria muito bom se ele o fizesse. Depois, disse lamentar não poder ir com ele às corridas, pois prometera à Betsy que iria com ela. Aleksei Aleksándrovitch, com o mesmo tom fingido, disse que não separaria as duas amigas por nada e que precisava caminhar, eram ordens médicas.

Anna os convidou para um chá e pediu para que chamassem Serioja, dizendo-lhe que o pai havia chegado. Ela comentara que o marido não estava com uma aparência saudável, ao que ele respondeu dizendo que o médico o examinara naquele dia. Mostrando preocupação, Anna pediu para que o marido ficasse uns dias na datcha, a fim de repousar.

Nesse momento, Serioja veio, trazido pela preceptora. O menino, agora, ficava desconcertado e tímido diante do pai, principalmente depois que Aleksei Aleksándrovitch passara a tratá-lo de maneira jocosa, como tratava a mãe. O pai segurava o filho pelo ombro, enquanto conversava com a preceptora. Anna notara o desconforto do menino ao lado do pai, parecia pedir ajuda para que saísse dali. Sendo assim, Anna tirou a mão de Aleksei do ombro do filho, levou-o para dentro da casa e retornou logo em seguida.

Anna estava impaciente, já passava da hora de Betsy ter chegado. Aleksei Aleksándrovitch lembrou-se do motivo de sua vinda e disse que viera para trazer dinheiro à Anna, que ficou ruborizada e perguntou se o marido não retornaria à datcha após as corridas. Aleksei confirmou que retornaria e, nesse exato momento, chegou Betsy. Ela não desceu da carruagem, apenas seu criado. Aleksei ironizou, dizendo que chegara "a beldade de Peterhof".

ANNA KARÊNINA | 101

Anna se despediu de Aleksei Aleksándrovitch, dando-lhe a mão para que ele a beijasse. Quando se viu livre dos olhos do marido, ela sentiu o ponto em que ele a beijara na mão e enojou-se.

Capítulo 28

Quando Aleksei Aleksándrovitch chegou às corridas, Anna já estava na tribuna, ao lado de Betsy e junto de toda a alta sociedade. Anna notara o marido ainda de longe. No entanto, ela conseguia notar a presença de apenas dois homens, o marido e o amante.

Karênin cumprimentava a todos fazendo reverências e levantando o chapéu. Anna conhecia aquele jeito do marido e achava que era abominável, pois motivado por ambição e desejo de vencer. Tudo o que o marido fazia era um instrumento para obter êxito. Aleksei Aleksándrovitch olhava para onde estavam as mulheres na tribuna, ele reconhecera a esposa em meio à multidão de sombrinhas, plumas e flores, mas Anna fazia questão de não ser notada por ele. No entanto, Betsy o chamou para junto delas e Aleksei sorriu para Anna, como todo marido deve fazer quando encontra a esposa. Logo abaixo, estava um general-assistente, muito afamado por sua inteligência e cultura, então Karênin começou a conversar com ele. O general-assistente repudiava as corridas e Aleksei era um defensor delas. Anna não suportava ouvir aquela voz aguda do marido, cheia de fingimentos que lhe doíam os ouvidos.

Quando a corrida de Vrônski começou, Anna mirava o amante, sem desviar os olhos dele. Ela olhava para ele, enquanto ouvia a voz irritante do marido. Anna não suportava o fato de o marido saber de tudo e não fazer absolutamente nada, de ficar apenas preocupado em mentir e manter o decoro. No entanto, nem mesmo ela sabia o que queria. Anna não sabia que aquela atitude de Aleksei era apenas para compensar o tormento que ele sentia em sua alma, por conta dela e de Vrônski.

Enquanto Aleksei Aleksándrovitch, Betsy e outras pessoas discutiam sobre a violência daquelas corridas, Anna ficava calada e mirava com seu binóculo um único ponto. Mais abaixo, estava Stepan, que gritava para a princesa Betsy para que apostasse em alguém. Betsy disse que ela e Anna estavam apostando em Kuzovlev, porém Oblônski disse estar apostando em Vrônski. Assim, apostaram entre si um par de luvas.

Quando a corrida começou, Karênin olhava apenas os espectadores, ele não se interessava pelas corridas. Depois, deteve seu olhar em Anna e observou como ela olhava para os cavaleiros com seu binóculo e cada expressão de seu rosto, vendo que Anna estava pálida e muito tensa. Mas, para se enganar, ele disse a si mesmo que todos ficavam assim, era muito comum. Ele tentava não olhar para a esposa, mas não se aguentava e olhava novamente.

Quando Kuzovlev caiu no riacho, todos se alvoroçaram e Aleksei viu que Anna fora a única que sequer notara a queda e não esboçara nenhuma reação. Neste momento, ele passou a observá-la de maneira mais constante, até que ela notou e olhou para ele, como se o questionasse. Mas, sem se preocupar, continuou olhando Vrônski correr, mostrando total indiferença para com o marido.

Dos dezessete cavaleiros, poucos restavam na pista, o que deixou todos agitados e o soberano muito descontente com o resultado.

Capítulo 29

Assim como o soberano, todos estavam manifestando insatisfação com aquela corrida. Todos gritavam que só faltavam o circo e os leões, fazendo alusão aos romanos. Quando Vrônski caiu e Anna gritou, não teve efeito algum nas pessoas, pois todos estavam gritando. No entanto, logo depois, Anna se descontrolou totalmente e ficou impaciente, ora querendo se levantar e ir embora, ora olhando para Betsy.

Quando Anna falou para Betsy que queria ir embora, a amiga sequer ouviu, pois estava conversando com um general. Aleksei Aleksándrovitch, porém, notou e foi até a esposa e ofereceu-lhe o braço para conduzi-la. Mas Anna não deu atenção ao marido, pois ela havia acabado de ouvir do general que o cavaleiro quebrara a perna. Anna tentava olhar para Vrônski com o binóculo, mas estava muito longe e havia muitas pessoas ao redor dele. Ela quis sair dali, mas um oficial se aproximou da tribuna e falou algo com o soberano. Anna gritou para o irmão, mas ele não a ouvia. Novamente, ela quis sair e Aleksei ofereceu-lhe seu braço pela segunda vez. Ao tocar em seu braço, Anna se afastou do marido com repugnância, dizendo que não iria a lugar algum com ele.

Outro oficial trouxera a mensagem de que o cavaleiro estava ileso, mas o cavalo quebrara a espinha. Quando Anna ouviu a notícia, sentou-se e cobriu o rosto com o leque. Ela tremia toda e soluçava de tanto chorar. Aleksei Aleksándrovitch ficou na frente dela, para escondê-la dos outros e ofereceu-lhe o braço uma terceira vez, desta vez, com firmeza. Betsy intercedeu, dizendo que Anna retornaria com ela, mas Aleksei insistiu que levaria Anna com ele. Assustada, ela não pensou duas vezes e foi com o marido. Betsy prometeu dar-lhe notícias de Vrônski.

No caminho para a carruagem, Aleksei conversou com diversas pessoas. Anna não prestava atenção em ninguém, estava atônita, pensando apenas em Vrônski. Como soubera que ele estava ileso, pensava se iria visitá-la à noite. Em silêncio, sentou-se na carruagem.

Apesar de ver tudo aquilo, Aleksei se enganava, não querendo pensar na situação da esposa. Via apenas o exterior, pois para ele, Anna se comportara de maneira imoral e sentia a necessidade de dizê-lo. Porém, em vez de expor o assunto, disse algo completamente desconexo. Quando Anna o indagou, dizendo não compreender, ele enfureceu-se e falou tudo o que queria: disse que ela agira de maneira indecente perante toda a sociedade e que precisava se comportar. Anna nada falava, apenas olhava para o marido e pensava em Vrônski.

– O que o senhor achou indecente? – perguntou ela, afinal.

Aleksei Aleksándrovitch respondeu dizendo que achara indecente o desespero dela ante à queda de certo cavaleiro. Disse que já a alertara antes sobre esses comportamentos, e que, na ocasião, fora algo íntimo, mas, agora, ela agira de forma indecente abertamente. Concluiu dizendo que não queria que aquilo se repetisse. Anna já não prestava atenção desde a metade da fala. Estava pensando no amante, se estava realmente ileso. Ela apenas sorriu, fingindo, e não respondeu nada para o marido.

Diante daquela atitude, Aleksei Aleksándrovitch teve a confirmação de tudo aquilo que ele evitava saber. Quando percebeu que estava totalmente às claras a relação da esposa com Vrônski, passou a desejar que Anna respondesse, como sempre, que era tudo coisa da imaginação dele. Sendo assim, disse a ela que talvez estivesse enganado e pediu-lhe desculpas. Porém, para sua completa surpresa, Anna disse que ele não estava enganado, que realmente ficara desesperada com a queda de Vrônski e que, enquanto o ouvia, estava pensando em Vrônski e que o amava, a amante dele e não conseguia suportar o marido, pois ela o temia e desprezava. Anna chorava e até soluçava, então Aleksei ficou calado durante todo o trajeto.

Quando chegaram à datcha, Karênin disse à Anna que ela deveria manter o decoro, enquanto ele se preocupava em manter sua própria honra e a dela. Após deixar Anna em casa, Aleksei Aleksándrovitch partiu para Petersburgo.

Mais tarde, um criado de Betsy trouxe um bilhete, informando que Vrônski estava bem, apesar de apavorado. Anna alegrou-se, imaginando que ele viria visita-la. Sentia-se aliviada por ter contado tudo ao marido e ter acabado com toda a mentira.

Capítulo 30

Os Scherbátski viajaram para uma pequena estação de águas, na Alemanha. Como em toda parte onde há muitas pessoas, ali também se formavam círculos de convivência, que definiam exatamente o lugar que cada um dos frequentadores deveria ocupar. A princesa Scherbátskaia, o príncipe e a filha faziam parte de um círculo que fora definido de antemão, por conta dos aposentos, do nome e pelas amizades que ali fizeram.

Naquele ano, havia uma verdadeira princesa e assim a formação dos círculos era ainda mais rigorosa. A princesa Scherbátskaia queria apresentar Kitty à princesa a todo custo. No segundo dia, ela conseguiu tal feito. Kitty fez uma grande reverência à princesa e, assim, determinou o círculo dos Scherbátski. Eles também fizeram amizade com a família de uma dama inglesa, com uma condessa alemã e seu filho, com um intelectual sueco e muitos outros.

O círculo dos Scherbátski se formara em torno de uma senhora de Moscou, Mária Rítcheva e sua filha, de quem Kitty não gostava, pois tinha uma história de vida muito parecida com a dela. Quando esse círculo solidificou-se, a viagem passou a ser entediante para Kitty e este sentimento intensificou-se ainda mais quando o pai foi viajar para Carlsbad e ela ficou sozinha com a mãe.

Kitty já não se interessava mais pelas pessoas que conhecia, ou seja, seu interesse estava todo focado nas pessoas desconhecidas. Entre elas, a moça se interessara, particularmente, por uma jovem russa, que acompanhava uma senhora enferma e inválida, madame Stahl. A senhora não se dava com nenhum russo. A jovem, segundo notara Kitty, era prestativa com todos os doentes da estação. Ela não parecia ser parente da madame Stahl e muito menos parecia receber algum dinheiro pelo trabalho. Madame Stahl a chamava de senhorita Várenka e Kitty tinha uma inexplicável simpatia por ela e notava que era recíproco.

A senhorita Várenka parecia estar sempre ocupada e não se interessava por nenhuma outra coisa, além dos cuidados com os doentes. Kitty sentia que aquela jovem tinha exatamente o modelo de vida que ela queria seguir, fora das relações mundanas entre homens e mulheres. Quanto mais a observava, mais tinha certeza de que ela era perfeita e mais tinha vontade de conhecê-la. As duas se cruzavam várias vezes ao dia e Kitty sempre lançava olhares indagadores, como quem quisesse saber quem era aquela moça, se era mesmo aquela pessoa perfeita que ela imaginava que fosse.

Logo depois que os Scherbátski chegaram à estação de águas, outras duas pessoas também chegaram e despertaram uma atenção geral e hostil. Eram um homem muito alto e uma mulher graciosa, mas muito malvestida. Kitty já começara a imaginar uma história de amor para aqueles dois. No entanto, quando sua mãe olhou seus nomes na lista de frequentadores, descobriu que eram Nikolai Lévin e Mária Nikoláievna. Naquele momento, todas as suas histórias sobre os dois se desfizeram. Não por conta do que sua mãe contara, mas pelo fato do homem ser irmão de Konstantin Lévin. Kitty passou a ter repulsa por ele, com seu olhar tão assustador, que expressava tanto ódio. Ela evitava qualquer encontro com Nikolai.

Capítulo 31

O tempo estava muito ruim, havia chovido pela manhã e os doentes se aglomeravam na galeria com seus guarda-chuvas. Kitty estava caminhando com a mãe e um coronel de Moscou. Eles seguiam por um lado da galeria, para evitar Lévin, do outro lado. Várenka estava caminhando com uma francesa cega e, sempre que cruzava com Kitty, as duas se entreolhavam. Kitty, insistentemente, pedia à mãe que a deixasse falar com Várenka, mas a princesa disse que primeiro queria se certificar sobre quem era aquela moça, antes de deixá-la ter qualquer contato. Sendo assim, propôs-se a falar com madame Stahl e sondá-la a respeito da moça.

Kitty estava maravilhada com tudo o que Várenka fazia. De repente, ela, a mãe e o coronel notaram que Lévin estava vindo na direção delas, com Mária e um médico alemão, com o qual ele falava em voz alta, parecendo irritado. Deram a meia-volta quando ouviram que Lévin elevara ainda mais seu tom de voz com o médico alemão. Ele gritava ferozmente e ameaçava até mesmo bater nele com a bengala. A princesa e Kitty se afastaram, o coronel foi, junto com a multidão, verificar o que ocorria.

Minutos depois, o coronel retornou e contou que Nikolai estava irritado porque achava que o médico alemão não o estava tratando da maneira correta. Porém, a senhorita Várenka intercedeu, pegando Nikolai pelo braço, e o tirou dali.

– Veja, mamãe. E a senhora se espanta por eu me encantar com ela.

No dia seguinte, a senhorita Várenka já estabelecera relações com Nikolai e sua companheira, da mesma forma que com todos os enfermos. Ela até mesmo serviu de intérprete para Mária, que não sabia nenhuma língua estrangeira.

Kitty insistia, ainda mais, para que a mãe a deixasse se aproximar de Várenka. A princesa conseguiu informações sobre Várenka e soube que não havia nada que a desabonasse, no entanto, nada que também a abonasse. Sendo assim, a princesa tomou coragem e se aproximou da moça.

Aproveitando um momento em que Várenka estava parada diante da confeitaria, a princesa Scherbátskaia aproximou-se. A moça apresentou-se ao cumprimentá-la, então as duas conversaram um pouco e, por fim, a princesa disse que sua filha estava encantada com ela. Para surpresa da princesa, Várenka disse que o encanto era recíproco. A princesa descobriu que Várenka fora criada pela madame Stahl, mas não era parente dela. Nesse momento, Kitty aproximou-se e as duas se cumprimentaram. Kitty disse que não se aproximara antes, pois ela parecia muito ocupada, mas Várenka disse que, na verdade, como não tinha nada para fazer naquele lugar, ocupava-se cuidando dos enfermos. Em seguida, duas crianças se aproximam de Várenka, dizendo que a mãe deles estava chamando por ela.

Capítulo 32

Os detalhes que a princesa conseguiu descobrir sobre Várenka e sobre a própria madame Stahl foram que, segundo alguns dizem, a madame Stahl atormentou o marido, e outros dizem que ela fora atormentada por ele, por conta de seu comportamento indecente e por ser muito irritadiça e nervosa.

Assim que nasceu o primeiro filho de madame Stahl, logo após se separar do marido, o bebê morreu e os parentes dela, com medo da reação da madame, substituíram a criança pela filha de um cozinheiro da corte, que nascera naquela mesma noite. Essa criança era Várenka. Somente anos depois é que madame Stahl descobriu tudo, mas continuou criando Várenka como se fosse sua filha. Todos diziam que a velha sempre fora uma mulher de moral elevada e vivia somente para fazer o bem ao próximo, e se dava bem com pessoas de todas as religiões. Sobre Várenka, descobriram que ela tivera uma educação excelente, falava inglês e francês perfeitamente.

Kitty sentia-se cada vez mais atraída por sua nova amiga e sempre descobria nela novas qualidades. Quando soube que Várenka cantava muito bem, a princesa convidou-a para cantar para ela, dizendo que Kitty tocava muito bem o piano e poderia acompanhá-la.

Várenka foi cantar, naquela mesma noite, e a princesa convidou Mária Rítcheva, a filha dela e o coronel. A senhorita Várenka cantou brilhantemente e com enorme desenvoltura, sem se preocupar com o público. Quando terminou a primeira peça, Mária e a filha a elogiaram. De repente, havia uma multidão na janela, apenas para ouvi-la cantar. Kitty estava orgulhosa da amiga. Pensava que, se fosse ela, estaria muito orgulhosa de si mesma, mas Várenka esbanjava humildade.

Quando Kitty virou a página da partitura e surgiu uma música italiana, Várenka pediu para que mudasse a página, não queria cantar aquela música. Kitty percebeu que havia algo de especial naquela música para que Várenka não quisesse cantá-la. Ela obedeceu à amiga e virou a página. No entanto, Várenka resolveu cantar aquela mesma música italiana e a cantou de maneira brilhante.

Ao terminarem, as duas foram para o jardim. Lá, Kitty tocou no assunto daquela música e perguntou se havia algo de especial nela. Várenka contou que cantava aquela música para um grande amor dela, mas que eles não se casaram por conta da mãe dele, que não queria. Kitty ficou surpresa e começou a contar sua história com Vrônski, dizendo que se sentia humilhada. Várenka tentou tranquilizá-la e consolá-la, dizendo que não havia motivo para sentir-se humilhada, pois não fizera nada de errado.

Kitty diz que gostaria de ser como Várenka: perfeita. Mas Várenka, sorrindo, disse-lhe que ela era perfeita como ela era. A nova amiga terminou dizendo que havia muita coisa mais importante do que esse sentimento de humilhação. Curiosa, Kitty quis saber o que era mais importante. Mas, naquele momento, elas foram interrompidas pela princesa e Várenka se lembrou de que precisava visitar a madame Berthe e foi embora.

Capítulo 33

Kitty conheceu a senhora Stahl, que também exerceu enorme influência sobre ela, além de ter encontrado consolo para sua mágoa. Graças às duas, Kitty teve acesso a um modo de vida totalmente diferente daquele que vivera até então, muito mais elevado, belo e sereno.

Ela percebeu que havia outro modo de vida, uma vida espiritual, que ela ficou conhecendo através da senhora Stahl e da religião. Essa religião nada tinha a ver com a que Kitty esteve acostumada a ver durante toda a vida, pois era algo secreto, elevado e com uma série de pensamentos belos.

A madame Stahl explicou para Kitty que o consolo para as amarguras só poderia vir do amor e da fé e que, para Cristo, não havia amarguras insignificantes. Foi então que Kitty descobriu o que era importante, o que Várenka dissera outro dia e que ela ignorava até o momento. Porém, por mais que considerasse elevado o caráter de madame Stahl, notou nela dois traços que a intrigavam. Um deles era que, quando Kitty lhe perguntava sobre seus familiares, a senhora sorria com desdém; e outro fora quando um sacerdote visitou sua casa, a senhora ficou na sombra do abajur e com um sorriso peculiar. Esses dois acontecimentos despertavam uma dúvida em Kitty.

Em contrapartida, em Várenka, Kitty não conseguia encontrar nada que despertasse dúvidas de sua perfeição. Assim, ela entregou-se completamente ao modo de vida de Várenka. Passou a fazer as mesmas coisas que a amiga fazia: cuidava de todos os enfermos e preferia ficar próxima deles a ficar com as pessoas da sociedade.

Ela já havia traçado seu plano de vida para o futuro: queria ler o Evangelho aos enfermos e necessitados, tal como descobriu que a sobrinha da madame Stahl, Aline, fazia. Entretanto, todos esses planos ela não revelava a ninguém, nem à mãe e nem à própria Várenka. De início, a princesa notara que Kitty estava sob forte influência de Várenka. No entanto, mais tarde, começou a notar que a filha realmente mudara seu modo de viver. A princesa apenas alertava para que ela não exagerasse no cuidado com as pessoas, pois todo exagero era prejudicial.

Kitty passou a cuidar da família pobre do pintor Petrov, que estava doente. Esses cuidados com a família do pintor renderam-lhe elogios até da princesa alemã. Após um tempo, a princesa notou que a mulher de Petrov, Anna Pávlovna, não a visitava mais. Ela a convidava, mas sentia que Anna estava descontente com algo. Kitty, ruborizada, dizia que não percebera nada de errado com Anna. Disse até que a encontraria no dia seguinte, em um passeio pela montanha. Naquele mesmo dia, Várenka informou Kitty que Anna Pávlovna desistira do passeio pela montanha. A princesa voltou a indagar a filha, pois notara que até as crianças pararam de visitá-la. Kitty respondeu que nada ocorrera, mas passou a pensar em tudo o que sucedera durante aqueles dias, tentando achar algum motivo para aquela situação.

Após muito pensar, Kitty começou a entender que Petrov, de quem, de início, Kitty tinha medo e até sentia certa repugnância, começara a sentir-se mais animado na presença dela. Notou que Anna ficara cada vez mais desconfiada e ficava vigiando os dois quando estavam juntos. Depois, lembrou-se de quando

Anna reclamou que o marido só tomava café quando ela chegava e até mesmo pintou um belo quadro de seu rosto. Porém Kitty não queria acreditar naquilo, era sórdido demais. Ela sentia pena daquele pobre homem. Essa dúvida começava a tirar todo o encanto de sua nova vida.

Capítulo 34

Já no fim da temporada de tratamento na estação de águas, o príncipe Scherbátski retornou ao encontro da esposa e da filha. Porém, as opiniões do príncipe e da princesa sobre a vida no exterior divergiam. A princesa achava tudo muito bonito e tentava se comportar como se fosse uma dama europeia, mas era uma fidalga russa, o que a deixava um pouco sem jeito. O príncipe achava tudo ruim e comportava-se exatamente como um russo, mostrando que não era um europeu.

O príncipe estava mais magro, de bochechas caídas, mas muito animado, principalmente por ter recebido notícias da esposa a respeito de Kitty, que estava totalmente revigorada. A única notícia que deixara o príncipe preocupado fora a tal amizade de Kitty com Várenka e com a madame Stahl. Ele, sempre ciumento em relação à criação da filha, teve ciúmes por não participar daquele momento e temeu também que aquilo pudesse afastá-la dele.

No dia seguinte à sua chegada, o príncipe passeou com a filha pelo parque; ele queria conhecer todas as pessoas das quais a filha tanto falara. Kitty, enquanto caminhava, cumprimentava a todos e dizia o nome de cada um ao pai. O contraste daquele dia maravilhoso, das belas construções alemãs com a imagem daqueles enfermos, que pareciam cadáveres ambulantes, incomodava o príncipe. Ele considerava aquilo horrível, mas, para Kitty, o efeito era completamente outro.

O príncipe pedia à Kitty que apresentasse seus novos amigos. No caminho, Kitty apresentou o pai à madame Berthe, que chamou Kitty de "anjo consolador". Mas o príncipe, em tom jocoso, disse que a filha era o segundo anjo, pois o primeiro era Várenka. Depois, a própria senhorita Várenka apareceu na galeria, ela estava indo cobrir madame Stahl, que, por ordens médicas, deveria ficar ao ar livre. Depois que Várenka saiu, Kitty notou que o pai tentava zombar dela, mas não conseguia. Significava que realmente gostara da senhorita Várenka.

O príncipe disse que queria visitar a madame Stahl, demonstrando que já a conhecia. Kitty ficou surpresa e perguntou de onde a conhecia; o príncipe disse que a conhecia antes mesmo de seu marido falecer e antes de ela se unir aos pietistas[16].

– O que é um pietista, papai? – interrompeu Kitty, preocupada com aquilo que poderia descobrir.

O príncipe explicou que não sabia ao certo, mas que eles agradeciam a Deus por tudo, até mesmo pela morte.

De repente, o príncipe Scherbátski surpreendeu-se com a imagem de um enfermo, era o pintor Petrov. O príncipe perguntou o motivo de Kitty não ir até ele; sendo assim, ela tomou coragem e aproximou-se, apresentando-o a seu pai. Petrov queixou-se de Kitty não ter ido com eles ao passeio, mas Kitty disse que sua esposa havia desistido. Sendo assim, Petrov chamou a esposa e começou a questioná-la. Anna Pávlovna cumprimentou Kitty falsamente e o príncipe afastou-se com a filha, enquanto o casal discutia.

Finalmente, os dois chegaram até madame Stahl, que estava com o conde sueco. Muitas pessoas aproximavam-se dela e ficavam por um tempo. O príncipe aproximou-se e começou a conversar com ela, perguntando se ela não se lembrava dele. Madame Stahl lembrava-se do príncipe e Kitty percebeu um ar de descontentamento nela. O príncipe fez alguns elogios à sua aparência e disse que fazia dez anos que não a encontrava. Madame Stahl virou-se irritada para Várenka e ralhou com ela por não a ter coberto corretamente; em seguida, começou a conversar com o conde sueco e o príncipe afastou-se, indo ao encontro do coronel moscovita.

Kitty perguntou ao pai como conhecera madame Stahl. O príncipe disse que ela havia parado de andar na mesma época em que ele a conhecera, disse também que ela tinha as pernas muito curtas e o corpo malformado. Kitty ofendeu-se e disse que ela é uma pessoa muito boa, Várenka a adora e fazia muita caridade, todos sabiam disso e a conheciam, assim como conheciam a boa Aline Stahl.

O príncipe disse que quem faz caridade, faz em segredo. Kitty ficou calada, sentia que toda a imagem que ela tinha da madame Stahl estava ruindo diante dela. Agora, ela não passava de uma senhora de pernas curtas, malformada, que torturava a pobre Várenka por não a agasalhar corretamente. Ela não conseguia mais mudar esse pensamento sobre madame Stahl.

---

16 São as pessoas adeptas ao pietismo, um movimento reformista dentro do luteranismo, surgido no século XV. (N.T.)

Capítulo 35

A alegria do príncipe contagiou a família, os amigos e até o anfitrião alemão da casa onde eles estavam vivendo.

Após retornar com Kitty, o príncipe convidou o coronel, Mária Rítcheva e Várenka para tomar um café em sua casa. Ele colocou uma grande mesa no jardim. A princesa distribuía as xícaras e os pães; o príncipe estava do outro lado da mesa, fartando-se de comer, com todos os presentes, que comprara durante a viagem, a seu lado.

Ele distribuiu presentes entre todos, até para o anfitrião alemão. O príncipe, brincando com o alemão, disse que Kitty não se curara com as águas, mas sim com a sopa de ameixa-preta. A princesa criticava os hábitos tipicamente russos do marido, mas ela mesma estava muito mais alegre do que em qualquer outra ocasião. O coronel sempre se divertia com as brincadeiras do príncipe; no entanto, em relação à Europa, ele ficava do lado da princesa. Mária ria muito com qualquer coisa que o príncipe dizia e até Várenka sorria timidamente, coisa que Kitty não tinha visto até então.

Kitty alegrou-se com tudo isso, mas também estava preocupada. Sem querer, seu pai plantara uma semente de dúvida em relação ao modo de vida a que ela já estava se acostumando. Ela também não conseguia entender a atitude de Anna Pávlovna, que, naquele dia, parecera-lhe comprovadamente estranha. Todos alegravam-se, mas Kitty não conseguia se alegrar por completo como eles e isso a deixava irritada.

O príncipe dizia que comprara tanta coisa no caminho por tédio. Mas Mária o questionou como poderia sentir tédio na Alemanha e o príncipe reconheceu que lá havia muita coisa boa. Então, o coronel disse que as instituições alemãs eram interessantes e o príncipe irritou-se, falando que precisava deixar as botas do lado de fora da casa, levantar-se cedo e tomar um chá horroroso. Ele comparou com a Rússia, que, segundo ele, era diferente e muito melhor.

O pai olhou para Kitty e perguntou se estava triste, mas ela desconversou, dizendo que não tinha nada. Nesse momento, Várenka disse que precisava ir para casa, dando um sorriso. Para Kitty, até ela era uma pessoa diferente agora então também se levantou e foi atrás de Várenka. As duas conversaram e Kitty disse que sua mãe queria visitar os Petrov, insinuando que encontraria com Várenka na casa deles. Mas Várenka sugeriu que Kitty não fosse até lá e a jovem, irritada, questionou, por diversas vezes, o motivo de não poder ir até a casa deles.

Por fim, Várenka disse que os Petrov ficavam encabulados na presença de Kitty. Após muito pressionar, ela contou que Petrov não queria partir, pois Kitty ainda estava lá e isso deixara Anna Pávlovna irritada. Portanto, seria melhor que Kitty não aparecesse mais na casa deles.

De repente, Kitty começou a se culpar por ter agido de maneira falsa esse tempo todo, por ter tentado ser alguém que não era. Disse à Várenka que era uma pessoa má, mas que tentara ser boa e acabara ajudando aos doentes por fingimento. Falou que Várenka sim era uma pessoa boa e perfeita, mas ela não, e já não ligava para isso e voltaria a viver como sempre viveu.

Após voltar para a mesa, Kitty retornou para dentro da casa e desculpando-se com Várenka, fazendo-a prometer que a visitaria na Rússia. Várenka prometeu, mas disse que só a visitaria em seu casamento. Kitty disse que jamais se casaria, então Várenka disse que jamais a visitaria. Sendo assim, a jovem princesa disse que se casaria apenas para poder receber a amiga na Rússia.

Os Scherbátski retornaram à Rússia e as suspeitas dos médicos se cumpriram. Kitty retornara completamente curada e as tristezas de Moscou haviam ficado no passado, como uma recordação.

Terceira parte

Terceira parte

Capítulo 1

Serguei Koznychev queria descansar de seu trabalho mental e, no lugar de viajar para o exterior, foi visitar o irmão no campo. Ele tinha a certeza de que não havia vida melhor do que a vida no campo. Lévin ficou muito contente com a vinda do irmão, pois já não o esperava mais naquele verão. No entanto, não se sentia à vontade na presença de Serguei no campo.

Para Lévin, o campo envolvia trabalho, alegria, sofrimento, era onde ele vivia; para Serguei, era o lugar onde ele repousava de seu trabalho e esquecia-se de toda a corrupção da cidade. Enquanto para um o campo era um local de oportunidade de trabalho; para o outro era exatamente o lugar para não se fazer nada.

Algo que deixava Lévin irritado era o modo com que Serguei tratava os camponeses. Ele fazia questão de conversar com os mujiques, dizia que os compreendia e falava com eles sem fingimento algum; frequentemente, ficava do lado dos camponeses em qualquer discussão. Para Lévin, os camponeses eram parceiros de trabalho e, por mais que tivesse uma forte afeição pelos mujiques, muitas vezes se irritava com eles, por conta do desleixo, da leviandade e do vício do álcool.

Se fosse perguntado a Lévin se ele gostava dos camponeses, não saberia responder. No geral, gostava de todas as pessoas, sem exceção; no entanto, não sabia dizer com certeza o que sentia em relação aos camponeses, pois ele sentia que fazia parte deles e não conseguia diferenciar os camponeses das outras pessoas. Além disso, apesar de viver muito tempo com eles, Lévin também não saberia dizer se os conhecia completamente, pelo mesmo motivo que não sabia se gostava deles ou não. Na verdade, ele não conhecia ninguém por completo, nenhuma pessoa sequer.

Serguei era o oposto. Ele dizia gostar muito dos camponeses e que os conhecia muito bem, e costumava ver nos camponeses um contraponto ao povo da cidade. Ao passo que não gostava das pessoas da cidade, gostava muito dos camponeses. A mesma coisa em relação a conhecê-los: dizia que não conseguia entender e não conhecia as pessoas da cidade; então, já considerava que entendia completamente os camponeses. Sendo assim, sempre vencia Lévin em qualquer discussão a respeito do campo, pois já tinha uma opinião formada sobre o assunto, enquanto o irmão não conseguia se posicionar.

Por causa disso, Lévin ficava impaciente com o irmão em sua casa, pois ele precisava cuidar de todas as coisas relativas ao campo, enquanto o outro ficava o dia todo descansando, deitado na grama, aquecendo-se ao sol. O problema era que Serguei, mesmo de férias da escrita, gostava de pensar a respeito de diversas coisas; para isso, precisava de alguém para ouvi-lo e essa pessoa era Lévin. Este, porém, assim que via uma oportunidade, dizia que precisava ir até o escritório e seguia direto para o campo.

Capítulo 2

No início de junho, Agáfia foi levar um pote com cogumelos em conserva até o porão e escorregou, caiu e torceu o pulso. Veio um jovem médico do conselho rural, que examinou Agáfia e constatou que não havia nada demais, seriam necessários apenas alguns poucos cuidados.

O médico ficou para almoçar e maravilhou-se com a presença do afamado Serguei Koznychev. Ele fez questão de conversar a respeito da situação deplorável do conselho rural e das fofocas da província. Serguei ouvia tudo atentamente, fazia diversas perguntas e aproveitou seu novo ouvinte para fazer seus comentários, que foram recebidos com prazer pelo jovem médico. Serguei ficou muito animado, como sempre ficava diante de uma conversa inteligente e espirituosa.

Após a saída do médico, Serguei quis ir ao rio para pescar. Ele gostava muito de pescar e se orgulhava de ocupar-se de afazeres tolos como aquele. Como Lévin precisava ir até a lavoura e ao pasto, ofereceu uma carona ao irmão.

Era a época em que a colheita do ano já estava definida e começava a preocupação com a semeadura e todos os preparativos. Nessa época, fazia-se uma pequena pausa no trabalho rural, antes da colheita, que exigia todas as forças dos camponeses. O clima estava propício para uma excelente safra. Lévin deixou o irmão próximo a um arbusto e seguiu a pé pelo prado. Após cruzar o prado, encontrou um senhor, Fomitch, e conversou com ele sobre a colheita vindoura e se o clima estaria bom na época da colheita. Fomitch disse não ter certeza, só Deus é quem sabia.

Depois, Lévin foi encontrar o irmão, que não conseguira pegar nenhum peixe; Serguei queria ficar ali, conversando com ele sobre qualquer coisa. No entanto, Lévin precisava retornar logo para casa e o irmão ficava falando sobre a água, sobre a margem coberta pela relva. Por fim, Serguei contou-lhe uma charada, mas Lévin, triste, disse não a conhecer.

Capítulo 3

Serguei iniciou uma conversa com o irmão, dizendo que estava pensando nele e no absurdo que estavam fazendo na província, conforme dissera o jovem médico. Repreendeu Lévin por não frequentar as assembleias do conselho rural. Disse que as pessoas de bem deveriam cuidar das coisas, afinal, eles davam dinheiro para o conselho rural, que deveria ser usado para construir escolas e farmácias e contratar enfermeiros e parteiras. No entanto, os membros do conselho utilizam esse dinheiro como se fosse seu próprio ordenado.

Lévin disse que tentara fazer parte do conselho, mas sentira que era inútil, não conseguiria mudar nada. Serguei disse não entender o motivo de ele não conseguir, a menos que fosse por preguiça. Nesse momento, Lévin começou a reparar no campo do outro lado do rio e enxergou um ponto distante; ficou pensando se era um cavalo ou algum administrador. Serguei continuava a falar, tentando entender o motivo de o irmão ter desistido logo na primeira tentativa. Segundo ele, aquilo era falta de amor-próprio. Lévin começou a pensar e disse que aquilo não tinha importância alguma.

Serguei ficou muito irritado pelo fato de o irmão não ver importância naquele assunto que, para ele, era muito importante; além, claro, de Lévin não ter prestado atenção em nada do que ele dissera.

– Não é importante para mim, não me interesso, o que posso fazer? – disse Lévin, enquanto olhava o ponto distante no campo, descobrindo ser um administrador.

Serguei apelou para o sentimentalismo, dizendo não entender como o irmão não achava importante que o povo, que ele dizia amar tanto, ficasse sem assistência. Nesse momento, Lévin interrompeu, dizendo que nunca dissera que os amava.

Sendo assim, Serguei concluíra que ou Lévin apenas não queria fazer nada, para não tirar sua tranquilidade, ou não era inteligente o suficiente para fazer algo. Lévin percebeu que não lhe restavam muitas opções e ofendeu-se. Disse ser impossível que o conselho rural desse conta de quatro mil verstas do distrito e desse assistência médica a todos os camponeses. Concluiu dizendo que sequer acreditava na medicina. Quando foi questionado sobre as escolas, disse que elas eram importantes, mas não para os camponeses; a alfabetização só atrapalhava o trabalho no campo.

Serguei o encurralou novamente quando deu a entender que o descaso era necessário, pelo interesse público. Lévin disse que não via motivo para empenhar-se em algo que ele nunca faria uso e nem os camponeses, pois tinha dúvida de que fariam uso de tudo o que construiriam.

A conversa tomou diversos rumos. Lévin tentou argumentar, contando um pouco do que acontecia nas assembleias, que ele ia até a cidade para decidir coisas que sequer eram para o campo, como canos de água para a cidade, ou para decidir se o velho maluco Aliocha deveria ser preso por roubar um presunto. No geral, Lévin não se preocupava com as coisas que não eram úteis para si e considerava que qualquer outra coisa era perda de tempo e dinheiro. Disse não ligar para estradas novas, pois os cavalos andavam sob quaisquer condições de terreno, não ligava para postos médicos, porque não faria uso, não ligava para os julgamentos do conselho rural, pois nunca cometeria crime algum e não ligava para as escolas, pois os filhos dele jamais iriam estudar nelas. Ele estava disposto a lutar por seus direitos, não pelos direitos alheios.

Serguei levou a discussão pelo lado histórico-filosófico, argumentando sobre a questão da emancipação dos servos, que, na época, não era do interesse de todos, mas era necessária e o correto a se fazer. Por fim, Serguei disse que toda essa resistência de Lévin era algo típico dos fidalgos russos e tinha certeza de que isso um dia iria passar.

Lévin ficou calado e pôs-se a pensar. Sentia-se derrotado naquela discussão, pensava que não fora compreendido, mas não sabia exatamente o motivo. Depois, começou a pensar em outras coisas pessoais. Os dois irmãos subiram na carroça e partiram de volta para casa.

Capítulo 4

Os pensamentos que começaram a ocupar a cabeça de Lévin, enquanto conversava com o irmão, eram os seguintes: no ano anterior, ele fora vistoriar a colheita e havia se irritado com o administrador; para se acalmar, pegara a gadanha[17] de um mujique e começara a ceifar. Lévin havia se sentido tão bem com aquele trabalho que, durante várias vezes, saíra para ceifar e definira que ceifaria junto dos mujiques durante um dia inteiro, todos os anos.

Com a chegada do irmão, Lévin via seu plano ameaçado, pois teria que deixar Serguei sozinho e temia que o irmão zombasse dele. Porém, ao passar pelo prado, lembrou-se do plano e decidiu que o poria em prática, principalmente depois de discutir com o irmão. Ele sentia a necessidade de uma atividade física, mesmo que ficasse envergonhado diante do irmão e dos camponeses.

Chegando ao escritório, Lévin ordenou que chamassem os ceifeiros para, no dia seguinte, ceifar o prado de Kalínov, o maior deles. Aproveitou e pediu para que levassem sua gadanha para a casa de Tito, para afiá-la. Com um pouco de vergonha, comentou com o administrador que talvez ele mesmo fosse ceifar. O administrador sorriu e acatou suas ordens.

Durante o chá com Serguei, Lévin informou que, no dia seguinte, começaria a ceifar, quando o irmão, que sempre gostava de tudo que dizia respeito ao campo, comentou que gostava daquele trabalho, Lévin viu a oportunidade de dizer que

---

17 Ferramenta utilizada para ceifar cereais ou para o corte de ervas. Tem uma lâmina na extremidade de um cabo, com uma pega perpendicular no extremo oposto e uma pega no meio, para poder controlar a posição da lâmina. (N.T.)

costumava ceifar com os mujiques. Serguei, porém, ficou surpreso e mal pôde acreditar que o irmão trabalhasse entre os mujiques.

– É ótimo como exercício físico, mas talvez você não aguente – disse Serguei, sem provocações.

Lévin disse que já fizera isso antes e que, no início, era mesmo penoso, mas depois ficava mais fácil. Serguei continuou surpreso, imaginando o que os mujiques pensavam daquilo, talvez achassem graça do patrão. Ele, claro, não perdeu a oportunidade de zombar do irmão, perguntando se Lévin almoçaria com os mujiques também, pois não daria para levar seu vinho e o peru assado.

Na manhã seguinte, Lévin acordou mais cedo do que estava acostumado e partiu para o prado. Como tivera de resolver alguns assuntos administrativos, chegou atrasado e os mujiques já haviam começado o trabalho. Ele encontrou Tito, pegou com ele sua gadanha, bem afiada, e começou a ceifar, logo atrás do mujique. Os outros mujiques ficaram observando o patrão trabalhar.

De início, Lévin estava desajeitado, sem prática, tentando acompanhar Tito, um exímio ceifador. A fileira era maior do que as outras, Lévin já estava completamente cansado e suado, mas persistia, mesmo sob os comentários e críticas dos mujiques, de como o patrão deveria ceifar. Quando Lévin já não estava mais aguentando, Tito também parou para descansar e afiar sua gadanha. Lévin havia ceifado uma fileira inteira, ainda que de maneira irregular, mas esperava melhorar. Eles começaram a ceifar outras fileiras e Lévin começou a sentir um frescor sobre suas costas quentes e suadas, pois começou a cair uma chuva leve. Alguns mujiques foram se agasalhar, outros aproveitaram o frescor da chuva, como fazia o patrão.

Após ceifarem inúmeras fileiras, Tito parou e foi falar com outro velho, eles olharam para o sol e Lévin questionou sobre o que eles falavam, então Tito disse que já era hora de tomar café. Foi só então que ele percebeu que já estavam ceifando há quatro horas seguidas. Enquanto faziam uma pausa do trabalho, Lévin começou a se preocupar com a chuva, que estragaria toda a colheita, mas um velho disse para não se preocupar, pois, no dia seguinte, eles recolheriam com o ancinho sob o sol.

Os mujiques foram até onde haviam deixado seus casacos, para pegar a comida que haviam trazido, e Lévin montou em seu cavalo, em direção à casa, para tomar café.

Serguei havia acabado de acordar. Lévin tomou seu café rapidamente e retornou à ceifa, antes de seu irmão sequer aparecer na sala de refeições.

Capítulo 5

Após o café, Lévin retornou ao prado e não ficou no mesmo lugar de antes. Agora, estava entre um velho gracejador e um jovem mujique, que fazia sua primeira colheita. O velho era muito experiente e ceifava de maneira magistral, ficava ereto e parecia que a gadanha fazia todo o trabalho sozinha sobre a relva. O jovem, chamado Michka, fazia um esforço danado para ceifar. No entanto, quando olhavam para ele, abria um sorriso. Talvez na tentativa de esconder que o trabalho era-lhe penoso. Para Lévin, o trabalho já não era penoso, pois ele havia se refrescado com o suor sob o sol quente, que lhe queimava braços, costas e cabeça. Aquele trabalho fazia com que ele não pensasse em nada, apenas trabalhasse. Parecia que a gadanha o conduzia e não o contrário.

Quando a fileira terminou no rio, alguns lavavam a gadanha e outros bebiam a água. O velho ofereceu um pouco da água do rio para Lévin e, brincando, perguntou se seu kvás[18] era bom. Realmente, Lévin nunca provara algo como aquela água quente, com folhas boiando e com o gosto de ferrugem da caneca do velho. Depois, todos retornaram com a gadanha em punho até a próxima fileira.

A única dificuldade que Lévin sentia era quando interrompiam o movimento, quando precisava ceifar alguma elevação ou um terreno em que as vinagreiras[19] não haviam sido arrancadas previamente. O velho fazia tudo isso tranquilamente, ceifava as elevações com movimentos curtos, colhia algumas vinagreiras, comia e oferecia a Lévin; observava algum ninho de pássaro, capturava alguma cobra e, com a ponta da gadanha, mostrava para Lévin e jogava-a longe.

Lévin não percebia o tempo passar. Para ele, parecia apenas meia hora de trabalho, mas já se aproximava da hora do jantar. Quando retornavam de uma fileira, avistaram meninas e meninos, carregando a refeição dos mujiques, que consistia em pão e kvás. Ao chegarem ao rio, alguns se vestiram, outros se banharam e outros apenas descansaram enquanto comiam. Lévin ficou junto dos mujiques; naquele momento, já não havia constrangimento algum entre eles.

O velho ofereceu sua comida a Lévin, era pão e cebola misturados com kvás. Lévin comeu e gostou tanto, que sequer pensava em jantar, quando chegasse

---

18   Bebida feita a partir da fermentação do pão de centeio. (N.T.)
19   Também conhecida como azedinha, é uma planta de sabor levemente ácido. Utilizada para males do fígado. (N.T.)

em casa. O velho recostou na relva ceifada e cochilou, então Lévin fez o mesmo. Ele só despertou quando o sol já estava do outro lado do céu. O velho já estava acordado e afiava as gadanhas dos colegas. Quando Lévin olhou para o campo, parecia outro lugar. Estava completamente ceifado, já não cobria a visão ao longe, podia-se observar o rio, e pássaros rondavam o prado, em busca de alimento.

Em quarenta e dois homens, haviam ceifado grande parte do prado. Muito mais do que na época da servidão. Lévin não sentia cansaço algum e sugeriu que ceifassem ainda a encosta Machkin. Ele prometeu vodca aos mujiques que fossem até lá. Todos foram, entusiasmados, quase correndo até a encosta. Os mujiques ceifavam rapidamente; em cinco minutos, ceifaram uma grande área da encosta. Aquele local era difícil, muito íngreme e Lévin sentia grande dificuldade, principalmente para retornar ao topo. Ele estava, novamente, entre o velho e o jovem mujique. O velho colhia alguns cogumelos de bétula pelo caminho, dizendo que eram presentes para a esposa. Por muitas vezes, Lévin sentia que iria cair ao subir a encosta, mas uma força exterior parecia impulsioná-lo.

Capítulo 6

A encosta Machkin foi ceifada por completo. Todos vestiram as roupas e foram alegres para casa. Lévin montou em seu cavalo e, despedindo-se dos mujiques com pesar, foi para casa. Ao olhar para trás, do alto do monte, já não enxergava mais os camponeses, ouvia apenas suas vozes e risos ao fundo.

Serguei já havia terminado o jantar e estava em seu quarto, tomando limonada e lendo alguns jornais e revistas que chegara. Quando Lévin, todo suado, entrou no quarto do irmão, estava muito entusiasmado e dizia que haviam ceifado todo o prado. Já havia se esquecido completamente da discussão que tivera com o irmão. Serguei ficou espantado com a aparência do irmão e também com o fato de ele ter trazido algumas moscas consigo. Ele tinha pavor de moscas e mantinha a janela e portas fechadas em seu quarto.

Na verdade, Serguei mal podia acreditar que o irmão ceifara o dia inteiro, mesmo sob a chuva. Mas Lévin sequer percebera a chuva e disse que teve um dia maravilhoso. Agáfia preparara um jantar para o patrão, mas ele não tinha fome.

No entanto, para não magoá-la, resolveu comer um pouco. Quando começou a comer, acabou devorando toda a comida, enquanto o irmão o observava, rindo.

Serguei disse que chegara uma carta para o irmão. Era de Oblônski. Lévin abriu e a leu em voz alta. Oblônski dizia que Dolly estava em Erguchovo, sozinha e triste, pois sua família estava no exterior, e pedia a Lévin que fosse visitá-la e desse a ela alguns conselhos. Lévin gostou da ideia, Erguchovo ficava a umas quarenta verstas de sua casa; ele convidou o irmão para ir junto.

Serguei resolveu relembrar a discussão que os dois tiveram; no entanto, disse que Lévin tinha alguma razão, pois via as coisas como um interesse pessoal; já ele via como um interesse comum, de todos. Lévin mal prestava atenção no irmão, estava muito feliz para falar naquele assunto.

Lévin se levantou, disse que iria para o escritório tratar de algumas coisas, antes de sair com o irmão. De repente, lembrou-se do braço de Agáfia, que estava machucado, e correu para vê-la, antes de partir.

Capítulo 7

Stepan Oblônski fora para Petersburgo cumprir sua obrigação, que todos os funcionários públicos cumpriam, a de fazer-se lembrado no ministério, a fim de manter o emprego. Ele trouxera todo o dinheiro consigo e vivia uma vida alegre e prazerosa, entre corridas e passeios nas datchas, enquanto Dolly e as crianças haviam se mudado para o campo. Foram morar em Erguchovo, no mesmo local onde Dolly tinha a floresta que Stepan vendera. Na aldeia, economizariam dinheiro, que estava tão escasso.

A propriedade ficava a cinquenta verstas de Pokróvskoie, onde morava Lévin. O velho casarão fora demolido e restara apenas a casa dos fundos. No entanto, o próprio príncipe Scherbátski a ampliara. Quando Dolly era criança, a casa dos fundos era espaçosa e confortável, mas agora, estava velha e deteriorada. Na primavera, quando Stepan estivera ali, Dolly pedira a ele que inspecionasse e fizesse todos os reparos necessários para que eles pudessem morar. Stepan se certificou de tudo e trocou o que precisava. Mas ele, claro, havia se esquecido de algumas coisas importantes, que Dolly notou apenas quando já estava morando na casa.

ANNA KARÊNINA | 125

Por mais que Stepan tentasse ser um bom pai e marido, ele sempre esquecia sua família e levava sua vida como se fosse solteiro. A mudança de Dolly fora oportuna para ele, pois era saudável para as crianças, as despesas diminuíram e ele estava livre. Dolly achava indispensável a mudança das crianças para o campo, além de livrar-se das humilhações das dívidas com todos em Moscou, do sapateiro ao fornecedor de lenha.

Outra esperança de Dolly era trazer a irmã mais nova para lá, a fim de recuperar-se. Kitty escrevera para a irmã ainda da estação de águas, dizendo que ficaria com a irmã no verão em Erguchovo, onde elas tinham recordações de infância.

Os primeiros momentos no campo foram terríveis para Dolly. Ela tinha em mente que as coisas eram mais baratas no campo, mas isso era quando Dolly não era dona de casa; agora, como proprietária, ela via que havia muito mais responsabilidades e era tudo muito diferente daquilo que imaginara.

Um dia após a chegada, choveu muito forte e começou a gotejar na casa. Por causa disso, Dolly precisou mover as camas das crianças para a sala de visitas. Não havia cozinheira para a criadagem, as vacas não davam leite, não havia ovos e nem galinhas. Não havia ninguém para esfregar o chão, estavam todos na colheita de batatas. O cavalo era velho e empacava, então não era possível sair com a carruagem. Não havia sequer um lugar para tomar banho. Os armários eram escassos e nos poucos que havia, as portas não ficavam fechadas.

Em vez de encontrar calma e repouso, Dolly encontrara apenas desespero e caos. Ela não tinha ninguém para ajudá-la, a não ser Matriona. Como sempre, Matriona dizia que as coisas se arranjariam com o tempo. Ela sempre colocava as mãos na massa e fazia tudo sozinha, desde a arrumação da casa, até os consertos necessários. Matriona mobilizara algumas pessoas, entre elas o estaroste, o administrador e o escriturário, para tentar colocar ordem nas coisas daquela casa. Juntos, consertaram o cercado do jardim, os armários, conseguiram empregadas, galinhas, leite, uma tábua de passar roupas improvisada, ovos e até um cercado de palha para que fosse possível tomar banho em privacidade.

Dolly nunca estava tranquila, era impossível ter tranquilidade com seis filhos; ora um estava doente, ora outro demonstrava um caráter duvidoso, ora outro começava a adoecer. Ela, como mãe, só conseguia ver pontos negativos nos filhos, influenciada pela tristeza da vida. Porém, algumas vezes, agarrava-se a um único acontecimento feliz com as crianças e aquilo a alegrava por um tempo.

Capítulo 8

No final de maio, quando Matriona já havia organizado quase tudo, Dolly recebeu uma resposta do marido em relação às queixas de tudo aquilo que ele se esquecera de fazer na casa. Ele pedia desculpas e dizia que a veria na primeira oportunidade. No entanto, essa oportunidade só aconteceu já no final de junho. Dolly ficou sozinha no campo o tempo todo.

No domingo, antes do dia de São Pedro, Dolly foi à missa com os filhos. Ela não seguia à risca os preceitos da igreja, sua crença era algo diferente e muito peculiar, baseada em religiões orientais. No entanto, diante da família, ela fazia questão de cumprir todos os dogmas da igreja e já se culpava por fazer um ano que os filhos não comungavam.

Dolly fez questão de vestir todos os filhos com as melhores roupas. Claro, as roupas precisavam ser reformadas e a preceptora inglesa encarregou-se disso. Porém, ela quase estragou o vestido de Tânia, e Matriona teve de dar um jeito. De resto, Dolly precisou pregar botões nas roupas dos meninos e ajustar os vestidinhos das outras filhas. Ela mesma também estava se arrumando. Dolly já não se arrumava mais como antigamente, achava-se velha e feia. No entanto, para aquela ocasião, resolveu se arrumar e colocou um belo vestido branco de musseline.

Toda a família foi na carruagem, agora com um bom cavalo, o Pardo. Quando chegaram à igreja, despertaram os olhares de todos. Em geral, a igreja era frequentada pelos mujiques e suas esposas. Dolly estava orgulhosa dos filhos, que demonstravam uma exímia educação diante de todos. Exceto, claro, alguns episódios aqui ou ali.

Já de volta em casa, as crianças, percebendo que haviam participado de algo solene, estavam todas muito calmas. Apenas um episódio desagradável ocorrera, Gricha assoviara dentro de casa[20] e fora repreendido pela preceptora. Como castigo, ficou proibido de comer a torta após o jantar. O menino chorou muito, não por ser privado de comer a torta, mas por considerar uma injustiça, pois seu outro irmão também assoviara e não o haviam punido.

Dolly não podia fazer nada, pois não queria tirar a autoridade da preceptora. No entanto, como Gricha estava chorando demais, ela resolveu ceder e conversou

---

20 Superstição russa de que, ao assoviar dentro de casa, pode faltar dinheiro. (N.T.)

com a preceptora. Quando Dolly foi até o Gricha, avisá-lo que poderia comer a torta, viu uma das cenas mais comoventes que jamais vira, que a fez chorar: Tânia dividia sua torta com o irmão mais novo, sob o pretexto de que era para suas bonecas. Dolly chorou, e Tânia, percebendo a boa ação, também chorou.

Depois, Dolly pediu para que preparassem a carruagem, pois todos iriam até o local reservado para o banho. Chegando lá, Dolly deu banho em um por um. Aquele era um momento de pura alegria para ela, cuidar de cada um de seus filhos. O cocheiro deitou-se sob uma bétula, ao longe, e apenas ouvia os gritos de alegria da família. Lili pegava cogumelos junto de Tânia.

De repente, se aproximaram duas camponesas e pararam diante do lago. Dolly se aproximou delas e começou a conversar. As duas ficaram maravilhadas com a beleza daquelas crianças e com a cor da pele de Dolly, tão branca. Elas conversaram sobre diversas coisas, sobretudo a respeito dos filhos e cuidados com eles. As camponesas zombaram um pouco da preceptora inglesa, pelo modo como se vestia, coberta por inúmeras vestimentas.

Capítulo 9

Rodeada pelos filhos, todos de banho tomado e de cabeça molhada, Dolly já estava chegando em casa quando o cocheiro avisou que vinha um fidalgo ao encontro deles, parecia ser o senhor de Pokróvskoie.

Dolly olhou e logo reconheceu quem era pelo chapéu e pelo sobretudo; era Lévin que caminhava a seu encontro. Ela sempre gostava muito de encontrá-lo e, desta vez, alegrou-se ainda mais, pois ele a veria em seu melhor momento. Somente Lévin entenderia sua alegria por completo.

Quando encontrou Dolly, Lévin viu tudo aquilo que ele imaginava a respeito de uma família. Comentou que ela parecia uma galinha rodeada por suas crias. Dolly disse que estava muito contente. Lévin disse que estava com o irmão, que passava uma temporada com ele e havia recebido um bilhete de Stepan, avisando sobre a estadia da esposa no campo. Stepan pedira a ele que fosse visitá-la e verificasse se ela precisava de alguma assistência.

Ao dizer isso, Lévin sentiu que se intrometera demais em um assunto familiar, pois dar assistência era coisa de marido e não de um amigo. Dolly realmente sentiu que o marido exagerara e notou que Lévin percebera o dilema. Era justamente por isso que ela gostava tanto de Lévin, por sua sensibilidade em perceber as coisas. Mesmo assim, ele ofereceu-lhe ajuda, mas Dolly disse que tudo já fora resolvido por Matriona.

Dolly, então, convidou Lévin para sentar-se na carruagem, mas ele disse que preferia acompanhá-la a pé e saiu correndo, junto de dois meninos de Dolly e levando Lili em seus ombros. Dolly viu tudo aquilo com alegria, ao lado de Matriona, que desejava tanto que Lévin se casasse com a patroazinha.

Após o jantar, Dolly sentou-se junto de Lévin para conversar. Logo começou a falar de Kitty, dizendo que ela estava para visitá-la no verão. Lévin mudou de assunto e começou a falar de suas vacas leiteiras, oferecendo duas delas à Dolly, mas ela não aceitou, dizendo que já estava satisfeita com suas vacas. Então, os dois começam a falar na produção de laticínios, mas Dolly não estava muito interessada, pois Matriona já cuidava de tudo. Lévin falava nisso apenas para desviar o assunto de Kitty, mesmo querendo saber mais sobre ela, enquanto Dolly queria falar da irmã.

Capítulo 10

Dolly não se aguentou e contou que Kitty escrevera, dizendo que queria a solidão e a tranquilidade do campo.

– E então, a saúde dela está melhor? – perguntou Lévin, agitado.

– Graças a Deus, está totalmente recuperada.

Lévin respondeu estar contente com a recuperação de Kitty, mas Dolly reparou em seu rosto algo de desamparo. Ela perguntou a Lévin o motivo de estar zangado com Kitty, mas ele negou que estivesse; então, Dolly insistiu e disse que ele nem sequer a visitara em Moscou, o que só podia ser prova de seu desagrado. Lévin ficou surpreso com aquela insistência e por Dolly, aparentemente, não saber o motivo de ele estar zangado. Então, Lévin disse que ela sabia o motivo, que era sobre o pedido de casamento dele para Kitty. Dolly ficou surpresa. Realmente, ela desconfiava de alguma coisa, mas não sabia que houvera um pedido de fato. Ela conversara com Kitty sobre Lévin, mas a irmã dissera para nunca mais falar naquele assunto.

Lévin disse que todos sabiam e que a recusa de Kitty o fizera sofrer muito. Dolly comentou que estava com pena de Kitty, o que irritou muito Lévin, a ponto de querer ir embora. Dolly, porém, segurou-o pelo braço e pediu para que ficasse mais um pouco. Naquele momento, as esperanças de Lévin começam a surgir e encher seu coração, porém ele estava agitado. Dolly comentou que a situação de Kitty não era das melhores, pois não era como para os homens, que podiam decidir por quem se apaixonar e escolher a melhor pretendente. Às mulheres restava apenas esperar e mais nada. Lévin continuou não concordando com Dolly.

Mas ela insistia, dizendo que à mulher cabia apenas dizer "sim" ou "não". Nesse momento, Lévin lembrou-se de que a disputa era entre ele e Vrônski. Aquela lembrança o machucou profundamente e pesou em seu peito. Sendo assim, ele tentou colocar um ponto final naquela conversa, dizendo que já estava feita a escolha, não havia retorno.

– Ah, o orgulho, o orgulho! – exclamou Dolly.

A conversa só piorava, então Lévin passou a lembrar-se de cada palavra de Kitty, rejeitando-o. Ele disse que o orgulho, que a amiga tanto desprezava, tornava impossível qualquer menção à Kitty. Dolly tentava fazê-lo entender que ela estava falando da irmã, que ele tanto amava, e que não se podia dizer *com certeza* que Kitty o amava, mas que a negativa dela também não provava nada. Dolly ficou chateada, pois sabia que Lévin não viria visitá-la durante o verão, quando Kitty estivesse na casa dela. Lévin confirmou, dizendo que iria evitar ao máximo encontrar-se com Kitty.

De repente, Tânia entrou e pediu algo para a mãe. Imediatamente, Dolly a obrigou a repetir, falando em francês. Lévin, ao ver aquela cena, sentiu repulsa. Ele abominava tal atitude na educação dos filhos, pois era muito artificial e falso. Naquele momento, para Lévin, tudo na casa de Dolly já não era como antes. A própria Dolly já se perguntara, inúmeras vezes, se aquela era a melhor maneira de educar os filhos, mas, no final, sempre chegava à conclusão de que era necessário educá-los daquela forma.

Lévin ficou até a hora do chá. Quando o chá terminou, pediu que trouxessem seus cavalos e encontrou Dolly transtornada, algo muito desagradável acontecera enquanto ela havia saído da sala. Dolly vira Gricha e Tânia brigando. A menina puxava o cabelo do irmão, e ele, por sua vez, dava socos nela. Aquela cena destruiu Dolly e pôs um fim em todas as esperanças de que seus filhos eram boas pessoas e bem-educadas.

Lévin tentou consolá-la, dizendo que toda criança brigava, era normal. No entanto, em pensamento, Lévin condenava tudo aquilo e botava a culpa justamente na educação que Dolly dava às crianças, baseada na falsidade e na artificialidade. Ele jurava para si mesmo que seus filhos jamais seriam violentos e perversos como os de Dolly.

Lévin foi embora e, desta vez, Dolly não o deteve.

Capítulo 11

Na metade do mês de julho, chegou à casa de Lévin o estaroste da aldeia da irmã, que ficava próxima de Pokróvskoie. Ele viera para fazer um relatório a respeito dos negócios e sobre a colheita. A maior parte do dinheiro da irmã vinha da colheita dos prados que ficavam à beira-rio e inundavam facilmente.

Antes, os mujiques pagavam, no máximo, vinte rublos por dessiatina. Quando Lévin assumiu a direção, achou que o valor era baixo e colocou a vinte e cinco rublos por dessiatina. Os mujiques não gostaram e não pagaram o valor, e para estragar o negócio, afugentaram outros arrendatários. Sendo assim, Lévin foi até lá e propôs pagar aos ceifeiros metade em dinheiro e a outra metade com uma parte da venda do que ceifassem. Os mujiques tentaram a todo custo sabotar aquela proposta, mas o trabalho deu certo e a ceifa rendeu quase o dobro. Nos anos seguintes, os mujiques continuaram tentando sabotar, mas nunca conseguiram.

Naquele ano, os mujiques resolveram se encarregar de toda a ceifa e ficar com um terço. Com isso, o administrador foi até Lévin para avisá-lo que, com o receio da chuva, chamara o escriturário e dividira, na frente dele, a parte que cabia ao patrão. Pelas respostas vagas, Lévin notou que havia algo de errado naquela divisão e foi até a aldeia para verificar. Quando chegou lá, tentou fazer perguntas ao velho mujique Parménitch, mas ele também dava respostas muito vagas e até desconversava, falando sobre seu filho mais novo, que se casara.

Lévin perdeu a paciência e foi, ele mesmo, até o prado. Carregou uma meda inteira nas mesmas carroças que os mujiques utilizaram, levou tudo até o celeiro, a fim de comparar o tamanho da carga dele com a carga que disseram ter conseguido e dividido com o patrão. Chegando lá, notou que a carga dele era menor do que a dos mujiques. Portanto, Lévin ordenou que dividissem novamente a parte do patrão. A conta durou até a hora da refeição. Depois, Lévin esperou transportar todo o feno nas carroças, enquanto observava, com o velho Parménitch, seu filho Ivan e sua nora, carregando o feno na carroça, e falavam sobre a beleza que fora a colheita do feno.

Capítulo 12

A carroça foi carregada por completo. Ivan desceu e conduziu o cavalo manso e bem nutrido pela rédea. Sua esposa jogou o ancinho para cima da carroça e seguiu em direção às camponesas, que estavam reunidas. As camponesas andavam atrás das carroças, com ancinhos sobre os ombros, entoando canções. Elas se aproximavam de Lévin, que estava deitado sobre o feno, e ele se sentiu tomado por toda aquela alegria.

Lévin sentiu inveja de toda aquela alegria de viver, sentiu vontade de fazer parte daquilo, mas ele podia apenas observar. Quando as vozes e as carroças distanciaram-se, ele sentiu uma grande tristeza por conta da solidão, da ociosidade e por sua vida ser o oposto de tudo aquilo que presenciara há pouco. Os mujiques, que tentaram enganá-lo na contagem das cargas, já haviam se esquecido de tudo; estavam alegres e até saudaram Lévin. Tudo era passado.

Lévin sempre pensava na vida dos camponeses e sentia inveja daquele maneira que viviam. Mas, após observar a vida do jovem Ivan Parménov, entendeu que tudo dependia dele mesmo, de sua vontade de transformar sua vida e viver naquela alegria dos camponeses.

Muitos camponeses já haviam ido para casa, inclusive o velho Parménitch, mas Lévin continuou deitado sobre o feno, sem que os mujiques percebessem sua presença. Ali, ele ficou observando os mujiques que haviam acampado no prado. Eles quase não dormiam, apenas conversavam, gargalhavam, comiam e cantavam. Todo aquele trabalho árduo deixara uma marca de alegria naqueles mujiques.

Pouco antes do amanhecer, tudo estava em silêncio. Ao acordar, Lévin levantou-se e pôs-se a pensar em sua vida e como poderia mudá-la. Ele enxergava três pensamentos distintos; um era a renúncia de sua antiga vida, dos estudos e dos conhecimentos inúteis; essa possibilidade parecia-lhe fácil. O outro era a vida que ele agora desejava ter, com simplicidade, pureza e legitimidade que o conduziriam à satisfação, à serenidade e à dignidade, de que ele tanto carecia. O último consistia em como ele conseguiria levar tal vida, talvez ter uma esposa, ter um trabalho, deixar Pokróvskoie, comprar mais terras ou integrar-se aos camponeses, casar-se com uma camponesa. No entanto, ele não sabia como conseguir tudo isso. A única certeza que ele tinha é de que seu antigo sonho de uma vida familiar era uma besteira, pois, agora, tudo lhe parecia mais simples e melhor.

Lévin afastou-se do prado e seguiu pela estrada até a aldeia. O dia já estava começando a clarear. A uns quarenta passos à frente, ouviu um barulho, ele levantou a cabeça e avistou uma carruagem aproximando-se dele. Notou apenas a destreza do cocheiro ao conduzi-la pelo solo todo irregular. Lévin sequer pensava em quem estaria ali, mas, distraído, olhou para dentro da carruagem e viu uma velha cochilando e, próximo à janela, uma jovem, radiante e pensativa, olhando para o pôr do sol.

De repente, aqueles olhos sinceros fitaram Lévin. Ela o reconheceu e seu rosto se iluminou de alegria. Lévin sabia que não existiam outros pares de olhos como aqueles, eram olhos familiares, era Kitty. Ele entendeu que ela viera da estação e seguia para Erguchovo. Naquele momento, todos os planos recentes de Lévin esvaíram-se. Ele sentiu até repugnância em lembrar que cogitara se casar com uma camponesa.

Kitty não olhou mais para ele e a carruagem já se distanciara. Lévin pensou que, por mais simples que fosse a vida no campo e seu trabalho, era Kitty quem ele amava.

Capítulo 13

Aleksei Aleksándrovitch Karênin era um homem que tinha uma fraqueza que ia totalmente contra aquilo que ele aparentava ser e até contra seu caráter. Apenas as pessoas muito próximas sabiam: ele não conseguia ser indiferente diante do choro de uma criança ou de uma mulher. O chefe de sua repartição e seu secretário sabiam disso e sempre alertavam aos peticionários para que não chorassem diante dele, pois ele ficaria muito irritado e não concluiria as demandas. De fato, no trabalho, esse choro fazia com que Karênin ficasse irritado e mandasse a pessoa sair de sua sala imediatamente.

No momento em que Anna voltava das corridas com ele e, em seguida, desatava a chorar na carruagem, mesmo com toda a raiva que sentia por ela, Aleksei Aleksándrovitch sabia que aquele choro despertaria nele uma reação que não condizia com o momento. Sendo assim, pela primeira vez, ele conseguiu ficar indiferente e assumir até uma aparência inerte, como um cadáver, que assustou a esposa. Quando chegaram em casa, ele a ajudou a descer da carruagem, despediu-se de Anna e disse apenas que comunicaria sua decisão, no dia seguinte. Por dentro, sentia uma dor excruciante, agravada com o sentimento de pena pela esposa, por conta de suas lágrimas. Porém, quando já estava sozinho na carruagem, experimentou uma sensação de liberdade; estava livre de toda a piedade, das dúvidas e dos ciúmes que sentia pela esposa.

Liberto, Aleksei Aleksándrovitch pôs-se a pensar em todas as situações que passara com sua esposa e nas quais, na época, não havia visto nada demais. Porém, agora, notava que a esposa sempre fora uma mulher degenerada, que ele sempre tentara se enganar. Naquele momento, arrependia-se profundamente em ter se casado com ela, assumia que fora um erro aquele matrimônio, mas não considerava um erro condenável. Ele não podia ser o culpado pelo caráter degenerado da esposa, ele sabia que não tinha culpa alguma, era tudo culpa dela.

Aleksei Aleksándrovitch já não se preocupava mais com a esposa e nem com o próprio filho. Ele sentia que precisava ser feliz e limpar a lama que Anna respingara nele, para poder seguir com sua vida ativa, útil e honrada. Ele pensava que não fora o primeiro marido a ser traído pela esposa e que não havia nada de espantoso nisso. Em sua cabeça, lembrou-se de inúmeros nomes de pessoas da sociedade e até personagens históricos que foram traídos pela esposa. Até já pensava em qual seria a melhor saída para aquela situação em que se encontrava.

Uma das saídas, que lhe veio rapidamente à mente, era um duelo. Karênin sempre tivera pavor da cena de uma arma apontada para si, mas cogitava um duelo com Vrônski. Porém, logo desistiu dessa ideia, pois seus amigos não aprovariam e ele tinha medo do que sentiria no dia seguinte após matar Vrônski, ou pior, ele poderia morrer ou ficar ferido, deixando a esposa livre para ficar com Vrônski e ser feliz ao lado dele. Além disso, ele considerava-se uma pessoa importante para o povo russo e para o próprio país, então seria inaceitável que algo lhe acontecesse.

Depois, Aleksei Aleksándrovitch pensou em divórcio. Essa opção o agradara de início, mas pouco depois começou a enxergar as desvantagens. Ele seria exposto à sociedade, teria que mostrar provas do adultério, dividiria suas posses com a esposa traidora e mancharia sua honra. No final, ela seria a premiada. A última solução seria apenas a separação, mas, assim como no divórcio, ela receberia o prêmio, ficando com o amante, e ele seria motivo de chacotas na sociedade.

Como nenhuma das três hipóteses o agradara, Aleksei Aleksándrovitch decidiu por manter o casamento de aparências, limpando sua honra e mantendo a esposa a seu lado e, quem sabe, obrigá-la a não se encontrar mais com o amante. Ele sabia que não havia a possibilidade de reabilitar aquele casamento, pois a única coisa que resultaria de tudo aquilo era a mentira. Mesmo que, naqueles minutos de reflexão, ele sequer tenha pensado em buscar conselho na religião, sua decisão coincidia perfeitamente com os preceitos religiosos. Aquilo o tranquilizou, afinal, perante a sociedade, ninguém poderia dizer que ele não pensou nos fundamentos da igreja ao manter aquele casamento. Após pensar em tudo isso, Aleksei Aleksándrovitch não via impedimento em manter a relação com a esposa quase que como antes, mesmo que jamais pudesse respeitá-la novamente.

No fundo, o que ele queria era fazer Anna sofrer, pois ela não merecia ser feliz de maneira alguma, muito menos em detrimento de sua própria felicidade.

Capítulo 14

Ao chegar em Petersburgo, Karênin já estava completamente convencido de sua decisão e até havia elaborado, mentalmente, a carta que enviaria à esposa. Quando entrou na portaria, avisou ao porteiro que não receberia ninguém e pediu para que levassem os documentos do ministério para o gabinete. No gabinete, andou um pouco e resolveu sentar-se à escrivaninha para escrever a carta que elaborara no caminho.

Na carta, ele escreveu que estava comunicando o que resolvera acerca da conversa que tiveram ainda há pouco. Escreveu que, independente de tudo que acontecera, dos atos que ela cometera, ele não se via no direito de romper os laços matrimoniais que eles haviam firmado perante Deus. A família não poderia ser destruída por conta de um deslize, cometido por um momento de capricho, por um ato ou até mesmo por um crime cometido por um dos cônjuges. Sendo assim, a vida matrimonial deveria seguir como antes. Escreveu, ainda, que sabia do arrependimento dela, e por isso escrevia aquela carta, que ajudaria os dois cortando totalmente o motivo da discórdia entre eles e enterrando o passado de uma vez por todas. Por fim, ele disse que ela poderia imaginar o que aguardava a ela e ao filho, caso isso não se cumprisse. Prometeu discutir qualquer detalhe pessoalmente. Junto da carta, ele enviou-lhe dinheiro para as despesas.

Atentamente, Aleksei Aleksándrovitch releu toda a carta e ficou satisfeito com tudo, ainda mais com o detalhe do dinheiro. Dobrou a carta e pediu para que entregassem ao correio, ela deveria chegar à datcha no dia seguinte.

Karênin permaneceu em seu gabinete, pediu um chá e sentou-se para ler um livro. No entanto, não conseguia se concentrar na leitura; não por conta da situação com Anna, isso ele já considerava resolvido, mas por conta de um problema no trabalho, que era um verdadeiro dilema e já vinha se arrastando havia muito tempo. Esse problema era a respeito da irrigação dos campos da província de Zaráiski, que fazia parte de seu ministério.

A tal irrigação custava muito ao Estado e vinha desde duas administrações anteriores. Aleksei Aleksándrovitch, conhecido como uma pessoa que odiava a burocracia e gostava de cuidar das coisas de maneira direta (o que lhe rendera o sucesso na carreira), pegou este caso para cuidar, há muitos anos, mas nunca deu

136 | LIEV TOLSTÓI

a devida atenção. De início, sentia que era muito novo na função e não queria se indispor com pessoas importantes. Depois, apenas abandonou por falta de tempo. Mas, agora, ele sentia que era o momento de resolver aquilo tudo e talvez até conseguir uma promoção.

Enquanto pensava na situação, veio-lhe uma grande ideia de como resolver o caso. Ele foi para a escrivaninha, pegou os papéis e pôs-se a lê-los e a fazer anotações. Resolvera nomear diversas comissões para analisar minuciosamente a situação da irrigação de Zaráiski e pôr um fim no gasto público. Outra questão importante dizia respeito às etnias que não eram russas. Ele precisava fazer um levantamento dessas etnias. Para tal, também nomeou uma comissão para analisar os pontos de vista político, administrativo, econômico, etnográfico, material e religioso. Por fim, requereu ao ministério, opositor ao dele, informações sobre todas as medidas tomadas, durante os dez últimos anos, a fim de prevenir as péssimas condições que se encontravam o povo não russo.

Ao finalizar o documento, Aleksei Aleksándrovitch sentiu-se mais leve e conseguiu ler seu livro com mais atenção. Quando foi dormir, relembrou a situação com a esposa e esta já não representava algo tão terrível quanto antes.

Capítulo 15

Embora Anna não tivesse concordado com Vrônski que a situação dos dois era insustentável e que era necessário contar tudo ao marido, ela considerava sua situação desonesta e queria fazer algo para mudar. Quando voltou das corridas com o marido, Anna acabou soltando tudo o que estava preso em seu peito e sentia-se mais contente, apesar da angústia. Ao menos, sentia que não precisava mais viver uma vida de mentiras e falsidade. O sofrimento que causara ao marido, seria recompensado, pensava ela.

Quando, na mesma noite, encontrou-se com Vrônski, Anna não contou nada do que acontecera, ela tinha vontade de contar, mas deixou passar o momento e achou que não caberia dizer somente quando ele fosse embora. No dia seguinte, ao pensar a respeito, Anna considerava horríveis as palavras que dissera ao marido. Sentia vergonha por toda aquela situação. Ela passou a temer a desonra e tudo o que poderia acontecer em decorrência do que dissera a Aleksei Aleksándrovitch. Anna passou a imaginar o administrador entrando, a qualquer momento, na casa e tirando-a de lá, sem nada e sem o filho, além disso, teria seu nome divulgado por todos os lados, como uma desonrada. Ela pensava para onde iria, caso fosse expulsa, mas não sabia.

Ao pensar em Vrônski, começou a duvidar de seu amor por ela, pois não sabia se ele a aceitaria e se, após um tempo, não ficaria cansado de sua presença constante na vida dele. Anna sentia vergonha de todos, imaginando que os criados ouviram tudo o que ela dissera ao marido. Sendo assim, ela não queria sair do quarto e encarar qualquer um dos criados, nem mesmo a preceptora do filho. De repente, Ánuchka entrou em seu quarto, trazendo-lhe um vestido e um bilhete de Betsy. Ela disse à Anna que a preceptora e Serioja a esperavam para o café. No bilhete, a princesa a convidava para ir até a casa dela. Após a saída de Ánuchka, Anna permaneceu no quarto, enquanto se martirizava sobre tudo o que ocorrera. Ela ficou com as mãos na cabeça, repetindo: – Meu Deus! Meu Deus! – mas nem Deus poderia ajudá-la naquele momento. Ela não tinha o costume de buscar ajuda na religião, embora fosse muito religiosa.

Quando Ánuchka retornou, encontrou Anna na mesma posição de antes e disse-lhe que o café estava pronto e Serioja a esperava. Ela contou que a preceptora colocara Serioja de castigo, por comer um pêssego que não era dele. Aquela lembrança do filho tirou Anna do estado de transe em que se encontrava. Ela começou a lembrar-se de que tinha um filho e que precisava se ocupar com os cuidados dele. Ela, nos últimos tempos, agia de maneira exagerada ao cuidar do filho, como uma forma de se esquecer dos problemas conjugais.

De repente, começou a imaginar que Aleksei Aleksándrovitch tiraria o filho dela e começou a pensar em fugir com o filho. Esse pensamento tomou conta de Anna. Ela definiu, em sua mente, que levaria apenas Ánuchka e o filho, não levaria a preceptora. Quando desceu do quarto, Anna repreendeu o filho de maneira muito leve, enquanto o segurava pelo ombro. Naquele momento, ela sentiu que ia chorar e foi correndo para a varanda. Quando Serioja foi atrás dela, disse para que ele fosse com a preceptora.

Anna ficou pensando por um longo tempo e decidiu escrever um bilhete para o marido. Nesse bilhete, dizia que não conseguia ficar naquela casa, depois do ocorrido. Escreveu que partiria com o filho e que pedia a generosidade dele, para que não o tomasse dela. Assim que terminou de escrever, Anna achou exagerada a parte em que pedia a generosidade de Aleksei Aleksándrovitch. Rasgou o que havia escrito e reescreveu o bilhete, sem a parte da generosidade. Depois, escreveu para Vrônski, mas logo desistiu e rasgou tudo. Após sair do escritório, Anna informou aos criados que partiria para Moscou com o filho, naquela mesma noite.

Capítulo 16

Por onde andava na datcha, encontrava-se os criados em meio a caixas, fitas, barbantes e papéis de embrulho. Anna deu a ordem para empacotar tudo e colocar na carruagem. Fora de sua propriedade, esperavam na porta outras duas carruagens de aluguel. Enquanto fazia sua mala, ouviu o som de outra carruagem se aproximando. Era o mensageiro de Aleksei Aleksándrovitch, que trouxera uma carta e dissera que esperaria a resposta para levar ao patrão. Quando Anna abriu o envelope, o maço de dinheiro caiu de dentro dele.

Anna começou a ler a carta, mas começou pelo final, depois foi saltando trechos, lendo linhas aleatórias. Somente depois de um tempo é que leu a carta inteira e repetiu outra vez a leitura. As partes que ela lera haviam despertado nela uma raiva imensa. Quando leu que, caso não cumprisse o pedido do marido, ela e o filho saberiam as consequências, Anna viu uma clara ameaça de tirar o filho de perto dela. Outra parte que a deixou muito irritada foi aquela em que Aleksei Aleksándrovitch dizia estar agindo de acordo com a religião. Ela ficou furiosa, pois as pessoas julgavam o marido como sendo alguém religioso, virtuoso, honesto e inteligente, mas não enxergavam o inferno que era viver ao lado dele por oito anos. Ninguém a reconhecia como uma mulher viva, que sentia a necessidade de amar.

Durante muito tempo, Anna tentara amar o marido, mas fora impossível; então, ela havia transferido todo seu amor para o filho. Ela sentia que todos a culpavam por querer amar e viver. Anna sabia que Aleksei Aleksándrovitch aceitara colocar uma pedra sobre o que acontecera apenas para poder fazê-la sofrer; segundo ela, isso o fazia feliz. A sugestão do marido, de seguirem a vida como antes, era sinônimo de viver uma vida de mentiras e enganos. Pior ainda, era levar uma vida de tortura.

Anna não queria ceder aos caprichos vingativos do marido, mas não via outra alternativa, todavia ela não sabia o que fazer diante daquela carta. Não pensava na possibilidade de partir e abandonar o filho. Ela nem mesmo seria capaz de viver com Vrônski e sem o filho, não seria feliz nunca dessa maneira. Anna sentou-se na escrivaninha e queria escrever para o marido, mas não conseguia, não tinha forças para contestá-lo. Então, pôs-se a chorar sobre a escrivaninha, sabia que jamais teria a liberdade para poder amar.

De repente, o criado se aproximou e disse que o mensageiro esperava a resposta dela. Anna respondeu apenas que recebera a carta, e assinou. Ela pensou em ir à casa de Betsy, a fim de encontrar Vrônski e consultá-lo sobre o que fazer. Mas se lembrou de que ele não estaria lá, pois ela dissera antes que não iria.

Sem alternativa, Anna apenas anunciou aos criados que não iria mais partir naquela noite, mas que não desfizessem nenhuma mala e deixassem as carruagens de prontidão. Ela resolveria tudo pela manhã.

Capítulo 17

A princesa Betsy convidara Anna para ir até sua casa e jogar croqué[21], que deveriam jogar duas senhoras com seus admiradores. As duas senhoras eram representantes da mais alta sociedade de Petersburgo, de um círculo opositor ao de Aleksei Karênin. Por isso, Anna havia relutado em aceitar o convite, além, é claro, de Vrônski dizer que não estaria lá. No entanto, na esperança de encontrar-se com ele, Anna quis ir.

Anna chegou à casa de Betsy antes dos outros convidados. Curiosamente, ela chegou ao mesmo tempo que o lacaio de Vrônski, certamente ele trazia um bilhete do patrão, avisando que não compareceria ao jogo. Anna ficou observando o lacaio, tentando descobrir o conteúdo daquele bilhete. De fato, havia um bilhete de Vrônski para a princesa, e o lacaio ficou esperando por ela. Anna sentia-se indecisa, pois Vrônski não iria até lá e ela não podia sair da casa de Betsy; pior,

---

21 Jogo inventado na Irlanda, por volta de 1830. Consiste em golpear bolas de madeira através de arcos fincados em um campo. (N.T.)

teria de ficar com todos aqueles convidados, que lhe eram completamente estranhos e não condiziam com seu estado de espírito.

Quando Betsy a recebeu, estava junto de uma parente, fidalga, que passava o verão em sua casa. Anna sentiu que Betsy notara algo de diferente nela e a primeira coisa que Anna disse foi que dormira mal na noite anterior, olhando fixamente para o lacaio e para o bilhete de Vrônski. Betsy a chamou para tomar um chá e conversar um pouco, mas, imediatamente, Anna disse que ficaria pouco tempo, pois precisava visitar a velha Wrede. Nem mesmo ela sabia o motivo de ter saído logo o nome da velha, entre tantos outros nomes, mas foi o que lhe veio à mente e não parecia ser uma má ideia. Como Vrônski não viria e ela não podia ir até a casa dele, pensou que poderiam marcar em outro local. Anna precisava conversar com Vrônski sobre a carta do marido. Porém, Betsy disse que não a deixaria ir embora, pois, se não fosse sua amiga, consideraria uma ofensa sua partida.

Betsy abriu o bilhete e constatou que Vrônski não viria até sua casa naquela noite. Ela disse aquilo como se, para Anna, a ausência de Vrônski não tivesse nenhum significado; e foi exatamente isso que Anna deu a entender à amiga. Betsy sempre agia dessa forma em relação a Vrônski e Anna, fingindo que nada acontecia, mas sabia de tudo. A princesa tentou dizer à Anna que talvez ela quisesse ir embora para não se encontrar com os homens convidados para o jogo, pois eram opositores de Aleksei Aleksándrovitch. No entanto, Anna garantiu que eram homens amáveis fora do serviço público e que ela não tinha relação alguma com os problemas do marido em seu trabalho.

A princesa Tvérskaia redigiu a resposta ao Vrônski, convidando-o ao menos para o jantar e disse que havia uma senhora sem par para a mesa, referindo-se à Anna. Ela deixou o bilhete sobre a mesa e foi chamar o lacaio. Nesse momento, Anna pegou o bilhete e escreveu, logo abaixo, que precisava vê-lo e o encontraria no jardim de Wrede, às seis horas. Ela fechou o envelope antes de Betsy retornar.

Depois, as duas tomaram o chá e conversaram sobre trivialidades da sociedade. Um dos assuntos foi Liza Merkálova e seu relacionamento com o príncipe Kalújski. Betsy fez-se de desentendida e não quis falar a respeito, dizendo que Anna era muito levada, e logo começando a rir. Anna realmente queria saber o que se passava e, ainda mais, entender qual era o papel do marido de Liza naquela história. Por fim, ainda rindo, Betsy disse que o papel do marido era fazer tudo o que a esposa quisesse e, de resto, ninguém se interessava em saber. Em seguida, os convidados chegaram.

Capítulo 18

Ouviram-se passos e uma voz masculina, depois uma voz feminina e risos; logo em seguida chegaram os convidados esperados: Safo Stolz e um jovem, chamado Váska[22]. Ele transbordava saúde, como se fosse alimentado do bom e do melhor. Assim que entrou, Váska fez uma reverência para as mulheres e seguiu Safo, como se estivesse preso a ela. Safo era uma jovem loira de olhos negros e caminhava com passos curtos, mas apertava as mãos das pessoas com bastante firmeza.

Anna ainda não a conhecia e ficou admirada com sua beleza e toda a sensualidade que ela exalava, usando um vestido que deixava muito do colo à mostra. Betsy foi apresentá-la imediatamente para Anna. Safo fez questão de apresentar Váska, mas, por descuido, apresentou-o sem dizer seu nome completo e começou a rir. Váska apenas cumprimentou Anna e Betsy com um movimento de cabeça e ficou em silêncio. Ele dirigia-se tão somente à Safo, comentando que ela perdera a aposta de que eles chegariam primeiro e queria seu prêmio. De repente, Safo disse que trouxera outro convidado; era mais um de seus admiradores, que não saía de perto dela.

Em seguida, chegaram o príncipe Kalújski, Liza Merkálova e Strémov. Liza era uma mulher magra, morena e de traços orientais. Assim como Safo, era uma mulher encantadora, mas Anna a considerava mais atraente do que Safo. Quando Liza viu Anna, seu rosto se iluminou de alegria.

– Ah, que prazer em vê-la! Ontem, nas corridas, queria ir até a senhora, mas já tinha partido – disse ela.

Liza deu ênfase de que queria muito se encontrar com Anna e comentou o quanto fora horrível a corrida do dia anterior. Anna concordou e disse que fora perturbador. Então, todos se levantaram para ir até o jardim, para jogar, mas Liza disse que não iria jogar e pediu a Anna que ficasse com ela.

Anna disse que gostava de croqué e Liza disse não imaginar como ela não ficava entediada com tudo aquilo. No entanto, Anna é quem ficou surpresa por Liza ficar entediada na sociedade mais efervescente de Petersburgo. A jovem Merkálova, por sua vez, disse que se cansara de sempre ver as mesmas pessoas,

---

22 Diminutivo de Vassíli. (N.T.)

com os mesmos assuntos. Ela disse que Anna parecia não se entediar, pois seu rosto dizia que ela não se entediava.

Safo foi com os dois jovens para o jardim, após fumar sua cigarrilha. Betsy e Strémov ficaram para o chá. Strémov era marido da tia de Liza e passava todo o tempo livre com ela. Era um senhor de uns 50 anos e ao ver Anna, Strémov foi até ela e tratou de entrar na conversa. Como era um dos opositores de Aleksei Aleksándrovitch no trabalho, fez questão de tratar a esposa de seu "inimigo" da melhor maneira possível, chegando até a exagerar.

Tuchkévitch entrou e anunciou que o jogo ia começar. Liza, prevendo que Anna ia embora, pediu a ela que ficasse. Strémov disse não entender como Anna podia deixar uma reunião tão alegre e visitar Wrede, onde ela seria apenas motivo de difamação. Anna refletiu um pouco e os elogios de Strémov fizeram com que ela ficasse indecisa se deveria ir embora ou não. Ela podia ficar ali e adiar um pouco sua saída. Mas se lembrou do que a aguardava em casa e precisava se encontrar com Vrônski sem falta, a fim de resolver sua situação. Anna despediu-se de todos e foi embora.

Capítulo 19

Apesar de sua vida mundana, Vrônski não gostava das coisas fora de ordem. Quando ele estava na escola militar, precisou de dinheiro, pediu emprestado e vivenciou a humilhação da recusa. Desde então, sua maior preocupação era não se endividar. Para não passar apertos financeiros, ele fazia as contas de tudo o que devia e o que tinha de dinheiro, algumas vezes ao ano.

No dia após a corrida, Vrônski levantou-se tarde e pegou todas as contas, dinheiro, cartas e pôs-se a organizar tudo. Petrítski já conhecia o amigo e sabia que não podia incomodá-lo no momento de suas contas, por isso vestiu-se e saiu sem incomodá-lo. A princípio, Vrônski cuidou das questões do dinheiro. Reuniu todas as dívidas e constatou que devia dezessete mil rublos e mais um pouco, mas não deu atenção a isso. Depois calculou todo o dinheiro que tinha e ficaria com apenas mil e oitocentos rublos e sem previsão de dinheiro adicional até o fim do ano.

Sendo assim, ele dividiu as dívidas por ordem de importância. A mais importante somava quatro mil rublos, que eram dos cavalos, e mais dois mil e quinhentos para o amigo Venévski, que fora seu fiador em um jogo que ele perdera para um trapaceiro. Depois, tinha a dívida da cocheira da corrida, com a alimentação dos cavalos e o treinador inglês, além do celeiro e outras coisas mais. Em relação a tais dívidas, ele precisava de dois mil rublos. Por fim, vinham as dívidas menos importantes, com hotéis e o alfaiate. Para as despesas fixas, precisava de seis mil, mas tinha apenas mil e oitocentos.

Embora todos dissessem que Vrônski tivesse uma renda anual de cem mil rublos, aquilo não era verdade. Da herança do pai, ele havia doado a maior parte para o irmão mais velho, que se casara com uma noiva pobre, ficando com apenas vinte e cinco mil anuais. Fora isso, ele recebia outros vinte mil da mãe, mas a condessa deixara de enviar-lhe dinheiro, após seu relacionamento com Anna.

Vrônski pensou em voltar atrás na doação que fizera ao irmão, mas não podia, seria imoral e Vária, sua cunhada, o tinha como um homem generoso. Então, decidiu por vender os cavalos para Rolandáki. Mandou chamar o treinador inglês e pagou as contas, dividindo o que tinha. Aproveitou e respondeu uma carta da mãe, de maneira seca e direta, e pegou três bilhetes de Anna, releu-os e depois os queimou. Ao recordar toda a conversa que tivera com ela, mais cedo, começou a refletir.

Capítulo 20

A vida de Vrônski era regida por um código de regras definido por ele mesmo, e seguia religiosamente cada item desse código. Mesmo que não fosse algo adequado ou moralmente correto, era algo que ele definira para si e, quando seguia seu código, era capaz de manter a cabeça erguida e ter a consciência limpa. Era esse código que permitia que ele agisse em algumas situações de maneira que não houvesse dúvidas quanto ao que fazer. Por exemplo, havia uma regra que estipulava que ele deveria dar prioridade ao pagamento de um trapaceiro de jogo a um alfaiate; outra dizia que poderia mentir para uma mulher, mas não para um homem; outra, que não devia enganar ninguém, exceto um marido; não perdoar um insulto, mas podia insultar, e assim por diante. Dessa forma, ele conseguia abranger diversas situações, ainda que não todas, de uma maneira que lhe permitia viver com tranquilidade.

Sua relação com Anna e o marido era uma questão simples. Estava tudo de acordo com seu código de regras. Consistia em uma mulher honrada, que entregara seu amor a ele e que ele também amava. Sendo assim, para Vrônski, Anna era digna de todo o respeito possível e ele brigaria com qualquer um que agisse de maneira contrária. Com a sociedade também era tudo muito simples, pois todos podiam saber de seu relacionamento com Anna, mas ninguém podia comentar nada, pois Vrônski calaria a boca de qualquer um. A questão com o marido era a mais simples de todas: não servia para nada e Vrônski detinha todo o direito sobre a esposa dele. O único direito do marido era enfrentá-lo em um duelo, e Vrônski estava sempre pronto para tal.

Porém, os últimos acontecimentos com Anna deixaram-no com dúvida de como agir, pois seu código não abrangia algumas das situações que estava vivendo. Sobretudo, não abrangia como agir em caso de gravidez. A única solução, no momento, era que Anna se separasse do marido. Mas, agora, Vrônski já havia se arrependido de ter sugerido a separação, pois via que estava sem dinheiro e não podia nem pensar em sair do serviço militar.

Ele sempre sonhou com a ascensão no serviço militar. Mas cometera um erro grave, que não contara para ninguém: quando lhe foi oferecida uma promoção, ele achara que negando-a, mostraria mais independência e seria mais merecedor dela. No entanto, não foi assim que os superiores entenderam. Assim, Vrônski continuou sendo apenas um capitão de cavalaria, sem promoção alguma. Esse sentimento de fracasso aumentou quando seu amigo do colégio militar, Serpukhóvskoi, retornou da Ásia Central como general condecorado.

Vrônski tentava não sentir inveja do amigo. Para isso, gostava de pensar que ter o amor de Anna era muito melhor do que condecorações e promoções. Mas ele ainda sonhava com uma promoção e não queria perder sua última oportunidade, saindo do serviço militar para fugir com Anna. Então, ele levantou-se e começou a andar pela casa. Após pensar um pouco, tomou um banho e saiu.

Capítulo 21

Petrítski voltou para buscar Vrônski, reclamando que suas contas estavam demorando demais e queria saber se já terminara. Vrônski respondeu, sorrindo, que sim, já havia terminado. Ele sentia que estava tudo sob controle e em ordem.

O amigo disse que vinha da casa do comandante do regimento, Grítski. Vrônski apenas olhava para ele, enquanto pensava noutra coisa, e era na música que vinha de alguma outra casa. Petrítski contou que Serpukhóvskoi chegara e estavam dando uma festa para ele. Vrônski ficou surpreso, pois não sabia que o amigo estava ali. Mas não ficou zangado por ele não o ter procurado em primeiro lugar, pois eram muito amigos e Vrônski estava feliz com a chegada dele.

O comandante do regimento ocupava uma enorme casa senhorial. O grupo estava reunido na varanda. Quando Vrônski chegou, o comandante já havia entrado na casa, assim ele viu os cantores de túnicas militares e Grítski, já dentro da casa, alegre, rodeado por oficiais. Depois, o comandante viu Vrônski e foi novamente para a varanda. O comandante propôs um brinde ao príncipe Serpukhóvskoi, que estava logo atrás do comandante, dizendo que ele era um antigo camarada e um general destemido.

Serpukhóvskoi cumprimentou um furriel[23], que foi ao encontro dele, querendo beijá-lo. Serpukhóvskoi o beijou, se desvencilhou dele e foi em direção a Vrônski, enquanto limpava a boca com um lenço. Seu amigo estava mais forte e deixara crescer as suíças, mas era o mesmo homem de sempre, exceto pela aura serena que Vrônski notara em seu olhar, ou seja, a serenidade que todo homem de sucesso e convicto tinha no olhar.

Serpukhóvskoi cumprimentou Vrônski, dizendo-se feliz por encontrá-lo. Iáchvin estava com eles e ofereceu algo para Vrônski comer, e também uma bebida. Serpukhóvskoi tirou trezentos rublos da carteira e ofereceu para dividir entre os camaradas da casa. A festa durou muito tempo e eles beberam bastante. Em determinado momento, pegaram Serpukhóvskoi nos braços, jogaram-no para o alto, e o comandante dançou com Petrítski.

Mais tarde, Serpukhóvskoi entrou na casa e foi até o banheiro, onde Vrônski estava lavando-se e os dois começaram a conversar a sós. O general disse ao amigo que sabia de todas as notícias sobre ele, através de sua esposa, que era amiga

---

23 Posto militar, entre cabo e sargento. (N.E.)

da cunhada de Vrônski, Vária. Vrônski disse que também soubera de tudo sobre o amigo e disse estar contente com seu sucesso na carreira militar, não esperava menos. Serpukhóvskoi sorriu, lisonjeado.

O general disse a Vrônski que a ambição era sua fraqueza; e que preferia todo o poder na mão dele a deixar nas mãos de alguém incompetente. Serpukhóvskoi concluiu dizendo que a vida seria muito chata se ele não tivesse poder. Vrônski disse que nem todo mundo era assim. O amigo interrompeu, dizendo que Vrônski também sempre fora ambicioso, mas ele então respondeu que não tinha mais ambição alguma.

Serpukhóvskoi soubera da promoção que Vrônski rejeitara e disse que ele agira bem, mas da maneira errada. Vrônski disse não se arrepender do que fizera, mas o amigo disse que ele se arrependeria no futuro, pois homens como Vrônski eram necessários no Estado, que não se corrompiam facilmente. Vrônski pensou que ele falava no partido comunista, mas o amigo logo disse que esse assunto era tudo invenção, não havia comunismo algum. Ao ouvir Serpukhóvskoi falando de partidos, comunistas, influências no Estado e poder, Vrônski percebeu que suas preocupações eram inferiores às do amigo. Vrônski tinha apenas o regimento para se preocupar. Então, disse ao amigo que estava satisfeito com o que ele tinha atualmente no serviço militar. Serpukhóvskoi falou que era suficiente para aquele momento, mas não seria suficiente no futuro.

Sem demora, o general contou ao amigo que, após seu casamento, ele se sentira mais livre para galgar o sucesso que precisava. Por isso, pensava que Vrônski precisava disso também, e não do amor de alguém que já tinha outra pessoa, pois isso o manteria de mãos atadas para conquistar o sucesso. Ele comparava a situação a um fardo que, carregando com as mãos, você não consegue fazer mais nada com elas; essa era a vida de solteiro. Quando se tem um fardo preso nas costas, você tem as mãos livres para fazer outras coisas; essa era a vida de casado.

Por fim, Serpukhóvskoi pediu a Vrônski que lhe desse carta branca para poder ajudá-lo a ter uma promoção. A ideia era que Vrônski saísse do regimento, e ele daria um empurrão em sua carreira militar. Afinal, era seu amigo e faria isso com todo o prazer do mundo.

No mesmo instante, Vrônski recebeu o bilhete de Betsy e imediatamente começou a lê-lo. Depois de ler, disse que estava com dor de cabeça e ia para casa. Serpukhóvskoi perguntou se tinha a carta branca e Vrônski disse que precisava pensar melhor a respeito e daria a resposta quando se encontrassem em Petersburgo.

Capítulo 22

Já eram seis horas e, para não se atrasar e não usar seus cavalos que todos conheciam, Vrônski pegou emprestado a carruagem de aluguel de Iáchvin e partiu para a datcha de Wrede. Ele estava muito tranquilo, principalmente após ter feito todas as contas, confraternizado com os amigos e encontrado seu agora iminente amigo Serpukhóvskoi, tudo lhe dava a sensação de alegria. Ele recostou no banco largo da carruagem, botou os pés no banco da frente e pôs-se a refletir sobre a vida.

Vrônski sentia todo seu corpo ao respirar fundo e sentir o vento frio no rosto. Nem mesmo sua dor na perna, causada pela queda na corrida, o incomodava. Era até motivo de prazer. Olhando pela janela, ele observava tudo com muito prazer; desde as árvores, os telhados das casas, as luzes refletindo no chão, as plantações de batatas até os arbustos. De repente, começou a gritar para o cocheiro ir mais depressa, botou a cabeça para fora e deu-lhe uma nota de três rublos, que o cocheiro prontamente pegou sem ao menos olhar para trás. O cocheiro começou a chicotear os cavalos e eles foram ainda mais velozes pela estrada.

Então, Vrônski começou a questionar o motivo de Anna marcar um encontro justamente no jardim de Wrede e escrever em um bilhete de Betsy. Essas coisas, que antes passaram despercebidas, agora faziam com que ele pensasse a respeito e se questionasse. A carruagem se aproximava da datcha de Wrede e Vrônski desceu antes de chegar no destino, seguindo um trecho a pé. No jardim, ele começou a procurar por Anna e não a encontrou. De repente, olhou para o lado e viu a figura de Anna, com o rosto coberto por um véu.

Quando se aproximou dela, Anna perguntou se ele não estava aborrecido por aquele encontro e disse que precisava muito falar com ele. A seriedade de seu tom de voz mudou o estado de alegria de Vrônski. Ele entendeu que acontecera algo e aquele encontro não seria nada alegre.

Anna contou-lhe que não dissera nada no dia anterior, mas ela revelara tudo a Aleksei Aleksándrovitch, no retorno para casa, depois da corrida. Tudo estava revelado, não havia mais segredos do amor entre os dois. Vrônski ouvia tudo atentamente e, assim que ouviu tudo, ficou ereto, com uma expressão severa e orgulhosa, dizendo que assim era muito melhor. O que Anna não compreendia

148 | LIEV TOLSTÓI

era que Vrônski estava pensando em um inevitável duelo com Karênin e não no fato de ela ter contado tudo.

No fundo, Anna sabia que tudo iria ficar como antes, pois ela não teria forças para abandonar o filho e fugir com Vrônski. O tempo que passara na casa de Betsy servira apenas para confirmar tudo isso. Porém, ela tinha a esperança de que aquele encontro com Vrônski poderia mudar tudo. Mas, diante da reação dele, essa esperança se esvaía cada vez mais.

Lentamente, Anna tirou a carta do marido do bolso do vestido e entregou para Vrônski. Ele a segurava na mão, mas não a lia, tentando consolar Anna. De repente, ele viu duas senhoras e escondeu-se com Anna em uma vereda lateral. Ela sentiu-se ofendida e disse que tanto fazia se alguém os reconhecesse. Quando Vrônski leu a carta, veio-lhe outra vez a ideia de um duelo, por conta do tom ultrajado de Karênin. Ele começou a imaginar a mira de uma arma, apontada para si, e pensou na conversa que tivera com Serpukhóvskoi, de que era melhor não se prender a ninguém, mas ele não podia dizer isso para Anna.

Ao observar Vrônski lendo a carta, Anna notou que ele não estava firme na decisão de fugir com ela e que ele já viera decidido de antemão. Toda sua esperança se esvaíra de vez. Vrônski disse que aquela situação com o marido não podia permanecer assim, era necessário pôr um fim, com uma separação. Anna argumentou que não seria possível, a menos que ela abandonasse o próprio filho, e isso ela não queria. Então Vrônski, de maneira inesperada para Anna, questionou se ela preferia abandonar o filho ou permanecer em um relacionamento humilhante. Ofendida ainda mais, ela disse que, após amá-lo, toda a vida dela mudara por completo, por isso, não havia nada de humilhante em seu amor por ele. Neste momento, Anna pôs-se a chorar e Vrônski, pela primeira vez, sentiu que poderia chorar também.

Vrônski tentou saber se não era possível se separar e, ainda assim, ficar com o filho, mas Anna disse que tudo dependia do marido e não dela. Anna pressentia que tudo ficaria como antes, e estava certa. Por fim, Vrônski disse que iria a Petersburgo, na terça-feira, e eles decidiriam tudo. Anna pediu para que não falassem mais naquele assunto e despediu-se dele, seguindo para a casa.

Capítulo 23

Na segunda-feira, houvera uma reunião habitual da comissão. Aleksei Aleksándrovitch entrou na sala de reunião, cumprimentou os membros da comissão, o presidente e sentou-se. Ele carregava vários documentos e, entre eles, a minuta do pronunciamento que faria. Mas ele não precisava de nenhum documento para lembrar-se do que iria dizer, nem mesmo repassar na memória, Aleksei sabia exatamente o que ia dizer e sentia que o discurso era tão bom que cada uma de suas palavras teriam importância.

Enquanto ouvia o informe, mantinha um aspecto de inocente, quem o visse, jamais imaginaria que ele teria um pronunciamento que seria como uma tempestade, traria o verdadeiro caos à reunião. Quando o informe terminou, Aleksei Aleksándrovitch informou que tinha um pronunciamento sobre a organização das etnias não russas. Todos se voltaram para ele. Karênin sequer olhou para seu adversário. Ele expôs suas considerações e o adversário então se levantou e pôs-se a protestar. Strémov também foi um dos que contestaram.

Como esperado, a reunião tornou-se um tumulto e Aleksei Aleksándrovitch obteve o sucesso que esperava, sua proposta fora bem recebida. Eles nomearam três novas comissões e todos só falavam dessa reunião em Petersburgo. O sucesso foi maior do que ele havia imaginado.

No dia seguinte, ao acordar, Aleksei Aleksándrovitch ainda sentia o gosto da vitória e sorria à toa, embora tivesse demonstrado indiferença ao elogio do chefe da repartição. Com a cabeça apenas no trabalho, esqueceu completamente que Anna chegaria a Petersburgo naquele dia. Só se lembrou quando um criado veio comunicar-lhe a chegada da esposa.

Anna chegara bem cedo, em uma carruagem enviada para buscá-la, conforme havia pedido em um telegrama. Por isso, não haveria como Aleksei Aleksándrovitch ter se esquecido de sua chegada. Mesmo assim, quando ela chegou, o marido sequer foi encontrá-la; ele ficou o dia inteiro, em casa, ocupado com as coisas do trabalho e com o chefe da repartição. Intrigada, Anna foi para a sala de jantar e começou a dar ordens, em voz alta, para ver se o marido viria a seu encontro. Porém, ele apenas foi até a porta do escritório, acompanhado do chefe da repartição, preparando-se para ir ao escritório.

Como ele sairia para o trabalho dentro de instantes, Anna resolveu ir até ele, a fim de discutir a relação entre os dois. Quando entrou no escritório, Aleksei Aleksándrovitch estava de uniforme, debruçado sobre a escrivaninha e olhando para a frente. Ela sabia que ele estava pensando nela. Ao vê-la, ele fez menção de levantar-se, mas se deteve. Anna vira que o marido ficara corado. Ele então se levantou e foi até ela, pedindo que se sentasse. Os dois começaram a conversar, mas Aleksei Aleksándrovitch parecia fugir do assunto principal, então ele perguntou do filho e fez-se silêncio.

Anna estava decidida a desprezar e a culpar o marido, mas, naquele momento, não conseguiu e sentiu até pena dele. Como notou que o marido não falaria nada, ela tomou coragem e iniciou a conversa, dizendo que era uma mulher má e criminosa, mas a mesma mulher de outrora, a mesma que lhe contara tudo e que não iria mudar nada do que dissera.

– Não perguntei nada para a senhora – interrompeu Aleksei.

Na verdade, ele sabia que sua esposa não mudaria em nada. Então, começou a falar, com a sua voz aguda de sempre, que tanto irritava Anna, que ele ignorava a existência do amante e não queria saber dele. E assim ficaria, enquanto ela mantivesse o decoro perante a sociedade e não fosse motivo de maledicências. Caso a honra dele fosse manchada, teria que tomar as devidas providências para limpá-la.

Anna insistia que não podia ser a esposa dele, não podia voltar a ser como era antes. Aleksei começou a rir de maneira cruel e fria. Disse que não entendia como a esposa tivera coragem para contar sobre o amante, mas não tinha coragem de cumprir com os deveres de uma esposa com o marido.

– Aleksei, o que você quer de mim? – peguntou Anna.

Ele respondeu dizendo que queria apenas não encontrar o amante e que ela se comportasse como uma mulher honrada. Por fim, disse que precisava ir para o trabalho e que não almoçaria em casa.

Capítulo 24

Lévin não passara a noite deitado sobre o feno em vão, pois a gestão da propriedade parecia-lhe repugnante e perdera todo o sentido para ele. Apesar da ótima colheita, a relação dele com os mujiques nunca fora tão hostil como naquele ano; e ele sabia qual era a causa. Toda a ideia de viver como um mujique, a inveja que sentia deles e de sua vida, não era uma loucura, mas um propósito para Lévin, porém, só funcionaria se fosse tudo feito por ele mesmo ou com seus companheiros, pessoas solidárias a ele. Entretanto, Lévin percebia que os interesses dele e dos mujiques não se encontravam.

Ficava cada vez mais claro que toda a gestão da propriedade era uma luta entre ele e os trabalhadores; de um lado, Lévin, querendo reformar tudo de acordo com um modelo melhor; e do outro, os mujiques, querendo apenas fazer tudo de acordo com a ordem natural das coisas. Sendo assim, ele percebeu que essa luta não traria prazer para ninguém e tudo aquilo que ele conquistara, desde o gado até as máquinas, fora em vão e estaria deteriorado dentro de pouco tempo. Para dar certo, os mujiques deveriam cuidar dos equipamentos, trabalhar de acordo com as ordens de Lévin. Mas isso não acontecia, eles não zelavam pelo equipamento e sequer gostavam de utilizá-los e, quando Lévin dava uma ordem, eles faziam o oposto.

Tudo isso se agravava com a presença de Kitty na aldeia vizinha, a trinta verstas de distância. Na última conversa entre os dois, Dolly convidara Lévin para retornar à casa dela e renovar o pedido de casamento, pois, segundo ela, a irmã agora aceitaria. Lévin sabia que ainda a amava, sobretudo após encontrá-la na estrada. Mas não podia pedi-la em casamento só porque outro homem a rejeitara. Lévin não via a possibilidade de visitá-la, pois sabia que não conseguiria olhar para Kitty sem recriminá-la, sentir raiva dela e pior, despertar o ódio dela. Ele também condenava Dolly por ter lhe contado tudo, pois seria muito melhor se tudo se desse de maneira natural.

Dolly enviou-lhe um bilhete, pedindo uma sela de mulher para a irmã e foi enfática ao pedir que ele a trouxesse pessoalmente. Lévin escreveu diversos bilhetes e rasgou todos. Não havia a possibilidade de dizer que iria, pois não queria; dizer que não podia ir porque havia um impedimento ou que ele estava de partida seria ainda pior. Sendo assim, Lévin pediu para que o administrador levasse a sela na casa dos Scherbátski.

Com a insatisfação com a gestão de sua propriedade e querendo ficar o mais longe possível dos Scherbátski, Lévin aceitou o convite de seu amigo Sviájski para caçar narcejas em seu pântano, nos arredores de Suróvski. Assim, por meio da caça, Lévin espantava todas suas tristezas.

Capítulo 25

Em Suróvski não havia estrada de ferro e nem estações para troca de cavalos. Sendo assim, Lévin viajou com seus próprios cavalos, em sua tarantás[24].

Na metade do caminho, ele parou na casa de um rico mujique, para alimentar seus cavalos. O dono era um velho calvo e de vasta barba ruiva. Ele abriu a porteira e permitiu que Lévin entrasse. O cocheiro estacionou em um amplo pátio sob um telheiro novo. Uma linda moça estava limpando o chão, de cabeça baixa e distraída. Ela assustou-se quando Laska entrou latindo, mas, logo depois, começou a rir, vendo que era uma cadela mansa.

Lévin pediu para que ela preparasse o samovar. Ele entrou em uma sala grande, muito limpa e organizada. Era tão limpa que Lévin deixou Laska próxima à porta, para que não sujasse o chão. O senhor começou a conversar com ele, perguntando se estava a caminho da casa de Nikolai Sviájski, indicando que o conhecia, pois Sviájski também fazia paradas em sua casa.

Enquanto conversavam, entraram no pátio alguns trabalhadores, carregando arados e grades, com cavalos fortes e bem alimentados. Os trabalhadores, ao que tudo indicava, eram da própria família. Lévin, curioso, quis saber o que eles aravam e o velho respondeu que eram batatas, que já haviam florescido e dado até sementes. Lévin ficou intrigado, pois suas batatas ainda estavam florescendo.

O samovar começou a apitar e Lévin convidou o velho para tomar um chá. Enquanto bebiam, velho contou-lhe toda sua história: ele arrendara cento e vinte

---

24 Carruagem de quatro rodas, com uma estrutura mais comprida, a fim de evitar os solavancos em viagens longas. (N.T.)

dessiatinas da proprietária e, um ano antes, conseguira comprá-las de volta. Agora, havia arrendado mais trezentas do vizinho. Ele distribuíra uma parte da terra; a pior parte ele alugara e outras quarenta dessiatinas ele mesmo lavrava com a ajuda da família e de dois assalariados. Ainda assim, o velho queixava-se dos negócios, mas Lévin percebeu que era apenas modéstia.

Para Lévin, o velho estava muito bem, pois já reconstruíra a casa umas duas vezes, por conta de uns incêndios, e cada vez ficava melhor do que a anterior. O velho explicou a Lévin o uso das aparas do centeio para fazer forragem, coisa que ele mesmo sempre tentara fazer, mas os mujiques sempre impossibilitavam.

O velho explicou também que os negócios deviam ser tocados por familiares ou pessoas de confiança, nada de trabalhadores assalariados. Citou como exemplo a propriedade de Sviájski, que não prosperava, apesar do excelente solo, por conta dos trabalhadores assalariados. Ao terminar o chá, o velho foi chamado por uma camponesa e saiu.

Quando Lévin entrou na isbá de serviço, em busca do cocheiro, viu todos os homens comendo à mesa, sendo servidos pelas mulheres. Todos muito alegres e risonhos. Depois, Lévin partiu e, por todo o caminho, até as terras de Sviájski, relembrava aquela propriedade dos camponeses, como se exigisse dele uma atenção especial.

Capítulo 26

Sviájski era o líder de seu distrito, ele era cinco anos mais velho que Lévin e já era casado há muito tempo. Em sua casa, viviam sua esposa e sua jovem cunhada, por quem Lévin tinha muita simpatia. O casal queria casar Lévin com a jovem; ele sentia isso, mesmo que nunca houvessem lhe dito nada a respeito.

Apesar de Lévin querer muito se casar e aquela jovem ter todas as qualidades de uma boa esposa, para ele, era impossível que os dois se casassem, mesmo que ele não estivesse apaixonado por Kitty. Essa situação era a única coisa que maculava a viagem até as propriedades de Sviájski. Quando recebeu o convite para caçar, Lévin refletiu sobre o assunto do casamento, mas tudo isso eram apenas suposições. Além disso, era uma ótima oportunidade para colocar à prova seu amor por Kitty, ao ficar diante da bela cunhada do amigo.

A vida doméstica da família era agradável e Sviájski era o homem mais confiável, honrado e dedicado do conselho rural. Lévin o considerava um homem extremamente inteligente, conhecia qualquer assunto e só o demonstrava quando obrigado. Além disso, era um homem muito liberal, não gostava da nobreza, não era partidário da escravidão e acusava os nobres de sê-lo. Sviájski tinha uma opinião bastante peculiar sobre a Rússia: ele considerava a Rússia um país perdido. Ao mesmo tempo em que era um funcionário do governo e adorava exibir sua fita vermelha e sua insígnia quando viajava. Para ele, só há vida no exterior, ainda que tivesse sua propriedade na Rússia.

Ele considerava os mujiques abaixo dos outros homens, em algum lugar entre os macacos e o homem. No entanto, ele os ouvia e dava-lhes toda a atenção nas reuniões do conselho rural. Em relação às mulheres, pregava a liberdade total a elas, inclusive no direito ao trabalho. Porém, em sua casa, a esposa não fazia absolutamente nada. Sviájski era um enigma ambulante para Lévin, que era muito seu amigo, tanto que se permitia investigá-lo para tentar entender os fundamentos de sua vida, mas sempre falhava.

Após a decepção com a gestão das propriedades, Lévin achava importante estar na casa do amigo, para observar sua vida familiar e tentar desvendar o segredo da vida de Sviájski. Além disso, alguns senhores de terras também viriam para caçar com eles, o que poderia lhe render boas conversas sobre agricultura, colheita, trabalhadores assalariados e tudo relacionado ao campo.

A caçada foi péssima, Lévin pegou apenas algumas aves, pois o pântano estava seco. Porém, a atividade física trouxera um grande apetite e uma agitação mental. Durante o chá da noite, junto com dois senhores de terras, que tratavam de uma tutela, teve início a conversa que Lévin tanto esperava.

No início da noite, Lévin estava junto da anfitriã e sua irmã e os três conversavam sobre trivialidades. Ele estava incomodado com o grande decote da jovem, em formato triangular, e julgava que ela escolhera aquele vestido especialmente para chamar sua atenção. Enquanto conversava, evitava olhar para o decote. Para iniciar uma conversa entre Lévin e a irmã, a anfitriã falou da escola que eles construíram e disse que sua irmã era uma das professoras. Ele tentou fingir interesse, mas abandonou as duas no meio da conversa e foi se juntar aos homens, na outra ponta da mesa, a fim de ouvir a conversa deles.

Um senhor de terras estava se queixando do povo. Ele parecia ser um típico defensor da servidão, pelas vestimentas e pelo jeito entoado de falar. Sviájski parecia ter a resposta correta para as queixas desse senhor, que acabaria com todos seus argumentos, mas por conta de sua posição, preferia não o fazer ou, talvez, quisesse se divertir com o nervosismo daquele senhor.

Capítulo 27

O senhor de terras estava nervoso e dizia que só não abandonava tudo, vendendo o que tinha, porque tinha pena de largar aquilo que já estava em andamento. Sviájski o interrompeu, dizendo que se ele não abandonava tudo de uma vez, é porque havia algumas vantagens.

O senhor de terra disse que a única vantagem era que sua casa era própria, não é alugada ou comprada. Queixava-se muito de seus trabalhadores assalariados, que bebiam demais e davam prejuízo, pois não cuidavam dos equipamentos e quebravam tudo e depois procuravam um juiz de paz. Sviájski sugeriu que o senhor de terras então fosse ele mesmo ao juiz de paz, mas o velho disse que o juiz ficava sempre do lado do mujique. Fora assim quando ele dera um adiantamento e todos sumiram e foram absolvidos pelo juiz de paz. Disse que o único acalento era o juiz da comarca, que punia à moda antiga. Se não fosse assim, seria melhor largar tudo e viajar mundo afora.

Sviájski argumentou que, naquela região, todos geriam as propriedades de acordo com a agricultura racional e apontou Lévin e outro senhor de terras como partidários. O velho se irritou, dizendo que Mikhail Petróvitch geria de outra maneira, que não a racional. Por isso ele se dava bem. Assim, deram a palavra a Mikhail Petróvitch. Este começou a explicar sua gestão, que consistia em dar uma pequena quantia aos mujiques e, depois, fazer com que eles pagassem as dívidas com o trabalho.

Lévin conhecia bem aquele estilo patriarcal e dirigiu-se então ao velho, perguntando o que ele recomendava em relação à gestão rural. Ele respondeu que o ideal era fazer da mesma forma que Mikhail, ou então dar metade do valor total e ter trabalhadores assalariados. Porém, isso acabava com todo o lucro do proprietário e com a economia do Estado. Segundo ele, onde antes, com a servidão, lucrava-se nove vezes, agora, lucrava-se apenas três vezes com a gestão racional. Em seu ponto de vista, o novo modelo arruinara a Rússia.

Lévin olhou para Sviájski, mas não achou tão absurdo os argumentos do velho, ele podia compreendê-lo muito melhor do que as ideias de Sviájski. Para Lévin, boa parte das queixas do senhor de terras tinham fundamento e eram justas. Ele expressara seus próprios pensamentos, vindos de sua experiência. A teoria do senhor de terra era de que o progresso só se realizava através da autoridade. Ele começou a citar eventos históricos, tsares e até a batata, que fora trazida para a Rússia por meio da força, da autoridade. Ele considerava que, com a abolição da servidão, toda a autoridade dos senhores de terras fora tirada.

Sviájski argumentou que ele poderia gerir os trabalhadores assalariados, mas o senhor de terras insistiu que não, dizendo que assim não havia autoridade. Durante a conversa, Lévin lembrava-se de suas ideias sobre a agricultura, que o principal elemento da agricultura era a força de trabalho. O senhor de terras insistia no mesmo ponto, dizendo que os assalariados só queriam beber até cair, não zelavam pela propriedade do patrão e destruíam tudo, o que fazia com que o nível da agricultura caísse no país. Sviájski concluiu que o problema não estava na falta de autoridade, mas na falta de preparo para saber gerir uma propriedade rural. Colocou a culpa também nos péssimos equipamentos russos, por isso os assalariados danificavam tudo, por não terem qualidade. Sendo assim, era preciso elevar o nível da agricultura e dos equipamentos. Mas o velho disse que não havia dinheiro para tudo isso, o que levou Sviájski a sugerir um empréstimo no banco. Neste momento, o senhor de terras ficou ainda mais exaltado, dizendo que o fim daquilo seria perder tudo em um leilão.

Lévin discordou do amigo e disse que não achava que fosse necessário elevar o nível da agricultura ou mesmo que fosse possível fazer isso. Ele disse que em tudo aquilo que já investira, tivera algum prejuízo, nunca obtivera retorno algum. Com esse argumento, o senhor de terras até riu de satisfação. Sviájski, dando-se por satisfeito com aquela conversa, levantou-se e afastou-se dos amigos. Enquanto ele dava a conversa por encerrada, para Lévin estava apenas começando.

O senhor de terras continuava a dizer que a justiça era muito favorável aos mujiques, que eram porcos e que, para tirá-los da porcaria, era necessário ter autoridade. Porém, as leis os favoreciam tanto que, quando cometiam alguma irregularidade, iam para a cadeia com refeição quentinha e ainda ganhavam alguns metros cúbicos de ar, sem pagar por nada.

Depois, a conversa seguiu para os métodos europeus de agricultura. O senhor de terras contestava tais métodos, dizendo que não estava dando certo na Europa e já estavam tentando encontrar outros meios. Então Sviájski disse que era justamente o que a Rússia precisava fazer: buscar outros meios, como a Europa. A conversa ainda se estendeu por longos minutos; até que, já cansados, todos levantaram-se e Sviájski acompanhara os senhores de terras até a porta.

Capítulo 28

Durante a noite, Lévin ficou muito entediado com as senhoras de uma maneira absurda, como nunca ficara antes. Os pensamentos sobre a gestão de sua propriedade o perturbavam e o deixavam descontente. No entanto, após a conversa com os senhores de terras, constatou que não era uma condição particular, mas uma condição geral, de toda a Rússia. As relações de trabalho entre o patrão e o camponês precisavam ser resolvidas imediatamente. E Lévin viu que era possível resolvê-las.

Após despedir-se das senhoras, prometendo passar o dia seguinte todo com elas, Lévin foi para o escritório de Sviájski, para pegar um livro sobre a questão do trabalhador, que seu amigo dissera ter em sua biblioteca. O escritório de Sviájski era um cômodo enorme, com duas mesas e diversas estantes de livros. Em uma das mesas, havia várias revistas, com diversos tipos de artigos. Lévin olhava para as revistas quando Sviájski comentou sobre um artigo a respeito da separação da Polônia. Lévin ficou se perguntando qual seria o interesse do amigo em relação à Polônia, e disse que não tinha interesse algum naquela informação. Na verdade, disse que se interessara por aquilo que o senhor de terras dissera aquela noite. Disse, ainda, que ele falara algumas verdades e era uma pessoa inteligente.

Sviájski considerava aquele velho um defensor da servidão, como todos os outros nobres que ele liderava no conselho rural. No entanto, tentava guiá-los para o lado que ele julgava o correto, o da gestão racional. Para Lévin, o velho tinha razão quando dizia que a gestão racional não funcionava, apenas o método de Mikhail Petróvitch. E ele acreditava que o culpado eram os próprios proprietários de terras.

Sviájski argumentou que, na Europa, o método racional funcionava, pois o povo era bem educado. Para funcionar na Rússia, então, era preciso educar o povo russo, antes de fazer qualquer mudança. Lévin, sempre curioso, perguntou como educar o povo e obteve como resposta do amigo: a criação de escolas. Lévin, de acordo com a discussão que tivera com o irmão, era contrário à construção de escolas para os mujiques. Ele achava uma perda de tempo e de dinheiro, pois não refletia em nada positivo para o campo.

Sviájski observou, então, que nada do que ele dizia agradava Lévin, nunca; se falava sobre economia política, ele não concordava; sobre socialismo, não concordava; educação, idem. Segundo Sviájski, as escolas davam novos sonhos e ideias ao camponês, que refletiam em melhora no trabalho e na relação do trabalhador com o patrão. Somente a educação poderia levar à melhora da condição material. Porém, para Lévin, somente o trabalho e a melhora material é que poderiam levar à educação.

Tudo o que Lévin vivenciara naquele dia, a visita ao mujique na estrada, as conversas com os senhores de terras, tudo isso levou-o a pensar em sua propriedade. Ele queria pôr em prática a ideia que tinha na cabeça. Segundo ele, os culpados de a gestão não funcionar, eram os próprios senhores de terra e não os mujiques. Era preciso reconhecer e organizar a propriedade rural de acordo com os mujiques, criando o interesse neles e fazendo inovações que eles aceitassem. Dessa forma, todos lucrariam mais. Era preciso reduzir a produção e fazer com que os mujiques tivessem parte no êxito do trabalho.

Com todas essas ideias na cabeça, Lévin queria voltar imediatamente para casa e aplicá-las, explicando seus planos aos mujiques. Além disso, a imagem da cunhada do amigo, com seu decote, causava-lhe uma sensação de vergonha, algo como uma conduta condenável. Ele determinou que transformaria radicalmente a maneira de gerir sua propriedade.

Capítulo 29

A realização do plano de Lévin apresentava algumas dificuldades. Mesmo assim, ele batalhou até conseguir, ao menos, um resultado satisfatório. A principal dificuldade foi que, quando ele iniciou o plano, seu plantio já estava em andamento e era preciso ainda consertar a máquina enquanto estava em uso.

Tão logo, na mesma noite, Lévin retornou para casa, ele contou sobre seu plano ao administrador e ele, com satisfação, concordou que estavam fazendo tudo de maneira errada até então. Ele mesmo já sabia disso e alertara por diversas vezes sem ser ouvido. Porém, com a proposta de ser um sócio, junto de todos os trabalhadores, de todas as atividades, o administrador não demonstrou interesse e tentou desviar o assunto para outras questões que precisavam de definição, como o transporte das medas, no dia seguinte. Então, Lévin percebeu que não era o melhor momento para falar sobre seu plano.

Quando Lévin explicou sobre a nova proposta aos mujiques, que era arrendar as terras em novas condições, ele teve outra dificuldade. Os mujiques estavam tão cansados do trabalho que sequer tiveram tempo para refletir sobre as vantagens e desvantagens do negócio. Somente o mujique que cuidava do estábulo, Ivan, parecia ter entendido o que Lévin dissera. Ele entendeu que participaria, com sua família, dos lucros do estábulo e concordava totalmente. Porém, quando Lévin falou sobre as vantagens futuras, ele pareceu não se preocupar ou não entender muito, o que o levou a desviar o assunto, pensando nas coisas que tinha para fazer de imediato.

A maior dificuldade era conquistar a confiança dos mujiquess e isso parecia impossível. Para eles, qualquer coisa que um patrão propunha sempre envolveria o trabalho árduo deles, a exploração de suas forças e o lucro do patrão. Era difícil entenderem de maneira plena que o patrão estava dividindo tudo com eles.

A despeito de todas essas dificuldades, Lévin conseguiu colocar seu plano em prática e alcançou seu objetivo no outono. Ao menos era o que ele acreditava.

Ivan, o mujique que parecia ter entendido o sistema, descobriu que os negócios no estábulo não estavam muito melhores do que antes e não queria usar os abrigos aquecidos para as vacas e a manteiga de nata, sob o argumento de que a vaca consumia menos no frio e a manteiga de creme azedo rendia mais. Além disso, exigia um salário, como no antigo sistema, pois a ele não interessava se, na verdade, não era um salário, mas um adiantamento de seu lucro futuro.

Outro mujique, que arrendara as terras, não as semeara duas vezes, como o combinado, alegando o prazo curto. Ele não conseguia entender que a terra era coletiva e arrendou algumas partes dela. Fora isso, os mujiques adiavam a construção de um estábulo e de uma eira, deixando para o inverno. Outro mujique fingira que não entendera nada do sistema, somente para poder dividir sua terra em lotes com outros camponeses. Apesar de tudo isso, Lévin acreditava que o novo sistema estava funcionando e que conseguiria mostrar as vantagens aos mujiques e, no futuro, faria o sistema andar sozinho.

Com a implementação do novo sistema e a redação de seu livro, Lévin ficou totalmente ocupado durante o verão e sem tempo para caçar. No fim de agosto, soube que a família Oblônski retornara a Moscou. Lévin sabia que, como não respondera o bilhete de Dolly, o que o deixava envergonhado, perdera a chance de qualquer visita à casa dos Oblônski; assim como na casa do Sviájski, ao sair sem avisar, no meio da noite.

Lévin pôs-se a estudar cada vez mais sobre diversos assuntos, a fim de melhorar ainda mais seu sistema. Ele lia livros de economia política e de tendência socialista. Porém, não encontrou nada que o satisfizesse em nenhum desses livros, nos dois temas. O socialismo, para Lévin, parecia algo muito fantasioso e que não funcionaria para ele, pois a economia política tratava de leis que deveriam ser universais, mas que ele sabia que não davam para ser aplicadas na Rússia. Sendo assim, Lévin decidiu viajar para o exterior, a fim de ver de perto como era aplicado o sistema que os europeus utilizavam.

Para Lévin, a Rússia tinha ótimas terras e ótimos trabalhadores, mas, na maioria dos casos, produziam muito pouco quando o capital era investido à maneira europeia. Isso se dava ao fato de que os trabalhadores queriam fazer à sua própria maneira. Segundo Lévin, o povo russo se firmava aos métodos necessários para povoar, lavrar a terra e considerava que esse método não era tão ruim como se pensava. Era isso que Lévin queria demonstrar em seu livro e em sua propriedade.

Capítulo 30

No final de setembro, foram trazidas as madeiras para a construção do estábulo na terra que fora cedida ao grupo de Rezúnov, vendeu-se a manteiga e dividiram os lucros entre si. Na prática, o sistema estava indo muito bem, ao menos aos olhos de Lévin. Ele acreditava que precisava ir ao exterior e ver de perto como funcionava o sistema e ter provas contundentes de que precisavam fazer ainda mais.

Lévin estava apenas esperando que o trigo fosse vendido e partiria para o exterior. No entanto, começaram as chuvas e a colheita dos cereais e da batata foram adiadas. A chuva interrompeu até o transporte do trigo, pois as estradas estavam intransitáveis por conta da lama. No dia 30 de setembro, a chuva cessou e Lévin esperava o tempo firmar para poder partir. Ele começou os preparativos para a viagem e deu ordens para que o administrador vendesse o trigo e andou pela propriedade para dar as últimas ordens.

A chuva começou novamente, mas Lévin estava em um maravilhoso estado de ânimo, mesmo encharcado pela chuva, olhava para os campos com orgulho e alegria. Ele estava realmente estimulado por conta das conversas que tivera com os mujiques, satisfeitos com o novo sistema. Até mesmo um velho zelador, na casa de quem Lévin fizera uma parada para secar-se, ofereceu uma parceria naquele novo sistema e queria comercializar o gado.

Lévin estava totalmente confiante e sabia que precisava se manter firme em suas ideias para obter a prosperidade nos negócios. Para ele, esse sistema revolucionaria a agricultura, porém era uma revolução sem sangue, mas a maior de todas. Ele pensava primeiro aplicar em seu distrito, depois na província, na Rússia e no mundo todo. Lévin achava importante que ninguém fosse privado daquele conhecimento. Ele sentia-se particularmente orgulhoso e, por que não, vingado, pois ele, Lévin, rejeitado por Kitty, era o idealizador desse sistema tão maravilhoso.

Com esses pensamentos, Lévin retornou para casa apenas à noite. O administrador cuidara da venda do trigo e trouxera-lhe o dinheiro. Após o jantar, Lévin sentou-se com um livro e pensava na viagem. Naquele momento, teve algumas ideias sobre seu projeto e precisou anotá-las. Ele tentou ir para o escritório, mas algumas pessoas chegaram para resolver questões do trabalho e o detiveram. Após terminar as obrigações, Lévin foi para o escritório e sentou-se para trabalhar sobre os textos. Laska estava a seus pés e Agáfia costurava uma meia.

Após escrever durante um tempo, Lévin começou a lembrar-se de Kitty, de sua recusa e da última vez que ele a vira. Inquieto, pôs-se a andar pelo escritório. Agáfia, que conhecia bem o jeito de Lévin, disse para que ele não se preocupasse e ficasse calmo, pois uma viagem talvez fizesse bem ao patrão. Lévin disse à Agáfia que partiria dali a dois dias, pois tinha que terminar algo.

Agáfia, que conversava com os mujiques, disse a Lévin que o comentário era de que ele ainda ganharia um prêmio do tsar. E continuou, dizendo não entender o motivo de tanta preocupação dele com os mujiques. Lévin disse que não era com os mujiques, mas consigo mesmo. Se os mujiques trabalhassem, ele também obtinha lucro. Por mais que Lévin assim dissesse, Agáfia entendia tudo de outra maneira, muito diferente da opinião do patrão. Ela, de repente, disse que Lévin precisava se casar. Ela parecia ter acertado em cheio naquilo que Lévin pensava, por isso mesmo, ele ficou magoado e até ofendido, franzindo as sobrancelhas, e sentou-se para cuidar de suas coisas, calado.

Às nove horas, soou a campainha e o som das rodas de uma carruagem sobre a lama. Agáfia disse a Lévin que ele tinha visitas, o que foi um alívio, pois seu trabalho não se desenrolava e seria bom ter alguém diferente para conversar.

Capítulo 31

Quando Lévin correu até a metade da escada, ouviu uma tosse que lhe era familiar, mas como não conseguia identificar direito, por conta de seus próprios passos, teve a esperança de estar enganado. Depois, viu uma pessoa bem alta e muito magra e já tinha quase certeza de quem era, mas, ainda assim, tinha um fio de esperança de estar enganado e de que aquela pessoa não fosse seu irmão Nikolai.

Lévin amava o irmão, mas estar com ele era sempre um tormento. E logo agora, que Lévin tinha tantos pensamentos consigo, após a conversa com Agáfia, que trouxera muitas dúvidas e o deixara tão taciturno, ele esperava uma visita agradável, que lhe desse alguma alegria e o distraísse. Mas seu irmão não poderia lhe dar isso, pois o encontro com Nikolai o obrigava a abrir-se mais e ser afetuoso, que era tudo o que ele não queria naquele momento. Agora, Lévin estava irritado consigo mesmo, por ter esses pensamentos em relação ao irmão. Ele correu até a antessala e, assim que viu o irmão, o sentimento egoísta de decepção deu lugar ao sentimento de pena. Por pior que fosse a aparência de Nikolai antes, agora ele estava ainda pior: era todo pele e osso. O sorriso do irmão era dócil e conformado. Ao olhar, Lévin sentiu sua garganta fechar.

Nikolai disse que viera para passar um ou dois meses com o irmão. Porém, o outro motivo era a venda de uma pequena propriedade que Lévin ainda não dividira com o irmão e a quantia era de dois mil rublos. O irmão diz que sempre pensava em visitá-lo, mas a doença nunca deixava; agora, ele estava muito melhor. Apesar da magreza, Nikolai ainda tinha a mesma agilidade dos movimentos de antes.

O humor do irmão estava tal como Lévin se lembrava dele na infância, que era alegre e afetuoso. Ele brincou um pouco com Agáfia e perguntou sobre os antigos criados. Quando ela contou sobre a morte de Parmion Deníssitch, Nikolai sentiu algo desagradável naquela notícia, mas logo se recompôs, aceitando que Parmion já era um homem muito velho. Nikolai contou a Lévin que conseguira um cargo no serviço público, através de Miakhkov. Ele dizia se sentir renovado e pronto para seguir a vida, que havia organizado, depois de largar Mária Nikoláievna. Segundo ele, ela causava-lhe muitos aborrecimentos. No entanto, omitiu que a largara porque o tratava como um doente e que fazia um chá fraco.

Enquanto ouvia tudo, Lévin tentava dizer algo, mas não conseguia. Ele imaginava que o irmão sentia a mesma coisa, tanto que começou a perguntar sobre seus negócios. Ao menos, ao falar sobre si mesmo, Lévin não precisava fingir. Assim, Lévin contou-lhe todos seus planos, mas o irmão não estava interessado. Parecia que os dois tinham o mesmo pensamento, a doença e a proximidade da morte de Nikolai, porém nenhum dos dois atrevia-se a falar sobre o assunto. Lévin estava impaciente e nunca desejou que a noite chegasse tão rápido para que pudesse dormir. Ele não suportava ter que fingir ao falar com o irmão, mas tinha vontade de chorar por ele, que ia morrer. Para evitar, dava continuidade aos assuntos sem importância.

Nikolai dormiu no mesmo quarto que Lévin, pois era o único que não era úmido e tinha aquecimento. O irmão tossia o tempo todo e queixava-se, impedindo que Lévin pegasse no sono. Lévin sentou-se na cama, agarrou-se aos joelhos e pôs-se a pensar em diversas coisas; no entanto, o desfecho era um só, a morte.

A morte se apresentava a Lévin pela primeira vez. Estava ali, com seu irmão, que gemia e tossia o tempo todo. Depois, ele começou a ver a morte em si mesmo. Sentia que seu fim também poderia estar próximo, dali um dia ou dali trinta anos, mas ela viria. Assim, começou a pensar que não valia a pena começar nada, pois seu fim era iminente. Lévin levantou-se, acendeu uma vela e ficou se olhando ao espelho, checando sua saúde, sua aparência e lembrando-se de quando ele e o irmão eram jovens e fortes.

De repente, Nikolai ficou irritado com a agitação de Lévin e mandou que fosse dormir, mas ele respondeu que estava com insônia. Pouco depois, apagou a vela e foi se deitar, mas ficou pensando ainda por muito tempo, agora que surgira um novo problema em sua vida, a morte.

Capítulo 32

A gentileza e o jeito doce de Nikolai não duraram muito. No dia seguinte, ele ficou irritado e começou a discutir com o irmão a respeito das ideias para suas propriedades. Nikolai conseguia atingir os pontos mais sensíveis do irmão e Lévin já se arrependia de não ter dito tudo o que pensava e ter fingido tanto no dia anterior. A vontade dele era ter dito ao irmão que ele ia morrer; sabia que, diante disso, o irmão diria que tinha consciência da iminência da morte e que sentia muito medo. Mas Lévin sabia que era impossível permanecer tanto tempo apenas fingindo e guardando o que realmente queria dizer a Nikolai. Ele conhecia o irmão e sabia que ele identificaria o fingimento, ficando muito irritado, cedo ou tarde.

No terceiro dia, Nikolai continuou a provocar o irmão e começou a reprovar seus planos, dizendo que Lévin apossara-se das ideias do comunismo, fizera algumas modificações, e queria aplicá-las em uma situação impossível. Lévin insistia que suas ideias não tinham nada em comum com as ideias comunistas, pois, estas falavam do fim da propriedade, do capital e da hereditariedade, enquanto as ideias dele apoiavam tudo isso.

Nikolai rebateu dizendo que, no comunismo, ao menos havia o encanto, mesmo que fosse uma utopia. Lévin disse que não entendia o motivo de o irmão confundir tudo, pois ele não era comunista, apenas sugeria que era preciso encarar a força de trabalho sob a luz do naturalismo, estudar e conhecer a fundo. Mesmo assim, Nikolai dizia que era tudo inútil e questionava o que mais Lévin procurava em seu sistema. Por fim, Lévin irritou-se, por temer que, no fundo, ele estivesse mesmo mesclando o comunismo com suas antigas ideias e que isso poderia ser impossível.

Nesse momento, tanto Lévin, quanto Nikolai, se exaltaram e começaram a trocar farpas. Um dizendo que o outro queria apenas satisfazer a própria vaidade; e o outro dizendo para deixá-lo em paz. Ao ouvir isso, Nikolai não se conteve e disse que o deixaria em paz, que iria embora de sua casa. Por mais que Lévin tentasse apaziguar e pedir desculpas, Nikolai não aceitava e dizia que era melhor ir embora. Lévin percebeu que a vida do irmão estava insuportável para ele.

Mais tarde, quando Lévin procurou o irmão para se desculpar, caso o tivesse ofendido, Nikolai não disse que o desculpava, mas disse que lhe daria a razão que Lévin tanto queria e disse que mesmo assim iria embora.

Na hora de partir, Nikolai beijou Lévin e pediu que não se recordasse dele com rancor. Ele estava sendo sincero e Lévin compreendeu que, com isso, o irmão dizia que não iria durar muito tempo e que talvez não o visse mais. Lévin deixou as lágrimas correrem pelo rosto e ficou sem fala, ele apenas beijou Nikolai outra vez.

Três dias após a partida do irmão, Lévin partiu para o exterior e encontrou o primo de Kitty na estação de trem. O primo Scherbátski ficou surpreso com sua aparência abatida. Ele estava totalmente descontente da vida e demonstrava isso em suas palavras. Lévin dizia claramente que sabia que morreria em breve. Era apenas nisso que ele pensava ultimamente. Mas estava decidido em levar o projeto adiante e precisava viver sua vida, enquanto sua hora não chegasse.

Ele sentia que a única coisa que ainda o mantinha vivo era seu projeto. E agarrava-se a isso com toda sua força.

Quarta parte

Quarta parte

Capítulo 1

Os Karênin continuaram a morar na mesma casa e viam-se todos os dias, porém levavam a vida como se fossem estranhos um ao outro. Aleksei Aleksándrovitch procurou manter a rotina de ver a esposa todos os dias, a fim de não dar o que falar aos criados. A única coisa era que ele não jantava mais em casa. A promessa de não receber Vrônski na casa fora mantida, mas Anna o encontrava fora de casa e Aleksei Aleksándrovitch tinha conhecimento disso.

A vida dos três era nada menos do que torturante. O que os mantinha vivos era apenas esperança de que a situação fosse passageira e que, por algum motivo, alheio a eles, tudo poderia mudar. Aleksei Aleksándrovitch pensava que aquela paixão da esposa se esvairia e seu nome continuaria longe da desonra, todavia Anna, que era o pivô de toda essa situação, vivia a vida mais torturante dos três. Ela não apenas esperava, mas tinha a certeza de que sua situação se resolveria de alguma maneira, mesmo sem saber exatamente o que poderia mudar; e Vrônski, por sua vez, era quem se submetia à situação contra sua vontade. Ele também esperava que tudo mudasse, por força de algo alheio à sua ação.

No inverno, Vrônski fora encarregado de acompanhar um príncipe estrangeiro. Ele deveria acompanhá-lo por Petersburgo. Para ele, fora a semana mais enfadonha de sua vida. O príncipe queria ver todos os pontos turísticos e, além disso, aproveitar tudo o que a Rússia tinha para oferecer como divertimento. Ou seja, queria vivenciar todas as coisas "típicas" russas. O príncipe tinha um fôlego fora do comum e Vrônski o acompanhava dia e noite.

Para Vrônski, talvez, acompanhar aquele príncipe fosse tão enfadonho por ele ser exatamente como o conde sempre fora, era como se olhar no espelho. Ele tratava as pessoas importantes com respeito, seus iguais com simplicidade e os subalternos com benevolência. E isso irritava Vrônski cada vez mais.

No sétimo dia, Vrônski ficou feliz por livrar-se daquele seu reflexo. Despediu-se, após participar de uma caçada ao urso, que durou a noite toda.

Capítulo 2

Ao retornar para casa, Vrônski recebeu um bilhete de Anna, dizendo que estava infeliz, doente e não podia sair, mas queria vê-lo de qualquer maneira. Ela pedia para que a encontrasse às sete horas, pois Aleksei Aleksándrovitch estaria fora de casa até as dez. Havia o acordo de não entrar na casa dos Karênin, o que levou Vrônski a estranhar o pedido de Anna; mas, mesmo assim, ele decidiu ir até lá.

Vrônski fora promovido a coronel e já não morava mais no quartel. Após o almoço, pôs-se a pensar nas lembranças da semana, nas aventuras com o príncipe, em Anna, além de um mujique que participara da caçada ao urso. Ele adormeceu e despertou somente às oito e meia. Teve pesadelos com um mujique, baixinho, de barba ruiva desgrenhada e que pronunciava palavras incompreensíveis em francês, enquanto encurralava um urso. Aquele sonho o deixara perturbado.

Ele chamou o criado, vestiu-se e foi até a varanda, pois já estava atrasado para encontrar-se com Anna. Ao chegar próximo à casa dos Karênin, viu a carruagem de Anna parada na porta e pensou que ela pretendia sair. Quando se aproximou da carruagem, saiu o porteiro, olhando para ele espantado e, em seguida, saiu Aleksei Aleksándrovitch, que foi em direção à carruagem e partiu.

Vrônski ficou embaraçado com aquela situação, a fraqueza e a infâmia. Ele pensava que, se ao menos houvesse um duelo, tudo se resolveria. Após o encontro no jardim de Wrede, ele cedera à fraqueza de Anna, abandonara seus projetos ambiciosos e entregara-se por completo ao sentimento que o unia a ela.

Ao entrar na casa, encontrou-se com Anna. Ela dizia estar se torturando, mas não ia brigar com ele. Anna ficou olhando para o rosto de Vrônski, para compensar o tempo em que ficara longe dele.

Capítulo 3

Anna perguntou a Vrônski se ele havia cruzado com Aleksei Aleksándrovitch. Antes de esperar a resposta, disse que fora o preço que ele pagara por chegar atrasado. O que aconteceu foi que Karênin fora para a reunião, retornara e saíra novamente.

Ela quis saber de Vrônski todos os detalhes da semana que passara com o príncipe estrangeiro. Anna sempre sabia de todos os detalhes da vida dele. Vrônski disse que a semana fora insuportável, mas Anna não entendia como era possível, afinal, aquela era a vida de todo jovem solteiro. Ele disse que largara aquela vida mundana há muito tempo e reconheceu que se viu diante de um espelho ao ver como o príncipe se comportava, e não lhe foi nada agradável.

Anna comentou que a condessa Lídia contara sobre a noite do príncipe e de Vrônski, dizendo ser repugnante. A verdade é que Vrônski o levara para assistir a atriz Therese, que encenava em trajes de Eva. Nesse momento, Anna começa a ficar exaltada, dizendo que os homens eram todos asquerosos e mentirosos. Depois, assumiu que fora um ataque de ciúmes. Esses ataques vinham se tornando cada vez mais frequentes e causavam horror a Vrônski; ele tentava disfarçar, mas aquele ciúme todo esfriava a relação deles, mesmo que fosse causado justamente pelo amor que ela tinha por ele.

Anna mudara muito física e mentalmente; infelizmente, para pior. Vrônski sentia que poderia ter tirado aquele amor de seu coração, quando ainda estava no início e o amor era mais forte, mas, agora, mesmo lhe parecendo que não sentia mais amor, não conseguia se ver livre dela. Suas vidas estavam unidas de uma maneira que não poderiam ser separadas.

Após o acesso de ciúmes, Anna quis saber dos detalhes do passeio com o príncipe. Vrônski continuou dizendo que fora horrível, que aquele homem, apesar de parecer culto, era estranho e desprezava tudo e todos, menos os prazeres animais. Anna, novamente, começou a sentir ciúmes, dizendo que todos os homens gostavam dos prazeres animais, e citou novamente Therese em seu traje de Eva. Vrônski tentou acalmá-la e beijou-lhe a mão. Anna disse que não conseguia controlar os ciúmes, pois ficava sozinha o tempo todo, enquanto ele levava a vida dele.

Vrônski dizia não compreender Aleksei Aleksándrovitch e sua atitude perante a confissão de Anna. Mas ela disse que o marido não sofria, pelo contrário, estava satisfeito com toda aquela situação. Disse que ele não era um homem, mas alguma espécie de boneco, que servia apenas para o trabalho. Vrônski mudou de assunto, perguntando sobre a doença de Anna, então ele disse que talvez a causa fosse a condição dela, da gravidez, e perguntou quando tudo isso terminaria, referindo-se ao parto.

Anna diz que seria em breve e que, quando ele dizia que era preciso pôr um fim à situação torturante, ele sequer imaginava como era torturante para *ela*, viver sem a liberdade para amar sem medo. Acrescentou que, se fosse diferente, sequer o torturaria com seus ciúmes e repetiu que tudo terminaria em breve, mas não como eles imaginavam. Nesse momento, Anna começou a chorar e não conseguiu falar mais nada. Vrônski ficou confuso e disse não compreender o que ela estava dizendo. Então, Anna disse que ela não sobreviveria ao parto. Tinha certeza de que ia morrer, mas ficava feliz em, finalmente, deixar Aleksei Aleksándrovitch e Vrônski livres dela.

Vrônski ficou muito irritado e repreendeu Anna. Ela contou então que tivera um sonho e lembrou-se de que havia um mujique no sonho. Anna sonhara que corria para seu quarto e encontrava um mujique, de barba desgrenhada, baixo e feio. Ele curvava-se sobre um saco e mexia algo lá dentro. Nesse momento, Vrônski lembrou-se de seu sonho e ficou apavorado. Anna continuou a contar que o mujique pronunciava algumas palavras em um francês muito mal, mas dizia que ela iria morrer no parto.

Vrônski disse achar tudo aquilo um completo absurdo, mas ele mesmo não conseguia ser firme em suas palavras. De repente, uma expressão de horror tomou conta do rosto de Anna; no entanto, em seguida, ela ficou serena e séria. Vrônski não entendia o que se passava, mas Anna estava sentindo a criança se mover dentro de sua barriga.

Capítulo 4

Depois de encontrar Vrônski na porta de sua casa, Aleksei Aleksándrovitch foi para a ópera italiana. Assistiu a dois atos, fez-se visível a quem interessava e voltou para casa. Ao entrar, olhou para o cabide e, após se certificar de que o uniforme de Vrônski não estava ali, foi até seu quarto. Em vez de dormir, Aleksei Aleksándrovitch ficou andando pelo escritório até de madrugada. Tomado pela raiva, porque a esposa não cumprira a condição de não trazer o amante para casa, ele sentia que precisava cumprir sua promessa e castigá-la de alguma forma. A maneira que encontrou foi pedir o divórcio e separá-la do filho. A própria condessa Lídia já lhe sugerira que tomasse tal decisão, pois os processos de divórcios estavam mais fáceis do que costumavam ser. Como se não bastasse, após sua declaração sobre a questão dos não russos e da irrigação de Zaráiski, agora, Aleksei Aleksándrovitch também tinha a preocupação com sua honra.

A raiva ia tomando proporções cada vez maiores e, quando atingiu seu ápice, pela manhã, ele foi direto para o quarto da esposa. Quando Aleksei Aleksándrovitch entrou no quarto de Anna, ela espantou-se com a fisionomia do marido, pois ele tinha a boca cerrada, as sobrancelhas franzidas e andar firmes. Sem cumprimentá-la, ele foi direto à gaveta da escrivaninha, onde Anna guardava seus documentos importantes. Aleksei Aleksándrovitch estava em busca de alguma carta do amante. Anna tentou impedi-lo, mas ele a empurrou e mandou que ficasse quieta.

Ele pegou a pasta de Anna e disse que precisava conversar com ela. Disse não admitir que recebesse o amante em sua casa. Anna o acusou de ofendê-la, mas Aleksei Aleksándrovitch disse que só se ofende uma pessoa que tem alguma honra e que chamá-la de desonrada era apenas uma constatação. Anna tentou sair do quarto, mas o marido a impediu, dizendo que ia tomar medidas para que aquela situação tivesse um fim. Nesse momento, Anna disse que, de qualquer maneira, o fim estava próximo e pôs-se a chorar.

Aleksei Aleksándrovitch contou para Anna que iria para Moscou e não voltaria mais para aquela casa, ele contrataria um advogado para organizar o divórcio. Enquanto isso, Serioja ficaria com a irmã dele. Anna o acusou de não gostar do filho e de afastá-lo dela apenas para puni-la. Aleksei Aleksándrovitch diz que fora Anna quem fizera com que ele perdesse o amor pelo filho, mas, ainda assim, o levaria consigo.

Ele se despediu, mas Anna o deteve e pediu para que deixasse Serioja com ela até a hora do parto. Aleksei Aleksándrovitch pareceu não dar atenção e saiu do quarto, em silêncio.

Capítulo 5

A sala de espera do famoso advogado de Petersburgo estava lotada quando Aleksei Aleksándrovitch chegou. Ali, havia dois escriturários, e ele, que adorava artigos de escritório, não pôde deixar de notar a qualidade exemplar dos artigos que ambos utilizavam. Um dos escriturários, sem olhar para ele, perguntou:

– O que o senhor deseja?

Quando Aleksei Aleksándrovitch disse que precisava falar com o advogado, o escriturário, de maneira seca, disse que ele estava ocupado demais e não tinha horário, enquanto apontava para as pessoas que também esperavam por ele, então Aleksei Aleksándrovitch teria de esperar.

Ele pediu ao escriturário que entregasse seu cartão ao advogado, na esperança de ele conhecer o sobrenome e recebê-lo. Deu certo. Em dois minutos, o advogado saiu à porta, junto de outro jurista, que estava de saída, e pediu para que Aleksei Aleksándrovitch entrasse.

Aleksei Aleksándrovitch entrou e sentou-se em uma poltrona e o advogado sentou-se em sua cadeira. Enquanto falava, notou que o advogado estava muito preocupado com as moscas em seu escritório, interrompendo a conversa o tempo todo para tentar apanhar alguma mosca em sua mesa, batendo com os papéis.

Quando Aleksei Aleksándrovitch perguntou se o advogado conhecia seu sobrenome, este respondeu-lhe que o conhecia por conta de seu ótimo trabalho no serviço público de Petersburgo. Antes de começar a falar, Aleksei Aleksándrovitch disse que contava com a discrição do advogado, para que mantivesse segredo, ao que ele respondera que, se não guardasse segredo, não seria um advogado.

Então, Aleksei Aleksándrovitch começara a contar que, infelizmente, fora vítima de adultério e queria pedir o divórcio, mas queria também ficar com o filho.

Acrescentou que queria apenas uma consulta para saber se as condições eram propícias para ele e, dependendo da resposta, tomaria as devidas providências.

O advogado disse a ele que o divórcio, na teoria, era perfeitamente possível. Mas, como Aleksei Aleksándrovitch conhecia muito bem a teoria e queria saber da prática, o advogado explicou que havia três situações que poderiam implicar em divórcio: deficiência física de um dos cônjuges, ausência de cinco anos, sem notícias do paradeiro, e adultério, que poderia ser provado de maneira mútua ou unilateral. A comprovação unilateral, na prática, era mais complicada. A melhor maneira era a comprovação mútua de adultério, quando o casal declarava que não era mais possível viver junto um do outro. Segundo o advogado, este era o meio mais simples e seguro.

Aleksei Aleksándrovitch entendeu perfeitamente, mas havia as questões religiosas, que lhe impediam de tomar tal medida. Portanto, ele disse que a única maneira era a comprovação unilateral da culpa, que seria por meio das cartas que ele tinha consigo. Para o advogado, a comprovação unilateral resolvia apenas na esfera clerical. As cartas, segundo ele, poderiam comprovar algo, mas apenas em parte, pois ainda haveria necessidade de testemunhas.

Após uma breve interrupção do escriturário, o advogado retornou e Aleksei Aleksándrovitch disse que avisaria, por meio de carta, a respeito de sua decisão final. Diante disso, concluiu que o divórcio era possível, mas o advogado necessitaria de uma plena liberdade de ação. Sendo assim, Karênin disse que daria a ele a resposta em uma semana e aguardaria seu retorno, a respeito das condições do caso, e se aceitaria o caso ou não.

Capítulo 6

Aleksei Aleksándrovitch conseguira uma grande vitória na reunião da comissão no dia 17 de agosto, mas aquela vitória lhe trouxera sérias consequências. Uma nova comissão para investigar as condições dos povos não russos fora criada e rapidamente enviada ao local, de acordo com a pressão de Karênin. O resultado da investigação fora favorável ao que Aleksei Aleksándrovitch havia dito na comissão. Foram analisados os dados do ponto de vista político, administrativo, econômico, etnográfico, material e religioso. As respostas obtidas não deixavam nenhuma margem para dúvidas; todos os órgãos públicos e religiosos foram consultados, a fim de obter a informação mais precisa possível.

Mesmo as informações sendo favoráveis a Aleksei Aleksándrovitch, Strémov, que ficara profundamente ofendido na última reunião, conseguira virar o jogo de uma maneira inesperada. Ele havia conseguido o apoio de diversos membros e, de repente, passara para o lado do adversário, apoiando a implementação proposta por Karênin e propondo novas medidas, ainda mais extremas.

Essas medidas, que corroboravam e ampliavam a ideia inicial de Aleksei Aleksándrovitch, foram aceitas e o plano de Strémov foi revelado. As medidas extremas sugeridas por ele foram identificadas como absurdas e as autoridades do governo, a opinião pública e os jornais manifestaram indignação não apenas contra tais medidas, mas contra todas as medidas e contra seu criador, Aleksei Karênin. Strémov, então, afastou-se imediatamente do grupo de Aleksei, alegando que apenas seguira tudo de acordo com os planos iniciais e não tinha culpa alguma do que fora feito.

Diante do ocorrido, Aleksei Aleksándrovitch ficou arrasado, mas não se deu por vencido, apesar da saúde frágil e dos problemas familiares. A comissão fora dividida. Alguns membros, que seguiam Strémov, alegaram que haviam apenas seguido os relatórios entregues pelo pessoal de Aleksei Aleksándrovitch, que apresentara relatórios inúteis, que não passavam de papéis de rascunho.

Karênin continuou apoiando os dados elaborados pela comissão de revisão. Nas altas esferas da sociedade, as informações confundiam-se de tal forma, que ninguém sabia se os não russos estavam prosperando ou empobrecendo. Somando esse problema ao problema conjugal, a situação de Aleksei Aleksándrovitch ficou muito complicada. Sendo assim, ele tomou a decisão de ir pessoalmente até os locais, a fim de obter as informações diretamente dos responsáveis, e obteve a autorização e o dinheiro para ir até as províncias. No entanto, Aleksei Aleksándrovitch fez questão de devolver o dinheiro que serviria para o custeio da carruagem e dos cavalos. Tal episódio rendeu-lhe uma grande notoriedade na sociedade: todos acharam um gesto nobre de sua parte.

Seguindo para as províncias, Aleksei Aleksándrovitch ficou três dias em Moscou. No dia seguinte, foi encontrar o governador-geral e, no caminho, ouviu uma voz gritando seu nome em meio ao ruído das carruagens sobre a neve. Era seu cunhado Stepan, vestido com roupas e chapéu da moda. Ele estava empoleirado em uma carruagem estacionada, com uma senhora e duas crianças dentro. Stepan não podia se conter e fazia sinal para que o cocheiro parasse a carruagem. Aleksei Aleksándrovitch acenou, indicando que seguiria viagem, mas Stepan correu atrás do cocheiro e o fez parar. Ele reclamou com o cunhado, por não ter avisado que estava em Moscou e por sequer ter ido visitá-lo. Aleksei Aleksándrovitch apenas disse que estava muito ocupado. Dolly também começou a acenar de dentro da carruagem e fez com que Aleksei descesse e fosse até ela.

Ao aproximar-se, Dolly também se queixou por não ter sido avisada de sua estadia em Moscou e, em seguida, perguntou a respeito de Anna, no entanto Aleksei Aleksándrovitch resmungou alguma coisa, mas, por fim, disse que ela estava bem. Ele não suportava sequer ouvir o nome da esposa.

Por fim, Stepan e Dolly convidaram Aleksei Aleksándrovitch para jantar com eles no dia seguinte. Stepan disse que lhes faria uma visita pela manhã. Ao perguntarem se compareceria ou não, ele resmungou algo enquanto ia para a carruagem e ninguém entendeu ao certo sua resposta. Karênin entrou na carruagem, ficando bem ao fundo para não ser notado, e seguiu seu caminho.

Capítulo 7

O dia seguinte era domingo e Stepan foi assistir a um ensaio do teatro Bolshoi, para presentear a bailarina Macha[25] Tchibíssova com um belo colar de coral. Ela fora escolhida para o balé por indicação do próprio Stepan. Assim, ele foi até lá para presenteá-la e convidá-la para o jantar depois do espetáculo. Dali, Stepan foi até o mercado Okhótni e escolheu o peixe e os aspargos para o jantar.

Ao meio-dia, já estava no hotel Dussot, onde estavam hospedados Lévin, seu novo chefe e Aleksei Aleksándrovitch. Ele planejava convidá-los para o jantar, no qual também estariam presentes Serguei Koznychev, Kitty, o jovem Scherbátski e Pestsov, um liberal, músico e historiador. O dinheiro da prestação da venda da floresta fora recebido e ainda não fora gasto. Dolly estava generosa e sabia que aquele jantar alegraria Stepan.

---

25 Diminutivo de Mária (N.T.)

Havia apenas duas situações desagradáveis: o cunhado, por conta dos boatos do relacionamento entre Anna e Vrônski, estava agindo muito diferente com Stepan, no dia anterior; e seu novo chefe, que diziam ser muito enérgico, exigia muito dos funcionários. Apesar disso, o chefe foi muito amável com ele quando se encontraram no hotel. Sendo assim, Stepan apostava que seu novo chefe seria uma pessoa muito agradável de se conviver.

Stepan entrou no hotel e foi logo pedindo para ir ao quarto de Lévin. Chegando no quarto, Lévin estava com um mujique, medindo a pele de uma ursa, que ele caçara. Stepan disse que ficaria por pouco tempo, mas se sentou e ficou por mais de uma hora. Lévin estava contente por ver o amigo e entusiasmado com tudo o que vira no exterior. Ele disse que visitara a Alemanha, a Prússia, a França e a Inglaterra, mas apenas as regiões fabris. Segundo Lévin, diferente da Europa, que pregava a questão trabalhista, ele pensava na questão da relação entre o povo trabalhador e a terra.

Stepan disse que o jovem Scherbátski, o primo de Kitty, havia lhe dito que Lévin estava desanimado e só falava em morte, na última vez que o vira, na estação de trem. Lévin concordou e disse que não podia deixar de pensar na morte, que poderia chegar a qualquer momento. Lévin preferia pensar na morte, assim conseguia a tranquilidade e percebia o quão insignificante era todo seu plano para a agricultura. Stepan já estava quase esquecendo, mas então se lembrou de convidar Lévin para o jantar, dizendo que seu irmão Serguei também estaria lá. Lévin queria perguntar por Kitty, pois sabia que ela estivera em Petersburgo, na casa de sua outra irmã, Natalie, mas se deteve e apenas confirmou sua presença no jantar.

Stepan despediu-se de Lévin e foi ao encontro de seu novo chefe. Como ele suspeitava, o chefe era alguém muito agradável e amigável. Eles ficaram conversando durante o almoço e Stepan acabou se atrasando para encontrar-se com Aleksei Aleksándrovitch, chegando somente depois das três horas da tarde.

Capítulo 8

Após ir à missa, Aleksei Aleksándrovitch passou a manhã toda em casa. Ele tinha dois compromissos: um era receber e orientar a delegação dos povos não russos e redigir a carta ao advogado, conforme prometera. A delegação envolvia certo risco, pois, dependendo do que os não russos dissessem (tanto o que precisavam, quanto o que já possuíam), isso poderia servir de munição para o partido de oposição e pôr tudo a perder. Por isso, Aleksei Aleksándrovitch propôs-se a redigir um roteiro para a delegação, a respeito de tudo o que poderiam dizer em Petersburgo, e avisou seus companheiros. A pessoa encarregada pela delegação seria a condessa Lídia Ivánovna, pois não havia ninguém melhor para tal função.

Depois de receber a delegação, Aleksei Aleksándrovitch ocupou-se da resposta ao advogado. Sem titubear, escreveu dizendo a ele que tomasse todas as medidas que achasse adequadas e levasse o processo de divórcio adiante. Junto da carta, anexou três bilhetes de Vrônski para Anna, que ele encontrara na pasta que tomara da esposa. Desde que partira de casa, sem a intenção de voltar, e estivera com o advogado e revelara seu plano, Aleksei Aleksándrovitch passara a ver sua situação através da burocracia do processo e ficou habituado à situação, vendo a possibilidade de concluir seus planos.

Enquanto selava a carta, ouviu os gritos de Stepan, que gritava com o criado e insistia em falar com ele. Aleksei Aleksándrovitch pensou que seria melhor receber o cunhado, assim exporia toda a situação com Anna. Quando Stepan entrou no quarto, Karênin estava de pé com um ar sério. Stepan, alegre, logo começou a falar com o cunhado, que o interrompeu, dizendo que não compareceria ao jantar. Aleksei Aleksándrovitch pretendia ser frio com o cunhado, mas não conseguia, frente à alegria de Stepan.

Stepan não podia acreditar que o cunhado estava recusando o convite, pois todos contavam com sua presença. No entanto, Aleksei Aleksándrovitch disse que, devido à situação em que se encontrava com Anna, as relações familiares dele com Stepan deveriam terminar. Como Stepan mesmo assim não compreendeu, Karênin explicou que estava entrando com um processo de divórcio. Antes de terminar de contar, Stepan o interrompeu, dizendo que aquilo não fazia sentido e que ele não podia acreditar. De sua parte, Aleksei Aleksándrovitch imaginava que Stepan queria manter o relacionamento de sempre com ele;

enquanto isso, Stepan tentava argumentar, dizendo ao cunhado que ele era um homem excelente e sua irmã, uma mulher maravilhosa. Ele acreditava que era tudo um mal-entendido. Mas, diante da firmeza de Karênin, Stepan pediu para que ele fosse ao jantar e que conversasse com Dolly, pois ela era ótima para conversar sobre esses assuntos, além de amar Anna e gostar muito de Aleksei Aleksándrovitch. Diante de tamanha insistência do cunhado, Karênin resolveu comparecer e conversar com Dolly.

Querendo mudar de assunto, Aleksei falou sobre o novo chefe da repartição de Stepan. Ele não gostava do conde Anítchkin, sobretudo neste momento, em que ele sofrera uma derrota no trabalho, enquanto Anítchkin recebera uma promoção. Porém, Stepan disse que já o encontrara, naquele dia, e gostara muito de seu novo chefe, pois parecia alguém competente. Nesse momento, Stepan lembrou-se de que tinha ainda um encontro marcado e já estava atrasado.

Aleksei Aleksándrovitch o acompanhou até a porta, com um ânimo muito diferente daquele que o recebera. Stepan confirmou se ele iria mesmo ao jantar e pediu para que chegasse às cinco horas, de sobrecasaca.

Capítulo 9

Stepan chegou em casa depois das cinco horas e alguns convidados já estavam em sua casa, ele e chegou ao mesmo tempo que Serguei Koznychev e Pestsov. Os dois, segundo Stepan, eram os representantes da intelectualidade moscovita. Eram respeitados pela inteligência, pelo caráter e, apesar de amigos e estarem do mesmo lado, sempre discordavam entre si e conduziam longas discussões.

Na sala, já estavam seu amigo Turóvtsin, seu sogro, o velho príncipe Scherbátski, o jovem Scherbátski, Kitty e Karênin. Assim que entrou, Stepan percebeu que precisava fazer todos os convidados interagirem. Dolly, em vestido de gala, fazia sala para os convidados, mas não conseguia integrar todos aqueles senhores em nenhuma conversa. Turóvtsin sentia-se deslocado, por conta de tantos convidados intelectuais; Karênin estava quieto e sisudo, pois estava ali apenas porque prometera ao cunhado; Kitty estava ansiosa e olhava o tempo todo para a porta, talvez esperando por Lévin.

Stepan aproximou-se dos convidados e começou a cumprimentá-los, apresentando uns aos outros e introduzindo alguns assuntos, então logo a sala foi tomada pelo som de vozes e calorosas discussões. Quando foi até a cozinha, Oblônski notou que o vinho fora comprado errado, não era o que Lévin gostava; sendo assim pediu a um criado que fosse buscar exatamente o vinho que Lévin gostava. De repente, deu de encontro com o próprio Lévin, que acabara de chegar.

Lévin queria perguntar por Kitty, mas Stepan logo falou de Aleksei Aleksándrovitch e quis apresentá-lo, mesmo sendo um liberal, Oblônski adorava apresentar o cunhado conservador a todos, pois era uma figura ilustre no Estado. Em seguida, sem esperar pela pergunta, Stepan disse que Kitty também estava presente. Lévin não a via desde aquele dia na estrada para Erguchovo. Ele estava nervoso com a possibilidade de vê-la, pois estava muito alegre e, ao mesmo tempo, apavorado com aquele possível reencontro. Pôs-se a pensar a respeito de tudo o que Dolly dissera, de que talvez Kitty estivesse pronta para amá-lo. Conduzido por Stepan, Lévin foi até a sala e cumprimentou a anfitriã e estendeu a mão para Kitty, que tremia os lábios e suava frio pelas mãos. A jovem conseguiu apenas dizer:

– Há quanto tempo não nos encontramos!

Lévin, feliz e sorridente, disse que a vira na estrada para Erguchovo, mas ela não o vira. Nesse momento, pensou que estava errado em pensar coisas ruins a respeito de Kitty, uma garota tão inocente. Mais uma vez, pensou que Dolly estava certa em sua suposição. Stepan apresentou Lévin a Karênin, porém os dois já se conheciam: haviam viajado juntos no mesmo vagão do trem por cerca de três horas. Acontece que Lévin, entrando no vagão de peliça curta, fora repreendido pelo condutor e Aleksei Aleksándrovitch intercedera em seu favor, deixando-o permanecer naquele vagão. Segundo Lévin, Karênin também estava desconfiado dele e queria expulsá-lo do vagão, mas ele contou que começou a falar de maneira mais rebuscada e sobre assuntos elevados, até que seu colega de vagão ficasse convencido de que ele não era qualquer um.

Todos os convidados foram conduzidos para a sala de jantar. Stepan fez questão de reservar um lugar para Lévin ao lado de Kitty. Stepan começou o assunto sobre a russificação da Polônia, com Koznychev e Pestsov. Todos conversavam enquanto comiam os petiscos e bebiam diversos tipos de vodca. De repente, Stepan apertou o braço de Lévin e perguntou se ele estava fazendo ginástica, admirado com o volume de seu bíceps. Aleksei Aleksándrovitch entrou no assunto, dizendo que é necessário força para caçar ursos. Lévin sorriu e disse que até uma criança poderia caçar um urso, pois não dependia de força.

Kitty resolveu iniciar uma conversa com Lévin e perguntou se ele já comera um urso; Lévin, por mais que o assunto lhe parecesse banal, deu a maior importância a cada palavra que Kitty dizia. Ele estava confiante naquela noite, até seu irmão observara que ele estava com um ar de triunfo. De fato, estava nas alturas, com uma confiança inabalável e via todos em um nível abaixo de si.

Durante o jantar, conversaram sobre diversos assuntos. O jantar fora um sucesso, a comida divina, bebidas idem. A conversa fora tão animada que, ao se levantarem da mesa, os homens não pararam de conversar. Até Karênin, antes sisudo, ficou animado com a conversa.

Capítulo 10

Todos continuaram a falar sobre a russificação da Polônia e expandiram o assunto em nível geral, argumentando sobre o que fazia com que um país tivesse soberania sobre o outro, a fim de influenciá-lo e até dominá-lo. Pestsov sempre gostava de levar um assunto até o fim e não ficou satisfeito com os argumentos de Serguei.

Segundo Pestsov, a densidade populacional tinha um peso na influência sobre outro país. Para Karênin, a soberania só era possível quando uma nação tinha princípios elevados. Para Serguei, era a junção dos dois fatores anteriores. E assim, a discussão foi se acalorando e Serguei, como sempre, finalizou a conversa com uma tirada, que fez com que todos rissem e esquecessem quaisquer diferenças.

Assim que Serguei encerrou a conversa com uma piada, Pestsov levantou outra questão. Stepan, então, teve certeza de que não se enganara ao convidá-lo: com Pestsov, era garantida uma conversa inteligente a todo instante.

A questão agora eram os direitos das mulheres. Pestsov dizia que o governo abria cursos e universidades para as mulheres, mas, ao mesmo tempo, dizia que a instrução delas poderia ser nociva ao governo. Aleksei Aleksándrovitch argumentava que a educação das mulheres era confundida com sua emancipação, esta sim poderia ser nociva ao governo. Para Pestsov, tudo estava interligado, como um círculo vicioso: a mulher não podia estudar porque não tinha direitos, assim como não tinha direitos porque não podia estudar. Com isso, aumentava o abismo existente entre os homens e as mulheres, em relação aos direitos de ambos.

Para Serguei, as mulheres não lutavam por direitos, mas por deveres. Afinal, trabalhar no serviço público ou em qualquer esfera não era um direito, mas um dever. Afinal, nenhum homem trabalhava por direito, mas por dever. Aleksei Aleksándrovitch duvidava de que as mulheres fossem capazes de executar a mesma função que os homens. Stepan, por sua vez, acreditava que elas eram até mais capazes, mas acreditava que, primeiro, era necessário difundir a educação entre elas.

Nesse momento, o sogro de Stepan entrou na conversa e disse que seria a mesma coisa se ele quisesse o direito de ser uma ama de leite e ficasse ofendido por contratarem apenas mulheres. Todos começaram a gargalhar com a fala do velho príncipe Scherbátski.

Stepan tentou inserir a questão dos direitos femininos no caso de uma mulher ser sozinha, sem família. Então, Dolly entrou na conversa e disse que, em um caso assim, a mulher certamente teria largado a própria família, fosse a mãe ou uma irmã mais velha, onde ela poderia exercer seu papel de mulher. A verdade é que Dolly percebera a qual mulher Stepan se referia. Era a bailarina Tchibíssova, sua protegida.

– Ainda me sinto tolhido do direito de ser ama de leite! – repetiu o velho príncipe Scherbátski, para a alegria de Turóvtsin, que riu até deixar cair sua comida da boca.

Capítulo 11

Apenas Lévin e Kitty não participavam da conversa geral. Quando começaram a falar sobre a influência de uma nação sobre a outra, Lévin pensou em entrar no assunto, mas aquelas ideias não pareciam ter o menor interesse para ele naquele momento. Para Kitty, seria natural se interessar pela conversa sobre os direitos das mulheres, pois ela mesma já pensara inúmeras vezes sobre o assunto, mas, naquela noite, o assunto também não lhe interessava nem um pouco.

Os dois tinham uma conversa só deles, porém não era nada de importante, mas os aproximava cada vez mais. Kitty estava intrigada em como Lévin a vira, um ano antes, indo para Erguchovo. Mas Lévin lhe explicou que era muito cedo e, talvez, ela tivesse acabado de acordar. A única coisa com que Kitty preocupou-se, foi se ela estava despenteada, mas pela reação de Lévin ao lembrar-se, pareceu que estava exuberantemente bela.

Lévin comentou sobre a risada de Turóvtsin e Kitty perguntou se ele o conhecia há muito tempo. Lévin respondeu que todos o conhecem. A jovem disse sentir que Lévin achava Turóvtsin um tolo, ao que ele respondeu que não o considera um tolo, apenas insignificante. Nesse momento, Kitty se exaltou e disse que aquilo não era verdade, pois Turóvtsin era uma ótima pessoa, amável e de bom coração.

Ela contou que, quando seus sobrinhos estavam com escarlatina, Turóvtsin ajudara a cuidar de todos até o final. Disse que os dois eram grandes amigos. Então, Lévin pediu desculpas por julgar Turóvtsin de maneira tão ruim e prometeu não mais julgá-lo.

Capítulo 12

A respeito da conversa sobre os direitos da mulher, havia muitas questões embaraçosas para serem discutidas na presença das mulheres, principalmente sobre a questão da desigualdade de direitos no matrimônio. Pestsov queria a todo custo continuar a conversa, mas Serguei e Stepan desviavam, com todo o cuidado, justamente por conta das mulheres que estavam na sala.

Quando todos se levantaram da mesa, as mulheres foram para outro ambiente e Pestsov voltou ao assunto com Aleksei Aleksándrovitch e começou a expor o motivo da desigualdade. Segundo ele, a desigualdade tinha relação com a punição diferenciada entre o marido e a esposa no que diz respeito ao adultério; fosse pela lei, fosse pela opinião pública.

Stepan, prontamente, aproximou-se de Aleksei e o convidou para fumar, a fim de afastá-lo daquela conversa. Mas Karênin disse que não fumava e fez questão de continuar, apenas para provar que não se incomodava com o assunto.

184 | LIEV TOLSTÓI

De repente, chegou Turóvtsin e perguntou sobre o caso de Priátchnikov, que se envolvera em um duelo e matara Kvítski. Stepan, que ouvia tudo, sentia, a cada momento, a ferida de Aleksei Aleksándrovitch sendo cutucada, para sua infelicidade. Ele tentou tirar o cunhado da conversa outra vez, mas este fez questão de saber o motivo de Priátchnikov ter duelado. Turóvtsin disse que fora por causa da esposa.

Com ar de desdém, Aleksei Aleksándrovitch saiu dali e foi para a sala de visitas. No caminho, encontrou Dolly, que o chamou para conversar. Ele disse que precisava ir embora, pois viajaria no dia seguinte, mas ela insistiu e quis saber sobre Anna e o relacionamento dos dois. Aleksei Aleksándrovitch, sem nem mesmo olhar para Dolly, respondeu com frieza que a esposa estava bem.

Dolly insistiu e perguntou o que Anna fizera para que ele pedisse o divórcio. Karênin disse que Stepan talvez já lhe tivesse contado o motivo de ele precisar cortar relações com Anna. Dolly não conseguia crer e, vendo o grau da intimidade daquela conversa, chamou Aleksei Aleksándrovitch para conversar em um local mais privado.

Diante da descrença de Dolly, Aleksei Aleksándrovitch disse que não havia como não acreditar nos fatos. Anna havia desprezado seus deveres e o traíra. Dolly ainda estava irredutível na ideia de que tudo aquilo era um engano. Mas Karênin insistia, dizendo que não havia engano quando a própria esposa dizia ao marido que o traía. E acrescentou que todo o casamento, de oito anos e com um filho, fora um erro e que agora queria repará-lo. Ele chegou até mesmo a dizer que, por conta de Anna, já não amava nem ao filho e até duvidava que fosse pai dele. Após essa declaração, até mesmo Dolly começou a duvidar da inocência da amiga.

Como último recurso, Dolly tentou apelar para a religião, temendo o que seria de Anna perante a igreja e perante a sociedade. Aleksei Aleksándrovitch deu a entender que não se importava mais com o que seria de Anna, ele disse que não era capaz de perdoá-la e pediu desculpas à Dolly.

Após se recompor, Aleksei se despediu e foi embora.

Capítulo 13

No momento em que todos se levantaram da mesa, Lévin quis ir para a sala de visitas acompanhar Kitty, mas ficou com receio de cortejá-la de maneira tão direta e então se deteve. Ele ficou no círculo dos homens, fazendo parte da conversa. Porém, mesmo longe de Kitty, podia sentir sua presença e seu olhar, vindos da outra sala.

Enquanto conversava com os homens, já conseguia cumprir a promessa que fizera à Kitty de não julgar mal as pessoas. A conversa era sobre a comuna camponesa russa. Lévin não concordava nem com seu irmão, nem com Pestsov a respeito do assunto. No entanto, tentava apenas apaziguar os dois e chegar a um ponto em comum, para que todos concordassem entre si. Lévin sempre fazia isso, ao discordar em uma discussão, tentava finalizar, encontrando um ponto de concordância entre todos.

A conversa não interessava a Lévin, a única coisa que ele queria era que todos ficassem bem e satisfeitos. Seu único interesse estava na outra sala e começou a aproximar-se da porta, ele não olhava, apenas sentia. Kitty estava à porta, junto de seu primo Scherbátski e olhava para Lévin. Ela aproximou-se dele, agradeceu por ele ter vindo e sorriu. Disse que discutir não adiantava em nada, pois as partes não conseguiam convencer um ao outro. Assim, Lévin concordou e disse que as pessoas discutiam apenas porque não conseguiam compreender o que o nosso interlocutor queria demonstrar. Kitty demonstrou ter entendido o que ele dissera e repetiu, explicando tudo de maneira mais simples, então Lévin sorriu e ficou surpreso por ela ter conseguido simplificar algo tão complexo.

Kitty foi até uma mesa de jogos, sentou-se e começou a rabiscar com giz sobre o feltro verde. De repente, o assunto voltou a ser a liberdade e as ocupações da mulher. Lévin concordava com Dolly, que a mulher, mesmo sem marido, ocupava-se das coisas de mulher enquanto estava na casa dos pais, fosse pobre ou rica. Kitty discordou e argumentou que a mulher poderia estar em uma situação em que não conseguisse entrar em uma família sem se humilhar e Lévin concordou com ela.

Depois, ficaram um momento em silêncio e Kitty resolveu sair da mesa, mas Lévin pegou o giz e a chamou de volta, pois ele não conseguia ficar longe dela.

Lévin começou a fazer um jogo de palavras, onde ele escrevia apenas a letra inicial de cada palavra e pedia para que Kitty adivinhasse. Lévin queria saber se ele tinha chances com ela, se a jovem não podia aceitar seu pedido apenas naquele momento em que o rejeitara ou se era uma rejeição definitiva. Kitty começou a adivinhar e a responder tal como Lévin esperava. Assim, ele descobriu que fora apenas naquele momento que Kitty dissera "não" e que ela ainda o amava e pedia perdão por tudo, então Lévin dizia que a amava, que gostaria de poder visitá-la no dia seguinte e Kitty aceitou. Foi esse o jogo de palavras entre os dois.

Quando o velho príncipe se aproximou, Kitty levantou-se e despediu-se de Lévin, pois eles iriam ao teatro. Lévin a conduziu até a porta.

Capítulo 14

Quando Kitty foi embora e Lévin ficou só, ele foi tomado por uma inquietação e uma impaciência, desejando que o dia seguinte chegasse logo. Parecia-lhe uma eternidade as catorze horas de espera. Lévin sabia que não podia ficar sozinho, precisava de alguém para conversar e ajudar a passar o tempo mais rápido. Stepan era o parceiro ideal para conversar, mas ele tinha de ir ao balé, deu tempo apenas de dizer que estava muito feliz pelo amigo e perguntou-lhe se não desejava mais a morte. Quando Lévin disse que não desejava mais a morte, Stepan apertou sua mão e partiu.

Dolly também tentou felicitar Lévin, dizendo que estava contente por ele ter encontrado Kitty e que era preciso dar valor às velhas amizades. Tal comentário não foi bem recebido por Lévin, que acreditava que o sentimento era demasiadamente elevado para que Dolly compreendesse. Lévin despediu-se e foi direto até o irmão. Ele iria para uma reunião e Lévin insistiu para que deixasse acompanhá-lo. Serguei viu a alegria estampada no rosto do irmão e disse-lhe que fazia muito gosto de ter sua companhia.

Quando os dois estavam na carruagem, Serguei tentou dizer que achava Kitty muito simpática, mas Lévin nem sequer o deixou que terminasse a frase. Nada poderia estragar aquele sentimento tão precioso, ou seja, Lévin não deixava ninguém dizer nada, com medo de que maculassem sua felicidade.

Serguei e Lévin foram para a reunião, onde discutiriam sobre a aprovação de uma verba e da construção de umas tubulações. Serguei discursou magistralmente, deixando dois membros contrariados. Sviájski também estava na reunião e fez um belo discurso.

Lévin escutava tudo e percebia que nada daquilo existia, ninguém estava irritado, eram todos bondosos e simpáticos e tudo transcorria de maneira boa e gentil. Naquele dia, Lévin conseguia ver apenas coisas boas em tudo e em todos. Através do mínimo sinal possível, ele conseguia conhecer até a alma da pessoa. O próprio Lévin era todo afetuoso e carinhoso, também parecia que todos o tratavam assim. Ele disse ao irmão que adorara a reunião.

Ao encontrar com Sviájski, Lévin não conseguia se lembrar do que ele não gostava naquele homem; agora, enxergava nele alguém inteligente e bondoso. Ele convidara Lévin para ir até sua casa e tomar um chá. Lévin viu a oportunidade perfeita para falar sobre sua felicidade e passar o tempo até o dia seguinte.

Na casa de Sviájski, Lévin conversou sobre seus planos para a agricultura e notou que todos na casa estavam muito gentis com ele. Percebendo que era bem recebido e até que se solidarizavam com sua felicidade, Lévin ficou tempo demais na casa dos Sviájski, foi tanto tempo que eles já estavam até impacientes, querendo ir dormir.

Já era mais de uma hora da manhã, quando Lévin retornou ao hotel e ficou assustado com a possibilidade de ficar sozinho, pois ainda restavam dez horas até ver Kitty novamente. Sendo assim, pôs-se a conversar com o lacaio Egor, quis saber tudo sobre sua vida e contou um pouco sobre a dele. Porém, alguém chamou o lacaio e ele precisou sair do quarto de Lévin.

Apesar da neve na rua, Lévin estava sentindo que seu quarto estava abafado e abriu a janela para tomar um ar gelado em seu corpo. Ele olhou pela janela e ficou observando ora as estrelas, ora a cruz de uma igreja coberta de neve.

Quando amanheceu, Lévin pulou da cama, lavou-se, colocou uma roupa e partiu para a rua.

Capítulo 15

As ruas ainda estavam vazias quando Lévin foi até a casa dos Scherbátski, mas o portão da frente estava fechado e todos ainda dormiam. Ele voltou para o hotel e tomou o café da manhã.

Lévin tentou jogar conversa fora com o lacaio da manhã, mas alguém logo o chamou. Ele tentava comer um pouco, mas não conseguia comer nada, pois estava sem fome alguma, graças à ansiedade que sentia. Já eram mais de nove horas e Lévin decidiu sair novamente. Chegou próximo da varanda dos Scherbátski e notou que eles haviam acabado de acordar. Ainda precisaria esperar até o meio-dia.

Mais uma vez, Lévin retornou ao hotel, a fim de esperar. Ele sentia que todos sabiam de sua condição de felicidade e contribuíam para isso. Para Lévin, parecia que todos o tratavam muito bem e eram gentis com ele. Quando o relógio bateu meio-dia, saiu e foi até a porta, atrás de um cocheiro. Como havia muitos, Lévin escolheu um e prometeu que depois utilizaria os serviços dos outros que ficaram. O cocheiro conhecia a casa dos Scherbátski e tocou direto para lá.

Chegando à casa, o cocheiro freou bruscamente. O porteiro da família cumprimentou Lévin e disse que fazia tempo que não o via por ali. Lévin sentia que o porteiro também sabia o motivo de sua visita à casa dos patrões. Lévin pediu que fosse anunciada sua chegada. A primeira pessoa que o viu foi a senhorita Linon, mas ela não ficou por muito tempo e logo saiu da sala. Tão logo saiu, ouviram-se passos rápidos em direção à sala e Lévin encontrou quem mais queria naquele momento. Deu de encontro com Kitty, que aproximou-se dele, colocou as mãos em seus ombros e beijou-lhe nos lábios.

Kitty também passara a noite em claro, ansiosa, à espera dele. Seus pais já haviam concordado com tudo e não fizeram objeção alguma. Ela estava apenas esperando por Lévin para poder anunciar a todos sua felicidade. Kitty pegou Lévin pela mão e quis levá-lo até sua mãe, a princesa. Lévin não conseguia dizer nada; toda vez que tentava dizer algo, sentia a garganta fechar e as lágrimas tomavam conta de seus olhos.

Em voz baixa, Lévin conseguiu dizer que não estava acreditando que Kitty o amava. Ela respondeu que o amava e que estava muito feliz naquele momento. Sem largar a mão de Lévin, Kitty entrou na sala e beijou-lhe novamente, molhando o rosto dele com suas lágrimas. A recepção dos pais de Kitty não poderia ser melhor. A princesa disse que estava muito feliz; e o príncipe, que sempre fora partidário de Lévin, disse, ainda, que sempre desejara a união dos dois. O príncipe abraçou Lévin, como quem abraça o próprio filho, beijou a filha e a abençoou.

Lévin foi tomado por um sentimento de amor pelo futuro sogro, quando viu a maneira como Kitty beijava-lhe a mão.

Capítulo 16

A princesa estava sentada em uma poltrona, em silêncio, e sorria. O príncipe sentou-se a seu lado. Kitty estava de pé, próxima ao pai, segurando sua mão. Todos em silêncio.

A princesa foi a primeira a começar a falar sobre os preparativos do casamento de maneira prática. Para o restante, aquele assunto parecia até penoso. A princesa perguntou ao marido para quando seria o casamento, pois precisava dar a bênção e fazer o anúncio. O príncipe, desconfortável, empurrou para Lévin. Este não sabia quando deveria ser, mas respondeu que poderia ser no dia seguinte. A princesa riu, dizendo para que ele não dissesse besteira, pois ainda era necessário preparar o enxoval. Lévin ficou assustado por essas questões sobrepujarem seu sentimento; porém, ao ver que Kitty não fizera objeções quanto ao enxoval, concordou. Sendo assim, eles dariam a bênção, fariam o anúncio e depois resolveriam a data. Ao sair, a princesa aproximou-se do príncipe, beijou-o e quis sair, mas o príncipe a abraçou e beijou-a por diversas vezes; parecia até que os dois eram o casal de jovens que se casariam dali a pouco.

Quando ficaram a sós, Lévin aproximou-se de Kitty para conversar. Dessa vez, ele conseguia dizer algo, ainda longe daquilo que gostaria, mas conseguia falar. Lévin disse que sempre soubera que aquele momento chegaria, mesmo quando já não tinha mais esperanças. Kitty retribuiu, dizendo que mesmo quando o rejeitara, sabia que aquilo aconteceria, pois sempre o havia amado. Lévin, concordando em esquecer o dia da rejeição, disse que havia muito o que perdoar nele, e precisava contar algo para Kitty, mas não naquele momento.

Depois, a senhorita Linon apareceu para parabenizá-los e, na sequência, diversas outras pessoas. Lévin acreditava que seu casamento não seria como todos os outros, cheio de pompas, mas, conforme o tempo foi passando, ele ia cedendo a todos os pedidos de Kitty e de sua família. No entanto, em vez de ficar infeliz, sua felicidade aumentava cada dia mais. Ele providenciava tudo o que pediam, desde as balas da senhorita Linon e as flores na loja do Fomin aos presentes na loja de Fulde. Lévin não questionava nada. Todas as pessoas pareciam ser simpáticas com Lévin; até as pessoas que nunca gostaram muito dele, como a condessa Nordston, passaram a tratá-lo com gentileza.

O dia em que Lévin contaria seus segredos, finalmente chegara; Lévin entregou para Kitty seus diários. Seus maiores segredos, os que considerava mais terríveis, eram que ele não acreditava em Deus e sua falta de castidade. Essa confissão fora muito penosa para Lévin. No entanto, Kitty, apesar de religiosa, não se importou com a falta de crença de Lévin, mas a notícia de sua falta de castidade foi um golpe duro para jovem; ela chorou muito, enquanto lia. Lévin sabia que não seria fácil, nem mesmo para ele, entregar os seus diários à Kitty, mas achava importante que não tivesse segredos para sua amada e futura esposa.

Naquela noite, Lévin foi à casa de Kitty; ela estava no quarto. Quando Lévin entrou, viu que seu rosto estava coberto de lágrimas e ela dizia para que ele levasse embora aqueles diários, pois era tudo muito horrível.

Kitty perdoou Lévin e aquela confissão não a abalou, mas lhe deu uma nova nuance. A partir daquele dia, Lévin sentiu-se ainda mais indigno do amor de Kitty; sentia-se moralmente abaixo dela e passou a valorizá-la ainda mais, por conta daquela felicidade que ele sentia, porém não merecia.

Capítulo 17

Aleksei Aleksándrovitch recompôs-se da impressão das conversas que tivera durante o jantar, com os homens, e, após o jantar, com Dolly, e voltou a seu quarto no hotel. Para ele, sua situação com Anna era um assunto encerrado. A partir de então, pensava apenas em sua viagem de inspeção pela Rússia.

Quando chegou ao hotel, seu lacaio não estava e o porteiro o conduziu até seu quarto. Logo em seguida, o lacaio chegou com dois telegramas para o patrão. O primeiro era do trabalho, dizendo que Strémov conseguira o cargo que Aleksei Aleksándrovitch tanto almejava. Com raiva, ele jogou fora o telegrama. Não estava nervoso por ter perdido o cargo, mas sim preocupado com a nomeação de Strémov, totalmente incompetente para aquele cargo. O segundo telegrama vinha escrito em nome de Anna; ao abri-lo, ele leu que a esposa dizia estar morrendo e pedia-lhe que retornasse a Petersburgo, a fim de obter seu perdão. Aleksei jogou longe o telegrama. Imaginou que ela havia dado à luz e estava com algo decorrente disso, além de poder ser algum drama por parte dela.

Aleksei Aleksándrovitch pôs-se a pensar em qual seria o motivo daquele telegrama; talvez tentar impedir o divórcio; mas ele começou a pensar que tudo aquilo também poderia ser verdade. Então, começou a se preocupar, afinal, se ele não fosse até Petersburgo, a opinião pública podia massacrá-lo, caso algo realmente estivesse acontecendo com sua esposa. Sendo assim, ele pediu a Piotr que chamasse uma carruagem, pois eles retornariam a Petersburgo. Ele pensava que, caso fosse mentira, ficaria em silêncio e partiria para sempre; se fosse tudo verdade, ele a perdoaria, caso estivesse viva; se já estivesse morta, prestaria todas as honras fúnebres.

No caminho, Aleksei pensava que a morte da esposa poderia ser salutar para ele. Assim se livraria de todo seu tormento e da humilhação pública. Ao chegar na porta de casa, entrou e os criados foram todos a seu encontro, dizendo que a patroa estava mal, dera à luz à uma menina, a quem deram o nome de Anna, como a mãe, e havia um corpo médico na casa. No entanto, quando Aleksei Aleksándrovitch foi para o vestíbulo, viu uma farda militar pendurada; Vrônski estava na casa.

Segundo a parteira, Anna falava em Aleksei o tempo todo. Ele entrou no gabinete da esposa e, no canto, sentado na cadeira, estava Vrônski, aos prantos e com as mãos no rosto; ao ver Aleksei Aleksándrovitch, ele encolheu a cabeça entre os ombros, como se quisesse se esconder. Contudo, tomou coragem, levantou-se e disse a Karênin que os médicos haviam dito que Anna estava morrendo. Disse que estava ao dispor de Aleksei Aleksándrovitch e pediu-lhe apenas que o deixasse ficar ali. Karênin ouviu os lamentos de Vrônski e seguiu em direção ao quarto.

No quarto, ouvia-se a voz de Anna, alegre e rápida; estava muito agitada. Anna falava bastante em Aleksei e na ironia do destino, que trouxe dois homens com o mesmo nome para sua vida. Ela falava muito na bondade que Aleksei Aleksándrovitch tinha e que somente ela conhecia; tinha a certeza de que seu marido a perdoaria. Enquanto dava instruções aos criados, para que alimentassem Serioja, ela viu Aleksei Aleksándrovitch e cobriu o rosto com as mãos, envergonhada. Disse ter medo da morte, mas não dele, e pediu para que ele se aproximasse da cama.

Anna dizia que estava morrendo e pedia o perdão de Aleksei Aleksándrovitch; afirmava que ela ainda era a mesma pessoa, mas que havia outra pessoa dentro dela, que se apaixonara por outro homem, mas aquela não era ela. Nesse momento, Karênin sentiu um alegre sentimento de amor e de perdão, que preenchia sua alma. Ele ficou de joelhos, encostou a cabeça no braço quente de Anna e pôs-se a chorar até soluçar.

Enquanto isso, Anna continuava dizendo que não precisava de mais nada, apenas do perdão do marido. Então, ela pergunta por Vrônski e pediu que ele entrasse no quarto. Quando Vrônski entrou, Anna pediu a Aleksei Aleksándrovitch que desse a mão para ele, mas Vrônski cobria o rosto, de vergonha. Karênin aproximou-se de Vrônski e tirou suas mãos do rosto, dando-lhe a mão em seguida, chorando. Para Anna, estava tudo resolvido e ela já podia esperar pela morte. Ela pedia morfina, chamava por Deus e começou a se debater na cama.

Segundo os médicos, era uma febre puerperal[26], e a fatalidade era quase certa. Anna passara o dia todo em estado febril, delirante e inconsciente. À meia-noite, ficou quase sem pulsação. A qualquer momento era esperada sua morte.

Vrônski foi para casa e, pela manhã, retornou e conversou com Aleksei Aleksándrovitch. Este disse-lhe que ficasse na casa, pois Anna podia chamar por ele. A situação de Anna era inconstante, ora agitada, ora inconsciente. Ela já estava assim por três dias.

No terceiro dia, Aleksei Aleksándrovitch entrou no gabinete da esposa, onde estava Vrônski, e conversou com ele. Explicou-lhe que dera entrada no divórcio e que, de início, queria apenas a vingança e chegara até a desejar a morte da esposa. Entretanto, arrependia-se daqueles pensamentos, já havia perdoado a esposa e sentia-se feliz por isso. Pediu apenas a Vrônski que não lhe tirasse essa felicidade que estava sentindo em perdoar. Por fim, disse que ficaria com Anna e, se ela

---

26 Doença que ocorria nas maternidades e levava milhares de mães e crianças ao óbito. O nome se dá por conta do período em que a doença ocorria, no puerpério, o período subsequente ao parto. (N.T.)

quisesse vê-lo, mandaria alguém avisá-lo. No entanto, achava melhor que Vrônski fosse para casa. O conde levantou-se, olhando para Aleksei Aleksándrovitch de soslaio, tentando entender aquele sentimento que Karênin dizia sentir por Anna; parecia-lhe algo muito elevado, totalmente inacessível para ele.

Capítulo 18

Após a conversa com Aleksei Aleksándrovitch, Vrônski ficou parado na varanda sem saber ao certo onde estava e para onde deveria ir. Ele sentia-se humilhado e envergonhado, além de culpado e incapaz de livrar-se daquela humilhação. Sentia que perdera o chão, o rumo de sua vida, que antes levava com tanta facilidade. As regras que ele sempre seguira não valiam de nada para a situação em que se encontrava. O marido enganado fora elevado à condição de santo, uma pessoa bondosa, simples e magnânima. Parecia-lhe que os papéis haviam se invertido; enquanto Vrônski sentia-se humilhado, Aleksei Aleksándrovitch fora elevado. Sentia-se sem importância, baixo e mesquinho; sentia que perdera Anna para sempre e, pior, que a amava ainda mais do que antes. A imagem de Karênin tirando-lhe as mãos do rosto envergonhado não lhe saía da cabeça e o atormentava.

De volta em casa, Vrônski sequer tirou a roupa e deitou-se no sofá, a fim de dormir, após três dias acordado. Tudo o que ele queria era dormir e esquecer toda aquela humilhação. No entanto, assim que adormeceu, algo veio em sua mente e ele pulou do sofá. Ele continuava vendo sua imagem ridícula, envergonhada, quando Aleksei tirara-lhe as mãos do rosto. Vrônski deitou-se novamente e tentava dormir a todo custo. Tentou pensar em outras coisas, mas era impossível naquele momento. Começou a entender que as pessoas davam um tiro em si mesmas justamente por conta da vergonha, da humilhação. Agora ele entendia, tudo fazia sentido.

Lembrava-se da voz de Anna, dizendo-lhe para descobrir o rosto e, mais uma vez, Aleksei Aleksándrovitch pegando suas mãos e tirando-as do rosto envergonhado. Vrônski sentia que estava perdendo a razão, como as pessoas que atiravam em si mesmas, enlouquecidas. Mas ele tentou dormir e, para isso, começou a pensar em outras pessoas, como em sua cunhada Vária. Mas de nada adiantou. Pensava que tudo estava acabado para ele, nada mais fazia sentido. Começou a pensar em toda sua vida, em busca de algum sentido; pensou na ambição, em Serpukhóvskoi, na sociedade, na corte, mas nada adiantava.

Vrônski levantou-se, fechou a porta e, com um olhar fixo no vazio, aproximou-se da mesa e pegou o revólver. Ele começou a observá-lo, a girar o tambor e começou a pensar. Depois de ficar parado por uns dois minutos, de repente lhe pareceu ver tudo com clareza em sua cabeça. Ele pressionou o cano do revólver contra o lado esquerdo do peito, apertou-o firme em suas mãos e disparou. Não ouviu o som do tiro, apenas sentiu uma forte pancada em seu peito, que o levou ao chão, enquanto sangrava.

O criado entrou logo em seguida em seu quarto e, apavorado, nada fez com Vrônski, saiu correndo em busca de socorro. Vrônski estava largado no chão, tentando entender onde estava e o que fizera. No entanto, ao perceber que estava no chão e via todo aquele sangue em volta de si, percebeu que errara o tiro; começou então a tatear o chão em busca da arma, mas perdeu totalmente as forças e desmaiou.

Uma hora depois, chegaram Vária e mais três médicos para acudir Vrônski, colocando-o na cama para cuidar de seu ferimento.

Capítulo 19

Aleksei Aleksándrovitch cometera o erro de não se preparar para a possibilidade de perdoar a esposa e ela não morrer. Dois meses após ter voltado de Moscou, esse erro foi sentido. Outro erro fora não ter contado que pudesse ser traído pelo próprio coração, sentindo compaixão e piedade pela esposa doente. O perdão que concedera à esposa rendera-lhe uma serenidade espiritual e o apaziguamento de seus sofrimentos. Aleksei Aleksándrovitch também perdoara Vrônski e tinha piedade dele, ainda mais depois de saber o que acontecera. Até mesmo do filho ele tinha piedade e culpava-se por se interessar pouco por ele. Pela recém-nascida, a quem deram o nome de Anna, mesmo não sendo sua filha, Aleksei Aleksándrovitch desenvolvera um sentimento especial de carinho e até de amor. Ele zelava pela criança como se fosse sua. Diversas vezes entrava no quarto e ficava apenas observando a criança mamar e dormir.

Com o passar do tempo, começou a notar que, por mais natural que lhe parecesse toda aquela situação, as pessoas não permitiriam que assim continuasse. Aleksei Aleksándrovitch sentia que todos olhavam para ele como se o indagassem, como se não o compreendessem e esperassem alguma atitude da parte dele. Sentia até o fingimento nas relações com a esposa. Após um tempo, havia notado que Anna tinha medo dele, ficava incomodada com sua presença e sequer o olhava nos olhos. Parecia que ela queria lhe dizer algo, como se aquela situação não pudesse continuar e esperasse algo dele, assim como todas as pessoas.

No fim de fevereiro, a pequena Anna adoeceu. Aleksei Aleksándrovitch foi ao quarto das crianças, mandou chamar um médico e foi trabalhar. Ao retornar, viu um lacaio desconhecido parado no meio da sala; a princesa Tvérskaia estava em sua casa. A presença dela desagradava Aleksei Aleksándrovitch, por conta das recordações que trazia e por não gostar dela. Assim, ele foi direto para o quarto das crianças e a babá disse que a ama de leite não tinha leite algum, por isso, a criança sentia dores de fome; era preciso conseguir outra ama de leite. Aleksei optou por mandar o médico examinar a ama de leite e verificar o que havia de errado.

Após observar o bebê por alguns instantes, até que ele se acalmasse nos braços da babá, Aleksei Aleksándrovitch foi para a sala de jantar e mandou o criado chamar o médico. Irritado com o fato de a esposa não cuidar da filha, ele não quis ir até o quarto de Anna e nem queria ver a princesa Betsy, mas, como poderia parecer estranho que ele não fosse até lá, resolveu, com muito esforço, aparecer e cumprimentá-las.

Ao se aproximar do quarto, Aleksei Aleksándrovitch pôde ouvir a princesa Betsy pedindo para que Anna recebesse Vrônski para se despedir, pois ele estava partindo para Tachkent. Porém, Anna não queria vê-lo e pedia à princesa que não falasse mais no assunto; mas Betsy insistia, dizendo que o homem tentara se matar por causa dela, o mínimo que ela poderia fazer era recebê-lo antes de partir. Nesse momento, Aleksei Aleksándrovitch, para não parecer imoral, tossiu para anunciar que estava por ali e entrou no quarto. Ele cumprimentou a princesa Betsy e beijou a mão da esposa. Anna estava com febre e não olhava para Aleksei enquanto ele falava. A princesa Tvérskaia, por sua vez, apressou-se em dizer que precisava ir embora, mas Anna disse que precisava conversar com os dois juntos.

Anna resolvera contar tudo a Aleksei Aleksándrovitch. Contou que Betsy lhe pedira que recebesse Vrônski, mas ela não queria. Karênin tentou beijar a mão da esposa, como se aprovasse sua atitude; ela primeiro afastou a mão rapidamente, mas, com esforço, cedeu-lhe. Na saída, Betsy tentou aconselhar Aleksei Aleksándrovitch a receber Vrônski pela última vez, mas ele disse que era Anna quem decidia se o recebia ou não. Ao dizer isso, tentou colocar dignidade em suas palavras, mas notou que, independente do que dissesse, não havia dignidade naquela situação. E percebeu isso no olhar de Betsy para ele.

Capítulo 20

Aleksei Aleksándrovitch despediu-se de Betsy e retornou ao quarto de Anna. Ela estava deitada, mas voltou a sentar-se, ao ouvir os passos do marido. Ele notou que a esposa estava chorando. Ele agradeceu pela confiança que Anna tinha nele e disse estar grato pela decisão que ela tomara de não receber Vrônski.

– Mas eu já falei, para que repetir? – respondeu Anna, irritada.

Ela completou dizendo que não queria mais falar naquele assunto; que sabia que Aleksei só estava feliz porque ela fizera exatamente o que ele queria. Aleksei Aleksándrovitch ficou em silêncio e Anna queria apenas se ver livre da presença incômoda do marido.

Passado algum tempo, Aleksei Aleksándrovitch rompeu o silêncio e disse que chamara um médico para a ama de leite, pois a criança não estava se alimentando direito. Nesse momento, Anna irritou-se, pois ela mesma quisera amamentar a filha, mas fora impedida por todos. Ela tocou a campainha e pediu que trouxessem a criança, acusando Aleksei de a recriminar e disse que gostaria de ter morrido; mas logo se arrependeu e pediu desculpas, pedindo em seguida ao marido que saísse do quarto.

Para Aleksei Aleksándrovitch, aquela situação não podia continuar; ele sentia que todos pediam alguma atitude dele, mas não sabia qual. Ele estava pronto a permitir o relacionamento de Vrônski com Anna, desde que não causasse vergonha às crianças. Sentia-se de mãos atadas; sabia que todos sempre estariam contra suas decisões, fossem quais fossem.

Capítulo 21

Antes que Betsy pudesse sair, Stepan entrou na casa; ele viera visitar a irmã. Quando encontrou a princesa, foi logo dizendo que estivera em sua casa. Betsy disse que já estava de saída, mas Stepan fez questão de beijar-lhe a mão e perguntar quando se encontrariam novamente.

– O senhor não merece – brincou Betsy.

Stepan continuou a brincadeira e disse não merecer, pois, agora, ele era um homem sério. Tão sério que se dedicava a colocar ordem na vida doméstica dos outros, insinuando que estava ali para dar conselhos ao casal.

Betsy ficou feliz em ouvir aquilo e cochichou a Stepan que Aleksei Aleksándrovitch ainda iria matar Anna de desgosto. Stepan disse estar contente que ela pensasse como ele, pois por isso ele viera a Petersburgo. Segundo Betsy, toda a cidade falava na situação do casal; disse que Anna estava a cada dia mais fraca. Stepan mostrou-se preocupado e concordou com Betsy, dizendo que estava ali para, além de agradecer por ter sido promovido a camareiro da corte, cuidar da saúde da irmã.

Quando Stepan encontrou a irmã, esta disse-lhe que estava muito mal, como todos os dias anteriores. Anna disse que não podia mais viver com Aleksei Aleksándrovitch, a quem ela odiava por suas qualidades, mesmo se sentindo indigna dele. Ela queria dizer que nada mais lhe restava, além da morte; mas Stepan interrompeu antes que a irmã terminasse a frase e tentou acalmá-la com suas palavras. Anna percebeu isso e disse que estava tudo perdido para ela e tentou dizer, novamente, que só lhe restava a morte, mas Stepan se apavorou e não a deixou concluir. Ele disse que tudo era justificável, pois ela havia se casado com um homem muito mais velho, sem amor, o que fora um erro; depois, conheceu o amor por outro, estando casada e seu marido a perdoara. Por fim, ele perguntou se ela poderia viver com o marido, se desejava aquilo e, o mais importante, se ele desejava.

Anna fica indecisa e disse que sentia estar caindo em um abismo e nada e nem ninguém poderia salvá-la. Disse que desejava apenas que tudo terminasse logo. A solução de Stepan é que eles aceitassem o divórcio, assim nenhum dos dois se atormentariam e seguiriam suas próprias vidas. Stepan notou que

Anna apenas não concordava porque julgava aquilo um sonho impossível de ser realizado.

Stepan sentiu-se incapaz de dar uma solução ao problema do casal, mas se propôs a conversar com o cunhado. Anna apenas olhava para o irmão, com seus olhos pensativos e brilhantes.

Capítulo 22

Stepan foi até o escritório de Aleksei Aleksándrovitch e o encontrou andando de um lado para o outro, pensando no mesmo assunto que ele acabara de conversar com a irmã. Demonstrando um raro constrangimento, Stepan perguntou se não estava incomodando o cunhado; Aleksei Aleksándrovitch apenas respondeu que não e perguntou se ele precisava de algo.

– Sim, eu gostaria... eu preciso... sim, eu preciso falar – disse Stepan, surpreso com sua própria timidez.

Pouco depois, Stepan venceu a timidez e pôs-se a falar com o cunhado sobre a irmã e a situação do casal. Para surpresa de Stepan, Aleksei Aleksándrovitch disse que também pensara muito a respeito. Então, pegou uma carta, inacabada, e mostrou ao cunhado. Na carta, Aleksei dizia à Anna que percebera que sua presença fazia mal a ela, que não a culpava e que, por isso, ele resolvera esquecer tudo o que acontecera entre eles e iniciar uma nova vida. Por fim, desejava o bem de sua esposa e sentia por nunca ter conseguido fazer o bem a ela; sendo assim, deixava para que ela decidisse o que julgava ser o melhor para sua vida.

Stepan, atônito, devolveu a carta ao cunhado e não soube o que dizer. Aquele silêncio era desconfortável para ambos.

– Era o que eu queria dizer a ela – disse Aleksei Aleksándrovitch, virando-se.

– Sim, conseguiu dizer – disse Stepan, quase chorando.

Aleksei dizia querer saber o que Anna queria, mas Stepan disse que nem ela mesma sabia ao certo e que, caso lesse aquela carta, não diria nada, apenas se sentiria ainda mais inferior ao marido, diante de tamanha humildade.

Quando Aleksei Aleksándrovitch disse que então não sabia o que fazer, Stepan aconselhou-lhe a dar o divórcio para a esposa, pois seria a única alternativa. Mas, para Karênin, o divórcio, agora, não era mais uma solução; a vida de Anna ficaria desgraçada por conta do divórcio. Ela não poderia se casar perante a igreja, afinal, o marido ainda era vivo, e viveria uma vida de vergonha e ilegalidade perante Deus. Ele iria se sentir culpado pela perdição da esposa. Sem contar que seria cortado o último laço que o unia às crianças de quem ele tanto gostava.

Stepan disse que a irmã não queria nada de material, apenas sua liberdade e seus filhos. Aleksei Aleksándrovitch, tal como Vrônski fizera, cobriu o rosto com as mãos, por vergonha, e aceitou abrir mão do filho. Karênin experimentava a vergonha e a amargura e, junto delas, um sentimento de alegria e comoção, diante de sua humildade.

Stepan propôs-se a ajudar Anna e Aleksei na resolução daquele problema e saiu do escritório, comovido, satisfeito e orgulhoso por resolver toda aquela situação. Em seus pensamentos, ele era magnânimo, tanto quanto o próprio soberano.

Capítulo 23

O ferimento de Vrônski fora bastante sério, embora não tivesse atingido o coração. Ele havia ficado alguns dias entre a vida e a morte. Quando finalmente conseguiu falar alguma coisa, pediu para que Vária não contasse nada a ninguém sobre o que ela viu, pois aquilo fora um acidente. Vária apenas pediu para que ele não se machucasse por acidente outra vez.

– Não o farei, mas teria sido melhor... – disse Vrônski, sorrindo com tristeza.

Apesar de Vária ter se assustado com as palavras do cunhado, a inflamação passou e ele foi melhorando a cada dia. Aquele ferimento parecia que o libertara de uma parte de seu problema. A humilhação e a vergonha pareciam ter desaparecido junto com o ferimento. Assim, sua vida começava a seguir pelo mesmo trilho de antes; ele já conseguia viver de acordo com suas regras de sempre.

A única coisa que Vrônski não conseguia superar era a mágoa por ter perdido Anna para sempre. Desistir de Anna, redimir-se perante o marido e nunca mais repetir uma situação como aquela, tudo isso estava decidido em seu coração, mas a mágoa ainda permanecia.

Serpukhóvskoi arranjou-lhe um posto em Tachkent e Vrônski prontamente aceitou. Quanto mais se aproximava sua partida, pior se tornava seu dever. Ele planejava ver Anna uma última vez, a fim de despedir-se. Quando ele foi se despedir de Betsy e contou sua decisão, a amiga correu para a casa de Anna e contou-lhe tudo. Contudo, infelizmente, Betsy voltou com a resposta de que Anna não queria vê-lo. Vrônski achou melhor assim; ele não corria o risco de ter uma recaída e desistir da partida.

No dia seguinte, Betsy foi falar com Vrônski, informando-lhe que soubera da decisão de Aleksei Aleksándrovitch em dar o divórcio à Anna. Sem nem ao menos pensar, Vrônski saiu em disparada até a casa dos Karênin. Ele entrou na casa e subiu as escadas até o quarto de Anna, abraçou-a e beijou-lhe no rosto por diversas vezes. Anna, abraçando sua cabeça, tentava acalmá-lo, mas não conseguia.

Os dois trocaram algumas palavras de amor e de carinho. Vrônski disse que eles iriam para a Itália, assim que ela se restabelecesse. Anna soubera, através de seu irmão, que Aleksei Aleksándrovitch concordara em dar-lhe o divórcio. No entanto, ela estava decidida em não aceitar a generosidade do marido. Não aceitaria o divórcio, mas estava muito preocupada com Serioja, não sabia do destino do filho.

Vrônski pediu à Anna que não pensasse sobre isso naquele momento.

– Ah, por que não morri? Teria sido melhor! – disse Anna, com lágrimas no rosto, mas tentando sorrir.

Vrônski acabou recusando o posto em Tachkent e os superiores receberam muito mal a notícia. Sendo assim, ele resolveu se desligar do serviço militar.

Passado um mês, Aleksei Aleksándrovitch ficou sozinho com Serioja e Anna partiu com Vrônski para o exterior, mesmo sem estar divorciada do marido.

Quinta parte

Capítulo 1

A princesa Scherbátskaia não achava possível realizar o casamento antes da quaresma, pois faltavam apenas cinco semanas. O enxoval não ficaria pronto a tempo. Porém, ela concordava com Lévin que, como a tia do príncipe Scherbátski estava muito doente, poderia ser impossível fazer mais tarde; talvez a data do casamento coincidisse com o funeral da tia. Sendo assim, decidiram por fazer o enxoval em duas partes, a primeira seria menor; mais tarde se encarregariam da outra parte.

Lévin continuava da mesma maneira, alheio a tudo e a todos. Ele vivia em um estado particular de felicidade e aceitava as sugestões de todos, sem nunca decidir nada. Para ele, sua felicidade era inabalável e não poderia nem aumentar, nem diminuir; então, qualquer coisa que decidissem estava bom para ele. Foi assim que aceitou o conselho de seu irmão de pegar um empréstimo para iniciar a vida de casado, aceitou o conselho de Stepan de viajar de lua de mel ao exterior e aceitou as sugestões da princesa e de Dolly nos preparativos do casamento.

Kitty ficou sabendo da intenção de Lévin em viajar ao exterior, mas, surpreendentemente, ela não queria ir e preferia ficar no campo, onde moraria com Lévin. Ela não entendia nada sobre agricultura e não entendia nada do que o futuro marido fazia no campo, mas, mesmo assim, entendia que era no campo que Lévin era feliz e então era lá que ela deveria ir; não para o exterior, onde não moraria. Sendo assim, Lévin pediu a Stepan que fosse para o campo e deixasse tudo preparado para o casal, confiando no bom gosto que o amigo sempre tivera.

Quando Stepan retornou do campo, perguntou a Lévin se ele havia cuidado da parte religiosa: ele deveria ter o certificado de confissão, deveria jejuar por alguns dias, assistir à missa e fazer a confissão. Lévin, que não era religioso, mas respeitava a religião alheia, disse que não tinha nada disso e o casamento seria dali a três dias, não daria tempo para tudo aquilo. Stepan cuidou de tudo, levou Lévin até a igreja e disse que seria tudo tranquilo, o sacerdote era um senhor muito bondoso e conhecido dele.

Enquanto Lévin assistia à primeira missa, ele não prestava a atenção devida, ficava pensando em outras coisas. Estava presente apenas para que passasse logo aquela obrigação. Para ele era doloroso, pois precisava fingir, já que não via significado algum em toda aquela cerimônia.

No dia seguinte, Lévin foi ouvir a leitura matinal das regras e fazer a confissão. A igreja estava praticamente vazia e um diácono fez a leitura. No momento da leitura, Lévin não ouvia absolutamente nada, pensava em outras coisas e nas mãos de Kitty. Quando terminou a leitura, Lévin deu uma nota de três rublos, escondido ao diácono e foram em direção ao púlpito, para que o sacerdote tomasse dele a confissão.

No momento da confissão, Lévin não aguentou e resolveu dizer toda a verdade. Quando o sacerdote lhe perguntou de seus pecados, Lévin respondeu que seu maior pecado eram as dúvidas, e a pior delas era da existência de Deus. Porém, o sacerdote parecia estar com pressa e disse que a dúvida era normal, pois até os sacerdotes as tinham e buscavam o conforto nas orações, para buscar a Deus. Por fim, o sacerdote indagou Lévin sobre seu casamento com Kitty, pois o príncipe Scherbátski era um paroquiano e seu filho espiritual. Lévin ficou intrigado com aquela pergunta sobre suas intenções com Kitty, mas logo entendeu o motivo; o sacerdote deu-lhe um sermão, dizendo que ele não poderia ter dúvidas sobre Deus, pois ele teria filhos e não poderia passar essas dúvidas para eles.

– Quando um filho pergunta sobre a existência divina, um pai não pode ter dúvidas e precisa demonstrar segurança na existência de Deus – disse o sacerdote e acrescentou que Lévin deveria rezar a Deus para que Ele o perdoasse e o ajudasse. Depois disso, benzeu Lévin e finalmente o dispensou.

De volta em casa, Lévin estava mais tranquilo, pois não precisara mentir perante o sacerdote. Da igreja, Lévin lembrava-se das palavras ditas pelo sacerdote e sabia que precisava pensar mais a respeito de tudo aquilo, mas não naquele momento, um dia, talvez.

Capítulo 2

No dia do casamento, segundo os costumes e as ordens de Dolly e de sua mãe, Lévin não viu a noiva e jantou no hotel com três homens solteiros, que eram: Serguei Ivánovitch, seu irmão, Katavássov, um colega de universidade e professor de ciências naturais, que Stepan encontrara na rua, e Tchírikov, o padrinho de casamento, juiz de paz em Moscou e parceiro de caças de Lévin.

O jantar foi animado, Serguei estava muito bem disposto, divertindo-se com Katavássov, e Tchírikov mantinha qualquer conversa. Katavássov brincou com Lévin, dizendo que ele não era mais um deles, estava entrando para o grupo dos homens casados. Serguei dizia que nunca vira alguém tão implacável quanto Katavássov, um verdadeiro inimigo do casamento. Segundo o professor, a vida dividia-se entre as pessoas que não faziam nada, e o restante, as pessoas que contribuíam para a instrução e felicidade das outras. Certamente, ele mesmo se enquadrava no segundo grupo.

– Ficarei muito feliz quando o senhor se apaixonar. Convide-me para o casamento – disse Lévin.

Então, Katavássov disse que já estava apaixonado, por uma siba[27]. Quando Lévin disse que ele poderia se apaixonar por uma siba e por uma mulher, Katavássov disse que uma esposa não permitiria dividir seu amor; disse que, inclusive, Lévin seria impedido de caçar após o casamento e, talvez, tivesse problemas até com sua paixão pela agricultura.

Sem demora, Lévin respondeu que estava tão apaixonado por Kitty, que largaria a caça sem problema algum; disse, ainda, que não conseguia sentir pesar em supostamente perder sua liberdade ao se casar. Porém, segundo Katavássov, era tudo questão de tempo, até que ele sentisse falta da liberdade da vida de solteiro.

Após o jantar, os convidados foram embora e Lévin ficou sozinho, pensando consigo mesmo. De repente, vieram pensamentos de que Kitty poderia não o amar. Começou a lembrar-se e ter ciúmes de Kitty com Vrônski, um ano atrás, mas parecia que tudo acontecera no dia anterior. Tomado pelo desespero, Lévin correu à casa da noiva, a fim de esclarecer toda a situação, de que, talvez, Kitty não o amasse e, que, se assim fosse, era melhor que não se casassem.

---

27 Molusco que tem uma capacidade de camuflagem, graças às células especiais, os cromatóforos. (N.T.)

Quando Lévin chegou na casa dos Scherbátski, correu para o quarto de Kitty, que estava com Duniacha, uma criada, separando os vestidos de solteira para doar. Kitty percebeu o olhar de Lévin e perguntou o que acontecera.

– Vim dizer que ainda há tempo para não nos casarmos. Tudo isso pode ser terminado e corrigido – disse Lévin.

Kitty não entendeu nada, mas Lévin disse que sentia não ser digno dela, que ela não podia se casar com ele e pediu para que ela pensasse muito bem. Caso não o amasse, era melhor pôr um fim em tudo.

A jovem princesa disse que o amava e começou a chorar. Arrependido, Lévin pôs-se de joelhos diante dela e começou a beijar-lhe as mãos. Quando a velha princesa Scherbátskaia entrou no quarto, os dois já estavam reconciliados e falavam sobre os vestidos para doação. Lévin não queria que Kitty doasse seu vestido marrom, o mesmo que ela vestia quando ele havia lhe pedido a mão. Mas Kitty achava que aquele vestido ficaria bem em Duniacha, e não o azul, como Lévin sugerira.

A princesa, em tom sério, mas também brincalhão, disse a Lévin que saísse dali, pois ele não deveria ver a noiva e ela precisava se aprontar para a cerimônia, pois estava há três dias de jejum e estava muito feia e fraca, precisava arrumar os cabelos.

Quando Lévin chegou no hotel, seu irmão, Dolly e Stepan já estavam devidamente trajados e o aguardavam para abençoá-lo. Dolly estava cuidando de todas as carruagens, decidindo qual carruagem deveria pegar os filhos, qual deveria levá-los à igreja e qual levaria a noiva. Eram tantos destinos que ela estava desesperada. Assim, a bênção foi muito rápida e Lévin pediu para que Kuzmá o ajudasse a vestir-se.

Capítulo 3

A igreja estava toda iluminada e lotada, sobretudo de mulheres. As pessoas que não conseguiram entrar, aglomeraram-se nas janelas e observavam através da grade. Na rua, havia mais de vinte carruagens enfileiradas. Um oficial de polícia estava parado na entrada, radiante em seu uniforme. A todo momento chegavam mais carruagens e entravam ora mulheres com flores, segurando a cauda de seus vestidos, ora homens, retirando o quepe ou chapéu. Por dentro, as luzes reluziam nas paredes entalhadas em ouro.

A cada rangido da porta de entrada, todos ficavam em silêncio e olhavam para trás, esperando que fossem os noivos; mas eram ou convidados ou alguém que convencera o policial a deixá-lo entrar. Os parentes e estranhos já estavam incomodados por tamanha demora dos noivos. De início, achavam que o casal chegaria a qualquer momento, mas, depois, começaram a ficar preocupados com a demora, receosos de que algo acontecera.

Enquanto isso, Kitty estava de vestido branco, véu longo e uma coroa de flores de laranjeira, de pé, na sala da casa, com a madrinha e sua irmã, Natalie Lvova. Elas aguardavam o aviso de que o noivo já estava na igreja. No hotel, estava Lévin, de calça, mas sem o colete e sem o fraque, caminhando de um lado para o outro. Stepan estava tranquilo, fumando.

Lévin sentia-se um idiota, pois, quando pedira para que Kuzmá o vestisse, notara que sua camisa estava na bagagem, que fora levada para a casa dos Scherbátski e, de lá, iria para a casa dele. Lévin estava com a mesma camisa que usara o dia inteiro, toda amassada, e não seria possível usá-la com o colete aberto, que era a moda. Sendo assim, Kuzmá fora até os Scherbátski, para revirar as bagagens e achar uma camisa. Antes, ele tentara usar uma do Stepan, mas não servira; depois, Kuzmá tentou comprar outra, mas era domingo e as lojas estavam fechadas.

Por fim, Kuzmá conseguiu encontrar uma camisa; segundo ele, foi no último instante, antes de colocarem a bagagem na carruagem. Lévin saiu em disparada até a igreja, enquanto Stepan apenas dizia, tranquilamente, que tudo ia se arranjar.

Capítulo 4

Quando Lévin e Kitty chegaram à igreja, houve um alvoroço e todos falavam ao mesmo tempo. Alguns tentavam entender quem era Lévin, outros falavam da aparência doentia de Kitty. Lévin não olhava para ninguém, para ele, existia apenas a noiva. Todos diziam que Kitty ficara feia naqueles dias, mas Lévin não compartilhava da mesma opinião. O penteado, o longo véu azul, as flores brancas, a gola alta pregueada, o pescoço descoberto e alongado, parecia-lhe que estava mais bonita do que nunca.

– Eu pensei que você quisesse fugir – disse Kitty, brincando.

– Aconteceu-me algo tão bobo, tenho até vergonha de compartilhar – disse Lévin, ruborizado.

Stepan aproximou-se de Lévin e queria que ele decidisse se acenderiam as velas já queimadas ou as velas novas, acrescentando que velas novas custavam dez rublos. Lévin, sem pensar duas vezes, disse que queria velas novas. A condessa Nordston estava preocupada em saber se Kitty pisaria no tapete da igreja primeiro, pois, segundo o costume, quem pisava primeiro no tapete, era quem mandaria na casa. A velha tia Scherbátskaia fez os últimos ajustes na aparência da sobrinha e perguntou-lhe se não estava com medo ou frio, pois estava muito pálida e trêmula. Dolly tentou dizer algo para a irmã, mas ria e chorava ao mesmo tempo, de emoção. Kitty estava no mesmo estado inconsciente de Lévin. A tudo que lhe diziam, ela respondia apenas com um sorriso de felicidade.

Enquanto isso, os clérigos, o sacerdote e o diácono se aprontavam e preparavam tudo na igreja e iam até o facistol[28], que ficava na frente da igreja. O sacerdote disse algo a Lévin, mas ele não ouviu. O padrinho, então, orientou-o para que segurasse a mão da noiva e a conduzisse. Lévin demorou até entender o que deveria fazer e como. Quando todos já estavam perdendo a paciência, finalmente, Lévin entendeu que deveria segurar a mão direita de Kitty com sua mão direita.

Na igreja havia um silêncio sepulcral. O velho sacerdote remexia algo no facistol. Em seguida, acendeu duas velas decoradas e deu uma para cada um dos noivos, pegou o incensório e afastou-se. Lévin não conseguia acreditar que, finalmente, aquele momento chegara e olhava para Kitty, que sentia o olhar do noivo sobre ela. Ele estava cheio de alegria e assustado ao mesmo tempo.

Teve início a cerimônia e o arquidiácono começou a proferir as palavras. Rezaram pela paz eterna e pela salvação, pelo sínodo, pelo soberano e por Lévin e Ekaterina, que recebiam a consagração do matrimônio. Quando o diácono terminou, o sacerdote aproximou-se com um livro e começou a lê-lo. O coro respondia com um "amém" melodioso que preenchia toda a igreja. As palavras do sacerdote pareciam ter um sentido profundo e iam ao encontro do sentimento de Lévin. Ele pensava consigo mesmo se Kitty sentia o mesmo que ele. Ao olhar para ela, seus olhares se encontraram e ele teve a confirmação de que era recíproco.

---

28 Grande estante que fica nos coros das igrejas, onde são colocados os livros de canto ou litúrgicos. (N.T.)

No entanto, Kitty não conseguia prestar atenção em nada do que era dito pelo sacerdote; estava repleta de um sentimento muito forte, que aumentava cada vez mais. Era um sentimento de alegria e realização, daquilo que ela já estava se preparando, durante todo o mês, desde que Lévin a pedira em casamento. O período anterior ao casamento, fora, para Kitty, o mais torturante e incerto de todos. Todos seus desejos e esperanças estavam apenas em Lévin, que faziam com que ela vivesse com indiferença até com seu querido pai, o que a fazia sentir um pouco de remorso. Todo esse sentimento de indiferença e remorso haviam se esvaído no dia do matrimônio.

Durante a cerimônia de troca das alianças, os noivos estavam atrapalhados e o sacerdote tentava ajudá-los, assim como Dolly, Tchírikov e Stepan. Por fim, deu tudo certo, e o sacerdote continuou a cerimônia.

Lévin sentia que todas suas ideias sobre o casamento e seus sonhos eram uma infantilidade incompreendida; porém, agora, ele compreendia ainda menos, ainda que já o vivenciasse; em seu peito crescia um tremor e lágrimas correram por seu rosto.

Capítulo 5

Toda a Moscou estava na igreja, todos os parentes e conhecidos.

Entre os familiares, Serguei brincava com Dolly, dizendo que havia um costume de ir embora após o casamento, pois os recém-casados sentiam vergonha. Dolly respondeu que Lévin só tinha motivo para se orgulhar de Kitty. Aproveitou e disse que Serguei tinha inveja. Este, de maneira triste, disse que seu tempo de pensar em casamento já passara.

A condessa Nordston lamentava-se com Natalie, dizendo que a amiga ficara mais feia, mas, ainda assim, Lévin não valia nem um dedo de Kitty. Natalie respondeu que gostava muito de Lévin e que Kitty o amava desde muito tempo. A condessa, outra vez, mostrou-se preocupada com quem pisaria primeiro no tapete, mas Natalie disse que não havia importância nisso, pois as mulheres da família tinham a obediência ao marido em seu sangue.

Dolly estava muito emocionada e contente pelos noivos; ela também pensava em seu próprio casamento e em todos os outros que presenciara, inclusive o de Anna, que fora exatamente igual ao de Kitty, mas tivera um fim triste.

Assim como a família, os convidados e curiosos faziam diversos comentários sobre os noivos; ora maldosos, ora bondosos. Korsúnkaia falava do vestido lilás de Natalie Lvova, a irmã de Kitty que chegara do estrangeiro, que não era algo bom para um casamento; Drubetskaia aproveitou para dizer que casamento de noite era coisa de comerciantes, mas então Korsúnkaia, que também se casara de noite, defendeu o horário da cerimônia. O conde Siniávin comentou com Tchárskaia que, quando se é padrinho pela décima vez, jamais se casa. Sendo assim, lamentou-se por não ter conseguido ser padrinho dessa vez. Tchárskaia apenas observava os noivos, imaginando-se no lugar deles, casando-se exatamente com o conde Siniávin, que parecia não ter a intenção de casar-se nunca.

Capítulo 6

Quando a cerimônia terminou, um eclesiástico estendeu um pedaço de tecido rosa diante do facistol e o coro cantou um salmo que ecoou por toda a igreja. Um sacerdote indicou aos noivos que eles deveriam caminhar na direção do pano. Ainda que os noivos tivessem ouvido sobre a superstição do tapete, os dois andaram por ele e sequer se preocuparam com quem pisara primeiro.

Após as perguntas de costume, iniciou-se a outra etapa da cerimônia. Uma imensa alegria dominava Kitty à medida em que a cerimônia avançava. Ela sorria de alegria durante as preces e contagiava todos os presentes. Lévin estava impressionado com o brilho no rosto de Kitty e ficou contagiado com a alegria dela.

Os noivos ouviram a leitura da epístola, beberam o vinho, foram conduzidos até o facistol, sob as vozes do coral e com as coroas suspensas em suas cabeças, como de costume, conduzidas por Scherbátski e Tchírikov. Após retirar as coroas das cabeças dos noivos, o sacerdote leu mais uma prece e os parabenizou. Lévin queria dizer algo, mas não sabia se havia terminado a cerimônia. O sacerdote percebeu, sorriu e disse que podia beijar a noiva. Os noivos beijaram-se e caminharam para fora da igreja. Lévin não podia acreditar que aquilo era verdade. Só começou a acreditar quando eles se entreolharam e sentiam que eram um só.

Após o jantar, no mesmo dia, o casal partiu para o campo.

Capítulo 7

Vrônski e Anna já estavam viajando pela Europa fazia três meses. Eles estiveram em Veneza, Roma, Nápoles e haviam acabado de chegar a uma pequena cidade italiana, na qual pretendiam ficar por algum tempo.

Um chefe dos garçons, um homem gordo, muito bem trajado, de cabelo empomadado, conversava de maneira severa com um cavalheiro que estava por ali. De repente, ele ouviu a voz de um conde russo, do outro lado do salão, que ocupava os melhores quartos. Ao ouvi-la, ele foi até o conde, fez uma reverência e disse que o negócio com a casa estava acertado e que faltava apenas assinar o contrato. O conde russo era Aleksei Vrônski.

Assim que chegou, ele logo perguntou por Anna, mas o chefe dos garçons lhe informou que ela havia saído para passear. Ao olhar para o cavalheiro que estava ali, Vrônski achou que não o conhecia e já ia se afastando, mas o chefe dos garçons disse que aquele cavalheiro era russo e perguntara por ele. De início, Vrônski ficou irritado, pois já estava cansado de encontrar russos em todos os lugares por onde passara, pois sua situação com Anna sempre gerava embaraços com alguns, devido às perguntas indesejadas. Porém, como Vrônski estava entediado, achou que poderia ser uma boa ideia conversar com alguém diferente. Ao se entreolharem, a fisionomia de ambos mudou.

– Goleníchev!

– Vrônski!

Aquele cavalheiro era um velho amigo de Vrônski, da época da escola militar. Goleníchev estudara com Vrônski, mas não havia seguido a carreira militar e nem o serviço público. Ele renegara a nobreza e, no último encontro dos dois, tratara Vrônski com certa indiferença, enquanto Vrônski o tratara com soberba. Para a surpresa de Goleníchev, o antigo colega da escola ficou feliz em encontrá-lo, deu-lhe a mão e sentou-se para conversar. Assim, Goleníchev contou que estava naquela cidade havia um ano, a trabalho. Logo teve outra surpresa quando soube que Vrônski agora era um civil e estava se dedicando à pintura.

Com o tratamento e indiferença de Goleníchev ao saber que Vrônski estava com Anna Karênina, chegando até a mudar de assunto, o conde julgou que ele era a pessoa ideal para manter contato naquela cidade. Toda pessoa que entrava em assuntos embaraçosos, acerca de sua situação com Anna, Vrônski evitava.

Portanto, ele percebeu que com Goleníchev seria diferente e o convidou para entrar e conversar.

Vrônski disse que estava na cidade havia quatro dias e acabara de alugar uma casa ali. Quando Anna chegou, Goleníchev ficou impressionado com sua beleza; ele não a conhecera antes. Ele quis dizer algo sobre sua beleza, mas se conteve. Vrônski percebeu e aprovou a atitude. Anna ficou apreensiva diante de Goleníchev, por conta de sua situação. Porém, parecia que ele compreendia toda a situação até melhor do que ela mesma, uma mulher que largara um nome de respeito e seu amado filho, para ficar com o homem que amava. Quando se sentiu mais tranquila, Anna passou a tratar Vrônski com mais informalidade.

Vrônski convidou Goleníchev para ir com eles até a casa que alugavam, a fim de olhá-la mais uma vez. Anna percebeu que Goleníchev passaria a fazer parte do círculo de amizade deles. Então, ela perguntou sobre seu trabalho, que era de escritor. Ele disse que estava na fase de colher materiais para a segunda parte de seu livro, e começou a falar a respeito. Vrônski ficou embaraçado, pois não lera sequer o primeiro livro.

Depois, Anna disse a Goleníchev que Vrônski levava muito jeito para a pintura. Vrônski passara a se dedicar exclusivamente à pintura, após sair do serviço militar e, segundo Anna, era um excelente artista. Embora ela mesma não fosse a pessoa certa para julgar, ele já recebera elogios de pessoas conhecedoras do assunto.

Capítulo 8

No primeiro período de liberdade e de sua rápida melhora de saúde, Anna se sentia feliz e cheia de alegria de viver. A recordação do sofrimento do marido não interferia em sua felicidade. A recordação de tudo o que ocorrera após a doença parecia obra de um delírio febril, do qual ela se recuperara, já ao lado de Vrônski, no exterior.

A única coisa que a tranquilizava a respeito de sua conduta era quando se recordava que causara sofrimento ao marido, mas ela também estava sofrendo e iria sofrer, sendo privada daquilo que era seu bem mais precioso, seu filho Serioja. Porém, por mais que Anna quisesse sofrer, não conseguia; vivia uma felicidade transbordante ao lado de Vrônski e de sua filha. Por vezes, ela até mesmo se esquecia do filho que abandonara com o pai.

Quanto mais conhecia Vrônski, mais Anna o amava. Tudo o que ele dizia e fazia tinha algo de elevado para ela. Após vê-lo em roupas civis, achou-o tão mais atraente do que antes, como se tivesse acabado de se apaixonar. Ela não encontrava nada que não fosse belo em Vrônski. Porém, tentava não demonstrar esse sentimento, para não parecer indigna e inferior a ele. Ela temia que ele pudesse deixar de amá-la se notasse que estava em uma posição acima dela. Mas Anna era muito agradecida por Vrônski ter largado todos seus sonhos e ambições para ficar com ela.

Vrônski jamais contradizia Anna e sequer parecia ter vontade própria; dedicava-se exclusivamente a seus desejos. Ela, por sua vez, apreciava tal atitude, mas, tanta atenção a seu redor, causava-lhe a sensação de peso. Apesar de ter plena consciência de sua escolha, Vrônski não era exatamente feliz. Após passar o primeiro momento, o desligamento do serviço militar e sentir a liberdade, ele passou a sentir um forte tédio. Tentava se ocupar com algo durante o dia. Vrônski não podia fazer parte da sociedade na Europa, como fazia em Petersburgo; ele corria o risco de encontrar algum conhecido, que soubesse da condição de Anna. Sendo assim, agarrava-se a algo para poder se ocupar, fosse a política, os livros ou as pinturas. De início, Vrônski começou a colecionar gravuras. Mas, como ele tinha facilidade para imitar qualquer estilo de pintura, voltou a pintar e fez até um retrato de Anna, vestida como uma italiana, que recebia elogios de todos que viam a obra.

Capítulo 9

A velha casa, de pé-direito alto, com ornamentos de gesso nos tetos, com afrescos nas paredes, mosaicos nos pisos e salões cobertos de quadros, causava em Vrônski a ilusão de ser um instruído patrono das artes, que renunciara à sociedade e a tudo, em nome da mulher que amava.

Essa nova imagem de Vrônski ficara completa depois que ele conhecera algumas pessoas por meio de Goleníchev e manteve-se nessa vida por um tempo. Vrônski tinha a orientação de um professor de pintura italiano e começara a interessar-se pela vida na Itália da Idade Média. Esse período fascinava tanto Vrônski, que ele passou a usar um chapéu e um manto sobre o ombro, como se usava na Idade Média.

Vrônski comentou com Goleníchev sobre um pintor russo, que morava na mesma cidade que eles, chamado Mikháilov. Ele fora citado em um jornal russo, por ser um grande artista, mas sem nenhuma ajuda de seu país. Goleníchev disse que sabia quem era, que era um artista de talento, mas seu estilo não o agradava, principalmente sua atitude em relação a Cristo. Segundo ele, Mikháilov era um dos novos livres-pensadores, mas que não tinha educação alguma, como todos os aqueles daquela época.

Anna ficou interessada pelo assunto, querendo saber sobre o quadro de Mikháilov, que Goleníchev criticara. Goleníchev disse que era o quadro de Cristo diante de Pilatos, onde Cristo era representado como um judeu com todo o realismo atual. Nesse momento, Goleníchev entusiasmou-se, dizendo que Cristo já tinha sua personificação estabelecida na arte dos grandes mestres. Vrônski quis saber se o artista vivia mesmo na pobreza, pensando em tornar-se um mecenas para ele, fosse talentoso ou não. Goleníchev não sabia dizer ao certo, pois Mikháilov fazia retratos magníficos, mas talvez tivesse parado com os retratos e estivesse em dificuldade financeira.

– Não seria possível pedir que produzisse um retrato de Anna? – perguntou Vrônski.

Anna não gostou da sugestão, pois, para ela, o retrato que Vrônski fizera já era o suficiente. No entanto, sugeriu que fizessem um retrato de sua filha, que estava no jardim, com a bela ama de leite italiana. Anna sentia ciúmes da ama de leite, pois Vrônski utilizara seu rosto em uma de suas pinturas. No entanto, não confessava esses sentimentos.

Goleníchev disse que já estivera com Mikháilov em uma ocasião, que parecia ser filho de um mordomo de Moscou e não ter educação suficiente para poder ser um artista de renome.

Anna, cansada das críticas de Goleníchev, interrompeu-o e sugeriu que os três fossem visitar Mikháilov. Goleníchev aceitou o convite com alegria e foram até a casa dele. Após uma hora de viagem de carruagem, chegaram à casa de Mikháilov. A esposa do zelador saiu e disse que o artista permitia que visitassem seu ateliê, mas ele não estava em casa. Vrônski e Goleníchev deram seus cartões à mulher e pediram para que ela os entregasse ao artista, pedindo também permissão para ver seus quadros.

Capítulo 10

Mikháilov estava trabalhando, quando recebeu os cartões do conde Vrônski e de Goleníchev. Pela manhã, ele trabalhara em um quadro, no ateliê. Quando chegou em casa, ficou nervoso com a esposa, pois ela não conseguira se esquivar da senhoria, que queria o dinheiro do aluguel. Ele chamou a mulher de burra e disse que, quando falava em italiano, ela ficava três vezes mais burra, então era melhor que evitasse dar explicações demasiadamente longas à senhoria. Ela o acusou de atrasar o aluguel, então a culpa era dele.

Nervoso, Mikháilov foi para sua sala de trabalho terminar um desenho. Ele sempre trabalhava melhor quando discutia com a esposa. Quando retomou o desenho, não gostou e lembrou-se de um rascunho, que deixara no quarto. Foi buscá-lo e viu que estava com a filha e fora manchado. Mesmo assim, Mikháilov pegou o esboço. Ao olhá-lo, considerou-o melhor do que aquele que estava terminando. Ele apenas finalizou algumas coisas, retirou o cabelo da frente da figura do rosto masculino e deu o desenho por finalizado. Mikháilov, como todo pintor, colecionava expressões das pessoas que encontrava em sua vida; enquanto desenhava o tal desenho, lembrava-se do queixo quadrado que vira em um homem.

Quando recebeu os cartões de visita, foi até o quarto e pediu desculpas à esposa, vestiu seu casaco verde-oliva e foi para o ateliê. A respeito de seu quadro de Cristo diante de Pilatos, ele tinha a convicção de que ninguém pintara algo parecido. Não que o dele fosse o melhor, mas não era igual a nenhum outro.

Ao sair e aproximar-se das visitas, impressionou-se com Anna e guardou na memória sua expressão. Ela conversava com Goleníchev e olhava para Mikháilov. Os visitantes já estavam desiludidos com o pintor, ao ver sua aparência, de estatura baixa, gordo e muito malvestido. Mikháilov convidou os três para entrar em seu ateliê.

Capítulo 11

Entrando no ateliê, Mikháilov olhou para os visitantes e gravou na memória a expressão do rosto de Vrônski, principalmente a maçã do rosto. Goleníchev, ele sentia que já o vira antes, talvez até já guardara sua expressão na memória.

Mikháilov imaginou que aqueles três nobres russos estavam ali apenas para observar o ateliê com desdém e apontar que a arte estava decaída, que somente os antigos mestres permaneciam intocáveis. Ele pensou que estavam ali apenas para completar o roteiro de visitas por todos os ateliês da cidade. Ao se aproximar de seu quadro de Cristo diante de Pilatos, Mikháilov tirou o lençol que o cobria e sentiu uma forte emoção. Apesar de achar todos os nobres russos uns canalhas, ele se simpatizara com Vrônski e principalmente com Anna.

Os visitantes observavam o quadro em silêncio. Mikháilov também ficara observando e, naquele momento, já nem o achava tão esplendoroso assim. Até já encontrara defeitos nos traços dos rostos. Mikháilov esperava o julgamento elevado e justo que os visitantes dariam à sua obra, que ele já pintava há três anos.

Mikháilov ficou olhando para o rosto sereno de Cristo no primeiro plano, junto do rosto irritado de Pilatos; depois, no segundo plano, viu os rostos dos súditos de Pilatos e o rosto de João, que observava tudo o que acontecia. Todos aqueles rostos, haviam lhe custado horas e dias de reparos, erros e pesquisas; foram motivos de tormento e alegria. No entanto, ao observar novamente, em companhia de seus convidados, até o rosto de Cristo, que ele tanto apreciava, parecia-lhe agora sem graça. Com este olhar de um observador e não de um artista, ele já esperava que os visitantes fingissem gostar da obra, mas, às suas costas, rissem e sentissem pena dele.

Para quebrar o silêncio, Mikháilov disse a Goleníchev que já o vira antes. Goleníchev confirmou, dizendo que ele o conhecia da casa de Rossi; e disse ainda que Mikháilov progredira bastante na obra desde então. Ele observou a figura de Pilatos, dizendo que parecia um homem bom, mas um burocrata, que não sabia o que estava fazendo. Mikháilov gostou do comentário e disse que pensara exatamente a mesma coisa. Por mais que o comentário lhe parecesse banal, ele havia gostado.

Então, Mikháilov abandonou seu estado de desânimo e ficou eufórico. Vrônski e Anna também fizeram alguns comentários, em voz baixa, mas, para Mikháilov, parecia que a obra produzira uma boa impressão nos dois. Anna gostara da expressão de Cristo, que, segundo ela, parecia sentir pena de Pilatos. Outra vez, era mais uma reflexão entre várias possíveis, mas Mikháilov também gostou daquela reflexão e seu rosto brilhava de entusiasmo. Vrônski, juntamente de Goleníchev elogiava toda a obra, dizendo ser de uma tremenda maestria. Vrônski elogiou as figuras no segundo plano, dizendo que se destacavam e que nisso consistia a técnica. O conde comentou com Goleníchev que não tinha a mínima esperança em alcançar aquele nível de técnica um dia.

Apesar de estar entusiasmado, o comentário sobre a técnica foi um golpe muito forte no coração de Mikháilov e, de repente, ao olhar irritado para Vrônski, ficou de cara fechada. Ele não gostava da palavra técnica, não entendia aquilo. Para ele, parecia que era apenas a capacidade mecânica de pintar e desenhar, independente do conteúdo. Mesmo que o elogio fosse verdadeiro, Mikháilov não gostava quando a técnica sobrepunha o valor intrínseco da arte. Para ele, a técnica por si só não tinha valor algum, pois, um pintor apenas técnico não é capaz de retratar nada; uma criança que não sabe técnica alguma, consegue retratar tudo o que vê.

Goleníchev, mais à vontade, fez a observação de que Mikháilov pintara um homem-deus e não um Deus-homem. Mas o artista disse que não poderia pintar algo que não trazia dentro de sua alma. Sendo assim, Goleníchev continuou sua observação, falando de arte, em uma tentativa de provar que ele entendia mais do que o próprio pintor. Goleníchev continuou discordando de Mikháilov, que, sem argumentos, ficou agitado e sem ter o que dizer.

Capítulo 12

Anna e Vrônski já estavam impacientes com o falatório de Goleníchev e passaram para outra pintura, sem esperar o convite do pintor, que era um quadro pequeno. Ao ver o tal quadro, os dois ficaram maravilhados com sua beleza. Mikháilov não conseguia entender o que chamara tanta atenção do casal. Quando ele terminava uma pintura, sequer olhava para a obra, como se a rejeitasse; então, não via mais a obra como vira antes, quando a concebera.

Ele disse aos dois que era um quadro antigo e que estava descoberto porque ia vendê-lo a um inglês. Na imagem, dois meninos que pescavam com varas, à sombra de um salgueiro. Embora os elogios o alegrassem, Mikháilov não gostava do sentimento por coisas já passadas e queria levá-los ao próximo quadro, mas Vrônski gostou demais daquele quadrinho e permaneceu diante dele.

Quando os visitantes saíram, Mikháilov ficou pensativo, diante do quadro de Cristo e Pilatos, olhando o que ele poderia melhorar na obra, pois já encontrava algumas imperfeições. Após achar que havia terminado, cobriu o quadro e foi para casa. Vrônski, Anna e Goleníchev, enquanto retornavam para casa, estavam alegres e animados. Conversavam sobre o pintor, seus quadros e o consideraram um grande talento, mas acreditavam que ele não era ainda melhor por conta da pouca instrução. Vrônski só pensava no quadro dos meninos e disse que precisava comprá-lo.

Capítulo 13

Mikháilov acabou vendendo o quadro a Vrônski e aceitou fazer um retrato de Anna. Ele chegou no dia marcado para iniciar o trabalho. A partir da quinta sessão, todos ficaram impressionados com o belo trabalho. Vrônski ficou surpreso pelo pintor conseguir descobrir toda a beleza de Anna, a mesma que ele descobrira, mas porque a amava. No entanto, Mikháilov conseguia traduzir aquela beleza para a pintura apenas observando-a.

Vrônski comentou com Goleníchev que tentara, durante tempos, e não conseguira chegar ao resultado de Mikháilov, salientando, mesmo assim, a importância da técnica. Goleníchev, que sempre elogiava Vrônski e via um grande talento artístico nele, disse que era questão de tempo. Na verdade, Goleníchev o elogiava porque dependia de Vrônski para ler seus artigos e discutir a respeito, e achava de bom tom retribuir os elogios recebidos.

Mikháilov era hostil na casa de estranhos e na casa de Vrônski não era diferente. Ele nunca ficava para jantar e não conversava muito, nem mesmo com Anna, enquanto a retratava. Não dizia nada quando lhe mostravam o quadro de Vrônski e não respondia nada a Goleníchev, quando este tentava ensiná-lo sobre arte. Goleníchev achava que ele tinha inveja de Vrônski, por seu talento, pela riqueza e pelo conhecimento artístico que ele tinha. Vrônski defendia o pintor,

220 | Liev Tolstói

mas, no fundo, acreditava nessa hipótese. Vrônski sequer via diferenças entre o retrato de Anna, pintados por ele e por Mikháilov. Contudo, acabou abandonando sua pintura, não achava necessário um segundo retrato; passou a se dedicar ao quadro sobre a vida medieval italiana.

Curiosamente, todos ficaram contentes quando as sessões de pintura terminaram, inclusive Mikháilov, que nunca mais foi à casa deles. Para ele, fora um livramento não precisar conversar com Anna, não ouvir Goleníchev e, principalmente, ver as pinturas de Vrônski, que ele considerava de péssimo gosto, uma ofensa à arte.

Vrônski, de repente, perdeu o gosto pela pintura e abandonou tudo. Com o tempo, também se cansou de Goleníchev, da casa e da Itália. Ele e Anna voltaram para a Rússia. Vrônski ia partilhar umas propriedades com o irmão, em Petersburgo, e iriam para o campo. Anna planejava ver o filho e passar o verão na propriedade da família de Vrônski.

Capítulo 14

Lévin estava no terceiro mês de matrimônio. Embora fosse feliz, não era como ele esperava que fosse. A cada dia, encontrava uma desilusão, que fazia com que seus antigos sonhos de uma família ideal se desfizessem; ao mesmo tempo, surgia também um novo encanto.

Quando Lévin observava a vida conjugal dos outros, as discussões por besteiras, os ciúmes e as preocupações por poucas coisas, ria com desdém. Ele acreditava que sua futura vida conjugal em nada seria igual à vida dos outros. Porém, com o tempo, não só a vida com Kitty não apresentava nada de especial, como também havia as mesmas preocupações que ele tanto desprezara, mas que, agora, tinham uma importância incontestável. Ele conseguia enxergar que tudo aquilo não era fácil de organizar.

Lévin achava que a vida de casado era apenas baseada no amor; a mulher deveria apenas se encarregar de ser amada e o homem trabalhar e viver a felicidade do amor. Ele não fazia ideia de que a mulher também tinha seus afazeres. Lévin ficou admirado quando Kitty, já nos primeiros dias, encarregou-se de tudo na casa, desde a arrumação dos móveis, as ordens ao cozinheiro, a organização da despensa e a preocupação com as acomodações dos hóspedes. Para ele, era estranho que a esposa se ocupasse de algo que não fosse seu amor. Lévin já se impressionara quando, ainda noivos, Kitty preferira ir para o campo, em vez de ir para o exterior, como se já soubesse que havia coisas para fazer em sua nova casa.

Ele sentiu-se ofendido com as preocupações de Kitty com os afazeres domésticos. No entanto, percebia que aquilo era indispensável para a esposa e passou até a achar graça naquilo tudo; Kitty dava ordens desnecessárias ao cozinheiro, que recebia tudo com graça; ela afastara Agáfia dos cuidados com a despensa, que ouvia suas ordens e apenas sorria. Lévin via encanto quando Kitty chorava para ele, reclamando da criada Macha, que a tratava como uma mocinha e não a levava a sério. Para Lévin, era encantador e estranho.

Agora, Kitty podia comer tanto quanto quisesse, desde as balinhas até a couve com kvás, que antes era impedida de comer. Agora, era ela quem determinava quando e quanto deveria comprar e comer. Inclusive, comprou todos os doces que seus sobrinhos gostavam. A preocupação de Kitty com as coisas corriqueiras fora uma das decepções de Lévin, ao mesmo tempo em que também um dos novos encantos. Outra decepção e encanto foram as discussões. Para Lévin, antes, era inconcebível que um casal discutisse. Mas os dois discutiam muitas vezes. A primeira vez foi por ciúme. Lévin chegou meia hora além do combinado e Kitty ficou nervosa por conta de ciúmes, o que a levou a ficar irritada e a discutir com ele. Depois, os dois fizeram as pazes e o amor se duplicara.

As discussões permaneceram, mas nunca mais foram tão fortes como a da primeira vez. Para o casal, o primeiro mês, o da lua de mel, foi particularmente doloroso e difícil. Os dois discutiam com frequência e não sabiam o que agradava ou irritava o outro. Somente após passarem um mês em Moscou e regressarem é que a vida conjugal tomou um rumo e tornou-se mais fácil.

Capítulo 15

Assim que o casal chegou de Moscou, ficaram contentes com a vida a sós. Lévin ficava no escritório, escrevendo seu livro e Kitty ficava junto dele, bordando. Lévin sentia-se feliz com a presença da esposa. Ele escrevia sobre as bases de uma nova agricultura, que não haviam sido abandonadas; porém, após o casamento, foi ficando para outro plano, ofuscado pela felicidade que a vida matrimonial proporcionava a ele. Antes, o trabalho era sua salvação e, sem ele, sua vida não teria sentido algum. Agora, o trabalho era algo indispensável para que a vida não fosse monótona.

Quando ele retomou a leitura do que escrevera, percebeu que precisava se dedicar à sua obra, pois era de grande importância para a agricultura. Lévin modificara algumas coisas e outras, que estavam confusas, já lhe pareciam mais claras. Seu novo capítulo era sobre as causas da situação desfavorável da agricultura no país. Para ele, a pobreza da Rússia ocorria não apenas pela má distribuição de terras, mas também por conta da vinda de uma população estrangeira, devido a estradas de ferro e vias de comunicação, que se centralizaram nas cidades, aumento do luxo e crescimento da indústria fabril, do crédito e especulações da bolsa, que prejudicavam a agricultura. Para Lévin, o enriquecimento do Estado só teria lugar após um investimento na agricultura, para que a riqueza do país crescesse de uma maneira uniforme.

Enquanto Lévin escrevia, Kitty pensava na atenção falsa que Lévin dera ao príncipe Tchárski, que tentara, sem sucesso, dizer galanteios a ela, um pouco antes de retornarem ao campo. Imaginava que o marido estivesse com ciúmes, mas, para ela, Lévin não tinha motivos para tal; afinal, para Kitty, todos os homens eram como o cozinheiro deles e ela tinha um sentimento de posse sobre Lévin. Então, resolveu que queria olhar para o rosto de Lévin, mesmo que isso o atrapalhasse em seus escritos. Fixou o seu olhar nele; e sorrindo, começou a desejar que ele se virasse para ela. Lévin, enquanto pensava em voz alta, sentiu que o olhar de Kitty estava direcionado para ele e virou-se.

– O que foi? – perguntou Lévin, sorrindo e levantando-se.

Kitty, com uma reação de triunfo, disse que apenas queria que o marido olhasse para trás, enquanto pensava se ele estava irritado ou não. Pelo contrário, Lévin disse que era bom quando os dois estavam sozinhos, sorrindo de felicidade.

Kuzmá entrou no escritório e disse que o chá estava servido, que haviam chegado cartas e a bagagem da cidade. Kitty chamou Lévin para irem logo, pois ela leria as cartas sem ele, além de querer tocar piano. Enquanto Lévin arrumava as coisas, sozinho, pensava em toda sua mudança de vida, desde o mobiliário até a própria rotina. Nos últimos meses, Lévin não percorrera a propriedade como antes. Sentia-se envergonhado, por não ter feito nada naquele período, totalmente ocioso. No entanto, ele não culpava Kitty, mas a educação que ela tivera. O que Lévin não entendia era que Kitty, como toda mulher, já se preparava para o futuro, com o cuidado da casa, do marido e dos filhos.

Capítulo 16

Quando Lévin foi para o andar de cima, Kitty sentou-se junto de Agáfia para o chá, enquanto lia uma carta de Dolly. Agáfia, aos olhos de Lévin, estava com desgosto por ter que passar o comando da casa para Kitty, mas sua esposa conseguira conquistá-la e fazer com que gostasse dela.

– Pegue aqui, li uma carta sua – disse Kitty.

A carta era de Mária Nikoláievna, ex-amante de seu irmão Nikolai. Kitty não lera por completo, estava entusiasmada com a carta de Dolly, que contava sobre a festa infantil à qual levara Gricha e Tânia. Mária já havia escrito para Lévin em outra ocasião, dizendo-se preocupada com Nikolai, que ele a abandonara e que estava sem dinheiro. Agora, dizia que voltara com Nikolai e que moravam em uma província, onde ele conseguira um cargo público. Porém, ele havia se desentendido com o chefe e eles agora retornavam a Moscou. A saúde de Nikolai, porém, havia piorado e estavam em um hotel, na estrada; Mária temia que ele não pudesse mais sair da cama.

Kitty tentou contar para Lévin sobre os sobrinhos, mas se deteve ao ver o rosto do marido ao ler a carta. Ela perguntou o que acontecera.

– Ela escreve dizendo que Nikolai está à beira da morte. Preciso partir.

Kitty mudou completamente e esqueceu-se de tudo o que pensava. Pediu para ir junto do marido, no dia seguinte, até Nikolai. Lévin ficou irritado, pois não via motivo para levar Kitty; ele pensava que ela queria ir apenas para vencer o tédio de ficar sozinha. Ela insistia, dizendo que queria ir para ajudar no que fosse possível, mas Lévin não acreditava, achava que era por capricho. Ele não queria que Kitty fosse, para ficar sabe-se lá onde, em um hotel de beira de estrada. Mesmo assim, a esposa insistia que iria para onde o marido fosse. Lévin tentava conter sua irritação, mas já não conseguia mais. Disse que não a queria na companhia de uma mulher como Mária e disse que não queria sua companhia pelo seu próprio bem.

Então, Kitty ficou irritada e questionou-o, perguntando o motivo de ele ter se casado, já que queria ficar livre dela. Ela levantou-se e correu para a sala, aos prantos. Lévin foi até ela, arrependido. Kitty ainda estava irritada com ele e nada disse, até que Lévin olhou em seus olhos e os dois se reconciliaram.

Ficou decidido que Kitty iria junto de Lévin. Ele estava insatisfeito, pela esposa não conseguir ficar longe dele e ir apenas por capricho. Lévin já se arrependia de ser tão amado pela esposa e sentia-se insatisfeito por não conseguir ter voz ativa. Ele pensava com horror na possibilidade de sua esposa estar no mesmo ambiente que uma prostituta.

Capítulo 17

O hotel em que Nikolai estava hospedado era um desses hotéis de província administrados com a máxima intenção de ser algo novo, limpo, confortável e elegante. No entanto, por conta do próprio público, tornara-se decaído, com funcionários maltrapilhos, salões empoeirados e fétidos; enfim, uma verdadeira taberna.

Quando perguntaram a Lévin qual valor estava disposto a pagar, aconteceu que não havia nenhum quarto bom vago. Nos melhores quartos estavam uma princesa, um advogado e o administrador da ferrovia. Lévin teve de escolher um único quarto disponível, decadente e sujo. O segundo quarto ainda teria que esperar ficar vago, durante a noite.

Lévin estava incomodado por ter que se preocupar com a esposa, em vez de se preocupar com o irmão e ir logo ao encontro dele. Kitty percebeu esse incômodo e disse a ele que fosse logo até o irmão.

No corredor, Lévin encontrou Mária e os dois conversaram sobre o estado de Nikolai; segundo ela, Nikolai não sairia mais da cama e falava no irmão o tempo todo. Soube também que Kitty estava ali e disse tê-la conhecido no estrangeiro. Lévin pediu a Kitty que o esperasse e foi junto de Mária até o irmão.

Lévin jamais esperaria ver e sentir aquilo que viu e sentiu no quarto do irmão. Esperava encontrá-lo doente, mas ainda com a mesma aparência da última vez. No entanto, encontrou Nikolai deitado, coberto por uma colcha, muito magro, em estado cadavérico. Ele não acreditava que aquele corpo horrível, quase morto, fosse seu irmão. Os olhos brilhantes de Nikolai o fitaram e Lévin sentiu remorso por sua própria felicidade e teve a certeza de que aquele era Nikolai. Ele segurou a mão do irmão e este sorriu.

– Você não esperava me encontrar nesse estado – disse com dificuldade.

Lévin concordou e o questionou, por não ter recebido notícias antes. O silêncio tomava conta do quarto imundo e fétido. Passado algum tempo, Nikolai disse a Lévin que o médico que o atendera não era dos bons, o que fez Lévin pensar que o irmão ainda tinha esperanças.

Nikolai pediu à Mária que limpasse o local, que estava sujo e fedido. Lévin apenas observava, nada dizia, e resolveu sair para o corredor, dizendo que ia buscar Kitty. No caminho, estava determinado a convencer Kitty a não ver seu irmão, pois a imagem era terrível. Porém, Kitty fizera questão de ver o cunhado, alegando que seria mais fácil se os dois passassem por aquela situação juntos.

Kitty e Lévin foram até o quarto de Nikolai. Kitty aproximou-se, silenciosamente, do doente e apresentou-se a ele. Ela contou que estivera com ele em Sodem, mas não foram apresentados; disse não imaginar que um dia seriam da mesma família. Nikolai já conseguia sorrir na presença de Kitty.

A animação de Nikolai durou pouco; ele logo ficou com a expressão severa e sentindo inveja, como todos os que estão morrendo sentem dos que estão vivos. Kitty, prontamente, começou a olhar o quarto e disse ao marido que precisariam arranjar outro para o doente.

Capítulo 18

Lévin não conseguia olhar tranquilamente para o irmão, não conseguia ficar à vontade em sua presença. Quando ele entrava no quarto, ficava tão tomado pelo horror, que não conseguia se ater aos detalhes da condição do irmão. Sentia aquele cheiro horrível de fezes, via a desordem, a sujeira, ouvia os gemidos e sentia-se de mãos atadas. Ele sequer conseguia pensar em uma maneira de deixar o irmão mais confortável na cama. Estava paralisado diante de tudo aquilo. Toda a sensação de paralisia de Lévin refletia no doente, que ficava irritado. Ficar no quarto era um tormento para Lévin, que saía o tempo todo para o corredor.

Kitty pensava de uma maneira muito diferente. Assim que entrou no quarto, ateve-se a todos os detalhes do ambiente e da condição do cunhado. Ela sentia a necessidade de agir e que devia ajudar. Mandou chamar o médico, mandou ir até a farmácia, obrigou sua criada a limpar o quarto com Mária e ela mesma ajudou na limpeza. Graças à Kitty, trouxeram alguns móveis para o quarto e levaram outros embora.

Lévin apenas observava e não aprovava tudo aquilo, pensando que nada daquilo poderia ser útil ao doente. Achava até que o irmão pudesse se irritar com todo aquele movimento. A verdade é que Nikolai não se irritara, mas ficara envergonhado e interessava-se por tudo o que estavam fazendo por ele. Mária e a criada trocaram as roupas de Nikolai e, quando Lévin e Kitty entraram, também ajudaram a trocá-lo e a movê-lo na cama. Kitty pediu a Lévin que buscasse um vidro em seu quarto; quando ele voltou, já estava tudo ajeitado no quarto e o doente muito bem acomodado na cama. O odor se transformara em um cheiro de vinagre balsâmico, que Kitty borrifara. O doente olhava para Kitty, com um olhar repleto de uma nova esperança.

Lévin chamou um médico do clube, que examinou seu irmão, receitou alguns remédios e uma dieta adequada. Quando o médico saiu, Nikolai falou algo a Lévin, que ele não entendeu direito, mas dizia respeito a Kitty, que chamava de Kátia. Segundo Nikolai, se Kitty estivesse ali desde o início, ele já estaria curado há tempos. Ele agradeceu à cunhada, segurando-lhe a mão. Depois, pediu para que o virasse na cama, para dormir. Todos ajudaram naquela tarefa difícil, mas apenas Lévin sentia horror com a aparência do irmão. Ao final, Nikolai pegou a mão do irmão e a beijou. Lévin não tinha forças para falar, por conta dos soluços, e saiu do quarto.

Capítulo 19

"Ocultou dos sábios aquilo que revelou às crianças e aos imprudentes", Lévin pensou exatamente isso sobre a esposa, ao conversar com ela.

Lévin não pensou isso por considerar-se sábio; não se considerava assim (embora soubesse que era mais inteligente do que a esposa e do que Agáfia). Ele também sabia que os homens estudavam e refletiam sobre a morte e não conseguiam sequer saber um centésimo daquilo que Agáfia e Kitty sabiam a respeito dela. Agáfia e Kitty eram muito semelhantes a este respeito. Sabiam o que era a vida e o que era a morte. Embora não soubessem responder questões sobre o assunto, sabiam exatamente como agir no momento da morte. Elas não hesitavam em agir da maneira correta com os doentes e sequer os temiam.

Lévin e os outros, embora lessem e discutissem muito sobre a morte, não sabiam como agir e nada faziam. Na verdade, afastavam-se das pessoas próximas da morte. Diante da morte, não sabiam o que dizer, como olhar ou até mesmo como caminhar. Achavam ofensivo tratar de outros assuntos. Qualquer ação nesse sentido era impossível.

Kitty não tinha receios e nem pensava no medo, agia normalmente com Nikolai e contava-lhe histórias diversas, falava sobre o casamento, falava de casos de cura e que tudo iria correr bem. Agáfia e Kitty não agiam por instinto, mas por conhecimento. Elas não se preocupavam apenas com o estado físico, mas também com o espiritual. Tanto que achavam importante que Nikolai recebesse a extrema-unção e comungasse.

No quarto do casal, os dois não diziam nada e sequer conseguiram comer. Lévin estava sem ação, constrangido; enquanto Kitty estava agitada e ativa. Ela pôs-se a arrumar o quarto, esvaziou as malas e arrumou as camas. Tudo se resolveu graças à Kitty. Lévin achava tudo imperdoável e indecente, até mesmo se movimentar era horrível para ele. Kitty escovava seus cabelos antes de dormir e não achava nada horrível. Ela ficara contente por convencer Nikolai a receber a extrema-unção, no dia seguinte.

Lévin perguntou a Kitty se ela acreditava na recuperação do irmão; ela contou--lhe que o médico dissera que ele não passaria de três dias; mas, para Kitty, tudo era possível quando se acreditava em Deus. Lévin disse que estava feliz por ela ter vindo, que ajudara muito, pois Mária não sabia fazer nada, e ele, sozinho, também não seria capaz de agir como a esposa agira. Kitty contou-lhe que estava acostumada, pois, em Sodem, ela cuidara de doentes ainda piores.

Lévin, emocionado, disse que não conseguia deixar de lembrar-se do irmão quando jovem, forte e encantador. Kitty disse que teria sido amiga dele, caso o tivesse conhecido antes. Nesse momento, corriam lágrimas de seus olhos.

Lévin confirmou tudo e disse que seu irmão era daquelas pessoas que se costumava dizer que não são deste mundo. Kitty encerrou a conversa, dizendo que tinham muitos dias pela frente, olhando para seu relógio.

Capítulo 20

No dia seguinte, o doente recebeu a comunhão e a extrema-unção. Durante a cerimônia, Nikolai rezou com fervor. Seus olhos concentravam-se em um ícone colocado sobre uma mesa. Ele expressava uma tamanha esperança, que era difícil para Lévin olhar. Para Lévin, era torturante ver aquele olhar de súplica e esperança do irmão, enquanto via aquela mão macilenta, esforçando-se para fazer o sinal da cruz sobre a testa.

Após a cerimônia, Nikolai tivera uma melhora. Todos no quarto até chegaram a acreditar em uma melhora completa. No entanto, aquele momento durara pouco. Logo, o doente, após dormir, acordou com uma forte tosse, que fizera com que as esperanças de todos se esvaíssem. Quando Nikolai viu que Kitty não estava no quarto, disse ao irmão que tudo aquilo fora uma encenação, para não magoá-la; que ele acreditava mesmo era naquele frasco de iodo, que inalava, e não em Deus.

Mais tarde, enquanto tomavam chá, Mária entrou ofegante no quarto do casal, dizendo que Nikolai estava morrendo. Os dois correram até o quarto e viram o doente, sentado na cama. Quando Lévin perguntou o que ele sentia, Nikolai disse que sentia que estava partindo. Lévin pediu a Kitty que saísse do quarto.

– Estou partindo – disse outra vez.

Ele ficou ao lado do irmão, que estava de olhos fechados.

Mária sentiu que os pés de Nikolai estavam frios e durante um longo tempo, o doente ficou imóvel, suspirando de vez em quando. Lévin já estava cansado de tanto pensar sobre a morte. Agora, já pensava na questão prática, que era na encomenda do caixão e na troca de roupa. Lévin ficou ainda durante muito tempo à espera da morte, mas ela não chegava. Kitty tentou entrar no quarto, mas Lévin se levantou para impedi-la. Quando soltou a mão do irmão, este lhe disse:

– Não saia.

Com a mão cadavérica contra sua, Lévin ficou por horas naquela posição. Nesse momento, seus pensamentos iam longe; pensava sobre Kitty, o médico e qualquer outra coisa, menos na morte. Quando Lévin quis sair, o irmão despertou.

– Não saia – repetiu Nikolai.

Já era manhã e a situação não mudara em nada. Lévin, finalmente conseguiu se soltar da mão de Nikolai e foi dormir. Quando acordou, recebeu a notícia de que o irmão retornara ao estado anterior; tossia, comia, conversava, não falava mais na morte e começava a ter esperanças, embora estivesse ainda mais irritadiço. Ninguém conseguia acalmá-lo; ele dizia coisas desagradáveis a todos.

O sofrimento aumentava cada vez mais. Kitty esforçava-se para ajudá-lo e Lévin percebia que a esposa estava esgotada. Todos sabiam que Nikolai morreria em breve, já estava quase morto. Assim, o único desejo era que ele morresse o mais rápido possível, mas todos escondiam isso dele. Esse fingimento atormentava Lévin.

Lévin teve a ideia de reconciliar Nikolai e Serguei. Assim, escreveu uma carta, que leu para Nikolai, antes de enviar. Depois, recebeu a resposta do outro irmão. Serguei dizia que não podia estar ali, mas pedia perdão a Nikolai. Quando Lévin lhe perguntou sobre o que responder a Serguei, Nikolai apenas pediu que trouxessem um médico de Moscou.

Passaram-se três dias de tortura e Nikolai estava na mesma condição. Todos desejavam sua morte, de Lévin aos hóspedes do hotel; menos Nikolai, que tinha esperanças. Ele não conseguia ter alívio em nenhuma posição na cama e tudo a seu redor causava-lhe tortura. Kitty acabou adoecendo, no décimo dia. Teve uma forte dor de cabeça e enjoo, que a deixou de cama durante toda a manhã. O médico disse que ela precisava descansar.

Após o almoço, ela levantou-se e foi até o quarto do doente. Contou-lhe que passara mal, por isso não viera vê-lo, mas Nikolai deu um sorriso de desdém. Ele assoava o nariz e gemia o tempo todo. Nikolai dizia que tudo lhe doía.

– Hoje vai terminar, o senhor verá – disse Mária.

Nikolai fez sinal para que ela calasse a boca e, no corredor, Lévin perguntou-lhe o motivo de dizer aquilo; ela disse que notara que Nikolai estava se desprendendo da vida.

Mária estava certa. À noite, Nikolai já não tinha mais forças nem para levantar a mão e seus olhos estavam imóveis. Kitty chamou o sacerdote para ler os últimos sacramentos. Enquanto o sacerdote lia, o doente não dava sinais de vida, estava com os olhos fechados. Antes de terminar a leitura, Nikolai esticou-se, suspirou e arregalou os olhos. Ao terminar, o sacerdote encostou o crucifixo em sua testa fria e o envolveu na estola. Depois, tocou sua mão, gelada e sem sangue.

– Acabou-se – disse o sacerdote.

Quando ele foi saindo do quarto, o bigode do defunto se mexeu e, com uma voz aguda, disse:

– Ainda não. Falta pouco.

Instantes depois, surgiu um sorriso abaixo do bigode e as mulheres prepararam o defunto.

A aparência do irmão, diante da morte, fez com que ressurgisse, em Lévin, todo o sentimento de horror diante do desconhecido e da iminência da morte. A mesma que sentira no outono, durante a visita de Nikolai à sua casa. Agora, aquele sentimento era ainda maior, pois ele se sentia ainda menos capaz de decifrar a morte. Apesar disso, Lévin sentia que precisava viver e amar. A presença de Kitty em sua vida tirou-lhe do desespero da morte.

A morte mal se desvendara para Lévin, quando outra coisa, igualmente indecifrável, surgira diante dele. O médico confirmou suas suspeitas sobre Kitty: ela estava grávida.

Capítulo 21

Assim que Aleksei Aleksándrovitch compreendeu, pelas explicações de Betsy e Stepan, que ele precisava deixar a esposa em paz, não incomodá-la com sua presença e que a própria esposa assim queria, não conseguiu mais decidir nada em sua vida e deixou tudo a cargo das pessoas que se ofereceram para ajudá-lo. Somente quando Anna já deixara a casa foi que Aleksei Aleksándrovitch entendeu a situação, principalmente quando a governanta perguntou se deveria jantar com ele ou separadamente.

O pior de tudo era não poder conciliar o passado com o que ocorria no presente. Seu passado feliz não o perturbava, já superara a união do passado com a traição da esposa. Ele não conseguia conciliar o perdão, a comoção e o amor pela esposa doente e pela filha do outro com o que acontecia agora, com o fato de ele estar sem ninguém e ser desprezado por todos.

Nos primeiros dias da partida de Anna, Aleksei Aleksándrovitch trabalhou incansavelmente e recebeu a todos. Por dois dias, ele demonstrara calma e até indiferença com a situação. Porém, ao final do segundo dia, ele desabou e não conseguiu mais fingir que estava calmo e indiferente. Nesse mesmo dia, apareceu um caixeiro com uma nota referente a uma dívida que Anna deixara em roupas. Aleksei Aleksándrovitch recebeu o caixeiro, mas nada conseguiu dizer. Seu criado, percebendo a situação, disse ao caixeiro que voltasse mais tarde. Karênin, com vergonha, disse que não desceria para jantar e não receberia ninguém. Ele sentia-se vulnerável frente a todos, como se eles fossem machucá-lo ainda mais, justamente por estar fragilizado. Seu desespero aumentou quando percebeu que estava completamente só com seu desgosto. Aleksei Aleksándrovitch não tinha amigos nem em Petersburgo, nem em lugar algum. Ele tinha apenas colegas de trabalho e pessoas interessadas em sua posição no Estado.

Desde criança, Aleksei Aleksándrovitch tivera apenas o irmão. Crescera órfão e fora criado pelo tio, que era um funcionário público importante, que conseguira um trabalho para ele no serviço público, após terminar a faculdade. Quando se tornou governador de província, ele conheceu Anna. Porém, fora a tia de Anna que forçara o casamento entre os dois, deixando claro que, ou ele aceitava, ou teria que sair daquele lugar. Após se casar com Anna, Aleksei Aleksándrovitch não sentira necessidade de ter amigos ou relações mais estreitas com ninguém. Agora, restava-lhe apenas seu secretário e o médico, os quais, talvez, ele pudesse conversar sobre assuntos pessoais. Porém, após tanto tempo, parecia não haver abertura para tal. Ele tinha um amigo da época dos estudos, mas este estava trabalhando muito longe de Petersburgo. A outra opção seriam as amigas, como Lídia Ivánovna; porém, Aleksei Aleksándrovitch considerava as mulheres assustadoras e repugnantes, sequer pensava nelas como amigas.

Capítulo 22

Aleksei Aleksándrovitch havia se esquecido da condessa Lídia, mas ela não se esquecera dele. Exatamente naquele momento doloroso em que desejava ficar sozinho, a condessa foi visitá-lo e entrou diretamente em seu escritório. Ele estava na mesma posição, sentado e com a cabeça entre as mãos. A condessa Lídia disse que soubera de tudo o que acontecera. Aleksei Aleksándrovitch tentou dizer que não estava recebendo ninguém, pois estava doente. A condessa não lhe

232 | LIEV TOLSTÓI

deu ouvidos e olhou para ele com uma cara de pena de quem estava prestes a chorar. Então, Karênin pegou na mão dela e pôs-se a beijá-la.

A condessa disse que ele precisava encontrar um consolo, mas Aleksei Aleksándrovitch disse estar arrasado, morto por dentro e que não era mais um homem. Ele não encontrava mais apoio nem em si mesmo. A condessa Lídia disse a ele que encontrasse apoio não nela, embora fosse muito sua amiga, mas em Deus. Ela dizia que Deus o ajudaria a carregar aquele fardo.

Embora Aleksei Aleksándrovitch achasse forçado aquele modo novo e místico de falar em Deus, naquele momento, ficou feliz em ouvir aquilo. Dizia-se envergonhado perante todos, por causa da situação em que se encontrava. No entanto, a condessa Lídia disse que não havia vergonha alguma, pois seu perdão era uma obra de Deus, que estava no coração dele. Aleksei Aleksándrovitch resolveu contar todos os detalhes, toda sua vergonha perante os criados e até mesmo perante o filho, que ficava olhando para ele e nada dizia. Sendo assim, a condessa Lídia ofereceu-se para ajudá-lo com as questões da casa. Karênin agradeceu muito pela ajuda da amiga. A condessa disse que cuidariam juntos de Serioja; mesmo que questões práticas não fossem seu forte, ela seria a administradora da casa. Quando Aleksei Aleksándrovitch lhe agradeceu novamente, a condessa disse que ele deveria agradecer a Deus, pois nele encontraria a paz, o consolo, a salvação e o amor. Então, ela começou a rezar.

Aleksei Aleksándrovitch, que nunca prestava atenção àquelas palavras exageradas (que lhe eram até desagradáveis), agora ouvia tudo com prazer e não fazia nenhuma objeção. A condessa foi direto para o quarto de Serioja, chorando, explicar-lhe que seu pai era um santo e que sua mãe estava morta.

Realmente, as questões práticas não eram o forte dela. Dessa forma, quando ela dava ordens ao criado Kornei, ele as modificava. Nos últimos tempos, Kornei governava a casa por completo. Lídia era importante para dar apoio moral a Aleksei Aleksándrovitch. Ela orgulhava-se de tê-lo convertido ao cristianismo. Após um tempo, Karênin já se sentia renovado e com uma fé plena que, segundo ele, já o distinguia dos demais pecadores. Já sentia a salvação completa. Em tudo o que fazia, até no trabalho, acreditava que cumpria a vontade de Deus.

Capítulo 23

A condessa Lídia havia se casado, ainda muito jovem, com um rapaz rico, nobre e festeiro. O marido, porém, abandonou-a no segundo mês de casamento e passou a tratar suas declarações de carinho com hostilidade e desdém. Desde então, o casal passou a viver separado, mas não divorciado, e sempre que se encontravam, o conde a tratava em tom de zombaria.

A condessa Lídia já não era mais apaixonada pelo marido, porém sempre estava apaixonada por alguém, por homens e por mulheres. Bastava ter alguma ligação com a família do tsar. Mas, por Karênin, ela parecia nutrir uma paixão ainda maior. Sobretudo nos últimos tempos, em que passara a cuidar de sua casa.

Nos últimos tempos, ao encontrar-se com Aleksei Aleksándrovitch, em sua casa, a condessa ficava ruborizada e sem saber o que dizer. Com a presença de Vrônski e Anna em Petersburgo, a condessa Lídia estava agitada. Ela tentava, a todo custo, esconder a notícia desagradável de seu querido Aleksei. A condessa obtinha informações do casal por um colega de Vrônski. Queria saber o que aquelas "pessoas abjetas", como os chamava, queriam em Petersburgo. Até que lhe trouxeram um bilhete de Anna, endereçado a ela.

No bilhete, Anna pedia à condessa que a deixasse ver Serioja antes de partir. Não escrevera para Aleksei Aleksándrovitch para poupá-lo de aborrecimentos diante de sua presença na cidade. Ela contava com a bondade da condessa Lídia e aceitava se encontrar com o filho onde quer que ela determinasse.

Tudo naquele bilhete irritou a condessa Lídia; para ela, era atrevimento demais. Sendo assim, deu o recado ao mensageiro de que não haveria resposta. Em seguida, escreveu um bilhete a Aleksei Aleksándrovitch, dizendo que precisava encontrá-lo na casa dela, após a cerimônia de congratulações, a fim de conversar sobre um assunto sério e desagradável. A condessa gostava de escrever bilhetes e enviava cerca de três por dia a Karênin.

Capítulo 24

A cerimônia de congratulações estava chegando ao fim. Perto da saída, as pessoas encontravam-se e conversavam sobre as novidades daquele dia, as condecorações recebidas e as transferências de funcionários. Um velho grisalho, com uniforme de funcionário bordado a ouro, fez gracejos para a anfitriã, dizendo que a nomearia ao departamento espiritual, com Aleksei Karênin de ajudante.

Nesse momento, um príncipe ouviu falarem de Karênin e entrou na conversa. O velho disse que Aleksei Aleksándrovitch recebera a comenda Alexandre Niévski, e apontou para ele, detido na porta do salão, conversando com um figurão do Conselho de Estado. Os homens falavam bastante de Aleksei Aleksándrovitch, diziam que ele estava velho, que trabalhava demais e que falava demais. Depois, começaram a falar de seu relacionamento com a condessa Lídia; todos já haviam percebido que ela estava apaixonada por ele. Entre outros assuntos, falavam também sobre a presença de Vrônski e Anna na cidade.

Para Aleksei Aleksándrovitch, acompanhando o abandono da esposa, chegara o momento em que não havia mais para onde subir em sua carreira. Ele já havia conquistado tudo o que era possível no serviço público. Era o fim da linha para ele e todos enxergavam isso, menos o próprio. Naquele ano, ninguém mais dava ouvidos ao que ele opinava, como se já fosse algo passado e sabido de todos. Porém, Aleksei Aleksándrovitch sentia que estava em uma ótima fase, em que conseguia enxergar todos os erros do serviço público, estando de fora dos projetos. Agora que era um homem religioso, parecia que cuidava daqueles projetos como se fosse uma forma de servir ao Senhor.

Quando se viu livre do figurão com quem conversava, Aleksei Aleksándrovitch saiu e foi para fora, cumprimentou os homens que ali conversavam e viu a condessa Lídia. Antes de encontrá-la, o velho de uniforme parabenizou-o pela condecoração. Karênin sabia que todos zombavam dele.

A condessa Lídia, ultimamente, cuidava muito bem de sua aparência, estava mais vaidosa. Todo seu esforço parecia agradar Aleksei Aleksándrovitch. Ela era seu porto seguro contra toda a zombaria da sociedade. A condessa parabenizou-o pela condecoração, sabendo que aquele era um momento muito feliz para ele, embora não admitisse.

– Como está o nosso anjo? – perguntou a condessa, referindo-se a Serioja.

Aleksei Aleksándrovitch disse que não estava tão satisfeito com ele, pois não estava indo bem nos estudos, o que o preocupava. Após a ajuda da condessa, Aleksei Aleksándrovitch encarregara-se da educação do filho e contratara o melhor preceptor da cidade para supervisioná-lo.

Depois, a condessa convidou Aleksei Aleksándrovitch para ir até sua casa; ela tinha um assunto desagradável para falar com ele. Assim que chegaram, a condessa Lídia contou que Anna estava em Petersburgo com Vrônski. Aleksei Aleksándrovitch começou a ter lembranças desagradáveis e ficou imóvel, como sempre, diante de assuntos sérios da vida real.

– Eu já esperava por isso – disse ele finalmente.

A condessa Lídia olhou para Aleksei Aleksándrovitch e lágrimas de admiração correram por seu rosto, por conta da grandeza da alma daquele homem.

Capítulo 25

Quando Aleksei Aleksándrovitch entrou no gabinete da condessa Lídia, todo decorado com retratos e porcelanas, ela ainda não estava ali de fato. Na mesa, onde havia um serviço de porcelana chinesa, havia também o Evangelho, que Aleksei Aleksándrovitch abriu e começou a ler. A leitura foi interrompida pelo farfalhar do vestido da condessa, que se aproximava.

– Agora podemos conversar com calma, enquanto tomamos o nosso chá – disse ela.

Após preparar o terreno para a conversa desagradável, a condessa respirou fundo, ruborizou-se e entregou a carta que recebera de Anna. Depois de ler, Aleksei Aleksándrovitch ficou calado e o silêncio tomou conta do gabinete. Depois, ele disse que não se sentia no direito de negar que Anna visse o filho. A condessa Lídia, porém, era totalmente contrária à essa ideia; dizia enxergar a baixeza de Anna e a elevação de Aleksei Aleksándrovitch.

Para Karênin, era inconcebível negar aquilo que era mais precioso para Anna, o amor pelo filho. A condessa colocou em dúvida esse amor, dizendo que, apesar de ele tê-la perdoado, talvez não fosse justo com Serioja. Afinal, ela, a condessa, já havia se encarregado de contar a Serioja que a mãe estava morta, e o garoto rezava, todos os dias, para que Deus perdoasse os pecados da mãe.

Após esse argumento da condessa Lídia, Aleksei Aleksándrovitch concordou que não seria bom a mãe ter contato com o filho. Então, autorizou que a condessa escrevesse uma resposta à Anna.

A condessa Lídia escreveu dizendo que a recordação da mãe poderia despertar perguntas da parte de Serioja, e que as respostas poderiam mexer com a cabeça da criança. Portanto, Aleksei Aleksándrovitch, de acordo com o espírito cristão, negava o encontro dos dois. Por fim, ela pedia que Deus tivesse misericórdia de Anna.

Ao retornar para casa, Aleksei Aleksándrovitch não conseguiu se encarregar dos afazeres e encontrar a tranquilidade espiritual de antes. A lembrança do dia em que retornara das corridas e a esposa contara que o traía o atormentava como um remorso. Assim como a lembrança da carta e do perdão.

Aleksei Aleksándrovitch tentava espantar tais pensamentos, tentava se convencer de que vivia para uma vida eterna, e não para uma vida terrena e temporal. Mas seus erros, mesmo que insignificantes, atormentavam-no e faziam com que ele deixasse de acreditar na salvação eterna. Tais pensamentos logo se dissiparam e Aleksei Aleksándrovitch voltou a ter a tranquilidade e a elevação espiritual de outrora.

Capítulo 26

Serioja retornava de um passeio, na véspera de seu aniversário, quando parou à porta de casa, para conversar com o porteiro, Kapitónitch. Ele perguntou sobre um funcionário enfaixado, querendo saber se seu pai o recebera. O porteiro informou que sim, e que o funcionário saíra muito contente. De dentro da casa, o preceptor chamou por Serioja, mas o menino não lhe deu atenção. O tal funcionário era um secretário, que viera por sete vezes até a casa de Aleksei, pedir ajuda, dizendo que ele e seus filhos estavam morrendo. Esse assunto interessava tanto a Serioja quanto ao porteiro. Depois, o porteiro disse que haviam trazido um presente para Serioja, da condessa Lídia. O garoto ficou agitado, pensando no que seria o tal presente.

Ao sentar-se para estudar, Serioja queria falar sobre o presente com o preceptor Vassíli, mas este queria apenas saber da lição de gramática, que o garoto precisava entregar ao professor. No entanto, ele começou a falar sobre condecorações, querendo saber quais eram acima da comenda de Aleksandr Niévski, que o pai recebera. Em sua mente, Serioja queria ser igual ao pai e conquistar todas as condecorações possíveis.

Aconteceu que o professor chegou e Serioja não havia estudado nada de gramática. O professor ficou muito desgostoso. Para consolá-lo, Serioja perguntou quando era seu aniversário, mas o professor respondeu que aniversários não eram importantes, eram apenas um dia comum, dia de cumprir tarefas. Serioja pôs-se a pensar naquela resposta, que parecia já decorada. Tentava decifrar o motivo de o professor repeli-lo, de não gostar dele. Triste, ele não conseguia encontrar uma resposta.

Capítulo 27

Após a aula com o professor de gramática, era a vez da aula com o pai, sobre o Evangelho. Enquanto o pai não chegava, Serioja ficou brincando com um canivete, pensando. Uma das atividades preferidas de Serioja era procurar pela mãe, enquanto passeava. Ele não acreditava na morte, sobretudo na morte da mãe, mesmo que a condessa Lídia tivesse lhe dito que ela havia morrido. Toda mulher de cabelos escuros e graciosa era sua mãe; quando encontrava uma com essas características, ficava agitado e com um sentimento de ternura, que lhe fazia derramar lágrimas. Imaginava que, ao encontrar a mãe, ela iria sorrir e abraçá-lo, e ele sentiria seu perfume e todo seu carinho. Após a babá lhe explicar que a mãe não morrera de fato, mas que seu pai e a condessa haviam dito isso porque a mãe era má, Serioja passou a ter esperanças de encontrá-la. Naquele dia, o garoto sentia um amor pela mãe ainda mais forte do que antes.

Quando Aleksei Aleksándrovitch chegou, Serioja foi até ele para estudar. O pai tomava as lições sobre o Evangelho e fazia com que o filho decorasse os versículos e o início do Velho Testamento. Serioja perguntou ao pai se ele estava contente por ter recebido a medalha e Aleksei Aleksándrovitch disse que não era uma recompensa, mas sim um trabalho. Disse que estudar e trabalhar esperando uma recompensa tornava tudo um fardo, por isso, estudo e trabalho deveriam ser feitos com amor. Aleksei Aleksándrovitch disse isso lembrando-se das centenas de documentos que assinara, buscando a recompensa no próprio trabalho. Serioja perdeu toda a alegria e o carinho, diante do olhar do pai. Karênin sempre falava com o filho como se ele fosse um daqueles meninos encontrados nos livros. Este não era Serioja, mas, mesmo assim, ele representava ser um deles diante do pai.

Enquanto tomavam a lição, Serioja, que havia decorado os versículos, ao repeti-los, confundiu-se com algumas palavras e fez com que o pai ficasse furioso, pois era evidente que o filho não entendia nada do que lia. Portanto, Aleksei Aleksándrovitch começou a explicar-lhe o significado daquele versículo, mas Serioja não estava prestando atenção e começou a ficar preocupado, pois se o pai pedisse para repetir o que dissera, ele não saberia. Aleksei Aleksándrovitch não pediu para repetir, mas passou para a lição do Velho Testamento, sobre a qual Serioja não conseguia responder às perguntas. O pai perguntou quais eram os patriarcas antediluvianos e Serioja não se lembrava de nenhum. O personagem preferido de Serioja era Enoque, que fora arrebatado vivo para o céu. Esse assunto interessava ao garoto, que não acreditava na morte.

Aleksei Aleksándrovitch irritou-se e disse que o filho não se esforçava para saber o que era importante para um cristão. Disse estar insatisfeito com ele, assim como o professor também estava. Sendo assim, teria de castigá-lo. O pai e o professor estavam insatisfeitos com Serioja, que ia muito mal nos estudos. Mas a verdade é que aqueles assuntos não interessavam ao garoto. Em sua alma, havia coisas mais importantes para conhecer. Ele aprendia coisas com a babá, com o porteiro e com seu preceptor, mas não com o professor.

O castigo de Serioja foi que não poderia encontrar Nádienka[29], a sobrinha da condessa Lídia, que morava com ela. O castigo não fora de todo ruim, pois Serioja passou o dia aprendendo a fazer cata-ventos com Vassíli. Ele não pensou na mãe durante todo o dia. Porém, ao ir para a cama, rezou para que, no dia seguinte, a mãe viesse encontrá-lo.

---

29 Diminutivo de Nadiêjda. (N.T.)

Capítulo 28

Ao chegar em Petersburgo, Vrônski e Anna ficaram em quartos separados; o dele ficava no andar de baixo. Vrônski foi visitar o irmão no mesmo dia. Por coincidência, lá também estava sua mãe, que viera para tratar de negócios. A mãe e a cunhada perguntaram sobre a viagem, sobre os conhecidos e não disseram nada a respeito de Anna. Apenas Aleksandr, no dia seguinte, perguntou sobre ela e Vrônski, e disse que exigia que Anna fosse tratada como qualquer outra mulher e que o irmão deveria informar isso à mãe e à Vária. Vrônski disse que não se importava se a sociedade não aprovava, mas os parentes deveriam manter as relações com Anna, caso quisessem ter contato com ele. O irmão mais velho não fizera nenhuma objeção; inclusive, foi visitar Anna.

Vrônski, apesar de saber que a sociedade estava fechada para ele e para Anna, em sua cabeça, queria comprovar isso; afinal, os tempos eram outros e talvez a sociedade estivesse mais aberta. Ele sabia que a sociedade da corte não os receberia, mas as pessoas próximas poderiam entender a situação da maneira correta. Porém, Vrônski logo percebeu que a sociedade estava aberta para ele, mas fechada para Anna.

A primeira pessoa da sociedade que ele encontrou foi sua prima Betsy. Ela ficou feliz por encontrar o primo e logo quis saber sobre o divórcio. Quando Vrônski contou que aquela questão ainda não estava resolvida, notou que Betsy perdeu todo o entusiasmo. Ela disse que iria visitar Anna.

De fato, Betsy foi visitar Anna; porém, seu tom era muito diferente daquele que usava antes. Ela se orgulhava da coragem da amiga em desafiar a sociedade. Mas ficou apenas dez minutos e pediu, antes de sair, que resolvessem logo o divórcio, pois nem todos aceitariam aquela condição dos dois. Betsy despediu-se e partiu.

Pela fala da prima, Vrônski já sabia o que poderia esperar da sociedade. No entanto, fez outra tentativa: foi até Vária, sua cunhada. Ele tinha a esperança de que Vária receberia Anna em sua casa.

No dia seguinte, Vrônski foi visitá-la e Vária disse que amava muito os dois e faria tudo pelo cunhado. Porém, não poderia ser útil para o casal. Segundo ela, a presença de Anna em sua casa poderia complicar a vida do marido na sociedade, e ela precisava muito da sociedade, pois tinha filhas. Propôs-se a visitar Anna a fim de reabilitá-la para a sociedade, mas que não poderia recebê-la em sua casa. Vrônski ficou irritado e levantou-se, sabendo que a decisão da cunhada era definitiva, e, dizendo que a amizade entre os dois jamais seria a mesma, partiu.

Para Vrônski, aquele período em Petersburgo fora ainda mais penoso, pois Anna estava estranha para ele, ora apaixonada, ora fria, irritadiça e soturna. Ela estava preocupada com algo, mas escondia de Vrônski.

Capítulo 29

Um dos propósitos da vinda de Anna à Rússia, era poder se encontrar com o filho. Desde a saída da Itália, somente pensava nesse momento e, quanto mais se aproximava de Petersburgo, mais esse desejo aumentava. Para Anna, parecia natural ver o filho, sempre que estivesse na cidade; mas, ao chegar em Petersburgo, compreendeu sua situação na sociedade e percebeu que seria difícil conseguir um encontro.

Fazia dois dias que estava em Petersburgo e não parava de pensar no filho, que ainda não vira. Ela não podia ir direto à casa e correr o risco de encontrar Aleksei Aleksándrovitch; não sentia que tinha o direito e, possivelmente, seria ofendida. A ideia de escrever para o marido a atormentava. Olhar o filho de longe não seria o suficiente, pois ela havia se preparado para encontrar o filho, abraçá-lo, beijá-lo e conversar com ele. A velha babá poderia ajudá-la, mas já não trabalhava na casa. Assim, passaram-se dois dias de angústia.

Sabendo da amizade entre a condessa Lídia e Aleksei Aleksándrovitch, Anna decidiu escrever para ela e clamar pela generosidade do marido. Sabia que, se o marido visse a carta, manteria sua máscara de homem bondoso e magnânimo. O mensageiro levou a carta e, quando retornou, trouxe a pior resposta que Anna podia esperar: não havia resposta alguma. Anna sentiu-se humilhada e ofendida e não podia contar nada a Vrônski, pois, dependendo da reação dele, ela passaria a odiá-lo; isso era tudo o que ela queria evitar.

Anna ficou o dia inteiro em casa, pensando em uma forma de conseguir se encontrar com o filho. Então, teve a ideia de escrever diretamente para o marido. Enquanto ela terminava a carta, entregaram-lhe a resposta da condessa Lídia. A ausência de resposta a deixara arrasada, porém, a resposta da condessa a deixou enfurecida. Assim, decidiu ir, no dia seguinte, até a casa do marido para ver o filho. A ideia era entrar na casa, subornando os criados, e ir direto para o quarto de Serioja. Anna comprou brinquedos e definiu seu plano. Chegaria bem cedo, antes de Aleksei Aleksándrovitch acordar, subornaria os criados e, sem mostrar o rosto por debaixo do véu, diria que viera entregar um presente da parte do padrinho de Serioja. Estava tudo preparado, menos o que diria ao filho.

No dia seguinte, às oito da manhã, Anna foi até a casa do marido. O ajudante do porteiro abriu a porta e Anna deu-lhe três rublos; porém o ajudante não a deixou entrar, perguntando-lhe quem era. Quando Kapitónitch viu que era Anna, fez uma reverência e pediu que entrasse. Anna foi correndo para o quarto do filho, mas o porteiro passou à sua frente, alertando que o preceptor poderia estar no quarto, ainda despido. Ele entrou no quarto, viu que Serioja estava sozinho e Anna entrou. Quando ela olhou para a cama, Serioja havia acabado de acordar e estava bocejando. Ela começou a chamá-lo, sussurrando. O menino olhou para os lados e fechou os olhos; ao segundo chamado, ele a viu, fechou os olhos novamente e tombou nos braços da mãe. Ele já estava crescido, mais magro, de cabelos curtos, mas era o mesmo Serioja, tão amado por Anna.

Serioja abraçava a mãe e beijava-a. Anna estava sem palavras, apenas abraçava o filho. O garoto dizia que sabia que ela o visitaria em seu aniversário. Quando já estava desperto, questionou a mãe do porquê estar chorando tanto, mas Anna disse que era de felicidade. A cada palavra da mãe, Serioja a abraçava e beijava, como se a estivesse vendo pela primeira vez a cada instante. Anna perguntou ao menino se pensava que ela havia morrido, mas ele disse que nunca acreditara naquilo. Serioja não conseguia parar de abraçá-la e beijá-la.

Capítulo 30

Enquanto isso, Vassíli foi até o quarto de Serioja e, a princípio, não entendeu quem era aquela mulher; mas, pelo teor da conversa, acabou percebendo que era a mãe do garoto. Ele pensou em alertar Aleksei Aleksándrovitch, mas concluiu que deveria entrar. Quando entrou, viu mãe e filho trocando carinhos e conversando. Isso o fez mudar de opinião; e decidiu dar-lhes mais dez minutos. Então saiu, pigarreou e enxugou as lágrimas dos olhos.

Todos os criados estavam agitados. Eles sabiam que Aleksei Aleksándrovitch não podia encontrar Anna na casa. Ele sempre ia até o quarto do filho, entre oito e nove horas; era preciso evitar o encontro dos dois. Kornei foi até o porteiro, para saber o motivo de ter deixado Anna entrar e ele nada disse; mas, quando Kornei ameaçou expulsá-lo, disse que nada podia fazer, pois servira à senhora por nove anos e não podia barrá-la na porta. Kornei ficou irritado e foi até a babá, que havia chegado, contando tudo o que ocorrera e que precisava evitar o encontro de Aleksei Aleksándrovitch com Anna.

Quando a babá entrou no quarto, Serioja contava suas histórias para a mãe. A babá entrou e beijou a mão de Anna, chamando-a de anjo. A babá não morava mais na casa, estava vivendo com a filha, mas viera dar os parabéns a Serioja, que estava radiante e dava pulos de alegria, enquanto segurava as mãos das duas.

Enquanto Serioja falava, a babá disse no ouvido de Anna que ela precisava sair logo, pois Aleksei Aleksándrovitch entraria a qualquer momento. Serioja não ouviu, mas entendeu a situação. Anna beijou-o, apertou suas mãos, e não disse nada, mas Serioja compreendera tudo. Anna apenas lhe pediu para que não se esquecesse dela. Depois, disse ao filho que amasse o pai, pois ele era uma pessoa muito melhor do que ela e, quando crescesse, iria julgar por si mesmo a situação. Serioja gritou, dizendo que ninguém era melhor que sua mãe. Anna saiu do quarto e Serioja jogou-se na cama, soluçando.

Quando Anna passava pela porta, Aleksei Aleksándrovitch se aproximava e a viu, de relance, mas se deteve, apenas fazendo uma reverência com a cabeça. Aquele segundo, em que olhou para Aleksei Aleksándrovitch, foi o suficiente para odiá-lo por afastá-la de seu filho. Anna sequer teve tempo de tirar os brinquedos da carruagem e entregar a Serioja.

Capítulo 31

Embora Anna tivesse desejado tanto o encontro com o filho, pensado por tanto tempo e preparado-se para o momento, não imaginava que fosse ter um efeito tão forte sobre ela. No quarto do hotel, ficou muito tempo pensando no fato de estar sozinha e que tudo estava acabado.

A ama de leite entrou com a menina, que buscava o colo da mãe, e Anna pegou a filha no colo. Mas, diante da criança, percebeu que aquele sentimento que tinha pela filha não era amor. Junto com o primeiro filho, ela entregara todo o seu amor; a menina nascera em condições sofridas e, por isso, não lhe foi dar à menina o mesmo amor. A criança ainda era uma esperança para o futuro; o menino já era crescido, quase um homem e com opinião própria. Anna sentia a dor da separação física e espiritual.

Quando devolveu a filha à ama de leite, Anna ficou olhando a foto de Serioja, quando bebê. Levantou-se e foi até o álbum de fotos, onde tinha várias fotos de Serioja. Ao lado da foto mais recente do filho, estava a de Vrônski. De repente, Anna olhou para os olhos de Vrônski na foto e um sentimento de amor arrebatou seu coração. Sentiu falta dele, que não estava com ela naquele momento, sentiu um desespero e começou a imaginar que ele não a amava, pois não jantara com ela no dia anterior e a deixara sozinha com seus sofrimentos. Sendo assim, pediu que o chamassem. O criado retornou e disse que ele estava com uma visita e que viria logo e perguntou se Anna poderia receber Iáchvin.

A vinda de Vrônski com alguém aumentou a desconfiança de Anna a respeito de seu amor por ela. Desesperada, Anna foi se trocar, colocou seu melhor vestido e arrumou-se com esmero. Quando soou a campainha, ela foi para a sala de estar e Iáchvin olhou para ela, enquanto Vrônski observava as fotos de Serioja fora do álbum. Anna cumprimentou Iáchvin, que já conhecera antes, e pegou as fotos da mão de Vrônski.

Eles conversavam sobre as corridas daquele ano, às quais Anna e Vrônski não haviam assistido. Quando Iáchvin viu que Vrônski olhava ao relógio, notou que era hora de ir embora. No entanto, Anna convidou-o para jantar com eles, afinal, Iáchvin era o amigo do qual Vrônski mais gostava. Iáchvin aceitou o convite e Vrônski notou que o amigo gostara de Anna.

Vrônski disse que estava atrasado e disse a Iáchvin para ir na frente, que ele o alcançaria. Anna deteve Vrônski, dizendo que tinha algo a lhe dizer.

– Vrônski, você não mudou em relação a mim? Sinto-me atormentada aqui. Quando partiremos? – disse Anna, apertando-lhe a mão.

Vrônski respondeu que partiriam em breve e que também para ele era penosa a permanência na cidade. Percebendo que ele tinha pressa, Anna disse para que não se demorasse e fosse encontrar Iáchvin.

Capítulo 32

Quando Vrônski retornou para o hotel, Anna ainda não havia chegado. Disseram que uma senhora viera visitá-la e as duas haviam saído juntas. O fato de Anna ter saído sem avisar e não ter voltado, somado à expressão estranha e à hostilidade em sua voz diante de Iáchvin, fizeram com que Vrônski refletisse. Ele decidiu que era preciso esclarecer tudo com Anna.

Anna retornou acompanhada de sua tia, a princesa Varvara Oblônskaia. Fora com ela que Anna saíra pela manhã, para fazer compras. Anna contou a Vrônski o que comprara pela manhã e ele percebeu que havia acontecido algo de especial; seus olhos brilhavam, havia uma atenção intensa e uma rapidez nervosa, além da graça que fascinara Vrônski, no início do relacionamento, mas que, agora, assustavam-no.

No jantar, havia quatro pessoas e, de repente, apareceu Tuchkévitch, enviado por Betsy, para dizer que ela não poderia comparecer, pois estava doente. Mesmo assim, pedia à Anna que fosse visitá-la entre seis e meia e nove horas. Vrônski percebeu que Betsy marcara um horário para que ninguém se encontrasse com Anna, mas ela parecia não perceber. Por sorte, Anna informou que não poderia naquele horário. Tuchkévitch perguntou à Anna se ela iria ao teatro para assistir à ópera, mas Anna respondeu que não, pois não tinha ingressos. Sendo assim, Tuchkévitch prometeu conseguir um camarote para ela. Como agradecimento, Anna convidou Tuchkévitch para jantar.

Vrônski não conseguia entender aquela atitude de Anna, querendo se expor perante toda a sociedade, que a rejeitava. Ela parecia não entender a gravidade de sua situação. Após o jantar, Anna estava exageradamente alegre. Tuchkévitch foi embora, para providenciar o camarote, e Iáchvin desceu para o quarto de Vrônski, para fumar.

Quando Vrônski retornou, Anna já estava usando um belo vestido claro, em veludo e seda, com um grande decote, que comprara em Paris; sobre a cabeça, uma renda branca, que emoldurava seu rosto e exibia toda sua beleza.

– Você vai mesmo ao teatro? – perguntou Vrônski, sem direcionar o olhar para Anna.

Anna parecia mesmo não estar entendendo o que havia de errado, pois disse que não haveria motivo para deixar de ir. Vrônski não se segurou por muito tempo e explodiu, perguntando o que havia com Anna. Curiosamente, ela agia da mesma forma com que agira com o marido em outros tempos: Anna fez-se de desentendida. Vrônski tentou explicar que ela não seria bem aceita pela sociedade. Mas Anna o interrompeu, dizendo que a opinião da sociedade não importava para ela; o que importava era o amor dos dois e mais nada.

Vrônski tentou, outra vez, pedir para que não fosse ao teatro, mas Anna não lhe deu ouvidos.

Capítulo 33

Pela primeira vez, Vrônski ficou verdadeiramente magoado com Anna, por conta de sua intencional falta de compreensão da situação em que se encontravam. Isso piorou ainda mais porque ele não conseguia lhe explicar o que se passava de maneira direta; e nem poderia, pois ela não receberia bem. Conforme seu respeito por Anna diminuía, a percepção de sua beleza aumentava.

Vrônski voltou para seu quarto, irritado, e ficou conversando com Iáchvin sobre cavalos. Após alguns minutos, um criado entrou e informou que Anna mandara avisar que fora ao teatro. Iáchvin virou o cálice de conhaque e levantou-se, abotoando a roupa.

– E então, vamos? – disse Iáchvin.

Vrônski disse que não iria, mas Iáchvin disse que precisava ir, pois havia prometido. Ainda assim, disse que, caso Vrônski mudasse de ideia, poderia ficar na poltrona de Krássinski, e saiu.

Quando Vrônski ficou sozinho, pôs-se a pensar em tudo o que acontecera e estava preocupado com o espetáculo, pois toda a sociedade estaria presente. Sendo assim, decidiu ir ao teatro. Vrônski chegou ao teatro às oito e meia, no final do primeiro ato, quando todos aplaudiam a cantora. Ele entrou pelo corredor central e não prestou atenção em ninguém. Na primeira fileira, cumprimentou as pessoas, pois valia a pena fazer contato. Chegou na primeira fileira e encontrou Serpukhóvskoi.

Vrônski ainda não vira Anna, mas sabia onde ela estava. Procurava por Aleksei Aleksándrovitch, mas, por sorte, ele não fora naquela noite. Serpukhóvskoi ficou feliz em encontrar Vrônski; apesar de ele não ser mais um militar, Serpukhóvskoi tratava-o com muito afeto, talvez até mais do que antes. Vrônski, com binóculo, conseguiu avistar a cabeça de Anna, bela e sorridente. Ela estava tal qual estivera no baile em Moscou, mas, agora, essa beleza o ofendia.

Quando ele olhou novamente, notou que a princesa Varvara Oblônskaia estava ruborizada e com um sorriso sem graça, enquanto Anna olhava para outro lado, tentando evitar contato com o camarote ao lado. O camarote era dos Kartássov. A senhora Kartássova estava pálida e falava algo em tom severo e de maneira agitada. Kartássov olhava para Anna, que não lhe dava atenção; até que Kartássova levantou-se e saiu de seu camarote. Vrônski não entendeu ao certo, mas imaginava que acontecera algum desentendimento entre Kartássova e Anna. Para obter alguma informação, foi até o camarote do irmão, onde sabia que encontraria a cunhada Vária.

No corredor, ele encontrou a cunhada, que lhe contou tudo o que acontecera. Kartássova insultara Anna, pois Kartássov virou-se para conversar com ela e a esposa não gostou; disse algo ofensivo e saiu. Quando Vrônski chegou ao camarote do irmão, lá estava sua mãe. Ela agiu da mesma forma de sempre, com ironias a respeito de Anna. Vrônski irritou-se e já ia saindo quando seu irmão chegou. Aleksandr o chamou para ir até o camarote onde estava Anna, para saber de tudo, mas Vrônski não lhe deu ouvidos e foi correndo na frente.

Ao encontrar Anna, ela estava conversando com Strémov. Ela disse a Vrônski que ele perdera o primeiro ato. Parecia que nada havia acontecido. Diante do olhar severo de Vrônski, Anna estremeceu e saiu do camarote. Vrônski retornou para a plateia e depois foi embora para o hotel.

Quando Vrônski chegou, Anna já estava no quarto. Ali, os dois começaram a discutir; Anna culpava Vrônski por tudo o que passara. Ela contou que Kartássova dissera que era uma desonra sentar-se próximo dela. Vrônski tentou acalmá-la, mas Anna dizia odiar a calma dele e começou a dizer que sofria e amava mais do que ele. Vrônski sentia pena dela, mas estava muito irritado. Ele reforçou que a amava, pois percebera que era a única maneira de acalmá-la, mas a recriminava, no fundo.

No dia seguinte, com Anna mais calma e os dois já reconciliados, partiram para o campo.

Sexta parte

Sexta parte

Capítulo 1

Dolly e os filhos passaram o verão em Pokróvskoie, na casa de Kitty. A casa da propriedade de Dolly estava em péssimas condições e Lévin e sua esposa convenceram os Oblônski a passarem o verão com eles. Stepan não ficou o tempo todo, ele precisava trabalhar e passava apenas alguns poucos dias, vez ou outra. A mãe de Kitty também estava lá, para orientar na gravidez da filha, e Várenka, que prometera visitar a amiga após o casamento, também estava lá. Da parte de Lévin, restara apenas seu irmão Serguei. Lévin sentia que o elemento scherbatskiano, como ele dizia, dominava a casa. Embora Serguei fosse seu irmão, não fazia parte do feitio leviniano, mas sim do koznycheviano.

A casa de Lévin, que já fora vazia, estava repleta de hóspedes e quase não havia quartos vagos. As refeições sempre com a mesa cheia de gente. Serguei Ivánovitch chamava a atenção de todos por sua inteligência e também surpreendeu a todos quando quis colher cogumelos com Várenka e os filhos de Dolly. Kitty já percebera o interesse entre Serguei e Várenka e fazia muito gosto daquela união.

Após o jantar, Serguei ficou próximo à porta, tomando café, esperando pelas crianças e por Várenka, para colher cogumelos. Com a condição de Kitty, toda a família era muito cuidadosa com ela. A princesa era implacável em ditar o que era bom ou não para a gravidez. As crianças vieram buscar Serguei, e Kitty disse, em voz alta, que Várenka era um encanto. Dissera apenas para que Serguei ouvisse.

Kitty gritou para Várenka, dizendo que ia junto com eles, mas a princesa a repreendeu por gritar. Quando Várenka aproximou-se de Kitty, esta disse que esperava que algo acontecesse naquele passeio e deu-lhe um beijou. Várenka convidou Lévin, que iria e aproveitaria para checar as carroças, e todos seguiram para a floresta. Preocupado, Lévin perguntou onde Kitty ficaria, ela disse que ficaria na varanda, com as outras mulheres.

Capítulo 2

Na varanda, estavam todas as mulheres. Elas ficavam sentadas ali, após o jantar. No entanto, naquele dia, tinham outra tarefa a cumprir, cozinhar doces em calda, segundo a receita dos Scherbátski (o que muito desagradava Agáfia, que os cozinhava à sua maneira). O método consistia em não colocar água na calda; assim, a calda durava por mais tempo. Agáfia gostava de colocar água e fizera isso algumas vezes, escondida da princesa Scherbátskaia. Agora, a princesa a vigiava de perto, para se certificar de que faria sem água. Enquanto vigiavam Agáfia, as mulheres conversavam e Dolly dava palpites à Agáfia, de como deveria ser feito.

Kitty começou a falar sobre Várenka, em francês, para que Agáfia não compreendesse. Ela comentou com a mãe que estava ansiosa, esperando algo em relação à amiga e Serguei. Kitty queria saber da mãe, o que ela pensava sobre aquela união. Porém, a princesa disse que o irmão de Lévin, embora fosse um homem mais velho, conseguiria o melhor partido da Rússia; ela mesma conhecia muitas mulheres que se casariam com ele. Ela achava Várenka uma boa moça, mas Serguei poderia conseguir algo melhor. Kitty interrompeu, dizendo que não havia mulher melhor do que Várenka, pois ela era um encanto, e Dolly concordava com a irmã.

Segundo Kitty, com a posição social que Serguei ocupava, ele não precisava de uma mulher com fortuna ou posição social. Precisava apenas de uma boa esposa. Outra vez, Dolly concordou com a irmã. Sendo assim, Kitty disse que esperava o retorno deles, da floresta, e perceberia tudo pelo olhar dos dois.

Então, as mulheres começam a falar sobre as declarações de amor dos homens. Dolly relembrou a declaração de Stepan a ela, assim como Kitty, que relembrava a de Lévin, na noite do jantar, na casa de Dolly. Depois, Kitty quis saber como fora a declaração de amor de seu pai para a mãe. A princesa contou que fora como todas as outras, que a juventude não inventara nada de novo. Ele frequentava sua casa e, um dia, declarou seu amor. Foi tudo na base de olhares e sorrisos. Kitty falava com a mãe de igual para igual, como uma mulher experiente, que vivenciava as mesmas coisas. Dolly concordava com a mãe, dizendo que ela descrevera perfeitamente como funciona a declaração, tudo na base dos olhares e sorrisos.

Quando Kitty contou sobre a declaração de Lévin, começou a se lembrar de seu entusiasmo por Vrônski. Após um silêncio, comentou sobre Várenka e seu antigo amor, que ela precisava contar para Serguei, pois os homens eram ciumentos com relações anteriores. Dessa vez, Dolly discordou, dizendo que nem todos os homens eram como Lévin, excessivamente ciumentos. A princesa ficou surpresa por Lévin ainda ter ciúmes de Vrônski. Kitty ficou irritada com aquele assunto a respeito de seu passado, ela não gostava deste assunto e pediu para que encerrassem a conversa, dizendo que nem queria pensar naquilo.

Nesse momento, Lévin entrou na varanda e perguntou sobre o que Kitty não gostava de pensar. Ninguém respondeu e Lévin esqueceu o assunto, mesmo irritado, percebendo que era algo proibido para ele. Lévin aproximou-se de Agáfia, demonstrando que também não gostava daquele método de cozimento do doce. Depois, aproximou-se de Kitty e ofereceu-se para levá-la, de carroça, até a floresta, onde colhiam cogumelos. A princesa ficou irritada, dizendo ser um absurdo levá-la na carroça na condição dela. Sendo assim, Kitty sugeriu que fosse a pé e pegou a mão do marido, pronta para passear.

Antes de ir, Kitty falou com Agáfia sobre o doce e, percebendo que ela estava descontente, disse que sua mãe adorara seus legumes em conserva. Agáfia percebeu que Kitty queria apenas consolá-la e disse que a patroa não precisava fazer aquilo, pois seu consolo era olhar para ela, ao lado de Lévin. Agáfia adorava Kitty e não conseguia se irritar com ela.

Kitty ficara comovida e convidou Agáfia para ir com eles, mas ela não aceitou. A princesa continuou a inspecionar Agáfia com o doce.

Capítulo 3

Kitty ficou feliz com a chance de ficar a sós com o marido. Na varanda, ela notou a mágoa que tomara conta do rosto de Lévin, ante ao silêncio das mulheres, quando não obteve resposta sobre o que perguntara.

Conforme se afastavam da casa, Kitty agarrava mais forte o braço de Lévin, que já se esquecera do episódio da varanda. Lévin recomendou que ela se apoiasse mais nele, por conta do solo irregular da floresta, para que não tropeçasse. Ele experimentava a sensação nova que o dominava, o prazer da gravidez de sua esposa, com a qual ele se deleitava. Tal sentimento era totalmente desprovido de sensualidade. Tudo o que ele queria era ouvir a voz da esposa, que mudara, assim como seu olhar; ela tinha a seriedade de uma mulher com uma única preocupação importante na vida.

Kitty resolveu contar para Lévin sobre o que conversavam as mulheres. Começou a falar, deteve-se depois de contar que falavam sobre as declarações de amor dos homens. Em vez de falar nos dois, Kitty perguntou a Lévin o que ele achava de Serguei com Várenka. Ele disse que não sabia o que pensar, pois Serguei era estranho, principalmente após ter amado uma jovem, Marie, anos antes, que havia morrido. A partir de então, Serguei deixara de ser um homem simpático e agia como se as mulheres fossem apenas pessoas, como todas as outras, e nada mais; parecia incapaz de apaixonar-se novamente.

Na verdade, Serguei jurara que jamais amaria alguém e manteria a fidelidade intacta em memória de Marie. Lévin considerava o irmão alguém de alma elevada e pura demais. Quando Kitty perguntou se isso era um demérito, Lévin disse que não, pois ele até se sentia inferior ao irmão. Serguei conseguia se dedicar completamente a suas causas, sem a interrupção de mulheres. Por conta disso, Lévin disse que sentia inveja, pois não conseguia mais se dedicar ao trabalho, após a chegada de Kitty em sua vida e, ainda mais agora, com a gravidez. Kitty perguntou se Lévin sentia falta de levar outra vida, mas ele disse que não sentia falta.

Após um silêncio, Lévin perguntou se Kitty acreditava que o irmão pediria a mão de Várenka, mas Kitty disse ter dúvidas e resolveu tirar a sorte com as pétalas de uma margarida. Os dois já estavam próximos de onde estavam Várenka, Serguei e as crianças.

Capítulo 4

Rodeada pelas crianças, Várenka estava agitada com a possibilidade de uma proposta de casamento por parte de Serguei, pelo qual ela tinha afeição. Serguei caminhava a seu lado, admirando-a. Enquanto olhava para ela, vinha-lhe à mente todas as palavras gentis que ouvira dela e tudo o que ouvira de bom a seu respeito. Cada vez mais, ele se dava conta de que sentia algo muito forte por ela, algo que já sentira antes por Marie. Sua alegria em estar ao lado de Várenka era tão grande que ele chegou a sorrir quando colocou um cogumelo no cesto e olhou para ela.

Serguei pensava que não podia se entregar apenas pelo calor do momento, de maneira irracional; ele precisava de um tempo para si, para refletir melhor sobre tudo aquilo que estava sentindo por Várenka. Sendo assim, deu a desculpa de que colheria cogumelos sozinho e afastou-se da jovem e das crianças. Enquanto ele estava sozinho, acendeu um charuto e pôs-se a pensar em toda a situação. Serguei chegou à conclusão de que não era algo apenas momentâneo, mas verdadeiro e sério.

Ele tentou imaginar o que poderia ser contrário à escolha de Várenka como esposa, mas só encontrou pontos a favor. O único ponto contra era a promessa que ele fizera à Marie, de mantê-la em sua memória. De resto, Várenka tinha tudo o que ele esperava em uma mulher: era religiosa, mas não de maneira infantil; era pobre e sozinha, assim não teria parentes que viessem com ela, como acontecera com Lévin, e sentiria uma eterna gratidão por ele; era reclusa da sociedade, embora conhecesse as pessoas e soubesse se portar diante delas, pois tivera uma boa educação no exterior. Nem mesmo a idade avançada de Serguei era problema, pois Várenka dissera que, na França, homens de 40 anos são considerados na flor da idade. Ele a amava e percebia que era recíproco. Enquanto pensava em tudo isso, Serguei ouvia as vozes das crianças e seus risos, enquanto colhiam cogumelos.

Quando Serguei ouviu a voz de Várenka, decidiu-se; jogou fora o charuto e começou a caminhar ao encontro dela, com passos firmes e decididos.

Capítulo 5

Serguei, enquanto se aproximava, pensava no que diria para Várenka, no momento em que resolvesse assumir o compromisso com ela. Pensava em dizer que tinha um ideal de mulher em sua mente, desde jovem, e que encontrara nela todos os requisitos.

Várenka estava ajoelhada, colhendo cogumelos com as crianças, que estavam agitadas e não paravam de brincar. Quando Serguei se aproximou, a moça não se moveu, mas percebeu sua proximidade. Perguntou se ele encontrara algum cogumelo, e este respondeu que não. Várenka ergueu-se e disse que os cogumelos lembravam sua infância; enquanto conversavam, distanciavam-se das crianças e ficavam cada vez mais a sós. Ela sentia que não deveria dizer mais nada, pois, a qualquer momento, era esperado que Serguei dissesse algo e ela poderia pôr tudo a perder com um assunto diferente. No entanto, por infelicidade, acabou falando novamente nos cogumelos.

Serguei suspirou e não respondeu nada. Ficou incomodado por Várenka falar em cogumelos. Queria retomar a conversa sobre a infância, como um gancho para pedir a mão dela. Mas, após ficar calado, também acabou falando nos cogumelos.

Após alguns minutos, os dois estavam completamente a sós, as vozes e risos das crianças já estavam distantes. O coração de Várenka pulsava forte em seu peito e seu rosto ruborizava-se. Para Várenka, ser a esposa de Serguei Koznychev era um salto enorme em sua vida, que sempre fora ocupar uma posição ao lado da senhora Stahl. Parecia que tudo se decidiria naquele momento e ela sentia medo. Serguei sentia o mesmo que Várenka, aquele deveria ser o momento de dizer tudo o que estava preso em seu peito. Sentia que não dizer nada era até ofensivo, diante de todo o sentimento que havia entre os dois. Porém, de repente, algo inesperado veio-lhe à cabeça e ele começou a falar sobre a diferença entre os diversos tipos de cogumelos.

Com aquela conversa, ambos sentiram que o momento para dizer algo já passara e a emoção, o calor e a magia daquele momento já havia esvaído. Várenka sentia mágoa e vergonha, além de certo alívio. Ao voltar para casa, Serguei concluiu que não podia trair a memória de Marie; fora isso que lhe veio à mente no momento em que assumiria o compromisso com Várenka. Lévin e Kitty alcançaram os dois e as crianças. Pelo rosto de Várenka e de Serguei, Kitty notou que nada se resolvera entre os dois.

256 | Liev Tolstói

Capítulo 6

Enquanto as crianças tomavam o chá, os adultos conversavam na varanda, como se nada tivesse acontecido; embora todos soubessem que algo importante ocorrera, ainda que fosse ruim.

Lévin e Kitty estavam muito felizes em seu amor e isso parecia incomodar os outros que desejavam amar, mas não podiam ser felizes no amor. A velha princesa, à espera do marido, que viria junto de Stepan, disse acreditar que o marido não viria. Sendo assim, teria de ir embora, pois não deixaria o marido sozinho em casa. As filhas lamentaram e abraçaram a mãe. Após o casamento de Kitty, o casal ficara sozinho em casa, o que era motivo de tristeza para a princesa. De repente, Agáfia apareceu na varanda, querendo dizer algo sobre o jantar. Tudo indicava que faltava algo, mas ela nada disse.

Dolly levantou-se, dizendo que iria tomar a lição de Gricha; nesse momento, Lévin pulou da cadeira e disse que ele é quem iria ajudá-lo na lição. Lévin havia prometido que ajudaria Gricha, mas, quando Dolly observou que Lévin ensinara tudo diferente do que estava no livro, ficara envergonhada de dizer algo e ofender o cunhado. Sendo assim, Lévin prometera seguir o livro à risca e foi até o menino. Lévin achava leviano, da parte de Stepan, não ajudar o filho nos estudos e deixar a educação toda a cargo da mãe.

Várenka, sempre prestativa, ofereceu-se para ajudar Agáfia com o jantar, para que Kitty descansasse. Kitty, outra vez, elogiou Várenka e a princesa concordou; Serguei, tentando evitar que prolongassem o assunto, perguntou se as mulheres estavam à espera de Stepan e comentou que Lévin e Stepan eram muito diferentes; um se sentia um peixe na água perante a sociedade; o outro, um peixe fora da água.

A princesa não perdeu a oportunidade de criticar a escolha de Lévin, em permanecer no campo, durante a gravidez de Kitty. Assim, aproveitou também para pedir que Serguei aconselhasse o irmão a ir para Moscou. Kitty ofendeu-se, dizendo que Lévin já concordara com tudo e eles iriam para Moscou, quando o parto estivesse próximo. Enquanto conversavam, ouviram o ruído de uma carruagem na entrada. Dolly levantou-se para ir até o marido, mas Lévin já estava lá fora; ele pulara a janela, junto de Gricha e anunciou a chegada do amigo, dizendo que estava com o velho príncipe. Contudo, Lévin ficou decepcionado com o que viu. A pessoa que acompanhava Stepan não era o sogro, mas um primo em segundo grau dos Scherbátski, um jovem brilhante, que circulava entre Moscou e Petersburgo. Seu nome era Vássenka[30] Veslóvski.

Vássenka não se encabulou com a decepção que causara em todos e foi logo cumprimentando as pessoas alegremente. Lévin ficara aborrecido por não ser o sogro, de quem gostava mais. Ele considerava Vássenka um homem estranho e supérfluo. Esse sentimento aumentava conforme as pessoas se alegravam e conversavam com Vássenka (sobretudo quando ele beijou a mão de Kitty com um carinho exagerado aos olhos de Lévin). O rapaz cumprimentou Lévin, dizendo que ele era primo de sua esposa. Stepan logo começou a falar na caça, que fariam no dia seguinte, e beijou a esposa, fazendo-lhe galanteios.

Lévin, que estava muito contente, começou a ficar emburrado e nada mais lhe agradava. Ele começava a pensar na artificialidade de Stepan com a esposa e na da esposa com Stepan. Até mesmo a princesa não lhe agradava mais, com a maneira com que cumprimentou o tal Vássenka. Serguei também pareceu fingido aos olhos de Lévin, ao demonstrar tanta gentileza com Stepan, de quem Lévin sabia que o irmão não gostava. Várenka também lhe pareceu detestável, com seu ar de oferecida, que só pensava em se casar. No entanto, a mais detestável era Kitty, que se deixara influenciar pela alegria que Vássenka demonstrava com a chegada ao campo. Tudo era desagradável para Lévin, sobretudo o sorrisinho que ela dava para o primo. Kitty notou que o marido estava estranho. Ela queria encontrar um momento para conversar com ele, mas Lévin fez questão de se afastar, sob o pretexto de precisar trabalhar no escritório. Para Lévin, o trabalho nunca tivera tamanha importância quanto agora.

Capítulo 7

Lévin só retornou quando o chamaram para a refeição. Na escada, Kitty fazia recomendações à Agáfia, relativas ao jantar. Lévin irritou-se e disse para que preparassem o mesmo de sempre. Kitty percebeu que o marido estava diferente e perguntou-lhe o que acontecera, mas ele não respondeu e saiu andando rapidamente.

---

30 Diminutivo de Vassíli. (N.T.)

Na sala, Stepan falava com Vássenka, que estava sentado, sobre a caça. Quando Stepan perguntou se Lévin iria caçar, este respondeu de maneira amável e fingida, que Kitty bem conhecia. Então, ele perguntou se Stepan não estava cansado, mas Stepan disse que nunca se cansava e que, antes de uma caçada, não se deve dormir. Vássenka concordou com Stepan e disse que também ficaria acordado.

Dolly, talvez irritada, disse que não iria jantar e que precisava dormir. Stepan tentou detê-la, dizendo que ainda tinha muitas coisas para contar; mas Dolly, com o ar irônico com que passara a tratar o marido, disse que não deveria ser nada de importante. Porém, Stepan contou que Vássenka estivera com Anna e que iria visitá-la novamente e prometera levá-lo junto. Nesse momento, Vássenka mudou de lugar e sentou-se ao lado de Kitty. Dolly interessou-se em saber como estava Anna, de quem ela tanto gostava. Lévin estava na outra ponta da mesa, isolado, observando a alegria do grupo durante a conversa.

Lévin observava a expressão séria de Kitty, ao olhar para Vássenka, prestando atenção ao que ele contava sobre Anna. Dolly disse que precisava visitar Anna sem falta, mas o faria somente após o marido. De repente, Stepan perguntou a Kitty se ela também iria visitar Anna.

– Eu? Por que iria? – disse Kitty, ruborizada, enquanto olhava para Lévin.

Para piorar, Vássenka perguntou se Kitty conhecia Anna, dizendo que era uma mulher encantadora. Kitty disse que a conhecia, mas ficou ainda mais ruborizada e foi para perto de Lévin.

Tentando mudar de assunto, Kitty perguntou se Lévin ia mesmo caçar. Nesse momento, o ciúme de Lévin já estava exacerbado. Tudo o que ele via e ouvia passava por uma distorção ciumenta. Em sua cabeça, Kitty já estava apaixonada por Vássenka, principalmente após ela argumentar que não fossem caçar, para que Dolly pudesse desfrutar um pouco do marido, antes de ele partir. Para Lévin, era apenas uma forma de Kitty desfrutar da presença de Vássenka. A reação de Lévin foi acatar tudo o que Kitty pedira, com uma amabilidade exagerada.

Vássenka não fazia a mínima ideia do transtorno que causava com sua presença. Quando Kitty se levantou, ele também se levantou e seguiu atrás dela, todo sorridente e carinhoso. Para Lévin, aquilo foi a gota d'água. Sendo assim, quando Vássenka perguntou se Lévin iria caçar, ele confirmou e disse que iria caçar no dia seguinte, contradizendo sua resposta à esposa.

Para a sorte de Lévin, a sogra colocou um fim a seu sofrimento, dizendo para Kitty que já era hora de dormir. Ao se despedir, Vássenka quis beijar a mão da prima, que a puxou bruscamente, dizendo que não havia tais costumes na casa.

Para Lévin, a própria Kitty era culpada por aquele atrevimento ao não demonstrar que desaprovava aquilo. Stepan, já bêbado, resolveu que Vássenka, o qual tinha uma bela voz, deveria fazer uma serenata, com as músicas que trouxera na viagem, e sugeriu que Várenka o acompanhasse. Quando todos se retiraram, Stepan e Vássenka ficaram na varanda, entoando canções.

No quarto, Lévin estava de cara fechada, sentado em sua poltrona. Kitty tentava imaginar o que acontecera, se talvez algo em Vássenka não agradara o marido. Quando ela lhe perguntou o que estava acontecendo, Lévin irritou-se ainda mais. Ele ficou de pé, diante de Kitty, e contou-lhe tudo o que pensava. Disse que não estava com ciúmes, que não conseguia dizer o que sentia, só podia dizer que era horrível. Sentia-se ofendido e humilhado por alguém se atrever a olhar para ela. Kitty fez-se de desentendida, para tentar não provocar ainda mais a ira do marido. Contudo, no fundo, percebera algo de estranho em Vássenka em relação a ela.

Kitty, de início, ficou ofendida por Lévin tentar afastá-la do convívio de outras pessoas, mas, depois, sentiu pena do marido e resolveu ceder, apenas para não o ver mais irritado e sem sua costumeira tranquilidade.

Depois, Lévin começou a se sentir ridículo e culpado por pensar tudo isso de Kitty e Vássenka. Começou a refletir que o rapaz nada fizera e que ele deveria ser amável com a visita. O mais difícil para Lévin era cogitar que alguém pudesse estragar toda a felicidade e o amor que os dois sentiam um pelo outro. Então, Kitty disse saber o que desencadeara toda aquela reação no marido; começou a contar para Lévin o que ela conversara com Vássenka durante o jantar. Lévin ficou assustado com o que ela contava e ficou em silêncio. Depois, arrependeu-se e pediu desculpas à Kitty, por atormentá-la com seu ciúmes e sua tolice. Assim, Lévin decidiu que deveria compensar todo o seu erro e convidar Vássenka para passar todo o verão com a família e ser muito gentil com ele.

Capítulo 8

Antes mesmo de as mulheres se levantarem, as carroças para a caçada já estavam na entrada da casa. Havia uma carroça e uma telega. Laska já estava ansiosa, em cima da carroça, observando a porta, à espera de Lévin.

O primeiro a sair foi Vássenka, com botas novas e grandes, um blusão verde, uma bela espingarda inglesa e uma cartucheira tão nova, que ainda cheirava a couro. Laska fez festa quando viu Vássenka. De repente, o cão de Stepan irrompeu pela porta e saiu junto do dono. Ele vestia roupas surradas, tinha uma bela espingarda de sistema novo e uma cartucheira esfarrapada, mas de ótima qualidade. Vássenka, até então, não entendera que não precisava de roupas novas para estar elegante em uma caçada, bastava apenas um bom equipamento. Agora que notara isso, prometera a si mesmo que, nas próximas caçadas, iria com outras roupas.

Vássenka perguntou por Lévin e Stepan contou que a mulher o detivera, justificando que ele tinha uma esposa jovem. Vássenka completou dizendo que encantadora também. Lévin estava conversando com Kitty, fazendo-a prometer que enviaria um bilhete para ele, avisando que estava tudo bem com ela e que tomasse cuidado em sua ausência.

Kitty estava triste por ficar dois dias afastada do marido; mas, vendo o rosto de Lévin, percebeu que aquela caçada o fazia muito feliz. Lévin saiu da casa e pediu desculpas aos companheiros de caça. Na saída, alguns funcionários o detiveram, ora fazendo perguntas sobre os novilhos, ora sobre uma nova escada na parte de trás da casa. Lévin ficou irritado com o atraso. Ao subir na carruagem, deu a ordem para partir. Agora, a única preocupação de Lévin era com a caça, se Laska daria conta de ajudá-lo, se ele não faria feio diante do hóspede e se Stepan não atiraria em Vássenka por engano. Sendo assim, todas as preocupações e afazeres domésticos foram esquecidos. Stepan e Lévin mantinham-se calados, preocupados com exatamente a mesma coisa; apenas Vássenka falava sem parar.

Lévin lembrou-se que fora injusto com Vássenka, na noite anterior; ele até chegou a pensar que, se o tivesse conhecido ainda solteiro, seria amigo dele. Pois era um homem bom, simples e alegre. Lévin gostara de sua simpatia, honestidade, boa educação e da fluência em francês e inglês. A única coisa que irritava Lévin era que Vássenka era muito cheio de si, certo de que sempre agradava a todos com sua presença. Após percorrer três verstas, Vássenka deu-se conta de que estava sem a carteira e os charutos, talvez tivesse perdido ou deixado sobre a mesa. A carteira o preocupava, pois havia trezentos e setenta rublos.

Assim, Vássenka decidiu pegar um cavalo e retornar até a casa. Lévin, sabendo que Vássenka era um homem muito pesado e faria o pobre cavalo sofrer, impediu-o e mandou seu cocheiro ir até a casa para buscar pela carteira de Vássenka.

Capítulo 9

Stepan queria saber qual seria o roteiro deles. Lévin explicou que iriam até Gvózdevo, onde havia um pântano com narcejas e, mais à frente, outros pântanos de galinholas e mais narcejas. Eles chegariam ao entardecer e caçariam à noite. No dia seguinte, iriam para um pântano maior. Stepan queria saber se, durante o caminho, não havia nada para caçar. Lévin disse que sim, mas estava calor e precisavam se poupar. Em relação aos pequenos pântanos que avistaram, Lévin dissera que não valia a pena adentrá-los, pois eram pequenos demais, não cabiam os três, e não havia nenhuma caça. Porém, a verdade é que, como ficava próximo de sua casa, Lévin poderia ir até ali a qualquer momento e queria ir sozinho.

Quando passaram por um pequeno pântano, Lévin quis seguir viagem, mas Vássenka insistiu e quis caçar ali e Lévin não pôde negar. Como o pântano era pequeno para os três, Lévin decidiu ficar na carroça. O resultado foi que Vássenka caçou um abibe[31] e retornou. Lévin disse que sabia que seria perda de tempo. Porém, Vássenka mesmo assim ficou feliz. Enquanto Vássenka subia na carroça, atrapalhou-se com a arma e a caça, fazendo sua arma disparar; os cavalos saíram em disparada e Lévin bateu a cabeça no cano da espingarda que disparara o tiro. Felizmente ninguém se feriu, o tiro foi direto para a terra. Lévin ficou com um galo na cabeça e Stepan apenas balançou a cabeça em desaprovação. Ao final, todos riram muito do que aconteceu.

Quando chegaram no segundo pântano, que era bem grande, Lévin tentou convencê-los a não ir, pois perderiam muito tempo. Mas, novamente, Vássenka quis ir até lá e saiu correndo para o pântano. Stepan mal tivera tempo de correr com os cães. Vássenka errou alguns tiros e uma narceja voou para o outro lado. Ele foi atrás da narceja, alvejou-a e retornou para a carroça.

– Agora vá você, eu fico aqui com os cavalos – disse Vássenka a Lévin.

Lévin foi para o pântano com Stepan e os cães. Laska correra para um dos morros. Lévin ouvia os passos de Stepan e pensou ser uma narceja. Além disso, ouviu algumas batidas na água, ruído que ele não identificava o que era. De repente, Laska encontrou uma narceja e Lévin apontou sua arma para atirar. Ele ouviu, outra vez, as batidas na água. Ele mirou a espingarda na narceja e atirou.

---

31 Ave típica da região da Eurásia, medindo cerca de 30 centímetros de comprimento. (N.T.)

262 | LIEV TOLSTÓI

Porém, momentos antes de atirar, ouviu Vássenka gritando e errou o tiro. Quando Lévin olhou para trás, Vássenka havia andado com a carroça para dentro do pântano, a fim de ver a caçada, e os cavalos atolaram junto com a carroça. Lévin ficou irritado e questionou-se o porquê de ter trazido Vássenka com eles.

Lévin chamou o cocheiro para ajudar a desatolar a carroça e os cavalos. Stepan e Vássenka apenas olhavam, pois nada entendiam daquilo. Quando tudo estava em ordem, Lévin mandou servir o almoço. Envergonhado por seus erros, Vássenka decidiu se redimir, guiando a carroça. Lévin foi contra, mas Vássenka insistiu. Lévin estava com medo de ele maltratar os animais. Enquanto guiava, Vássenka cantava suas músicas e contava histórias. Depois do almoço, todos felizes, chegaram em Gvózdevo.

Capítulo 10

Vássenka conduziu os cavalos tão depressa que chegaram muito cedo ao pântano, com o clima ainda quente.

Ao chegar ao pântano, Lévin começou a pensar em uma maneira de se livrar de Vássenka, a fim de caçar sem ser incomodado. Stepan também desejava a mesma coisa. Ele logo perguntou como fariam no pântano, sobre a direção de cada um. Lévin sugeriu que Stepan fosse por um lado e ele, com Vássenka fosse por outro. Os três deveriam se encontrar na parte alagada, próxima ao moinho e onde Lévin acreditava haver muitas galinholas. Vássenka estava entusiasmado, dizendo que ele e seu companheiro acertariam mais tiros do que Stepan.

No pântano, os cães saíram na frente e Laska farejava de maneira prudente; Lévin também tinha certeza de que apanharia muitas galinholas naquela noite. Enquanto caminhavam, Lévin pediu a Vássenka que caminhasse a seu lado. Desde o disparo acidental, Lévin estava com medo da espingarda de Vássenka disparar novamente. A todo momento, Lévin olhava para saber onde estava o cano da espingarda. Lembrava-se das palavras de Kitty, ao se despedir, dizendo que tomassem cuidado para não atirarem uns nos outros. Lévin estava tão ansioso pelas galinholas, que, ao ouvir o estalo da bota sobre a lama, apertou a mão na coronha da arma.

De repente, Bam! Bam! Vássenka disparara contra um bando de patos que voava na direção dos caçadores. Lévin mal teve tempo de reagir e uma galinhola grasnou, com várias outras na sequência. Stepan abateu uma delas e depois mais outra. Lévin não teve tanta sorte, estava muito próximo quando atirou na primeira galinhola e errou, depois, errou a segunda, porque foi distraído por outra que voava próximo a seu pé. Vássenka não conseguiu acertar nenhuma, disparou contra a água. Stepan estava radiante com suas conquistas. Depois, os caçadores se separaram, conforme haviam combinado.

Lévin sempre ficava irritado quando errava os primeiros tiros, pois significava que sua caçada não seria proveitosa. Naquele local, havia galinholas por toda a parte. Ele achou que poderia recuperar sua sorte, mas, a cada novo tiro desperdiçado, mais se envergonhava diante de Vássenka. Já tinha perdido toda a esperança de acertar algum. Até Laska parecia compreender e passou a farejar de maneira preguiçosa. Mesmo assim, os caçadores não paravam de atirar e, depois de um tempo, estavam rodeados de fumaça e o cheiro de pólvora predominava no ambiente.

Lévin conseguia ouvir os disparos de Stepan, não muitos, mas acreditava que fossem certeiros. Essa percepção deixava Lévin ainda mais irritado. Após caminhar metade do pântano, Lévin e Vássenka chegaram a um ponto onde alguns mujiques descansavam. Um deles chamou os caçadores para almoçar e tomar um vinho. Outro mujique insistiu para que fossem e não tivessem medo deles. Vássenka entusiasmou-se e Lévin também queria ir, no entanto, percebeu que seria uma boa hora para se livrar de Vássenka, deixando-o com os mujiques. Sendo assim, Lévin disse a Vássenka que fosse até eles, pois iria seguir em frente e depois se encontrariam no moinho.

Lévin, que estava cansado, sentiu-se revigorado ao ficar sozinho. Laska ficou parada, parecia ter farejado algo. Lévin foi atrás dela, entusiasmado. De repente, uma galinhola levantou voo e Lévin disparou, mas errou novamente.

Sem Vássenka, Lévin acreditava que conseguiria algum progresso, mas não conseguiu nada, errava todos os tiros, mesmo com tantas galinholas voando. Após errar tanto, irritado, Lévin jogou a espingarda e o chapéu no chão. Ele pensava que era preciso se controlar. Resolveu pegar sua espingarda, chamou Laska e saiu do pântano. Sentou-se em um morro para descansar. Os canos de sua espingarda estavam em brasa, precisou esfriá-los na água.

Após um breve descanso, resolveu continuar; mas ele apertava o gatilho antes de ter o pássaro em sua mira. De nada adiantou. O saldo final, foram apenas cinco caças em sua rede.

Ao encontrar Stepan, viu que ele estava com sua rede cheia, com catorze animais. Quando Stepan viu que Lévin não tivera sucesso, tranquilizou-o, dizendo que caçar em dupla, com apenas um cachorro, não era bom, enquanto balançava seu troféu.

Capítulo 11

Quando Lévin e Stepan chegaram na isbá do mujique, em que Lévin sempre se hospedava, Vássenka já estava lá. Ele estava sentado, enquanto um soldado tentava tirar suas botas sujas de lama. O rapaz estava muito alegre e contente por ter comido e bebido tanto. Disse que nunca provara um vinho tão gostoso e um pão tão maravilhoso. Ainda ficou surpreso pelos mujiques não aceitarem nenhum dinheiro em troca. Para Lévin, era natural que os mujiques não aceitassem o dinheiro, pois eles não eram comerciantes e, ademais, haviam se divertido com Vássenka.

Apesar da imundice em que deixaram a isbá, com suas botas e cachorros sujos de lama, o cheiro forte de pólvora e a ausência de talheres, os caçadores esbaldaram-se de tanto beber chá e comer no jantar. Após se lavarem, foram para o telheiro de feno, onde os mujiques prepararam um local para eles passarem a noite. Embora já estivesse tarde, nenhum deles quis dormir. Entre as conversas sobre a caçada do dia, o vinho dos mujiques, o conforto das acomodações sobre o feno, os cães que dormiam e a boa comida, Stepan começou a falar sobre a caçada que fizera nas terras de Maltus, aonde ele fora no ano anterior. Maltus era um famoso ricaço das estradas de ferro. Stepan falava nos pântanos que ele arrendara, das carruagens, das charretes e da barraca preparada para o almoço.

Nesse momento, Lévin disse que não entendia como Stepan não tinha aversão a pessoas do tipo. Apesar do almoço agradável, questionava o amigo se aquele luxo não lhe causava aversão. Afinal, o dinheiro era todo fruto do monopólio, de pessoas que não trabalhavam e não produziam nada; ganhavam dinheiro de maneira desonesta. Stepan respondeu que não considerava Maltus mais desonesto do que os ricos comerciantes ou nobres, todos enriqueciam da mesma maneira, com muito trabalho e inteligência. Lévin não conseguia compreender onde estava o trabalho daqueles homens. Stepan argumentou dizendo que, sem eles, sequer existiriam estradas de ferro.

Para Lévin, o trabalho de um mujique era muito mais importante e elevado. Ele tinha verdadeira aversão aos banqueiros e aos detentores do monopólio do comércio de bebidas. Apesar de reconhecer a importância das estradas de ferro, estas, segundo ele, haviam surgido justamente por conta do monopólio dos bancos e do comércio de bebidas. Irritado, Stepan disse que Lévin também levava vantagem sobre os mujiques, pois ele recebia muito mais do que eles, que faziam todo o trabalho, o que era injusto. Lévin concordou que era injusto, mas disse não saber como poderia fazer para melhorar essa situação. Stepan, prontamente, disse que Lévin deveria ceder suas terras aos mujiques. Lévin achava absurdo, pois ele tinha um compromisso com a terra e com a família, não poderia apenas dar suas terras e pronto.

Stepan disse que era um paradoxo: Lévin sabia que agia de maneira errada, mas também não podia ceder suas terras. Ele não concordava com o amigo, mas aquela conversa tomou seu pensamento durante toda a noite. De repente, o anfitrião veio até os caçadores, ainda acordados. Estava com o filho, apenas para pegar algumas coisas e logo ia sair para vigiar os cavalos no campo.

Vássenka ouviu vozes femininas e perguntou ao mujique quem eram. Ele contou que eram as servas, que cantavam logo ali, ao lado. Sendo assim, Vássenka sugeriu aos amigos que fossem até lá, pois não iriam dormir. Stepan resolveu ir, mas Lévin não quis. Vássenka foi na frente, com o mujique; Stepan ficou mais um pouco e, enquanto se trocava, voltou a conversar com Lévin.

Stepan disse que ou a pessoa reconhece que a sociedade é justa e defende seus direitos ou reconhece que desfruta da injustiça (como ele mesmo fazia) e a desfruta sem culpa. Para Lévin, era inconcebível desfrutar de algo que fosse injusto. Stepan tentou convencê-lo a ir com ele até as moças que cantavam, mas Lévin só conseguia pensar na conversa que tiveram e respondeu que não iria. Stepan provocou, perguntando se era por algum princípio. Porém, para Lévin, não havia motivos para ir até lá. Stepan disse ao amigo que ele iria criar problemas em seu casamento, por conta da situação entre o casal, de nunca ficar longe um do outro. Disse que Lévin precisava de atividades viris. Mas, para Lévin, não era possível ficar cortejando mulheres fora de casa; para Stepan, por outro lado, tudo era possível, desde que preservasse a família e a ordem na casa.

Então, Vássenka retornou e chamou os amigos para ir até as mulheres, dizendo que já fizera amizade com uma das servas. Enquanto os amigos estavam na porta, Lévin ficou de olhos fechados, pensando em toda a conversa e na caça do dia seguinte. Ele estava determinado a ir logo cedo para o pântano e tentar reverter sua má sorte. Antes de os amigos saírem, Lévin alertou-os, dizendo que sairiam ao raiar do dia, e logo caiu no sono.

Capítulo 12

Ao amanhecer, Lévin tentou acordar os amigos. Vássenka estava deitado e dormia muito pesado, era impossível despertá-lo. Stepan, ainda sonolento, recusou-se a levantar. Até mesmo Laska parecia não querer sair para caçar. Lévin resolveu ir sozinho para o pântano. Os cocheiros dormiam nas carruagens e os cavalos cochilavam.

Uma das anfitriãs surpreendeu-se por Lévin estar de pé, ainda tão cedo. Ele perguntou onde ficava o pântano e ela indicou o caminho. Segundo a senhora, havia uns rapazes lá perto. Ela o acompanhou até uma cerca e levantou-a, para que Lévin pudesse passar. Laska corria na frente e Lévin apressava-se, desejando que o Sol não surgisse tão rápido no horizonte. Naquele horário, ouviam-se alguns poucos ruídos de abelhas e de algumas aves.

De longe, Lévin adivinhava onde estava o pântano, pelos vapores que se erguiam. Ao chegar à margem do pântano, Lévin encontrou os meninos que haviam passado a noite cuidando dos cavalos. Eles estavam deitados, dormindo enrolados em seus cafetãs. Alguns cavalos se agitaram com a presença de Laska. Ela olhou para Lévin, esperando o aval para começar a caçar e, assim que entraram no pântano, começou a farejar os pássaros. Agitada, a cadela foi para uma direção; ouviu seu dono chamá-la para o outro lado, mas continuou no mesmo local. Lévin, irritado, gritou com ela e, a contragosto, a cadela aceitou acompanhá-lo, mesmo sabendo que os pássaros estavam na outra direção. Laska revirou o local e retornou para onde estava antes, onde sentia o cheiro dos pássaros cada vez mais forte. Lévin começou a correr até ela, entendendo que Laska encontrara narcejas e já desejando que obtivesse sucesso, ainda mais no primeiro pássaro, pois assim, ele teria sorte durante todo o dia. Laska, uma cadela baixa, não conseguia visualizar os pássaros, mas sentia o cheiro e sabia que estava logo diante de seu focinho. Ao aproximar-se, Lévin conseguia ver aquilo que Laska farejava e encontrou um pássaro. A narceja estava parada, cutucando suas asas com o bico e, assim que retraiu suas asas, sumiu no meio da vegetação.

Lévin cutucou Laska, para que fosse atrás dele. Laska já não conseguia farejar nenhum rastro de pássaro, mas Lévin deu a ordem para que ela fosse em frente. A dez passos dali, outra narceja levantou voo. Lévin mirou sua espingarda e finalmente conseguira alvejá-la; a ave caiu em cheio no chão alagado. Em seguida, surgiu outra e Lévin também a alvejou; ela resistiu no ar por mais um tempo, cerca de uns vinte passos, subiu bem alto, enrijeceu o corpo, fechou as asas e caiu na parte seca do solo, como uma bola.

Ele estava entusiasmado, agora sentia que teria um dia de muita sorte na caça. O sol já estava aparecendo no horizonte e já não se via nenhuma estrela. Quando Lévin foi recolher o pássaro na parte seca, os meninos já estavam despertando e um deles foi correndo ao seu encontro, dizendo que ali havia muitos patos. Lévin estava orgulhoso por poder mostrar aos garotos que abatera aquelas narcejas, uma após a outra e observar o olhar deles de admiração.

Capítulo 13

A crença de caçador de que, se o primeiro animal não escapar, a caçada será farta, cumpriu-se.

Após percorrer trinta verstas, cansado e faminto, Lévin conseguira dezenove caças e um pato, amarrado ao cinto, pois a rede de caça já estava lotada. Então ele retornou para a isbá e seus amigos já estavam acordados e de café tomado. Na frente de todos, Lévin contou duas vezes a quantidade de animais abatidos e Stepan ficou com muita inveja, o que deu grande prazer a Lévin. Outra sensação de prazer foi a chegada do mensageiro, enviado por Kitty, com um bilhete.

No bilhete, Kitty avisava que estava muito bem de saúde e sob os cuidados de Mária Vlássevna, a parteira, que viera visitá-la e ficaria com ela até o retorno de Lévin. Kitty dizia para que ele permanecesse na caça, tranquilo, caso estivesse boa.

Essas duas alegrias sequer foram abaladas pelos desprazeres que acometeram Lévin durante aquele dia. Um deles foi o cavalo, que ficou esgotado com a viagem do dia anterior; o outro foi a falta de provisões. Kitty havia colocado comida suficiente para dias de fartura; porém, Vássenka e Stepan já haviam comido absolutamente tudo. Lévin ficou muito irritado, mas pediu ao mujique Filipp que preparasse uma das caças para que ele comesse. Depois de saciar sua fome, Lévin já se lembrava daquele assunto com alegria e ria por conta de sua fome desesperada.

À noite, foram outra vez para o campo. Dessa vez, até Vássenka abateu várias aves e todos retornaram quando a noite surgia no céu. A volta foi tão alegre quanto a ida. Vássenka cantava e contava suas histórias com os mujiques; falou novamente sobre a comida, os vinhos e as conversas com os mujiques e sobre as meninas da noite anterior.

– Em geral, estou muito satisfeito com o nosso passeio. E o senhor, Lévin?

Lévin respondeu que também estava satisfeito. Estava feliz por não sentir mais a mesma hostilidade em relação a Vássenka.

Capítulo 14

No dia seguinte, às dez horas, após percorrer sua propriedade, Lévin foi até o quarto de Vássenka e depois saíram para ver os cavalos.

Após o breve passeio, os dois entraram na sala. Vássenka aproximou-se de Kitty, que estava perto do samovar, e disse-lhe que a caçada fora maravilhosa; inclusive, lamentou que o prazer da caça não fosse permitido às mulheres. Lévin observava atentamente a conversa dos dois; por ora, não vira nada de comprometedor, embora tivesse se incomodado com o sorriso do jovem para Kitty.

A princesa estava sentada na outra ponta da mesa, com a parteira e Stepan. Ela chamou Lévin para combinar sobre os preparativos da ida de Kitty para Moscou. Assim como na época do casamento, todos aqueles preparativos eram desagradáveis para Lévin; para ele, tudo aquilo estragava o momento em si. Como a princesa não entendia o que Lévin sentia, achava que ele fosse leviano e indiferente, por isso não o deixava em paz. Quando perguntado sobre as decisões tomadas, Lévin apenas dizia não saber de nada e que fosse tudo feito como Kitty quisesse.

O ponto de interesse de Lévin estava próximo do samovar e era a conversa entre Kitty e Vássenka. Toda a ira de Lévin retornara; ele observava o rapaz inclinado na direção de sua esposa; Lévin via que Kitty estava ruborizada e incomodada. Havia algo indecente em Vássenka, em seu sorriso, em seu olhar. Até mesmo em Kitty viu algo de indecente. Todo o sentimento de desespero, ódio e humilhação pairou sobre a cabeça de Lévin; tudo lhe parecia repugnante demais. Percebendo a reação do amigo, Stepan zombou dele, dizendo que o peso do poder não era fácil, referindo-se ao casamento e por ser o chefe da casa.

De repente, Dolly entrou na sala. Todos a cumprimentaram, mas Vássenka fez uma breve reverência e continuara o assunto com Kitty, enquanto ria de algo. A conversa entre os dois era novamente sobre Anna; se o amor pode ser colocado acima das circunstâncias mundanas. Kitty estava detestando aquela conversa; ficava perturbada com o conteúdo, pelo tom e porque Lévin não gostava daquele assunto. Mas Kitty não sabia como interromper aquela conversa e nem como esconder o prazer que lhe causava ter a atenção daquele rapaz. Sabia também que o marido estaria observando cada atitude que ela tomasse e interpretaria da pior forma possível.

A solução de Kitty foi conversar com Dolly sobre a sobrinha Macha, que não a deixara dormir. Mas Vássenka, indiferente, esperava o assunto das duas terminar para continuar sua conversa.

– E então, vamos colher cogumelos hoje? – perguntou Dolly.

Kitty fez questão de dizer que queria ir. Por educação, queria convidar Vássenka, mas não o fez. Com um ar de culpa, ela perguntou para onde Lévin, que andava com passos firmes, estava indo. Aquela expressão de culpa só confirmava tudo o que Lévin desconfiava. Então ele, seco, disse que precisava resolver algumas coisas com o maquinista e saiu. Kitty saiu logo atrás e entrou no escritório, querendo falar com o marido a sós. Como ele estava com o maquinista, tiveram de sair da casa e ir até o jardim para poderem conversar tranquilamente.

Kitty disse que era impossível viver daquela maneira, que fazia com que os dois sofressem; era preciso pôr um fim naquilo. Lévin quis saber se tinha algo de indecente no tom de voz de Vássenka e Kitty confirmou que havia, mas ela não tinha culpa de nada. Ela questionou o motivo de ele ter vindo para a casa deles, para tirar-lhes a felicidade.

Depois de algum tempo, o jardineiro, que observara tudo, viu quando o casal voltou para dentro, com uma expressão radiante de apaziguamento.

Capítulo 15

Depois de deixar Kitty no andar de cima, Lévin foi até o quarto da cunhada. Dolly estava muito agitada, caminhava pelo quarto e falava com a filha, que fizera travessuras. Ela dizia à filha que ficaria de castigo o dia todo. Lévin ficou irritado, por precisar de conselhos e chegar em má hora. Por educação, ele perguntou à Dolly o que havia acontecido e ela contou-lhe tudo. Disse que não era nada demais, apenas uma travessura de criança.

Dolly notou que Lévin estava incomodado com algo e perguntou-lhe o que acontecera na sala, como se já adivinhasse o assunto. Lévin disse que estava no jardim, com Kitty, e os dois estavam discutindo outra vez, a segunda desde a chegada de Stepan. Dolly, compreendendo tudo, olhou para Lévin. Ele perguntou se a cunhada percebera algo de indecente nas falas e olhares de Vássenka para Kitty. Dolly disse que até mesmo Stepan notara e comentara a respeito, dizendo que Vássenka estava fazendo uma pequena corte à Kitty. No entanto, para Dolly, os jovens eram assim mesmo e um marido da sociedade deveria ficar lisonjeado.

Diante da confirmação, Lévin resolveu que expulsaria Vássenka de sua casa. Dolly achou um absurdo, não seria de bom tom expulsar um hóspede dessa maneira. Então, vendo que Lévin não mudaria de ideia, disse que falaria com Stepan e sugeriu que dissessem que receberiam visitas. Ela concordou que Vássenka não se encaixava naquela casa.

Lévin não aceitou e disse que ele mesmo cuidaria de tudo, prometendo que não brigaria com Vássenka. Antes de sair, Lévin pediu à Dolly que perdoasse a filha.

Ao passar pela entrada, Lévin pediu para que atrelassem a caleche[32] para ir à estação. Porém, o criado disse que estava quebrada e só havia a carroça.

Lévin foi até o quarto de Vássenka, enquanto ele se preparava para ir cavalgar. Lévin não sabia como iniciar a conversa; enquanto pensava, segurava nas mãos um pedaço de madeira, que os dois haviam trazido quando passearam pela propriedade. Vássenka estava sem graça, parecia saber o que Lévin queria, talvez por saber que fizera uma pequena corte à sua esposa. Lévin, por um momento, sentiu pena do rapaz e vergonha de si mesmo. No entanto, decidiu ser direto e dizer de uma vez: mandara atrelar a carroça para levá-lo à estação.

---

32 Tipo de carruagem francesa, com dois pares de bancos virados um para o outro, puxada por dois cavalos. (N.T.)

Vássenka não entendeu e perguntou se Lévin iria viajar ou algo do tipo. Lévin apenas pediu para que Vássenka partisse e não perguntasse o motivo. Diante de Lévin, Vássenka, ao observar os braços tensos e o olhar decidido, resolveu que era melhor não insistir em obter uma resposta. A tensão do anfitrião já falava por si. O único pedido de Vássenka, antes de partir, foi querer falar com Stepan.

Quando Stepan encontrou Lévin no jardim, ficou irritado com a atitude do amigo, dizendo ser uma loucura e que seu ciúme era ridículo. Lévin não mudara de opinião e não estava arrependido de sua atitude. Ao longe, na entrada da casa, viu Vássenka subindo na carroça, sentando-se sobre o feno e saindo pela vereda. De repente, alguém gritou e a carroça parou; por um momento, Lévin achou que algo de errado acontecera e Vássenka não partiria. No entanto, era o maquinista, que pedira uma carona até a estação.

Mais tarde, todos já haviam se esquecido da partida de Vássenka e de todo o problema que sua estadia causara. Apenas a princesa não aprovara a atitude do genro e ficou de cara fechada o tempo todo. No jantar, todos estavam alegres, na ausência da princesa, e até faziam brincadeiras com a partida de Vássenka.

Capítulo 16

Dolly cumpriu sua promessa e foi visitar Anna.

Ela entendia que a irmã e o cunhado não queriam saber de nada em relação a Vrônski e Anna; no entanto, ela se achava no dever de visitá-la e mostrar que ainda gostava dela. Dolly aceitou a gentileza de Lévin, que cedeu os cavalos e preparou-os no dia marcado.

O conjunto de cavalos não era dos melhores, mas o suficiente para levá-la até seu destino. Lévin fizera questão, pois Dolly era sua hóspede e os cavalos de aluguel não aguentariam o percurso. No entanto, aquele desfalque nos cavalos foi sentido por ele, pois foi justamente quando a princesa e a parteira precisaram de cavalos para viajar.

Dolly partiu antes do dia amanhecer. A estrada estava boa e a carruagem era confortável, os cavalos corriam bastante e, além do cocheiro, estava o escriturá-rio que Lévin mandara, por questão de segurança. Dolly só acordou quando já estavam próximos da estação de troca de cavalos.

Após tomar o chá, na casa do mesmo mujique que recebera Lévin quando ele fora para as terras de Sviájski. Após conversar com as camponesas sobre filhos e sobre Vrônski, com o mujique, que o elogiou muito, Dolly partiu, às dez horas.

Geralmente, ela nunca tinha tempo para refletir sobre a vida, pois estava sempre atarefada com os filhos. Agora, durante a viagem de quatro horas, teve tempo de sobra para pensar bastante. Pensava sobre o futuro próximo, na mudança necessária de casa, em Moscou, na troca dos móveis da sala e em costurar um manto para a filha mais velha. Depois, pensou no futuro mais distante, como preparar os filhos para a vida. As filhas, tudo bem; mas os filhos precisavam aprender a se virar por conta própria. Dolly recordou a conversa que tivera com a camponesa, que dissera ter perdido um filho, mas não ligava para isso; afinal, um filho só serve para dar preocupação.

De início, essas palavras pareceram cruéis à Dolly, depois, começou a refletir e chegou até a concordar. Os filhos haviam lhe tomado toda sua vida e sua energia. Até mesmo Kitty, que sempre fora bonita, hoje, com a gravidez, estava feia. Depois do parto, vinham as noites de insônia, a amamentação, as dores nos mamilos rachados, a educação, os maus hábitos, os estudos e, por fim, a morte de um filho, como ocorrera com ela mesma. De repente, ficou irritada, pensando em todo o tempo perdido, ora grávida, ora amamentando, irritada, rabugenta, um fardo para ela e para os outros, além de ficar repulsiva para o marido e criando filhos mal-educados.

Dolly não sabia como seria a vida, se não estivesse na casa de Lévin. No entanto, sabia que não poderia ficar por mais tempo; logo após Kitty dar à luz, deveria ir embora. Querendo tirar todos esses pensamentos da cabeça, Dolly tentou se distrair e perguntou ao cocheiro se ainda faltava muito para chegar à casa de Vrônski. Segundo o cocheiro, faltavam umas sete verstas.

Para Dolly, todas as mulheres viviam, menos ela; por isso, não entendia o motivo de todos atacarem Anna, pois ela estava muito feliz e vivendo, enquanto Dolly estava presa àquela vida. Ela amava Stepan, mas se arrependia de tê-lo perdoado, pois poderia partir para uma nova vida, mais feliz e com mais amor. Mas agora, era tarde, sentia-se velha e feia. Então, resolveu olhar-se em um espelhinho e percebeu que não era tão tarde assim e começou a se lembrar de todos os homens que a cortejaram, desde Serguei Ivánovitch ao bondoso Turóvtsin, que a ajudara a cuidar das crianças com escarlatina e até se apaixonara por ela. Indo longe em seus pensamentos, Dolly colocou-se no lugar de Anna, contando a Stepan sobre sua traição e ria, pensando na reação do marido. Em meio a esses pensamentos, a carruagem chegou na estrada principal.

Capítulo 17

O cocheiro parou a carruagem e olhou para o campo de centeio, onde havia uns mujiques em uma telega. O escriturário pensou em saltar e ir até eles, mas desistiu e resolveu gritar para que viessem. Um dos mujiques levantou-se e foi em direção à carruagem.

– Vamos, anda logo! – gritou o escriturário, irritado com a lerdeza do mujique.

O mujique era um velho, de cabelos crespos e costas curvadas e suadas. Ele apertou o passo e chegou à carruagem. O escriturário perguntou onde ficava a casa senhorial do conde Vrônski. O mujique disse que deveriam seguir toda a vida por aquela estrada, depois virar à esquerda e, por fim, seguir em frente. Dolly interrompeu e perguntou se eles estavam em casa, mas o mujique disse que eles haviam passado por ali não fazia muito tempo. Seguiam em direção ao campo, para ver a nova ceifadeira mecânica. De repente, outro mujique, jovem, aproximou-se e perguntou a eles se não havia um trabalho no campo para ele. Mas o escriturário disse não saber.

Assim que o cocheiro seguiu adiante, um mujique gritou para que esperasse. Os mujiques estavam avisando que os donos da casa estavam vindo. Eram Vrônski, Vássenka, Anna, a princesa Varvara Oblônskaia e Sviájski, em uma caleche nova em folha.

Quando a carruagem parou, os cavaleiros reduziram o passo. Anna estava montada em um cavalo inglês. A postura de Anna, sobre o cavalo, impressionou Dolly. De princípio, parecia-lhe indecente que Anna estivesse cavalgando. A imagem era muito diferente daquilo que imaginava ser uma mulher séria. Para Dolly, aquilo era coisa de mulher jovem e leviana. Porém, ao aproximar-se, notou toda a elegância de Anna ao montar naquele cavalo.

Assim que Anna reconheceu Dolly, na carruagem, abriu um sorriso de alegria e tocou o cavalo a galope. Ao chegar mais perto, desceu do cavalo e foi ao encontro de Dolly. Ela estava muito feliz pela cunhada vir visitá-la. Anna beijava-lhe o rosto e olhava para ela com um sorriso. Vrônski desceu do cavalo e foi até elas. Ele também ficara muito feliz com a visita. Sobre o cavalo, Vássenka apenas acenou para Dolly. Anna apresentou a princesa Varvara, que, com desdém, fez um cumprimento. Sendo tia de Anna e Stepan, as duas já se conheciam, mas Dolly não tinha o menor respeito pela velha Oblônskaia, pois ela vivia à custa dos parentes. Dolly cumprimentou Sviájski, que perguntou sobre Lévin. Percebendo o péssimo estado dos cavalos e da carruagem, ele ofereceu sua caleche à Dolly. Não apenas ela, mas também o cocheiro e o escriturário ficaram com muita vergonha de estarem naquela carruagem velha e imunda.

O escriturário correu para ajudar Dolly a subir, morrendo de vergonha. Em suas cabeças, todos desejavam nunca mais passar por momento de constrangimento como aquele. Por fim, Dolly preferiu ir em sua carruagem e Anna foi com ela. Vássenka foi no cavalo de Anna e prometeu ensiná-lo a galopar com a pata dianteira para a frente. Enquanto isso, os mujiques observavam aquele encontro. Eles admiravam o belo estado dos cavalos, imaginando como seriam úteis no transporte do feno. De longe, não conseguiam distinguir se Vássenka era homem ou mulher, pois ele montava em uma sela feminina.

Capítulo 18

Anna olhou para o rosto de Dolly, magro, empoeirado e com rugas, e quis dizer o que estava pensando sobre sua aparência; mas, ao lembrar-se de que estava mais bonita, o que era visível pela expressão de Dolly ao vê-la, apenas suspirou e falou sobre si.

Anna disse à cunhada que era vergonhoso reconhecer, mas estava muito feliz, mesmo com toda a situação em que se encontrava. Era como se algo mágico tivesse se passado com ela, como um sonho em que as coisas se mostram horríveis e, de repente, você acorda e sente que nada daquilo era real. Era assim que Anna se sentia: que acordara para a vida.

– Como isso me deixa contente! – exclamou Dolly, e perguntou o motivo de Anna não lhe escrever.

Anna respondeu que não quis se atrever a escrever, pois a situação dela não era das melhores. Dolly disse que não havia motivo para cerimônias entre elas e que Anna deveria ter enviado alguma notícia. Ela queria conversar sobre os pensamentos que tivera durante a viagem, mas entendeu que ali não era o melhor lugar e nem o melhor momento.

Em seguida, Anna quis saber o que Dolly pensava da situação dela. Quando a cunhada resolveu responder, Vássenka passou ao lado da carruagem, chamando a atenção das duas, querendo mostrar que conseguira ensinar ao cavalo como galopar com a pata direita à frente. Anna sequer olhou para ele, mas Dolly realmente não achava que aquele seria o melhor momento para ter aquela conversa e então perguntou sobre as construções que estava vendo ao longe. Anna contou que eram as residências dos empregados, a usina e as cavalariças. Toda aquela área estava abandonada, mas Vrônski havia recuperado tudo.

Nos últimos tempos, Vrônski mostrara uma grande habilidade e paixão pelos afazeres do campo. Segundo Anna, tudo o que ele decidia fazer, fazia com maestria. No entanto, Vrônski pegara tanto gosto pelo campo, que até se tornara avarento. Quando Anna o acusou de ser avarento, ele, para provar o contrário, resolveu construir um hospital.

Quando as duas chegaram na casa, o restante do pessoal já havia chegado. Assim que entraram, Vrônski perguntou à Anna onde acomodariam Dolly; ele sugeriu que ela ficasse no melhor quarto da casa, mas Anna queria a cunhada mais próxima dela, em outro quarto. Anna perguntou por quanto tempo Dolly ficaria, alertando que não aceitaria sua visita por apenas um dia, mas ela disse que prometera retornar em breve, por conta dos filhos. Anna desconversou e levou Dolly a seu quarto. O quarto, embora fosse o mais simples da casa, era o mais luxuoso de todos que Dolly já vira, até mesmo do que o melhor hotel em que já ficara.

Anna logo quis saber como estavam os sobrinhos, que ela tanto amava. Dolly contou que Tânia já era uma mocinha. Anna comentou que, se soubesse que Dolly não tinha raiva dela, teria hospedado toda a família naquela casa, mas Dolly disse que estava muito bem hospedada na casa de Lévin e Kitty. Anna insistiu em saber o que Dolly pensava a respeito dela e de sua escolha de vida. Mas, em seguida, disse que isso era uma conversa demasiada longa e que retomariam mais tarde.

Capítulo 19

Sozinha no quarto, Dolly observou atentamente todo o cômodo. Ao seus olhos, tudo passava a impressão de fartura, de elegância; tudo de acordo com o novo luxo, que havia na nova moda europeia, e que ela conhecera apenas nos romances ingleses, mas jamais vira na Rússia ou no campo. Cada detalhe do quarto, desde os móveis ao papel de parede, tudo era novo e muito caro. Uma criada, toda elegante, entrara no quarto, com um penteado e um vestido mais na moda do que os da própria Dolly; a criada ornava com todo o ambiente e com aquele estilo de vida luxuosa. Dolly apreciou sua atenção e cortesia, mas não ficou à vontade com sua presença; sentiu vergonha, por conta da roupa remendada, que viera na bagagem (a mesma roupa que, em casa, trazia-lhe orgulho e que, para as economias de Dolly, não custara barato). No entanto, naquela casa, tudo o que tinha parecia simplório demais, sobretudo diante daquela criada.

Dolly ficou mais tranquila quando Ánuchka entrou no quarto; a antiga criada de Anna já era sua conhecida. Ánuchka estava feliz com a chegada de Dolly e não parava de falar. Dolly entendeu que a criada queria fazer comentários sobre a nova situação da patroa e, especialmente, sobre a dedicação do patrão em relação a ela. Mas, de alguma forma, Dolly evitava os comentários.

Anna entrou no quarto, deixando Dolly contente, pois colocou um fim no falatório de Ánuchka; agora, estava vestida de maneira mais simples e condizente com o vestuário de Dolly. Anna não estava mais constrangida, já trazia no rosto sua expressão costumeira de indiferença, com seus sentimentos e pensamentos íntimos bem escondidos.

– Bem, como vai sua filha? – perguntou Dolly.

Anna, que chamava a filha de Annie, respondeu que estava bem, engordara muito e convidou Dolly para vê-la. Contou que haviam tido problemas com as babás e com a ama de leite italiana, que ela mesma quisera até dispensá-la, mas ficara com pena e não o fez. Dolly quis saber como resolveram a questão do sobrenome da criança, mas no meio da pergunta, mudou o sentido e fingiu querer saber se já a haviam desmamado. Anna percebeu o sentido inicial e respondeu que Vrônski ficava incomodado com tal questão, pois a criança ainda não tinha o sobrenome do pai, mas sim o Karênina. Como sempre, Anna disse que falariam sobre isso mais tarde, e levou Dolly para o quarto da criança, que já engatinhava.

Ali havia o mesmo luxo, com todo o mobiliário inglês, da melhor qualidade e muito caro. A menina estava tomando um caldo, dado por uma criada russa. A ama de leite e a babá estavam no quarto vizinho, conversando em um francês esquisito, que era a única maneira de se entenderem. Quando Anna começou a falar no quarto, a babá inglesa entrou, desculpando-se por algo; ela estava bem--vestida, mas tinha um aspecto sujo. Annie era uma menina linda, gordinha, de cabelos negros e pele rosada. Seu aspecto saudável até causou inveja à Dolly. Contudo, o aspecto do quarto e da babá a desagradaram. Uma boa preceptora não aceitaria trabalhar em uma família como a de Anna e Vrônski, por isso, tiveram de aceitar alguém tão antipática quanto a inglesa.

Dolly notou que a babá, a ama de leite e Anna não se davam muito bem. Ela ficou surpresa ao notar que Anna sequer sabia quantos dentes a filha tinha. Anna chegou a dizer à cunhada como era penoso notar que, às vezes, ela era totalmente dispensável na criação da própria filha. Depois, comentou que encontrara com Serioja, mas, outra vez, disse que falaria a respeito disso mais tarde. Anna sentia-se ansiosa demais, diante de tanta novidade que queria contar.

Depois, Anna levou Dolly para conversar um pouco com Varvara, de quem Dolly não gostava muito, mas que, segundo Anna, era uma boa pessoa e queria apenas o bem dela. Explicou que Sviájski também estava na casa, e era um importante decano da nobreza e parecia querer algo de Vrônski, que, agora com sua fortuna, poderia vir a exercer uma importante influência na região.

Na casa também estavam Tuchkévitch, que sempre andava com Betsy e, por último, Vássenka, um jovem muito amável.

Sendo assim, essa pequena amostra da sociedade de Petersburgo fazia companhia ao casal. Vrônski adorava todos, pois lhe davam toda a atenção de que precisava. Além desses personagens da sociedade, hospedavam-se ali o médico da propriedade, o administrador alemão e um arquiteto, que auxiliava nas novas construções.

Capítulo 20

Após saírem do quarto da menina, Anna levou Dolly até a varanda, onde estava a princesa Varvara, que queria muito conversar com ela. A princesa estava sentada, costurando uma almofada para Vrônski, e recebeu Dolly com muito carinho, com um ar protetor, explicando que estava ali naquela casa apenas para ajudar Anna naquele período de transição. Justificou que, após o divórcio de Anna, retornaria para sua propriedade. A princesa agradeceu Dolly pela generosidade em visitar sua sobrinha, dizendo que agira muito bem e completou dizendo que Stepan fizera bem em mandar Dolly, pois ele poderia precisar da influência da condessa Vrônskaia e do irmão de Vrônski para obter algo em seu benefício. A família, segundo a princesa, fazia muitas coisas boas, como o enorme hospital que Vrônski estava construindo.

Então, a conversa das duas foi interrompida por Anna, que retornou com os homens, que jogavam bilhar. Vássenka sugeriu uma partida de tênis, convidando Anna para ser sua parceira. Mas Vrônski sugeriu um passeio de bote, pois estava calor e Dolly gostaria de conhecer as margens do rio. Sviájski interrompeu e disse que aceitaria qualquer coisa. Por fim, Anna sugeriu que fossem dar uma caminhada e, depois, andar de bote. E assim foi. Vássenka e Tuchkévitch foram preparar o bote, enquanto Anna, Vrônski, Sviájski e Dolly foram passear pela propriedade.

Dolly estava constrangida com toda aquela novidade. No fundo, não via nada de errado na situação de Anna e até a invejava, por ter tanta coragem para largar tudo e viver um amor verdadeiro. No entanto, sentia-se desconfortável com aquele ambiente, com pessoas estranhas e requintadas, e desagradava-lhe imensamente a princesa Varvara, que perdoava todas as ações do casal, em troca de um conforto.

A verdade é que Dolly nunca aprovara Vrônski e a presença dele fazia com que se sentisse constrangida. Considerava-o orgulhoso e não via nada de bom nele, além de sua riqueza. Mesmo constrangida, tentou iniciar uma conversa com ele e começou a elogiar a reforma da casa. Vrônski entusiasmou-se e contou cada detalhe que mudara naquela casa; falou do jardim, que antes era completamente diferente, e dos detalhes da casa, em geral; estava orgulhoso de tudo o que fizera. Ele não se conteve e propôs mostrar o hospital para Dolly; todos foram até a construção imensa do hospital.

Sviájski já havia elogiado o hospital, então, para não parecer bajulador, fez uma crítica a Vrônski, dizendo que ele não construíra nenhuma escola. O conde respondeu que considerava escola uma coisa muito comum; ele queria algo diferente. Vrônski mostrou o prédio novo, que seria a acomodação dos médicos; depois, entraram no prédio do hospital, com todos os equipamentos novos e caros, tudo muito bem construído, com tudo do bom e do melhor. Segundo Sviájski, aquele era o único hospital construído da forma correta, em toda a Rússia. Dolly questionou o porquê de não haver uma sala para a maternidade, mas Vrônski explicou que era destinado apenas para doentes.

De repente, o arquiteto chamou Vrônski para ter uma conversa. Anna sabia do que se tratava e explicou: ela mesma havia sugerido que elevassem a frente do prédio, mas não haviam lhe dado ouvidos. Dolly ficou impressionada com o conhecimento da cunhada e na desenvoltura ao falar sobre arquitetura. Depois, Vrônski retornou e começou a mostrar os detalhes do prédio. Nele, ainda faltavam alguns ajustes finais; no primeiro andar, ainda faltava o piso, mas, no segundo andar, estava tudo pronto, pintado e mobiliado com os equipamentos mais caros que existiam.

Dolly interessava-se por todos os detalhes e tudo lhe agradara, sobretudo o entusiasmo de Vrônski. Chegou à conclusão de que o conde era um homem bom e encantador. Com toda a animação de Vrônski, ela começou a entender o motivo de Anna ter se apaixonado por ele.

Capítulo 21

Anna chamou Dolly para ver os cavalos na cavalariça, mas Vrônski disse achar que Dolly estava cansada e que não se interessava por cavalos, por isso sugeriu que voltassem para casa; ele ofereceu-se para acompanhá-la e conversar um pouco no caminho. Dolly concordou que não gostava muito de cavalos e notou, pelo rosto de Vrônski, que ele queria algo dela. E não estava errada. Assim que atravessaram o portão e chegaram ao jardim, quando sentiu que Anna já estava longe o bastante, ele disse que precisava conversar sobre algo importante; os dois sentaram-se em um banco do jardim.

Vrônski diz que não se enganara ao pensar que Dolly era amiga de Anna. Dolly não disse nada, apenas olhou para ele, assustada, tentando adivinhar o que Vrônski poderia estar querendo. Pensou em diversas possibilidades: que ele pediria para que trouxesse os filhos e ficassem todos com eles, mas isso não queria e teria de recusar; ou então pediria que ela formasse um círculo social para Anna em Moscou; que iria falar de Vássenka, que havia algo de estranho na relação entre ele e Anna; e até falar de Kitty, dizendo-se arrependido por tudo o que fizera com ela. No geral, Dolly só imaginava coisas ruins, mas não adivinhou o que ele realmente queria.

Para começar, Vrônski disse que Dolly estava entre as amigas de Anna, pois apesar da situação dela, mesmo que não concordasse, não a abandonara e desejava ajudá-la. Então, ele começou a desabafar com Dolly, dizendo que sofria muito com o que Anna passava e sabia ser o culpado por tudo. Disse que Anna passou por momentos terríveis na sociedade de Petersburgo, momentos penosos para ela. Dolly apenas confirmava e esperava ouvir o que ele realmente queria dela. De início, pensou que fosse algo da sociedade, mas Vrônski fez questão de mostrar que desprezava a sociedade, pois estava feliz no campo e não precisava de nada da sociedade.

O verdadeiro medo de Vrônski era de que aquela felicidade não durasse para sempre. Ele entendia que Anna sofrera muito e agora estava muito feliz, mas sabia que, em breve, ela sentiria o peso de tudo novamente. Incomodava-se com o fato de Anna não ter se divorciado e de sua filha não carregar seu sobrenome, mas sim o de Karênin. Por fim, lamentava-se por não ter herdeiros perante a lei, não importasse quantos filhos tivesse com Anna.

Ele pediu à Dolly que conversasse com Anna para convencê-la a pedir o divórcio para Aleksei Aleksándrovitch. O marido daria o divórcio, ele sabia, mas Anna precisava escrever para ele e essa tarefa era muito dolorosa para ela. Apesar de Vrônski trabalhar muito no campo e ter descoberto uma grande paixão no trabalho com a terra, ele não via sentido algum em trabalhar e não poder passar tudo aquilo para sua família. Pois, na verdade, ele sequer tinha uma família, era tudo de Karênin, que tinha a posse de uma esposa que odiava e de uma filha que sequer era dele. Dolly entendeu tudo e compreendeu que Vrônski precisava de alguém para desabafar sobre tudo o que carregava consigo.

Dolly pensou por um momento, refletiu e aceitou conversar com Anna, para que ela pedisse o divórcio a Karênin. No entanto, questionou-se sobre o motivo de ela mesma não ter pensado nisso antes. Mas lhe pareceu que Anna evitava pensar no assunto. Sendo assim, Dolly disse que falaria com a cunhada sobre o assunto, diante da expressão de gratidão de Vrônski.

Os dois então se levantaram e seguiram para casa.

Capítulo 22

Ao encontrar Dolly, que já estava em casa, Anna olhou diretamente em seus olhos, como se quisesse saber sobre a conversa que ela tivera com Vrônski, mas ficou calada.

Anna apenas comentou que já estava na hora do jantar e as duas sequer haviam tido tempo de conversar. Em seguida, disse contar com a noite para que pudessem fazer isso. Dolly foi para seu quarto trocar de roupa; no entanto, ela já estava usando seu melhor vestido e teve vontade de rir, diante daquela situação em que se encontrava. Para não deixar de demonstrar que se preparara para o jantar, Dolly pediu à criada que limpasse seu vestido e trocou os punhos, o lacinho e vestiu uma renda sobre a cabeça. Anna entrou no quarto de Dolly e, tentando saber sobre a conversa com Vrônski, disse que ele estava muito feliz com a visita dela, como raramente ficava com a presença de alguém. Elas não conseguiram conversar antes do jantar. Ao entrar na sala de jantar, estavam todos presentes; a princesa Varvara com um de seus melhores vestidos e os homens de sobrecasacas, somente o arquiteto estava de fraque.

A mesa estava impecável, desde as louças, os talheres até a refeição, tudo combinava com o requinte da casa. Dolly observava todo aquele luxo, que estava muito longe de ser algo que ela tivesse em sua casa, mas não deixava de olhar cada detalhe. Ela, como dona de casa, sabia que todo aquele esmero não se organizava por si só. Ao observar Vrônski dando sinais para os criados e ao mordomo, entendeu que tudo aquilo fora organizado pelo próprio anfitrião. Anna cumpria seu papel de anfitriã apenas na conversa. A mesa era pequena, composta por pessoas de mundos completamente distintos; o administrador e o arquiteto se esforçavam para estar à altura de todo aquele requinte.

Anna comentou que Sviájski ficara impressionado com a rapidez com que a construção do hospital era conduzida. Mas o arquiteto disse que o mérito era todo deles, que era bom trabalhar para pessoas que entendiam do serviço e resolviam tudo rapidamente. Depois, para tirar o administrador de seu silêncio, Anna perguntou se Dolly já vira as máquinas de ceifar. Então, ela mesma tentou demonstrar como funcionava, com uma faca e um garfo, dizendo que funcionava como se fossem duas tesouras. A explicação era precária, mas ela prosseguiu mesmo assim. Vássenka fez gracejos com a explicação de Anna, que ficou calada e pediu a confirmação ao administrador alemão, que concordou com ela.

Sviájski diz que Anna não explicara corretamente sobre a máquina de ceifar, fazendo brincadeiras. O tom de Anna com Sviájski, como se demonstrasse um traço de sedução, deixou Dolly incomodada. O administrador elogiou Anna, dizendo que ela tinha grandes conhecimentos sobre arquitetura, e Dolly concordou. Mas Anna disse que era natural, pois falavam tanto naquele assunto, que ela já passara a conhecer a respeito.

Dolly percebeu que o tom de brincadeiras de Vássenka com Anna a desagradava. No entanto, ela também usava o mesmo tom. Vrônski agia completamente diferente de Lévin, que se incomodava com os gracejos de

Vássenka; incentivava-os. Dolly estava adorando toda aquela conversa e até mesmo se exaltara. Tanto que, depois, ficou pensando se não dissera nada que pudesse ser desagradável.

De repente, Sviájski perguntou de Lévin para Dolly e disse que era um jovem louco, com opiniões muito estranhas, pois criticava o uso das máquinas no campo. Vrônski disse que, para Lévin criticar, precisava conhecer as máquinas e argumentou que ele poderia ter visto máquinas russas, que eram ruins, e então as criticara; mas as máquinas europeias eram superiores.

Dolly não gostou de Lévin ser o assunto da vez e disse que não podia falar nada a respeito, apenas Lévin poderia. Sviájski continuou o assunto; disse que gostava muito de Lévin, mas não entendia o motivo de ele não gostar do conselho rural e criticá-lo, dizendo que não servia para nada. Dolly, defendendo Lévin, disse não conhecer alguém mais rigoroso no cumprimento das obrigações do que ele. Ela já estava irritada com o ar de superioridade de Vrônski.

Vrônski disse que fazia questão de participar do conselho rural e que o considerava muito importante. Estava muito honrado em ser juiz de paz e decidir sobre as questões do campo, como uma forma de retribuir tudo o que ele conseguira como senhor de terras. Anna dizia concordar um pouco com Lévin; pois os homens se ocupavam demais com as obrigações sociais, que os deixavam sem tempo para nada. Argumentou que Vrônski já estava participando de alguns conselhos e apontou Sviájski, que participava de dezenas deles. Ali, Dolly percebeu que havia um ponto de discórdia entre Anna e Vrônski. Era um assunto que gerava um desconforto entre os dois e, por isso, Anna fez questão de citá-lo.

Após o jantar, todos foram jogar tênis no gramado. Vássenka era o pior jogador; Dolly logo se cansou e ficou sentada com a princesa Varvara e Tuchkévitch; Vrônski e Sviájski jogavam muito bem e empenhavam-se na partida. Vássenka pediu a autorização das senhoras, para tirar a sobrecasaca e ficar apenas de camisa. A imagem de Vássenka, suado e de camisa, tomou os pensamentos de Dolly ao deitar-se para dormir.

Depois que descansou, Dolly resolveu jogar mais um pouco, a fim de passar o tempo. Aquela superficialidade causava-lhe incômodo; aquelas pessoas, sem crianças, entretendo-se com uma brincadeira infantil. Dolly sentia-se como em um teatro, representando o dia todo. Ela viera com a intenção de ficar dois dias; porém, durante o jogo, decidiu que partiria no dia seguinte. Os afazeres domésticos e maternais, os quais ela passara a odiar enquanto estava na estrada, agora, já lhe faziam falta e desejava retornar para eles.

Dolly sentiu um grande alívio quando se deitou para dormir. Até a ideia de Anna entrar em seu quarto, querendo conversar, a desagradava. Ela queria ficar sozinha com seus pensamentos.

Capítulo 23

Quando Dolly já queria se deitar, Anna entrou em seu quarto, de penhoar.

Por diversas vezes, durante o dia, Anna insinuou querer conversar com Dolly sobre assuntos pessoais, mas sempre se detinha, dizendo que, mais tarde, conversariam bastante sobre o assunto. Agora que estavam a sós, Anna parecia não ter o que dizer. Ficou sentada próximo à janela e tentava relembrar tudo o que gostaria de ter dito durante o dia. Enquanto não lembrava, iniciou outra conversa, perguntando sobre Kitty, querendo saber se ela estava zangada. Dolly disse que a irmã não estava zangada com Anna, mas alertou que não era algo que se perdoasse. Anna compreendeu e disse que não era culpada de nada, talvez, sequer houvesse algum culpado. Para Anna, tudo o que acontecera, tinha de ser assim e não havia outra maneira. Por fim, ficou contente em saber que Kitty estava feliz e casada com um excelente homem, que, segundo Dolly, não poderia haver outro melhor.

Dolly resolveu tocar no assunto de sua conversa com Vrônski. Anna interrompeu, dizendo saber que eles haviam conversado, e fez-lhe a mesma pergunta que fizera pela manhã: quis saber o que a cunhada pensava dela, de sua vida. Dolly não sabia ao certo o que dizer, mas Anna insistiu para que respondesse. Na verdade, ela estava preocupada com o outono, quando ficaria sozinha, enquanto Vrônski viajava a trabalho. Ela não iria impedi-lo de viajar, mas ficava preocupada com sua situação. De repente, ela quis novamente saber o que Vrônski conversara com Dolly.

Sem saber ao certo como começar aquela conversa, Dolly titubeou; mas então disse que era um assunto que ela mesma já queria falar a respeito, que a incomodava. Começou dizendo que, se possível, Anna precisava se casar. Anna percebeu que o assunto era seu divórcio e quase comparou Dolly com Betsy, que dissera a mesma coisa, em Petersburgo, mas não o fez. Dolly continuou, dizendo

284 | Liev Tolstói

que Vrônski sofria por ela e desejava dar seu sobrenome à filha e exercer seus direitos sobre Anna. Porém, Anna não recebeu bem aquela notícia, pois já se sentia uma escrava em sua situação.

Depois, Dolly disse o que Vrônski queria mesmo era poder dar seu nome a seus filhos. Nesse momento, Anna questionou sobre a palavra no plural, pois ela não queria ter mais filho algum. Então, notou que Dolly ficara chocada com sua resposta e resolveu explicar que, após sua doença, o médico disse que ela não teria mais filhos. Mesmo assim, para Dolly, fora um choque. Ela não conseguia imaginar uma família com apenas um ou dois filhos. Porém, a condição de Anna explicava o motivo de algumas famílias terem tão poucos filhos. Anna explicou que havia apenas duas opções: ficar grávida e doente ou ser uma companheira para o marido.

Para Anna, era inútil tentar prender um marido com uma barriga e não com amor. Nesse momento, Dolly lembrou-se de que nem mesmo sua barriga impedira que Stepan a traísse com outras mulheres. Portanto, concluiu que, se Vrônski assim quisesse, trairia Anna mesmo com toda sua beleza; um homem sempre encontra alguém melhor, se assim for sua vontade.

Anna continuou argumentando que não poderia desejar mais filhos, pois eles nasceriam infelizes, com o nome de um estranho. Então, Dolly explicou que essa era a questão de Vrônski, em querer que Anna se divorciasse e se casasse com ele. Mas Anna não lhe deu ouvidos, dizendo que bastava não ter mais filhos.

Para Dolly, tudo aquilo era muito cruel; mas Anna realmente não desejava ter filhos. Dolly não disse mais nada; sentia que estava muito distante de Anna e nunca chegariam a um ponto pacífico.

Capítulo 24

Justamente por conta de todos os argumentos de Anna, Dolly achava necessário que ela pedisse o divórcio a Karênin. Mas Anna disse que não queria falar sobre tal assunto.

Dolly disse que ela encarava as coisas de uma maneira muito triste; Anna rebateu dizendo que estava muito alegre e satisfeita. Disse que tentava ver as coisas por um lado mais alegre, mas pensava o tempo todo em casar-se com Vrônski, e já estava enlouquecendo com a impossibilidade e só dormia sob o efeito da morfina. Dolly insistiu, dizendo que precisava tentar. Anna explicou o que significava tentar o divórcio; seria reconhecer uma culpa perante Aleksei Aleksándrovitch, humilhar-se e reconhecer a bondade dele. Em troca, receberia uma resposta ofensiva ou o consentimento. Com o consentimento, casar-se-ia com Vrônski, no entanto, o ex-marido afastaria Serioja de uma vez por todas dela. O menino cresceria odiando e culpando a mãe por tê-lo abandonado e ao pai também. Anna explicou que amava o filho e Vrônski igualmente; no entanto, não podia ter os dois. Por fim, disse que a única coisa necessária para ela era ter os dois e que, se não era possível ter a ambos, nada mais importava para ela.

Quando Dolly ficou sozinha em seu quarto, rezou muito a Deus e deitou-se para dormir. Ela sentira muita pena de Anna. Agora, pensava apenas em seus filhos e em sua casa, como um novo encanto em sua vida. Sendo assim, resolveu partir no dia seguinte.

Anna voltou para seu quarto, pingou algumas gotas de remédio, à base de morfina, e deitou-se para dormir. Vrônski a olhava com atenção, tentando decifrar como fora a conversa com Dolly. No entanto, não conseguia adivinhar nada e não queria perguntar sobre a conversa, esperava que Anna lhe contasse algo, mas foi em vão.

No dia seguinte, Dolly preparou-se para partir, a despeito da insistência dos anfitriões para que ela ficasse na casa. A mesma carruagem velha, com cavalos mal emparelhados, parou diante da entrada da casa. Para Dolly, a despedida foi desagradável, pois, após um dia, a princesa Varvara e os homens sentiam que não tinham afinidade com ela e era melhor que não se encontrassem mais. Apenas Anna ficara triste com a despedida. Ela sabia que, com a partida de Dolly, não teria mais ninguém para conversar sobre seus assuntos mais íntimos.

Quando a carruagem partiu, Dolly sentiu um grande alívio. Quando chegou à propriedade de Lévin, encontrou todos muito felizes. Ela contou tudo sobre a viagem, de maneira alegre, sobre o luxo, a comida, as acomodações e as distrações. Não permitiu que ninguém falasse mal de Vrônski e de Anna. Dolly disse, com sinceridade, que os dois eram muito gentis. Ela já havia abandonado todo o desconforto que sentira na casa deles.

Capítulo 25

Vrônski e Anna ainda não haviam tomado nenhuma providência quanto ao divórcio. Eles ficaram todo o verão e uma parte do outono no campo. Decidiram não ir a lugar algum; mas, ao ficarem sozinhos por tanto tempo, deram-se conta de que precisavam mudar algo.

Parecia que não tinham como desejar algo melhor. Eles viviam em fartura, tinham saúde, havia o bebê e tinham suas próprias ocupações. Anna cuidava de si e ocupava-se com suas leituras. Ela lia de tudo, de romances a livros mais sérios; também lia sobre os assuntos que interessavam Vrônski. Após um tempo, o próprio Vrônski a consultava sobre algumas questões de agronomia e arquitetura. Porém, sua maior preocupação era consigo, se Vrônski a amava, se conseguiria substituir tudo o que ele abandonara por ela.

Vrônski gostava dessa preocupação de Anna, que fazia com que ela o servisse e agradasse. No entanto, esse amor também o oprimia, pois ele se sentia preso de alguma forma. Não desejava se ver livre do amor de Anna, mas desejava sua liberdade, de poder ir à cidade sem que Anna criasse caso com isso.

Ele estava satisfeito com sua vida de senhor de terras. Conseguira aumentar seu patrimônio, mesmo com a construção do hospital e a compra de máquinas. Vrônski obtinha muito lucro com a venda de madeira, cereais, lã e arrendamento de terras. Não se deixava levar pelas sugestões do administrador alemão, só comprava aquilo que era necessário e máquinas que fossem totalmente inovadoras e desconhecidas do povo russo, que pudessem lhe dar visibilidade perante todos.

No mês de outubro, haveria as eleições dos decanos da nobreza, na província de Káchin. Lá, encontravam-se as propriedades de Vrônski, Sviájski, Koznychev, Oblônski e parte das terras de Lévin. Pessoas viriam de todas as partes da Rússia e do exterior. Vrônski prometera a Sviájski que também iria para as eleições. Na véspera de sua partida, comunicou a Anna, de maneira severa, já esperando que ela fosse contrária. No entanto, para a sua surpresa, Anna agiu da maneira mais serena possível, perguntando apenas a data de retorno. Vrônski sabia que Anna estava escondendo algo; mas, para não criar problemas, resolveu apenas aceitar. Sendo assim, partiu para as eleições. Foi a primeira vez que partiu sem Anna lhe pedir explicações. Isso o deixou intrigado, mas, por ora, parecia ser o melhor. Vrônski, em seus pensamentos, sabia que poderia dar tudo para Anna, menos sua liberdade masculina.

Capítulo 26

Em setembro, Lévin já estava morando em Moscou, por conta do parto de Kitty. Estava na cidade fazia um mês e não tinha nada para fazer. Então, Serguei o chamou para ir até Káchin, onde tinham propriedades e aconteceriam as eleições para o próximo decano da nobreza. Lévin aproveitaria para cuidar de alguns negócios, que eram uma tutela e uma cobrança, para sua irmã, que estava no exterior. Lévin ainda não tinha certeza se iria, mas Kitty o aconselhou que fosse, vendo que ele estava entediado em Moscou. Essa soma em dinheiro, a ser recebida em nome da irmã, fora justamente o motivo da partida de Lévin. Ele passou dias tentando resolver seus negócios, mas, por conta das assembleias, não conseguia finalizar nada; nem mesmo com a ajuda de seu advogado. Se Lévin não tivesse se tornado um homem mais paciente após o casamento, não teria insistido tanto.

Agora, Lévin levava tudo com a mais seriedade; até mesmo a votação para o decano da nobreza, cuja serventia ele não entendia muito bem. Serguei explicou-lhe todo o sentido e a importância das eleições. O decano da nobreza da província, pela lei, comandava as tutelas, os fundos formados pelas contribuições dos nobres, os liceus feminino, masculino e militar, a instrução pública e o conselho rural. O decano era Snetkov, um velho nobre, bondoso, rico e honrado, mas que não compreendia as exigências atuais. Queriam trocá-lo por alguém mais jovem. Como aquela província era muito importante, tudo que nela fosse feito poderia se tornar um exemplo para todo o país. Para o lugar desse decano, queriam Sviájski ou então Nevedóvski, um grande amigo de Serguei.

A assembleia teve início e o governador fez um discurso para os nobres, para que elegessem os funcionários públicos por mérito e pelo bem da pátria, não por amizade. Após o discurso, o falatório tomou conta do salão. Depois, foram todos para a catedral, erguendo a mão e repetindo palavras de juramento, de que cumpririam tudo o que o governador esperava. No segundo e no terceiro dia, falaram dos fundos das contribuições dos nobres e do liceu feminino. Lévin estava em busca de uma resolução para suas questões e não acompanhou os debates. No quarto dia, falaram sobre os fundos provinciais. Ali, deu para perceber as diferenças entre o partido jovem e o velho. A comissão informara que não havia discrepância no fundo e estava tudo em ordem. O decano levantou-se, emocionado, e agradeceu a todos. Todos aplaudiram. No entanto, um jovem fidalgo levantou a dúvida sobre a integridade daquela contabilidade. Ele gostaria de um relatório sobre os fundos.

Lévin ficou surpreso por aquela discussão ser tão longa, visto que o próprio Serguei contara-lhe que o decano era alguém muito honesto. Segundo Serguei, aquilo era tudo uma armação para destruir a forma paternal de gerir os assuntos da nobreza. No quinto dia, foram eleitos os decanos da nobreza do distrito. No distrito de Seleznev, Sviájski foi eleito por aclamação e ofereceu um jantar em sua casa.

Capítulo 27

No sexto dia, aconteceriam as eleições provinciais. As salas estavam lotadas de nobres com diversos uniformes. Alguns estavam ali apenas para aquele dia. Nas salas, os nobres se dividiam em grupos distintos; eles cochichavam entre si, olhavam torto um para o outro, escondiam segredos e usavam uniformes diferentes.

Os mais velhos usavam uniformes antigos, ainda com enchimentos nos ombros e muito justo no restante do corpo, como se fossem adultos em roupas de crianças. Os jovens usavam uniformes da moda, com cintura baixa. Porém, os jovens e os velhos não se distinguiam pelo partido, muitos velhos flertavam com o partido dos jovens.

Lévin estava na sala onde se encontrava seu grupo de conhecidos; ele prestava atenção à conversa, em que Serguei era o centro das atenções. Ali, eles articulavam sobre as eleições e seus possíveis candidatos. Stepan, quando viu Lévin, foi conversar com ele e brincou, dizendo que o amigo tomara gosto por aquilo. Lévin explicou que até gostaria de tomar gosto, mas nada entendia daquelas conversas. Stepan explicou que, se todos os distritos decidirem por um candidato, não haveria votação. Mas os jovens não queriam isso. Eles queriam que Snetkov desistisse de sua candidatura. A ideia era que o distrito de Sviájski não propusesse candidatura e votasse no próprio Snetkov, de propósito, para confundir os cálculos do adversário, e para, depois, apresentarem o candidato deles e votá-lo. Lévin teve dificuldade em compreender; ele quis fazer perguntas, mas o ambiente estava muito ruidoso. Alguns, como Flerov, gritavam sobre uma procuração rejeitada e queriam consultar a lei. Todos debatiam de maneira exaltada.

Capítulo 28

Lévin estava distante, ao lado de um velho nobre e outro que fazia barulho com suas botas. Mas ele pôde identificar que discutiam sobre um artigo de uma lei. Abriram caminho para Serguei ir até a mesa. Ele achava justo consultar o artigo da lei. No artigo, dizia que, em caso de divergência, precisava haver votação. Nesse momento, apareceu um fidalgo, com um anel enorme no dedo, batendo com ele na mesa e pedindo a votação e todos começaram a falar cada vez mais alto na sala. Embora o tal fidalgo quisesse a mesma coisa que Serguei, ele parecia odiá-lo e exaltava-se cada vez mais, pedindo que houvesse votação.

Alguns não achavam justo pedir a contabilidade de um decano da nobreza, outros chamavam de patifaria, outros pediam votação. Lévin não compreendia nada daquilo e apenas observava a paixão com que discutiam a questão de votar ou não sobre o cancelamento da procuração de Flerov. Para Lévin, era horrível ver tantos nobres de bem, muitos amigos dele, tão exaltados e brigando entre si.

Para livrar-se daquela imagem desagradável, Lévin foi para outra sala, onde havia apenas os criados em redor do bufê. Lévin ficou aliviado naquele ambiente silencioso e ficou olhando os criados trabalharem. Ele observava com atenção o criado mais velho, que ensinava aos mais jovens como dobrar um guardanapo, zombando deles. Quando Lévin resolveu conversar com os criados, um velho veio chamá-lo para votar. Lévin recebeu uma bolinha branca e foi para a mesa de votação. Era preciso colocar a bolinha em um determinado lugar, na urna. Lévin seguiu o irmão e, ao votar, perguntou onde ele deveria colocar a bolinha. Perguntou em voz baixa, para ninguém ouvir. Porém, quando falou, todos ficaram em silêncio e ouviram sua voz. Alguns sorriram e Lévin cobriu a mão sobre o pano e colocou a bolinha do lado direito. Depois, lembrou-se de que deveria colocar as duas mãos sob o pano, mas já era tarde.

O resultado foi vinte e seis votos a favor e noventa e oito contra. O partido velho não se deu por vencido e pediu a Snetkov que se candidatasse, mas ele proferiu algumas palavras emocionadas e saiu, aos prantos. Na saída, Snetkov esbarrou em Lévin e pediu desculpas. Mas olhou para Lévin e o reconheceu. Lévin estivera em sua casa, no dia anterior, para tratar de seus documentos. Lá, ele pôde ver que aquele senhor era um homem bondoso e dedicado à família. Agora, o velho pareceu-lhe digno de pena. Tentando dizer algo agradável, Lévin comentou que ele seria o decano da nobreza outra vez. Mas a resposta do velho foi desanimadora: disse estar velho e cansado; queria deixar a função para algum jovem.

A eleição fora iniciada. O partido jovem conseguiu o voto de Flerov e um tempo para convocar mais três nobres, que foram impedidos de participar, por conta de manobras dos velhos. Dois deles foram embebedados, de propósito, e o outro estava sem o uniforme. O partido jovem correu para conseguir um novo uniforme e trouxe ao menos um dos embriagados.

Capítulo 29

A estreita sala, onde fumavam e comiam, estava cheia de nobres. Os líderes agitavam-se diante da contagem das bolinhas, pois eles conheciam todos os detalhes daquele procedimento. Os outros, apenas se distraíam, ora comendo, ora conversando. Lévin não estava com fome e não fumava. Ele não queria se reunir com seu grupo, pois estavam conversando com Vrônski, de maneira animada. Lévin o vira um dia antes, mas evitava se encontrar com ele de todas as maneiras possíveis.

Enquanto Lévin estava sentado, sentou-se um velho muito nervoso com aquela situação toda e praguejava em voz alta, outros senhores de terras também reclamavam, dizendo ser tudo uma fraude e, ao olhar para Lévin, saíram de perto dele. Outra multidão seguia um fidalgo que falava muito alto, era um dos fidalgos que os velhos embebedaram, para impedir a participação. De repente, o velho senhor de terras, que Lévin conhecera na casa do Sviájski, aproximou-se dele. Lévin perguntou como estava sua propriedade, ao que o velho respondeu que estava com prejuízo, como sempre. O senhor perguntou se Lévin viera tomar parte naquele golpe de estado, dizendo que a Rússia toda estava presente ali, só faltavam os ministros.

Lévin confessou que não compreendia nada daquele acontecimento. Para alívio de Lévin, o senhor disse que não havia nada para compreender naquele lugar. Segundo ele, tudo aquilo ruíra e movia-se apenas por inércia. Ele mesmo disse estar ali apenas por hábito e para conseguir a vaga de membro vitalício para seu genro, que era pobre e precisava de uma melhor posição.

O senhor de terras reclamou de um homem todo agitado, que falava demais. Lévin disse que era a nova geração da nobreza. O senhor de terras interrompeu e disse que era a nova geração, mas não era da nobreza. Ele tinha raiva dos novos proprietários de terras, que eram puros comerciantes e não nobres, que herdaram suas terras. O senhor perguntou sobre as propriedades de Lévin, mas ele disse que rendia apenas cinco por cento. Então, a conversa entre os dois se deu acerca do trabalho de um senhor de terras, que eles sentem a obrigação e o compromisso com a terra; mesmo que não dê lucro, trabalham da mesma forma, como obrigação.

Depois, o senhor de terras comentou sobre Vrônski, que desejava implantar uma indústria agrícola, disse que ele gastara uma fortuna, mas não obtivera lucro algum. Lévin questionou o fato de eles não agirem como comerciantes, mas o velho argumentou que esta não é a índole de um nobre.

Quando Sviájski se aproximou, o senhor de terras o cumprimentou, com entusiasmo e alegria por encontrá-lo, e comentou que ele e Lévin desabafaram um pouco.

Capítulo 30

Sviájski pegou Lévin pelo braço e o conduziu até o grupo de amigos. Dessa vez, Lévin não teve como evitar Vrônski, que conversava com Stepan e Serguei, e olhava em sua direção, enquanto ele se aproximava.

Vrônski cumprimentou Lévin com muita gentileza, dizendo que já tivera a satisfação de conhecê-lo. No entanto, Lévin o cumprimentou de maneira fria, embora ruborizado, e virou-se para o irmão. Vrônski virou-se para Sviájski e já não desejava ter o menor contato com Lévin. Este, arrependido e tentando reparar a péssima impressão que deixara, olhava para Vrônski a todo momento, enquanto conversava com o irmão, a fim de obter alguma resposta do conde.

Lévin quis saber como ficaria a situação da votação e Sviájski disse que tudo dependia da aceitação ou da renúncia de Snetkov, que, até então, não dera resposta. Lévin não entendia quem seria o candidato, caso Snetkov renunciasse; Vrônski disse poderia ser qualquer um que quisesse ser candidato, mas ele não queria, enquanto olhava para outro colega.

– Mas então, quem? Nevedóvski? – perguntou Lévin, criando um embaraço entre todos.

Acontece que Sviájski e Nevedóvski já eram candidatos. Nevedóvski disse que ele não seria, de forma alguma. Lévin não o conhecia e fora apresentado por Sviájski.

Stepan fez a mesma brincadeira com Vrônski, que fizera com Lévin, dizendo que ele pegara gosto por aquilo. Vrônski admitiu que era tudo muito empolgante, como uma luta. De repente, o conde perguntou a Lévin o motivo de ele não ser juiz de paz, sendo morador do campo há tanto tempo. Lévin, tentando reparar sua grosseria inicial, respondeu que era uma instituição idiota e inútil. Porém, a reparação apenas piorou a situação; Vrônski discordava de tal opinião, mas Lévin continuou dizendo que nunca precisara dos juízes para nada. Sem contar que gastava quinze rublos com um advogado, para poder resolver uma questão de apenas dois rublos.

Stepan, para amenizar, disse que Lévin era um excêntrico e chamou todos para a votação. Serguei, percebendo a investida fracassada de Lévin, disse não entender como o irmão poderia ser tão alheio ao mais elementar tato político. Disse ainda que não entendia como Lévin pôde se fazer de amigo do decano da província, oponente deles, enquanto tratava Vrônski, que estava do lado deles, com grosseria. Lévin apenas disse que não entendia nada daquilo, que era tudo bobagem. Serguei interrompeu, dizendo que ele considerava bobagem, mas, mesmo assim, quando se intrometia, criava confusão.

Por fim, o decano da nobreza resolveu se candidatar, mesmo sabendo que preparavam alguma armadilha. Todos se levantaram para a votação. Stepan alertou Lévin para colocar a bolinha do lado direito. Confuso, Lévin achou que Stepan estivesse enganado e votou no lado esquerdo. Algumas pessoas perceberam que Lévin votara errado. Ele havia se esquecido da complexa estratégia de seus companheiros.

Após a contagem dos votos, decidiu-se que Snetkov fora eleito. Todos o cercaram e parabenizaram-no. Lévin pensou que tudo estivesse finalizado, mas Sviájski lhe disse que estava apenas começando. Lévin lembrava-se vagamente de um plano dos colegas, mas ficou desanimado por não compreender e saiu daquela multidão.

Lévin foi novamente até a sala onde estavam os criados. Enquanto comia, começou a conversar com eles, sobre os antigos senhores. Depois, andou pelas tribunas e observou as senhoras, advogados e pessoas comuns, que assistiam atentamente à toda votação. Algumas pessoas falavam em seu irmão, que tinha uma oratória maravilhosa.

Enquanto olhava para baixo, Lévin viu anunciarem outras candidaturas; era o momento da virada, que seus colegas planejaram. Em meio ao anúncio dos nomes, ouviam-se os próprios escolhidos renunciando, um a um. Lévin entendia ainda menos tudo o que acontecia e resolveu sair daquele lugar. Quando já ia embora, um secretário o deteve e disse que iria começar a votação, conduzindo-o até o salão.

Elegeram Nevedóvski, conforme o plano, e ele tornou-se o decano da nobreza da província. O grupo jovem estava em êxtase, enquanto o grupo opositor estava infeliz. Assim como o governador, Nevedóvski foi cercado pela multidão, a mesma que cercara Snetkov momentos antes.

Capítulo 31

O decano da nobreza da província e muitos outros membros do partido vencedor jantaram na casa de Vrônski. Ele viera à eleição porque buscava algo diferente, já estava cansado do campo, queria provar à Anna que tinha sua liberdade e também retribuir aos favores de Sviájski nas eleições do conselho rural. Ele não esperava que fosse gostar tanto daquele ambiente. Vrônski conseguiu êxito entre todos os fidalgos. Ainda estava longe de ter influência, mas sabia que era uma questão de tempo, pois sua riqueza e origem nobre contribuíam para tal; sem contar a casa que lhe fora cedida por Chírkov, um banqueiro de Káchin, o excelente cozinheiro que trouxera consigo e sua grande amizade com o governador, que havia estudado com ele no colégio militar. Vrônski tinha a certeza de que agradava a todos, exceto ao estranho senhor que se casara com Kitty Scherbátskaia.

Agora, com todos reunidos em sua casa, Vrônski vivenciava seu triunfo por ter contribuído com a vitória de Nevedóvski. Aquele ambiente o atraíra de tal forma, que, caso viesse a se casar, pensou em candidatar-se para as próximas eleições. Sviájski encarava sua derrota com humor. Na verdade, ele sequer considerava uma derrota, pois não conseguia pensar em alguém melhor do que

Nevedóvski para representar a nova nobreza. Stepan estava contente e narrava cada detalhe do que acontecera na eleição. Sviájski imitou o velho decano derrotado em seu discurso. Nevedóvski fazia-se de indiferente com toda a reverência de seus colegas; mas estava apenas se contendo, diante de tanta felicidade com sua vitória.

Após o jantar, todos enviaram telegramas para anunciar a vitória do novo decano da nobreza da província. Stepan, como sempre, não quis ficar para trás e enviou um telegrama para Dolly, anunciando a vitória de Nevedóvski. Quando Dolly recebeu, logo adivinhou que era apenas um dos muitos telegramas que Stepan gostava de enviar ao final dos jantares. Ela apenas se preocupava com o rublo gasto com aquela extravagância.

Vrônski foi convidado pelo governador para um concerto beneficente para os companheiros do exército. O governador queria apresentá-lo à sua esposa e acrescentou que também iria apresentá-lo às beldades do baile. Vrônski disse que não era de seu feitio, mas aceitava o convite. De repente, o mensageiro trouxe-lhe uma carta de Anna. Vrônski já imaginava do que se tratava; ele prometera retornar na sexta-feira e já era sábado e nada de retornar. Sabia que Anna estava furiosa e queria saber notícias dele.

Ao ler a carta, viu que estava certo; porém, Anna dizia que a filha estava doente, talvez pneumonia, e que ela não sabia o que fazer. Disse que pensava em ir até ele. Vrônski ficou irritado, pois sabia que era tudo uma encenação de Anna, tudo para mantê-lo sob suas rédeas. Afinal, ela não estava preocupada com a doença da filha, pois, se assim fosse, não a deixaria, doente e sozinha, para vir até ele. Mesmo assim, Vrônski, que dividia a alegria da vitória com o desgosto da carta de Anna, resolveu retornar para o campo, no primeiro trem noturno.

Capítulo 32

Antes da partida de Vrônski para as eleições, Anna pensou que se eles tivessem a mesma discussão de sempre, isso poderia esfriar seu amor por ela. Sendo assim, decidiu agir de maneira diferente e encarar com serenidade sua partida. Porém, a frieza com que Vrônski a tratou momentos antes de partir, deixou-a completamente apavorada.

Quando ficou sozinha, Anna refletiu sobre a atitude de Vrônski, como se desejasse a liberdade, e pensou a mesma coisa de sempre, sua própria humilhação e o medo de ele deixá-la para sempre; afinal, para Anna, Vrônski não tinha vínculo algum com ela que não fosse o próprio amor. Para ela, seu olhar na despedida denotava que ele já estava começando a ficar frio.

Com a certeza dessa frieza, Anna sabia que não conseguiria modificar sua relação com Vrônski apenas com seu amor. Ela não conseguiria segurá-lo apenas com isso. Para amenizar esses pensamentos, ocupava-se durante o dia e tomava morfina durante a noite. Na verdade, Anna não queria prendê-lo a ela, queria apenas estreitar suas relações com ele. Por fim, resolveu aceitar a possibilidade de pedir o divórcio a Aleksei Aleksándrovitch, na próxima vez que Stepan ou Vrônski sugerissem.

Durante os cinco dias de solidão, Anna passeou com a princesa Varvara, leu todos os livros que pegava em suas mãos e ocupou-se dos doentes no hospital. Porém, quando o cocheiro retornou com a carruagem vazia, no sexto dia, Anna entrou em desespero. No mesmo dia, a filha ficara doente e ela propôs-se a cuidar dela, mas isso não era o suficiente para distraí-la, até porque não era uma doença grave. Anna não conseguia amar aquela criança, por mais que se esforçasse; ela sequer conseguia fingir ter amor pela menina. Na mesma noite, ao ver-se sozinha e com medo de perder Vrônski, resolveu ir até a cidade. No entanto, pensou melhor e escreveu uma carta que logo enviou.

Na manhã seguinte, Anna recebeu uma carta que Vrônski escrevera alguns dias antes. Ela já se arrependera de ter enviado sua carta. Sabia que ele receberia muito mal a mensagem e ficaria ainda mais frio. Mesmo assim, estava contente por, ao menos, ter Vrônski de volta, sob seus olhos. Anna estava na sala, lendo um livro, atenta a qualquer barulho na parte de fora, imaginando ser a carruagem de Vrônski. Até que, finalmente, a carruagem chegou e a princesa Varvara confirmou que era Vrônski. Anna ficou paralisada e não desceu para recebê-lo. Ficou envergonhada por mentir sobre a doença da filha, que não era tão grave e até já estava curada, havia dois dias. Chegou a lamentar a rápida recuperação da filha.

Depois, ela resolveu descer para encontrar Vrônski. Ele estava na porta, perguntando pela filha. Anna estava vestida especialmente para recebê-lo e ele sabia disso. A expressão severa dominou o rosto de Vrônski. Mesmo assim, a noite foi muito tranquila e alegre. Vrônski contou todos os detalhes das eleições e Anna puxava o assunto, sabendo que isso o agradava.

Quando ficaram a sós, Anna perguntou se Vrônski ficara aborrecido com sua carta. Ele confirmou que ficara e não entendera como ela podia deixar a filha doente para encontrá-lo na cidade. Anna demonstrou insegurança e medo de perder o amor de Vrônski, mas ele disse que isso era impossível, estava preso ao amor que sentia por ela. Anna viu aquela declaração como um sinal de que a vida com ela o aborrecia. Ele tentou se justificar e mostrar que ela estava equivocada, mas Anna não lhe deu ouvidos. Vrônski disse que desejava se casar com ela, mas precisava do divórcio. Anna, finalmente, resolveu concordar com o divórcio e escreveu a Aleksei Aleksándrovitch.

No fim de novembro, a princesa Varvara retornou para Petersburgo e Anna partiu com Vrônski para Moscou, onde ele precisava tratar de negócios. Ela aguardava ansiosamente a resposta de Karênin à sua carta. Em Moscou, os dois já estavam estabelecidos como marido e mulher.

Sétima parte

Settima parte

Capítulo 1

A família Lévin já estava havia três meses em Moscou. Segundo pessoas conhecedoras no assunto, Kitty já deveria ter dado à luz havia algum tempo. No entanto, ela não sentia o menor sinal de que o momento do parto estivesse próximo. Na verdade, parecia até mais distante do que dois meses antes. Mesmo assim, Kitty sentia-se tranquila e feliz, ao contrário de toda a família, que já demonstrava preocupação e impaciência.

Kitty amava o jeito calmo e hospitaleiro de Lévin, quando estava no campo. Mas, na cidade, Lévin era uma pessoa diferente. Ele parecia estar sempre de prontidão para algo que pudesse acontecer, agitado e até com medo de que alguém ofendesse a ele e à esposa. No campo, Lévin nunca ficava desocupado; mas, na cidade, ele não tinha nada para fazer, ainda que ficasse afobado e com a sensação de que perderia a hora para algum compromisso que não existia. Ela sentia pena do marido, mas notava que era a única que tinha este sentimento. Ao observá-lo em meio à sociedade, notava que o jeito de Lévin agradava a todos e parecia até mesmo atraente. Mas Kitty sabia que aquele não era o verdadeiro Lévin.

Lévin não gostava das diversões mundanas da cidade, por isso não tinha o que fazer por ali. Ele não jogava cartas, não gostava de beber e depois sair para certos lugares, como Stepan fazia. Isso muito agradava Kitty, pois ela não conseguia imaginar o que faria com um marido como Stepan. Frequentar a sociedade significava ficar rodeado de jovens mulheres, e o ciúme de Kitty não podia aceitar isso. Sabia que ficar em casa com ela e as irmãs seria enfadonho para qualquer homem; mas Lévin chegou a retomar o seu livro, só que parecia que não tinha mais ânimo para escrevê-lo, após falar tanto nele para todos os conhecidos.

O ponto positivo era que, na cidade, o casal não discutia mais. Talvez, a agitação da cidade não propiciasse as discussões. Nem mesmo brigas por ciúmes havia em Moscou; esse que fora um dos maiores receios de ambos em mudar-se para a cidade. Kitty chegou até a encontrar Vrônski. A princesa Mária Boríssovna, madrinha de Kitty, queria vê-la e a jovem teve de visitá-la, junto do pai. Ao chegar à casa da madrinha, Vrônski estava lá. De início, Kitty ruborizou-se tanto, que chegou até a sentir o calor em sua face. No entanto, essa sensação durou apenas alguns segundos e logo ela conseguiu olhar e conversar com Vrônski normalmente. Em seguida, o conde foi embora e Kitty ficou muito orgulhosa de si, por conta de sua atitude perante aquele homem que, outrora, fora sua grande paixão. Agora, ela conseguia tratá-lo como qualquer outra pessoa da sociedade. O velho príncipe também aprovou o comportamento da filha.

Mais tarde, em casa, Kitty contou para Lévin sobre o encontro com Vrônski. Para ela, foi difícil contar ao marido, mas contou e disse que gostaria que ele visse sua atitude diante de Vrônski. Lévin ficou muito satisfeito com a atitude de Kitty, ela sentia isso em seu olhar. Diante dessa percepção de que Vrônski não oferecia risco algum à sua felicidade, Lévin sentia que deveria reparar sua grosseria com ele e começar a tratá-lo de maneira mais cortês.

Capítulo 2

– Então vá, por favor, visitar os Bohl. Eu sei que você almoçará no clube. Mas de manhã, o que fará? – pediu Kitty ao marido.

– Vou me encontrar com Katavássov – respondeu Lévin.

Lévin ia até a casa do amigo, para ser apresentado a Metrov, um famoso sábio de Petersburgo, do qual Lévin lera um artigo e elogiara muito. Depois, disse que ia ao tribunal, cuidar do processo da irmã.

– E o concerto? – perguntou Kitty.

Lévin decidira ir ao concerto, mas passaria em casa antes do jantar. Para Lévin, era um tormento fazer visitas sem propósito algum. Além de não gostar, perdera a prática. Mesmo assim, Kitty insistiu, pois ele precisava retribuir a visita dos Bohl, nem que fosse por cinco minutos apenas. Quando Lévin ia saindo, Kitty o deteve.

– Kóstia[33], você sabe que tenho apenas cinquenta rublos?

– Então preciso ir até o banco. De quanto precisa? – perguntou Lévin, com uma expressão de descontentamento.

Antes de responder, Kitty pediu a Lévin que ficasse mais um pouco, ela queria falar justamente sobre a questão financeira da família. Segundo Kitty, ela não gastava com nada supérfluo, mas o dinheiro acabava muito rápido.

– Não é nada – disse Lévin, tossindo e olhando de soslaio.

Kitty sabia que aquela tosse de Lévin significava insatisfação consigo mesmo. Ele não estava insatisfeito por gastar dinheiro, mas por ter que pensar nesse assunto. Lévin disse que mandara vender o trigo e pegar um adiantamento no moinho. Portanto, eles teriam dinheiro.

– Sim, mas temo que estejamos gastando muito...

– Não é nada. Até logo, querida – disse Lévin.

Kitty insistiu, dizendo que lamentava muito ter ido para Moscou, pois os gastos eram muito altos na cidade. Disse que a vinda atormentava a todos e que eles desperdiçavam dinheiro demais. Lévin tentou consolá-la, dizendo que nunca pensara que as coisas pudessem estar melhores do que estavam. Kitty acreditou, mas Lévin falou sem pensar, apenas para tranquilizá-la. Então, Lévin notou que estava se esquecendo da condição de Kitty.

– Falta pouco? Como você se sente? – perguntou Lévin.

– Pensei tanto neste assunto que já nem penso mais – respondeu Kitty.

– Não tem medo?

Kitty respondeu que não sentia medo algum. Antes de Lévin partir, Kitty falou na situação financeira de Dolly, completamente sem dinheiro. Ela já pensara em tudo; conversara com o cunhado, Lvov, e decidira que ele e Lévin deveriam ter uma conversa com Stepan.

Na saída, Kuzmá, que cuidava da casa em Moscou, alertou que um dos cavalos estava manco, após trocar a ferradura. Lévin pediu para que chamasse o veterinário. Acontece que Lévin quis trazer seus cavalos do campo, a fim de economizar dinheiro com o aluguel de carroças e cavalos na cidade. Por fim, acabou gastando mais do que o esperado.

---

33 Diminutivo de Konstantin. (N.T.)

Enquanto conversava com Kitty, Lévin lembrou-se justamente de que não havia mais dinheiro no banco e precisava conseguir de alguma outra maneira. Talvez precisasse se endividar para conseguir manter os gastos na cidade. Mas, agora, ele não tinha tempo para esse assunto, precisava ir até Katavássov, para encontrar-se com Metrov, o famoso sociólogo, com o qual ele falaria sobre seu livro.

Capítulo 3

Enquanto estava em Moscou, Lévin reatou a velha amizade com Katavássov, um amigo dos tempos de universidade, que não o via desde seu casamento. Lévin gostava dele por conta de sua visão simples sobre o mundo, enquanto Katavássov considerava que Lévin era incoerente em suas ideias. Contudo, as características de ambos, mesmo que díspares, agradavam um ao outro, fazendo com que sempre discutissem por puro prazer.

Lévin leu alguns trechos de sua obra para Katavássov e este gostou do que ouviu. Katavássov comentou com Lévin sobre a vinda de Metrov para Moscou e que ele estaria em sua casa, no dia seguinte. Lévin então se convidou para ir até a casa do amigo e conhecer o famoso sociólogo.

No dia seguinte, assim que Lévin chegou, Katavássov conduziu-o até o escritório e apresentou-lhe a Metrov, um homem baixo, corpulento e de aparência agradável. Eles conversaram um pouco sobre política. No entanto, Katavássov interrompeu e começou a falar dos escritos de Lévin, sobre as condições naturais do camponês em relação com a terra.

– Não sou um conhecedor, mas me agradou o fato de ele levar em conta a dependência do homem em relação ao meio em que vive e encontrar as leis do desenvolvimento – disse Katavássov.

Metrov interessou-se imediatamente pelo livro. Lévin comentou que começara a escrever sobre agricultura e, por acaso, chegara a resultados inesperados ao estudar o trabalhador do campo. Lévin falava tudo com muito cuidado, mas não sabia até aonde poderia ir sem entrar em atrito com Metrov, que escrevera contra a doutrina político-econômica aceita mundialmente. Pelo rosto do sociólogo, era impossível julgar se ele aprovava ou não as ideias de Lévin.

– Quais o senhor acha que são as principais peculiaridades do trabalhador russo? As questões zoológicas ou as condições em que ele se encontra?

Com a pergunta, Lévin percebeu qual era o pensamento de Metrov. Ele então continuou a explicar sua ideia de que a visão do povo russo se dava da consciência de que deveria povoar enormes territórios no oriente, por pura vocação. Metrov parecia não concordar e começou a explicar sua própria teoria. Lévin não compreendia toda aquela teoria e nem sequer queria tentar compreender, visto que já descobrira que ele mesmo era totalmente contrário àquela teoria. Mas, mesmo assim, Lévin prestava atenção em tudo o que Metrov dizia.

De início, Lévin até fizera objeções, mas percebeu que seria inútil tentar argumentar, visto que os dois jamais chegariam a um acordo, por conta de suas ideias tão díspares. Mas Lévin se dava por satisfeito apenas por aquele homem, tão inteligente, considerar que ele era inteligente o suficiente para ser merecedor de toda aquela explicação sobre sua teoria. Isso fazia com que Lévin se sentisse lisonjeado.

De repente, Katavássov disse que estavam atrasados, pois iriam para a reunião na Sociedade dos Amadores, em homenagem ao jubileu de cinquenta anos de Svíntitch. Katavássov e Metrov falariam sobre zoologia e o amigo convidou Lévin para ir junto. Metrov também aprovou a ideia de Lévin acompanhá-los e, depois, ir até sua casa, para explicar melhor seu livro.

Katavássov já falava sobre outro assunto, relativo à vida acadêmica, com Metrov. Porém, Lévin já ouvira aquele mesmo assunto por diversas vezes em Moscou e já tinha até sua própria opinião. Os três seguiram até o prédio da universidade.

Na universidade, Lévin sentou-se junto da audiência, em volta de uma mesa, em que estavam Katavássov e Metrov. Eles falavam sobre as obras científicas do homenageado.

Quando Katavássov terminou, Lévin notou que já era tarde e que ainda tinha muitas coisas para fazer, não daria tempo de falar sobre seu livro. Ele nem fazia mais questão de falar a respeito disso, pois as ideias dos dois eram muito diferentes. Talvez fosse melhor que desenvolvessem separadamente os estudos, sem que um soubesse da ideia do outro, enquanto não estivesse tudo pronto. Talvez, depois, poderiam debater e até unir suas ideias.

Sendo assim, ao término do evento, Metrov apresentou Lévin ao diretor da universidade e os dois explicaram as mesmas coisas que conversaram na casa de Katavássov. Depois, Lévin lamentou, mas precisava ir embora e partiu para a casa de Lvov.

Capítulo 4

Lvov, marido de Natalie, vivera toda a vida em Petersburgo, em Moscou e no exterior, onde estudara e trabalhara como diplomata. No último ano, deixara a diplomacia e fora trabalhar para o serviço público, no Departamento Palaciano. Ele abandonou a diplomacia para poder oferecer uma educação melhor aos dois filhos. Lvov tornou-se um grande amigo de Lévin.

Ele ficou feliz com a chegada de Lévin e logo começou a falar das notícias vindas de Petersburgo; Lévin contou sobre a reunião em que estivera, e Lvov mostrou-se muito interessado. Para Lévin, Lvov era um exemplo e sempre aprendia algo em relação ao cuidado com os filhos (experiência que ele próprio vivenciaria dentro em breve). Lévin disse que considerava os filhos de Lvov os mais bem-educados que ele conhecia e que se espelhava neles, desejando ter filhos iguais.

– Se forem melhores do que eu, está bem. É o que desejo – disse Lvov e começou a explicar o trabalho que dava educar os filhos.

Ainda que os afazeres de Lvov não lhe dessem tempo para frequentar os mesmos ambientes que Lévin (o que ele até invejava), o trabalho e a educação dos filhos tomavam todo o tempo de Lvov. Além de considerar que tinha uma péssima instrução, Lvov acreditava que tivera uma educação deficitária, pois precisava estudar para poder acompanhar os estudos dos filhos. Naquele momento, ele lia um livro de gramática russa, para poder ensinar a eles depois.

Lvov acreditava que os filhos haviam tido uma educação negligenciada por conta de seu trabalho no exterior.

– Logo recuperarão o tempo perdido. O importante é a educação moral. Aprendi isso vendo seus filhos – disse Lévin.

Lvov explicou que era muito difícil a educação moral, pois sempre surgiam problemas e a luta era constante. Para isso, era preciso ter o apoio da religião. De repente, entrou Natalie, que fizera questão de interromper a conversa; ela não gostava daquele assunto.

Natalie perguntou a Lévin se estava tudo bem com Kitty e disse que iria jantar em sua casa.

– Escute, Arsêni, peça a carruagem... – disse Natalie ao marido.

Então o casal começou a conversar sobre a organização do dia, por conta da única carruagem que tinham. Natalie precisava ir ao concerto e depois para um comitê. Lévin ofereceu sua carruagem, indo junto da cunhada ao concerto e depois ao comitê. Então, emprestaria a carruagem a Lvov para retornar do trabalho para casa e depois ir jantar em sua casa.

Enquanto Lévin e Natalie estavam sendo conduzidos por Lvov para as escadas, Lévin lembrou-se de seu compromisso de conversar, junto de Lvov, com Stepan sobre as finanças. Lvov, porém, disse não saber o motivo de ele precisar conversar sobre tal assunto com o cunhado. Natalie, ansiosa para ir logo ao concerto, interrompeu, dizendo que ela mesma falaria com Stepan.

Capítulo 5

No concerto, eram esperadas duas peças. Uma fantasia intitulada *Rei Lear na estepe*, inspirada na peça de Shakespeare, e a outra um quarteto dedicado a Bach. Eram duas peças novas e Lévin tinha muito interesse nelas. Ele queria formar uma opinião a respeito, por isso ficou de pé, prestando atenção à primeira peça, desejando que ninguém o atrapalhasse e que não encontrasse nenhum especialista, a fim de não macular sua opinião. Lévin estava olhando para o chão, enquanto tentava formular alguma opinião sobre a música que ouvia.

No entanto, quanto mais ele ouvia, mais se tornava difícil a compreensão de todas aquelas frases musicais inesperadas, que não preparavam o ouvinte para o que viria a seguir. Lévin experimentava a sensação de um surdo observando dançarinos. Ele sentiu um grande cansaço quando a peça terminou, de tanto se esforçar para entender e formular uma ideia sobre ela.

Lévin saiu em busca de algum especialista para explicar-lhe aquela peça. No caminho, encontrou Pestsov, que o cumprimentou. Pestsov logo começou a falar da peça e comentou sobre Cordélia, um dos personagens; mas Lévin sequer sabia quem era Cordélia. Pestsov apontou para o programa da peça, e disse que era impossível acompanhá-la sem a tradução para o russo, que estava na parte traseira do programa.

No intervalo, Lévin e Pestsov discutiram sobre os pontos positivos e negativos da corrente musical wagneriana. Lévin era contrário às ideias de Wagner e de seus seguidores, e sobraram críticas até para a poesia: segundo Lévin, cabia apenas aos pintores descrever rostos, e não aos poetas e compositores. Pestsov, ao contrário, acreditava que a arte era uma só e que se conseguia atingir seu ápice quando se fazia uso de todas as formas de arte.

Na segunda peça, Lévin não conseguira ouvir nada; Pestsov ficou a seu lado e falava o tempo todo. Ao sair, Lévin encontrou muitos conhecidos e falaram sobre política, sobre música e sobre outros conhecidos em comum. De repente, encontrou o conde Bohl, a quem ele deveria ter feito uma visita, mas esquecera.

– O senhor então vá até lá. Caso não o recebam, vá a meu encontro no comitê – disse Natalie.

Capítulo 6

Lévin chegou à casa dos Bohl e perguntou ao porteiro se os patrões estavam recebendo visitas; ao receber uma resposta afirmativa, ele entrou e entregou sua peliça ao porteiro. Lévin achava tudo aquilo um incômodo, não via motivo naquela visita e nem sequer tinha o que conversar com os anfitriões.

Logo na primeira sala, Lévin encontrou a condessa Bohl, que o convidou para ir até a outra sala, onde estavam suas duas filhas e um coronel de Moscou, que Lévin já conhecia. Ele cumprimentou a todos e sentou-se. A conversa iniciou-se com as notícias do enterro de uma tal senhora Apráksina e sobre o concerto, do qual a cantora Lucca participara e todos comentavam a respeito.

Quando Lévin começou a contar suas impressões sobre o concerto, a condessa já não prestava mais atenção, então ele se calou; em seguida, o coronel começou a falar sobre o concerto. Ao terminar de falar, o coronel levantou-se e partiu; Lévin também se levantou, na intenção de partir, mas o olhar da condessa denotava que ainda não era o momento. Mesmo ficando na casa, Lévin sentia-se um idiota, pois não tinha assunto com eles.

– O senhor assistirá à sessão pública? Dizem ser muito interessante – iniciou a condessa.

– Não, mas prometi buscar minha cunhada, ela está lá – respondeu Lévin.

O silêncio pairou novamente sobre a sala. Então, Lévin sentiu que já era hora de partir. Ele estava certo; a condessa deu-lhe a mão e desejou tudo de bom para Kitty. Lévin foi direto para a sessão, onde deveria se encontrar com a cunhada. Ele chegou a tempo de ouvir a exposição geral. Quando a leitura terminou, Lévin encontrou Sviájski, que o convidou para ir até a Associação Agrícola; depois, encontrou-se com Stepan e cometeu uma gafe, ao comentar a respeito

308 | Liev Tolstói

do julgamento de um estrangeiro, que seria deportado. Lévin citara uma fábula de Krylov[34], dizendo que deportar o estrangeiro era como castigar um peixe jogando-o na água. Depois de levar a cunhada para encontrar-se com Kitty, Lévin seguiu para o clube.

Capítulo 7

Lévin chegou pontualmente. Fazia muito tempo que não frequentava o clube; sua última vez fora ainda na época da faculdade, quando morava em Moscou e frequentava a sociedade. Assim que entrou no pátio do clube, Lévin saltou do coche de aluguel e foi direto para a entrada. O porteiro, ainda assim, o reconheceu e logo foi dizendo todos seus parentes que estavam no clube. Lá dentro, Lévin sentiu a velha sensação de satisfação, respeito e acolhimento. O porteiro disse-lhe que Stepan ainda não chegara. Lévin atravessou diversas salas até chegar em uma particularmente ruidosa, onde estavam todas as pessoas fazendo a refeição. Naquele ambiente estavam Sviájski, o primo Scherbátski, Nevedóvski, o velho príncipe, pai de Kitty, Vrônski e Serguei, seu irmão.

– Ah, por que se atrasou? Como está Kitty? – perguntou o velho príncipe.

– Está bem. As três jantarão lá em casa.

O sogro disse que não havia lugar em sua mesa, mas apontou para outra, em que estava Turóvtsin, com um jovem militar. Lévin gostava muito da companhia de Turóvtsin. Primeiro, porque o remetia à época em que pedira Kitty em casamento; e segundo, porque Turóvtsin não falava sobre assuntos muito sérios, e Lévin precisava se distrair um pouco. Quando Lévin se aproximou, Turóvtsin disse que os dois lugares restantes eram justamente dele e de Stepan, que chegaria a qualquer momento. De fato, Stepan chegou logo em seguida. O jovem militar era Gáguin, de Petersburgo. Tão logo Stepan chegou, convidou Lévin para tomar uma vodca. Os dois foram até uma grande mesa, com vários tipos de petiscos e vodca. Beberam e voltaram para a mesa.

À mesa, cada um contou uma piada; todos riam muito alto, chamando a atenção de todos no salão. Estavam bebendo champanhe e foram servidas várias

---

34 Ivan Andréievitch Krylov (1769-1844), famoso fabulista russo. (N.T.)

garrafas. Após as piadas, começaram a falar sobre cavalos e corridas. Vrônski conquistara o primeiro lugar, com seu cavalo, Atlas. Com a conversa, Lévin nem via o tempo passar.

De repente, aproximaram-se Vrônski e um coronel da guarda, muito alto. Vrônski estava muito feliz com a vitória de seu cavalo. Lévin cumprimentou-o cordialmente, deu-lhe os parabéns pela vitória e começaram a falar sobre cavalos. O coronel foi até a infernal, que era a sala de jogos, onde também estava Iáchvin. Talvez sob o efeito do ambiente do clube ou da bebida, Lévin começou a conversar com Vrônski sobre raças de gado; ele estava feliz por não haver mais hostilidade entre os dois. Lévin até comentou que Kitty havia contado que o encontrara na casa da princesa Mária Boríssovna. Com este comentário, Lévin sentiu que selara a reconciliação com Vrônski.

– Então, terminaram? Vamos lá! – disse Stepan, levantando-se e sorrindo.

Capítulo 8

Lévin deixou a mesa e foi com Gáguin até o salão de bilhar; porém, deu de cara com o sogro.

– E então? O que acha do nosso templo da ociosidade? Vamos dar uma volta – disse o velho príncipe, pegando-lhe pelo braço.

Lévin queria andar pelo clube, achava interessante. Contudo, para o velho príncipe, já não era mais agradável. Ali, ele tinha outros interesses. Enquanto andavam, falava dos velhinhos do clube, já com as costas arqueadas, dizendo que aqueles velhinhos passavam a vida no clube. Segundo a teoria dele, todos, um dia, também ficariam com as costas arqueadas, de tanto ficar o dia todo naquele lugar. No caminho, Lévin e o sogro encontraram vários conhecidos, amigos e familiares. Lévin encontrou Serguei na sala de xadrez, Gáguin bebia champanhe na sala de bilhar e Iáchvin, que estava na infernal, jogando cartas. Os dois foram até a sala que o sogro chamava de intelectual. Lá, alguns senhores conversavam sobre política. Lévin sentou-se e ouviu a conversa; porém, não aguentou de tédio e foi rapidamente até Stepan e Turóvtsin.

Turóvtsin estava bebendo na sala de bilhar e Stepan estava na outra ponta da sala, com Vrônski. Lévin aproximou-se e percebeu que Vrônski falava sobre

Anna e em sua situação com ela. Stepan chamou Lévin para participar da conversa. Stepan comentou com Vrônski que Lévin era seu melhor amigo e disse que os dois também deveriam ser amigos; por fim, fez os dois darem as mãos. Ali, beberam mais uma garrafa de champanhe.

Enquanto conversavam, Stepan disse a Vrônski que Lévin não conhecia Anna e fazia questão de levá-lo para que a conhecesse. Vrônski concordou e disse que Anna gostaria muito. Disse que fossem naquela mesma noite, enquanto ele ficaria no clube, vigiando o jogo de Iáchvin. Antes, Stepan propôs a Lévin uma partida de bilhar. Ao final do jogo, Stepan pegou Lévin pelo braço e disse que eles iriam visitar Anna naquele mesmo momento. Lévin argumentou dizendo que Sviájski o convidara para ir até a Associação Agrícola, porém acabou decidindo ir com Stepan. Lévin pagou o que devia do jogo, pagou sua conta no clube e foi com Stepan rumo à saída.

Capítulo 9

Enquanto se afastavam do clube, na carruagem, Lévin sentia uma sensação de tranquilidade e respeito naquele lugar. Conforme a carruagem seguia pela rua, com o sacolejar da pista e o grito de um cocheiro na praça, toda aquela sensação se esvaíra e Lévin começou a refletir se fazia bem em visitar Anna, se Kitty aceitaria bem sua atitude; mas Stepan sequer deixou que Lévin ponderasse e disse estar contente por levá-lo para visitar sua irmã.

Segundo Stepan, Anna era uma mulher notável, mas que vivia uma situação muito triste, por conta do impasse com o divórcio. Ela estava morando em Moscou, enquanto esperava pela definição do processo para poder formalizar sua união com Vrônski. Mas Stepan sabia que o maior impasse era em relação ao filho, que não sabia com quem ficaria. Stepan disse que Anna ficava muito tempo sozinha; de mulher, via apenas Dolly e mais ninguém. Então, Lévin perguntou se a filha já não a mantinha ocupada o suficiente.

– Pelo visto você acha que toda mulher só se ocupa dos filhos. Anna educa muito bem a filha, mas ela também tem outras ocupações, como a escrita de um livro infantil – respondeu Stepan.

Lévin sorriu, com ironia, e Stepan explicou que até mesmo um editor, chamado Vorkúev, se interessara pelo livro de Anna, dizendo ser uma bela obra. Stepan disse que Anna era uma mulher de bom coração, pois estava se dedicando à educação de uma jovem inglesa e toda sua família. A carruagem entrou no pátio e Stepan foi direto para o vestíbulo, e Lévin o seguiu. No andar de cima, o criado informou que Anna estava no escritório, com Vorkúev. Stepan e Lévin foram direto até o escritório e ouviram Vorkúev conversando com ela.

No caminho do escritório, Lévin deparou-se com o retrato de Anna, pintado por Mikháilov, na Itália. Stepan seguiu e entrou no escritório, enquanto Lévin ficou parado, observando aquela obra de arte. Ele ficou fascinado com o retrato de Anna; na verdade, não com o retrato em si, mas com a própria Anna. Parecia-lhe estar viva; só não era viva porque era bela demais para ser real.

– Estou muito contente em vê-lo – disse Anna, inesperadamente, a Lévin.

Lévin reconheceu que era a mesma mulher do quadro: tinha a mesma beleza retratada; mas ele notou em Anna algo novo e sedutor, que não fora retratado pelo artista.

Capítulo 10

Anna havia se levantado e ido ao encontro de Lévin, não escondendo a alegria em vê-lo. Ela deu-lhe a mão, apresentou-lhe Vorkúev e a uma jovem ruivinha, que disse ser sua pupila. Anna tinha a serenidade e a naturalidade de uma mulher da sociedade; Lévin notara tal característica nela.

Quando Anna disse, novamente, que estava muito contente em conhecê-lo, as palavras adquiriram um significado especial para Lévin. Anna dizia que o conhecia há muito tempo, pelo que Stepan sempre dizia sobre ele, e conhecia Kitty, com quem estivera por pouco tempo, mas estimava muito. Segundo Anna, Kitty era uma verdadeira flor, que seria mãe, em breve.

Tão logo Lévin sentiu que causara uma boa impressão em Anna, sentiu-se à vontade para conversar com ela, como se a conhecesse desde a infância. Stepan notou que Lévin observava o quadro e comentou que era de uma beleza sem igual; Vorkúev concordou e completou, dizendo que era extremamente realista.

Lévin olhava ora para o quadro, ora para Anna. O rosto dela reluziu, ao notar que Lévin a olhava. Lévin ficou ruborizado e tentou mudar de assunto, perguntando se Anna vira Dolly. No entanto, Anna perguntou sobre o quadro de um determinado artista.

Lévin conversava com grande desenvoltura e naturalidade; em cada palavra de Anna havia um sentido especial, era agradável ouvi-la. A forma como Anna falava cativou Lévin completamente. Eles conversaram sobre arte, sobre o aspecto realista francês. A opinião de Lévin sobre a arte francesa impressionou Anna, tanto que ela chegou a rir, tamanha fora a perfeição de Lévin ao descrevê-la. Enquanto Anna conversava com o irmão, Lévin pôs-se a pensar naquela mulher diante dele. Ele já a considerava uma mulher de verdade. Anna perguntara ao irmão se ele estivera no clube; queria saber a respeito de Vrônski. Stepan contou-lhe que ele ficara para vigiar Iáchvin, que estava jogando cartas.

A pupila levantou-se e foi preparar um chá para as visitas. Stepan disse à irmã que ela amava mais a pupila do que a própria filha; mas Anna disse que eram amores diferentes. Conforme falava com Stepan, sobre a possibilidade da moça lecionar em alguma escola, como forma de caridade, era como se dirigisse todas suas palavras a Lévin. Parecia que esperava pela opinião dele, já sabendo que os dois concordariam entre si e iriam se compreender. De fato, Lévin concordou com Anna, que disse não ter vontade de lecionar como forma de caridade, pois ela não o faria com amor.

De repente, Anna teve um momento de tristeza, ao lembrar-se de sua situação atual. No entanto, mudou de assunto e disse a Lévin que já o havia defendido, quando disseram que ele era um cidadão relapso. Lévin surpreendeu-se e quis saber como fora, mas foram interrompidos pela chegada do chá. Depois, o assunto foi sobre o livro que Anna escrevia. Segundo Vorkúev, era uma grande obra, ainda que estivesse inacabada. Sendo assim, Lévin descobriu outra virtude em Anna: além da inteligência, da graça, da beleza, havia nela a sinceridade. Essa virtude ele descobrira quando Anna pôs-se a falar sobre sua situação, assim que Stepan a informou de que já contara tudo ao amigo. A expressão séria e triste de Anna parecia ainda mais linda para Lévin. Ele sentiu ternura e piedade por aquela mulher.

Enquanto Anna estava de braços dados com o irmão, ela pediu para a Lévin e Vorkúev que fossem para a outra sala, onde tomariam o chá. Ela queria um momento em particular com o irmão, para falar a respeito de seu divórcio. No entanto, Lévin não sabia qual era o teor da conversa e tentava adivinhar, ora pensando ser sobre ele, ora sobre Vrônski, e ora sobre o próprio divórcio. Ele mal conseguia ouvir o que Vorkúev falava sobre o livro de Anna.

Durante o chá, a conversa correu de maneira agradável e com muitos assuntos. Não houve um momento sequer de silêncio ou falta de assunto; todos queriam falar ao mesmo tempo. Lévin observava o tempo todo a beleza, a inteligência, a cultura, a simplicidade e a simpatia de Anna. Ela dominava completamente os pensamentos de Lévin, que tentava adivinhar o que ela sentia.

Às onze horas, Stepan levantou-se para ir embora e Lévin tinha a impressão de que ainda era cedo para partir; Vorkúev já havia partido. Lévin despediu-se, com pesar, e Anna pediu a ele que transmitisse à Kitty seus cumprimentos. Pediu que dissesse que a adorava e que, se ela não pudesse perdoá-la por sua situação, era melhor que nunca a perdoasse; pois, para entender, era necessário vivenciar tudo que ela mesma sofrera, mas Anna não desejava isso a Kitty. Lévin, ruborizado, prometeu dizer tudo à esposa.

Capítulo 11

Stepan confirmou com Lévin o que ele pensava sobre sua irmã. Pela expressão em seu rosto, Stepan já sabia que o amigo gostara muito de Anna. Sendo assim, disse a ele que nunca mais julgasse alguém antes de conhecer. Os dois despediram-se e Lévin partiu para casa.

Lévin não parava de pensar em Anna. Ao chegar em casa, Kuzmá informou ao patrão que Kitty estava bem e que as irmãs dela haviam acabado de sair. Depois, entregou-lhe duas cartas; uma do administrador, dizendo que não vendera o trigo, pois ofereciam apenas cinco rublos e meio; a outra carta era da irmã de Lévin, recriminando-o por ainda não ter resolvido seu processo. Para Lévin, essas questões pareciam demasiadamente fáceis de serem resolvidas; ele venderia o trigo por valor baixo e diria à irmã que não tivera tempo. Em Moscou, Lévin parecia estar sempre muito ocupado, mesmo que não fizesse absolutamente nada.

Kitty estava triste e aborrecida. As irmãs ficaram esperando por Lévin durante muito tempo e, entediadas, acabaram indo embora, deixando Kitty sozinha. Lévin contou que conversara com Vrônski e eliminara toda a hostilidade que poderia haver entre eles, ainda que jamais tomasse a iniciativa de encontrá-lo.

Nesse momento, Lévin ruborizou-se, pois, ao mesmo tempo em que não tomaria a iniciativa de encontrar-se com Vrônski, fora visitar Anna. Kitty notou que Lévin havia se ruborizado e então ele contou que Stepan o obrigara a visitar Anna. Kitty arregalou os olhos, mas se conteve, não sem antes observar cada mudança de expressão de Lévin. Ele contou que Anna era uma mulher gentil, infeliz e muito boa. Kitty não respondeu nada, e Lévin foi se trocar. Quando retornou, a esposa estava no mesmo lugar, na poltrona. Lévin aproximou-se e viu que ela chorava; ao perguntar o motivo, Kitty desabafou:

– Você se apaixonou por essa mulher repulsiva, ela seduziu você!

Kitty estava decidida a ir embora no dia seguinte. Lévin precisou reconhecer que estava sob a influência da bebida, confundiu o sentimento de pena por Anna e prometeu que iria evitá-la.

O casal reconciliou-se e somente após as três horas da manhã conseguiu dormir.

Capítulo 12

Após acompanhar as visitas até a porta, Anna ficou perambulando pela sala. Mesmo que inconsciente, fizera todo o possível para despertar um sentimento de amor em Lévin por ela. Anna sentira que obtivera sucesso, mesmo se tratando de alguém honesto e casado, como Lévin. O único pensamento que a atormentava era que conseguia seduzir outros homens, mas Vrônski, a quem amava, tratava-a de maneira fria e fazia questão de ficar até tarde da noite na rua, deixando-a sozinha.

Anna ficara irritada com a notícia de que Vrônski precisava vigiar Iáchvin no jogo, como se fosse uma criança. Sentia que o conde queria provar, a todo momento, que tinha sua liberdade. Para Anna, Vrônski não entendia o sofrimento que ela sentia em Moscou, esperando pela resposta do divórcio. Stepan havia se comprometido a falar com Aleksei Aleksándrovitch, mas ainda não tivera tempo para tal.

De repente, ouviu-se a chegada de Vrônski. Anna, para disfarçar, sentou-se na poltrona e pegou um livro. Estava disposta a não demonstrar descontentamento algum. Ele chegou animado e perguntando se Anna ficara entediada. Ela respondeu que não ficara, pois recebera a visita de Stepan e de Lévin, e que ficaram conversando até tarde da noite. Quando Anna disse que soubera que ele estava com Iáchvin, porque Stepan transmitira o recado dele, Vrônski ficou irritado e disse que não enviara recado algum. Aquilo parecia ter ferido seu sentimento de liberdade. Vrônski ficou com a mesma expressão fria que Anna tanto temia.

Ele aproximou-se de Anna, tentando reconciliar-se, dando-lhe a mão; mas Anna recusou e começou a despejar tudo o que tentara disfarçar. Acusou-o de tentar sempre ter a razão, querer provar que fazia tudo o que desejava e que era um homem livre. Por pouco, não começou a chorar e a sentir pena de si. Ela confessou que estava sofrendo, que estava à beira da desgraça e sentia medo de si mesma. Vrônski ficou apavorado com o que Anna disse, estendeu-lhe a mão novamente e beijou-a. Ele disse que faria qualquer coisa para que ela ficasse calma e livre da mágoa que sentia. Sentindo que vencera aquela luta com Vrônski, Anna mudou de assunto e perguntou a ele sobre a corrida.

Durante o jantar, Vrônski contou sobre a corrida, mas sua expressão era ainda mais fria do que antes, certamente por sentir que perdera a luta com Anna. Ela sabia que, apesar do amor que sentiam um pelo outro, também se estabelecera o espírito de luta entre os dois.

Capítulo 13

Três meses antes, Lévin não poderia acreditar que conseguiria dormir com a situação que vivenciava agora. Não acreditaria que viveria uma vida sem propósito, mais cara do que poderia pagar, que poderia dormir após uma bebedeira, travar amizade com um homem pelo qual sua esposa fora apaixonada e ainda visitar uma mulher que ele considerava uma perdida, sem o conhecimento da esposa. No entanto, conseguira dormir um sono profundo e tranquilo.

Às cinco horas, ele despertou com o rangido da porta; olhou para o lado e Kitty não estava na cama. Ela estava atrás da divisória. Ele logo perguntou o que acontecera, mas Kitty o tranquilizou, dizendo que estava tudo bem, sorrindo. Lévin pensou que o trabalho de parto havia começado, e sugerindo que precisava chamar a parteira, começou a se vestir. Kitty insistiu, dizendo que sentira algo, mas já havia passado e estava tudo bem. Lévin adormeceu.

Às sete horas, Lévin despertou com o toque da mão de Kitty sobre ele, e ela sussurrou:

– Kóstia, não se assuste. Mas é preciso chamar a Lizaveta Petróvna.

Kitty estava na cama, trabalhando com um tricô, enquanto dizia que não era nada demais. Lévin levantou-se e se trocou. Ele olhava para a esposa e via que ela sofria, mas alegrava-se com aquele sofrimento, que algo de muito bom acontecia, mas não conseguia compreender. Quando Lévin saiu do quarto, a criada entrou e ele prestou atenção ao que Kitty dizia a ela, para arrumar a posição da cama. Ele não esperou que preparassem os cavalos, foi a pé e disse ao cocheiro que o alcançasse no caminho. Antes de sair, ouviu um grito da esposa e ficou desesperado, pedindo perdão a Deus.

Na esquina, viu um trenó aproximando-se da casa: era a parteira que estava chegando. Lizaveta pediu a Lévin que trouxesse o médico e comprasse ópio na farmácia. Ela perguntou se Kitty estava sentindo dores há duas horas e não mais do que isso. Lévin respondeu que sim e quis saber se ela acreditava que estava tudo bem. A parteira acreditava que tudo daria certo.

Logo Kuzmá o alcançou com o trenó, Lévin sentou-se e foram direto para a casa do médico.

Capítulo 14

O médico ainda estava dormindo e o criado tinha ordens para não o acordar, pois fora se deitar tarde da noite. Para Lévin, a indiferença do criado, que limpava os vidros, com a situação que ele estava passando em sua casa, era enervante. Mas, pensando melhor, Lévin compreendeu que ninguém poderia saber o que estava acontecendo. Por fim, decidiu que Kuzmá levaria um bilhete a outro médico, enquanto ele mesmo iria até a farmácia, em busca do ópio. Caso voltasse e o médico ainda estivesse dormindo, tentaria subornar o criado para acordá-lo. Se tudo desse errado, acordaria o médico à força.

Na farmácia, Lévin encontrou a mesma indiferença. Um farmacêutico lacrava algumas pílulas, lentamente, para outro cliente. Depois, ele negou-se a vender o ópio para Lévin, que tentou argumentar, dizendo o nome da parteira e do médico. O farmacêutico pediu conselho a outra pessoa, e, finalmente, resolveu vender-lhe o ópio. O farmacêutico, sem pressa, começou a despejar o vidro grande de ópio em um frasco menor; depois, começou a lacrar, a colocar o rótulo e, quando começou a embalar o vidro, Lévin arrancou o frasco de suas mãos e foi embora.

O médico ainda não havia acordado e Lévin precisou dar dez rublos ao criado, para que acordasse o patrão. O criado pediu a Lévin que esperasse na sala, enquanto acordava o médico. Lévin ouvia o médico tossir e se lavar. O tempo passava e Lévin ficava ainda mais impaciente. Até que foi em direção à porta e começou a chamar pelo médico.

– Já vou, já vou! – respondia o médico.

Lévin percebeu que o médico respondia sorrindo. Ele não conseguia compreender aquela atitude, enquanto alguém estava morrendo, segundo Lévin. Quando finalmente o médico saiu do quarto, pediu a Lévin que se acalmasse. Ele contou tudo com detalhes e pedira ao médico que fosse até sua casa sem demora. Este disse que não havia pressa e sua presença sequer era necessária, mas, como prometera, iria até a casa; mas não antes de tomar café, e ofereceu a Lévin uma xícara.

Lévin pensou que o médico estivesse fazendo alguma brincadeira, mas percebeu que não. O criado trouxera uma xícara de café para ele. De acordo com o médico, tudo correria bem e ele iria até lá apenas depois de uma hora. Nesse momento, Lévin entrou em desespero e começou a falar de Deus o tempo todo. Levantou-se, fez o médico prometer que iria sem demora, e partiu. Lévin estava atormentado com tudo o que estava acontecendo; não queria pensar no que poderia acontecer ou como tudo aquilo terminaria. Em sua cabeça, ele se preparara para segurar todo aquele sofrimento, por umas cinco horas, não mais do que isso. No entanto, passou-se uma hora, duas, três e todas as cinco horas das quais ele estava disposto a sofrer. Lévin continuava suportando, mas estava em seu limite. Mais algumas horas se passaram e ele não aguentou mais; cresceu dentro dele um sentimento de compaixão e terror. A noite já estava surgindo e Lévin assustava-se só de pensar nas tantas horas daquela angústia.

Já eram cinco horas da tarde. Ele via o rosto vermelho de Kitty, com uma mistura de agonia, perplexidade e tranquilidade. Sua sogra também estava muito tensa. Lévin via todos muito tensos, Dolly com o médico, seu sogro e a própria Lizaveta Petróvna. Depois, pediram a Lévin que pegasse um ícone e colocasse na cabeceira da cama, atrás do travesseiro de Kitty. Dolly tentava convencer o cunhado a comer algo e até o médico estava preocupado com Lévin, oferecendo-lhe algum remédio. Durante todas as horas que se passavam, Lévin estava em dois estados de ânimo diferentes: um quando estava com o médico, com Dolly e o sogro, que falavam sobre o jantar e política; e outro quando estava com Kitty, quando lhe parecia que o coração ia romper o peito, cheio de compaixão e rezando sem parar.

A cada grito de Kitty, Lévin pulava da poltrona e ia direto até ela. No entanto, nada podia fazer para ajudá-la. Kitty chamava Lévin e, às vezes, ele a recriminava, mas logo pedia perdão.

Capítulo 15

Lévin perdera totalmente a noção das horas. Estava sentado ao lado do médico, que falava sobre um certo charlatão. Ele já havia se esquecido de toda a preocupação. De repente, veio um grito mais forte e Lévin apenas olhou para o médico, assustado. O médico apenas sorriu. Lévin imaginou que aquilo era o que deveria acontecer. Porém, de repente, levantou-se e foi até o quarto para ficar ao lado de Kitty, segurando-lhe a mão suada. Lizaveta Petróvna estava com uma expressão séria. Kitty pedia para que Lévin não fosse embora.

De início, Kitty dizia estar sem medo. Mas, de repente, começou a gritar que ia morrer e mandava Lévin embora, enquanto gritava de dor. Dolly tentava tranquilizar o cunhado, dizendo que não era nada grave. Por mais que o tranquilizassem, na cabeça de Lévin, estava tudo perdido. Queria que tudo aquilo acabasse, já nem queria mais um filho e sequer desejava a vida da esposa, apenas queria que o tormento todo terminasse. Quando ele perguntou ao médico o que era tudo aquilo, este respondeu que já estava acabando. Lévin não conseguiu entender que estava acabando o parto, mas entendeu que Kitty logo morreria.

Ele correu para o quarto e foi segurar as mãos de Kitty, enquanto a beijava. Os gritos de Kitty não paravam nunca. Quando pareceram chegar em seu ápice, os gritos cessaram e ouvia-se o farfalhar de panos, havia uma agitação no quarto, respirações ofegantes e a voz de Kitty, cansada, porém feliz e carinhosa, dizendo que tudo havia acabado.

Lévin sentiu que fora transportado daquele tormento, de vinte e duas horas, para outro mundo, de felicidade. Na outra ponta da cama, Lizaveta carregava uma vida em suas mãos, que se agitava toda, enquanto ela dizia que estava vivo, dando palmadinhas nas costas da criança. Lévin mal conseguia acreditar que a esposa estava viva e, ainda mais, havia outra vida entre eles. Diante da alegria por Kitty estar viva, o bebê até parecia algo sem importância para Lévin; ele levou certo tempo até se acostumar. Kitty dera à luz a um menino.

Capítulo 16

Às dez horas, o velho príncipe, Serguei e Stepan estavam sentados, na casa de Lévin e, após conversar sobre Kitty, conversavam sobre assuntos diversos. Lévin ouvia-os, mas não parava de pensar na esposa, nos detalhes de sua situação e no filho, com quem ainda não se acostumara. Quando os pensamentos lhe tomaram por completo, ele levantou-se e saiu da sala.

– Diga-me se posso ir vê-la – pediu o velho príncipe.

Kitty estava acordada, conversando com a mãe sobre os planos para o batizado. O olhar de Kitty para Lévin reluzia. Uma agitação tomou conta de Lévin, tal como no momento do parto. Kitty pediu a Lizaveta Petróvna que trouxesse o filho para que Lévin pudesse vê-lo. Quando o trouxe, a parteira começou a embrulhar a criança, a fim de prepará-la para o pai. Para Lévin, era apenas uma coisa vermelha, que tremia sobre a cama.

Enquanto Lévin olhava aquela criatura pequena e lamentável, esforçava-se para encontrar algum vestígio de sentimento. Mas sentia apenas repugnância. Quando viu as mãozinhas e os pezinhos tão finos daquela criança, um sentimento de pena e de medo o acometeu, medo de que a parteira pudesse lhe causar algum dano. Depois, Lizaveta Petróvna ergueu a criança, já embrulhada, para que Lévin a visse. Kitty não tirava os olhos do pequeno Dmítri e pediu a ela que lhe entregasse o bebê.

– Um lindo bebê! – disse a parteira.

Lévin, contrariado, suspirou. Aquele lindo bebê só lhe despertava repugnância. Não era esse o sentimento que ele esperava. Enquanto Kitty segurava o bebê em seu colo, Lévin observava aquela carinha envelhecida, que se enrugou um pouco mais e espirrou. Lévin sorriu, segurou suas lágrimas, beijou Kitty e saiu do quarto. O que Lévin sentia era um medo, a consciência da vulnerabilidade. Essa consciência, junto do medo de que aquela criança indefesa pudesse sofrer, era-lhe tão torturante, que sequer se deu conta da alegria e orgulho que sentiu quando o filho espirrou.

Capítulo 17

As finanças de Stepan iam de mal a pior. Ele já tinha gasto quase todo o dinheiro da venda da floresta e até já tinha pedido adiantamento da terceira parte restante, com dez por cento de desconto. Mesmo assim, o comerciante parou de dar-lhe dinheiro, pois Dolly se recusava a assinar o recebimento da última parte, reclamando os direitos sobre seus bens. O ordenado ia todo para as dívidas e despesas domésticas.

Para Stepan, a causa da miséria era seu salário muito baixo em relação ao restante dos trabalhadores. Alguns de seus conhecidos já ganhavam muito mais do que ele, entre dez mil e cinquenta mil rublos por ano. Sendo assim, resolveu ir atrás de outro cargo. Soube do cargo de membro da comissão conjunta da agência de crédito mútuo e de balanço da estrada de ferro do Sul e de instituições bancárias. A princípio, pensou que um cargo com esse nome tão longo só poderia exigir conhecimento e currículo vastos; porém, sabia que era muito difícil encontrar alguém com tamanha qualificação. Sendo assim, eles preferiam contratar alguém que ao menos fosse honesto; e esse alguém era Stepan.

Em Moscou, usava-se a palavra honesto e *honésto*, com acento. A palavra *honésto*, com acento e ênfase na pronúncia, fora criada em Moscou para designar aquelas pessoas que, de tão honestas, poderiam ir até contra o Estado. Stepan frequentava certos círculos da cidade em que era considerado um homem *honésto*, por isso, tinha razões para acreditar que o cargo seria seu.

Para Stepan conseguir esse cargo, precisava ir até Petersburgo e conversar com algumas pessoas; essas tais pessoas eram dois judeus, dois ministros e uma senhora da sociedade. O cargo pagava dez mil rublos por ano e Stepan não precisava abandonar seu cargo atual. Ele aproveitaria para falar com Aleksei Aleksándrovitch sobre o divórcio de Anna.

No escritório de Karênin, Stepan ficou ouvindo o cunhado ler algumas partes de seu projeto sobre as causas das péssimas condições das finanças russas. Stepan apenas esperava o final para poder começar a falar sobre a irmã. Quando Aleksei Aleksándrovitch terminou, Stepan citou o cargo que estava em busca, em Petersburgo. Falou rapidamente o longo nome do cargo, como se já estivesse acostumado a ele, e pediu ao cunhado que falasse coisas boas dele a Pomórski, um funcionário do alto escalão e amigo de Karênin. Aleksei Aleksándrovitch ponderou para saber se aquele cargo não ia de encontro às suas ideias de economia e, depois, disse que conversaria com Pomórski. Porém, quando Stepan disse o salário, mudou de ideia, pois era justamente aqueles salários altos que acabavam com as finanças do país.

Após argumentar bastante, Stepan usou a palavra *honésto*, com acento, para dizer como aquela nova instituição prezava a honestidade. No entanto, Aleksei Aleksándrovitch não conhecia o conceito moscovita de ser uma pessoa *honésta*. De toda forma, disse que não dependia de Pomórski, mas de Bolgárinov.

– Bolgárinov já está de acordo – respondeu Stepan, ruborizado.

Stepan ficara ruborizado porque já estivera na casa do judeu Bolgárinov, e tal lembrança era-lhe desagradável. Aconteceu que ele precisou esperar por mais de duas horas, até ser atendido pelo judeu, junto de muitos outros candidatos. Para Stepan, um príncipe Oblônski, aquilo era um acinte. Quando Bolgárinov enfim o recebeu, foi muito cortês, certamente feliz com a humilhação de Stepan, e praticamente rejeitou o pedido. Após o ocorrido, Stepan só queria esquecer tudo o que passara. Por isso, lembrar-se daquilo fazia-lhe ruborizar.

Capítulo 18

Após falar sobre o assunto de seu próprio interesse, Stepan sentiu que era a hora de tratar do assunto de Anna. Quando ele anunciou a conversa, Aleksei Aleksándrovitch mudou completamente sua aparência.

– O que o senhor deseja de mim? – perguntou ele.

Stepan respondeu dizendo que esperava alguma decisão, em relação ao divórcio. Ele pedia a piedade de Aleksei Aleksándrovitch e citou a situação em que a irmã se encontrava, digna de pena. Karênin disse apenas que fora Anna quem escolhera aquela vida. Stepan, impaciente, pediu para que parasse com as recriminações e fizesse apenas o que Anna desejava, que era o divórcio.

Sarcástico e irritado, Aleksei Aleksándrovitch disse pensar que Anna recusara o divórcio, quando ele propôs ficar com o filho. Então, considerava o assunto resolvido. Oblônski tentou acalmar Aleksei Aleksándrovitch e disse que o assunto não estava resolvido. Anna escrevera para ele, havia seis meses, e estava morando em Moscou desde então, à espera de uma resposta. Mesmo que, de início, Anna tivesse recusado o divórcio, o tempo mostrara que a situação era insustentável.

– A vida de Anna não me interessa – disse Aleksei Aleksándrovitch.

Stepan disse que aquela situação não beneficiava ninguém. Disse ainda que Anna sabia de seu erro e não se arriscava a pedir nada a Karênin. No entanto, sua família e as pessoas que a amavam pediam a Aleksei Aleksándrovitch que lhe desse o divórcio mesmo assim. Ademais, acrescentou que o próprio cunhado prometera assinar o divórcio e era por isso que Anna o estava pedindo. Caso contrário, ela estaria no campo, longe da sociedade e de todos.

Aleksei Aleksándrovitch disse que talvez tivesse prometido algo que não tinha o direito de prometer.

– Então vai recusar o que prometeu? – perguntou Stepan.

Aleksei Aleksándrovitch disse que precisava de um tempo para refletir se era possível cumprir o que prometera. Stepan ficou irritado e explicou que Anna estava sofrendo demais com aquela espera, estava infeliz. Então, Aleksei Aleksándrovitch temia que pudesse estar indo contra a lei cristã. Nesse momento, Stepan começou a apelar justamente para o aspecto religioso e Karênin ficou nervoso, pedindo para que aquela conversa se encerrasse. Stepan disse que era apenas um mensageiro que estava cumprindo sua missão.

Aleksei deu-lhe a mão, disse que precisava pedir orientação a alguém, e daria a resposta dentro de dois dias.

Capítulo 19

Stepan já estava de saída, quando Kornei anunciou Serguei Alekseiévitch.

– Quem é Serguei Alekseiévitch? – perguntou Stepan. – Ah, o Serioja! – exclamou em seguida.

Stepan imaginou que fosse um funcionário de alguma repartição, mas logo se lembrou de que era seu sobrinho e que Anna lhe pedira que o visse. No fundo, Anna queria saber se seria possível que ela ficasse com o filho após o divórcio. Olhando para o garoto e lembrando-se de toda a conversa que tivera com Aleksei Aleksándrovitch, Stepan sabia que era algo muito difícil. Mas, de toda forma, ficou feliz em ver o sobrinho.

Segundo Aleksei Aleksándrovitch, Serioja ficara doente, após a visita inesperada de Anna. Chegaram a pensar que o garoto fosse morrer e até o levaram para se banhar no mar, para restabelecer a saúde. Agora, Serioja estava na escola e tinha boas notas. Serioja cumprimentou o tio com uma reverência, como se não o conhecesse. Depois o reconheceu, ruborizou-se e foi até o pai, para entregar-lhe o boletim.

Ele disse lembrar-se do tio e baixou os olhos. Stepan o trouxe para perto de si e pegou em sua mão, perguntando como estavam as coisas com ele, mas Serioja nada respondeu e ruborizou-se, tirando sua mão das mãos do tio. Assim que se soltou de Stepan, Serioja correu para fora do aposento. Serioja encontrara a mãe já havia um ano. Nesse mesmo ano, ele fora para a escola e fizera novos amigos, que o ajudaram a esquecer toda a tristeza da ausência da mãe. Quando se lembrava dela, tentava espantar as lembranças; achava vergonhoso ficar chorando pela mãe, era coisa de menina.

Assim que Serioja saiu, Stepan também partiu e encontrou o garoto novamente. Dessa vez, Serioja conseguia conversar. Stepan fez-lhe muitas perguntas sobre a escola e perguntou-lhe se ele se lembrava da mãe.

– Não, não me lembro – falou Serioja, ruborizado e de olhos baixos.

Meia hora depois, o preceptor encontrou Serioja e não conseguia entender o que acontecera com ele. Pensou que o garoto tivesse se machucado, mas ele negou.

– Então o que aconteceu?

– Deixe-me! Lembro, não lembro... para que vou lembrar? Deixe-me em paz! – exclamou Serioja, não para o preceptor, mas para todos no mundo.

Capítulo 20

Stepan aproveitou muito bem seu tempo em Petersburgo. Além dos negócios, ele gostava da cidade para se refrescar e tirar o mofo de Moscou, como ele mesmo dizia. Sentia seu ânimo esvair-se em Moscou, sobretudo vivendo próximo da família por tanto tempo. No entanto, bastava chegar em Petersburgo e tudo ficava muito bem e desapareciam todas as preocupações.

No mesmo dia, Stepan estivera com o príncipe Tchetchénski. Ele tinha esposa e filhos crescidos, que estudavam na escola militar; porém, tinha também outra família, ilegítima. Mesmo que a primeira família fosse boa, o príncipe sentia-se melhor na segunda. Até chegou a levar o filho mais velho para conhecer sua segunda família. Uma situação dessas seria impossível em Moscou.

Os filhos, em Petersburgo, iam logo para o colégio interno e não atrapalhavam a vida dos pais. O serviço público também não era como em Moscou, um peso. Em Petersburgo, os homens podiam fazer carreiras e receber um ótimo ordenado, como fizeram diversos conhecidos de Stepan.

Stepan encontrou-se para jantar com Bartniánski, que gastava cinquenta mil rublos com seu estilo de vida.

– Você é uma pessoa próxima a Mordvínski. Poderia falar algumas palavras com ele a meu favor. Há um cargo de meu interesse, o de membro...

Bartniánski interrompeu Stepan, dizendo que não decoraria aquele nome, que era longo demais. Ele surpreendeu-se com o fato de Stepan querer trabalhar no ramo das ferrovias, e com judeus. Stepan poderia lhe explicar que era um negócio em crescimento, mas sabia que não resolveria e disse:

– Preciso de dinheiro, não tenho nada para viver.

– Acaso não está vivendo?

Stepan respondeu que tinha muitas dívidas, no valor de cerca de vinte mil rublos. Bartniánski gargalhou, pois considerou Stepan um sortudo; afinal, ele tinha uma dívida de um milhão e meio de rublos e estava vivendo. Realmente, Stepan viu que era possível viver com tamanha dívida. Muitos em Petersburgo assim viviam. Alguns tinham até duas famílias e estavam com dívidas até o pescoço, mas estavam vivendo.

Petersburgo tinha a magia de rejuvenescer as pessoas. Stepan sentia que rejuvenescia dez anos na cidade. O príncipe Piotr Oblônski, de 60 anos, encontrara-se com Stepan, no dia anterior, e disse a mesma coisa, só que em relação ao exterior. O príncipe Piotr disse que, no exterior, rejuvenescia. Ele conseguia admirar as mulheres jovens e tinha disposição. Porém, na Rússia, perdia a disposição, não pensava nas mulheres jovens e, após uns dias no campo, sequer trocava de roupa para o jantar. Era assim que Stepan se sentia em Moscou, à beira da morte.

A princesa Betsy e Stepan tinham uma relação antiga e muito esquisita. Ele sempre a cortejava, mas de forma jocosa. Porém, ao encontrá-la, acabou avançando o limite e a situação ficou um pouco séria, e ele já não encontrava um ponto de retorno. Por sorte, a princesa Miágkaia apareceu e interrompeu o encontro dos dois.

A princesa Miágkaia gostava muito de Anna; perguntou a Stepan sobre a irmã e lamentou não ter sabido que ela estivera na cidade, pois gostaria de visitá-la. Stepan contou-lhe da situação com Aleksei Aleksándrovitch e o divórcio. A princesa Miágkaia explicou que Karênin andava muito amigo da condessa Lídia e que os dois não tomavam nenhuma decisão sem consultar Jules Landau, o vidente. Segundo a princesa, todos em Petersburgo adoravam esse tal adivinho. A condessa Bezzúbova fora curada por ele e até o havia adotado, dando seu nome a ele e trazendo-o para a Rússia. Sendo assim, a princesa disse que o destino de Anna estava nas mãos de Landau.

Capítulo 21

Após um jantar excelente na casa de Bartniánski, Stepan foi até a casa da condessa Lídia, um pouco atrasado.

Assim que chegou, perguntou ao porteiro quem mais estava na casa, pois ele reparara que ali à entrada estavam dois sobretudos: um de Aleksei Aleksándrovitch e outro que Stepan não conhecia. Ele logo imaginou que fosse o sobretudo do conde Bezzúbov, o Landau. Stepan só conseguia pensar na possibilidade de estreitar laços com a condessa, a fim de conseguir uma indicação dela para o novo cargo.

Na sala de visitas, estavam Aleksei Aleksándrovitch, a condessa Lídia e o conde Bezzúbov, um homem baixo, magro, de quadris femininos e pernas tortas.

326 | Liev Tolstói

Stepan cumprimentou a condessa e o cunhado; a condessa apresentou-o ao francês, que apenas se virou e colocou sua mão suada sobre a mão de Stepan. A condessa apresentou-o como Landau. Ele logo tirou a mão e voltou a olhar para os quadros na parede. Depois, a condessa Lídia disse a Stepan que, apesar de tê-lo apresentado como Landau, ele era o conde Bezzúbov.

– Sim, já soube. Dizem que ele curou a condessa Bezzúbova – disse Stepan.

– Hoje ela veio até aqui em casa, dá muita pena. A separação foi terrível para ela – disse a condessa Lídia.

– E ele já resolveu que partirá? – perguntou Aleksei.

– Sim, irá para Paris. Ontem ele ouviu uma voz – respondeu a condessa Lídia.

Stepan fingia que compreendia o fato de o conde Bezzúbov ter ouvido uma voz. Ele percebeu que precisava ter muito cuidado com as palavras naquele ambiente. A condessa Lídia disse que estava contente em conhecer Stepan pessoalmente e que um amigo de seu amigo também era seu amigo. No entanto, ela observou a Stepan que ele não compreendia a situação de Aleksei Aleksándrovitch e que isso era imprescindível para ser realmente um amigo. Para permanecer na generalidade, Stepan limitou-se a dizer que compreendia. No entanto, a condessa discordou, pois acreditava que Stepan não compreendera a mudança que Aleksei Aleksándrovitch sofrera em seu coração. Stepan argumentou que sempre haviam sido amigos e, mesmo com a situação entre ele e Anna, continuavam amigos. Aleksei Aleksándrovitch levantou-se e aproximou-se de Landau. Enquanto a condessa falava, Stepan pensava com qual dos dois ministros ele pediria para que a condessa o indicasse ao cargo.

Enquanto a condessa continuava com aquele assunto subjetivo, Stepan decidiu que pediria a ela que falasse com os dois ministros. Ele tentou argumentar com a condessa, mas, quando percebeu que tudo o que ela dizia era em relação à religião, calou-se.

Antes de a condessa continuar a conversa, um criado entrou com um bilhete, que ela prontamente respondeu. Mas logo continuou o assunto, dizendo que os moscovitas eram pessoas alheias à religião, principalmente os homens. Stepan discordou, disse apenas que, ali, eles eram rigorosos ao extremo. Mas Aleksei Aleksándrovitch apontou que Stepan era do grupo dos alheios.

– Como pode ser alheio? – disse a condessa Lídia.

Stepan explicou-se, dizendo não ser alheio, mas que acreditava não ter chegado sua hora de pensar em religião. Karênin e a condessa trocaram olhares. Para Aleksei Aleksándrovitch, ninguém poderia saber se chegara a hora ou não de pensar em religião. Mas a condessa disse acreditar que realmente ainda não parecia ser a hora de Stepan.

– Os senhores permitem que eu ouça a conversa? – perguntou Landau, aproximando-se da mesa.

Assim, a conversa continuou, com Aleksei Aleksándrovitch dizendo que não se podia fechar os olhos para a luz. Stepan, ainda nas generalidades, disse que, às vezes, alguém pode se sentir incapaz de elevar-se espiritualmente. Nesse momento, ele tentava esconder seu livre-pensamento perante a condessa, que poderia falar em seu favor ao Pomórski, para alcançar o cargo tão sonhado.

A condessa continuava discordando, pois acreditava que, para um crente, não há pecados. Por infelicidade, Stepan citou um versículo, do qual se lembrava da época do catecismo. No entanto, fez uma interpretação totalmente contrária à interpretação dos três ali presentes. Aleksei Aleksándrovitch ficou muito irritado. Então, a condessa Lídia resolveu pegar um livro em sua estante, em inglês, e começou a ler justamente uma passagem que julgava pertinente para aquele assunto.

Stepan gostou, pois assim teria tempo para recuperar suas ideias. Percebeu que não poderia pedir nada à condessa naquele dia. Tudo o que ele queria era ir embora, para não complicar sua situação.

Capítulo 22

Stepan ficou impressionado com tudo aquilo que ouvia. A vida em Petersburgo tinha um efeito estimulante, que o retirava da mesmice moscovita. Porém, naquele ambiente estranho, ficou perplexo e não conseguia entender o que estava acontecendo. Enquanto a condessa lia, ele sentia os olhos de Landau apontados para ele e começou a sentir um peso em sua cabeça. Começou a pensar que o fariam rezar e que isso seria demais para ele.

De repente, Stepan sentiu que seu maxilar estava caindo, como se quisesse bocejar; disfarçou e coçou as suíças, mas acabou adormecendo. Despertou justamente quando ouviu a condessa dizer: "Ele está dormindo". Stepan despertou, assustado, sentindo que fora desmascarado. Porém, quando despertou,

328 | Liev Tolstói

notou que Landau também adormecera e era justamente dele que a condessa falava. Stepan, então, ficou aliviado, pois sabia que se percebessem que ele adormecera, certamente o iriam recriminar; no entanto, como fora Landau, estava tudo bem e isso até lhe causava alegria.

A condessa Lídia, para não acordar Landau, disse ao criado, que entrara, que não receberia mais ninguém. Landau dormia na poltrona e estava com sua mão suada sobre o joelho. Aleksei levantou-se, com cuidado, mas tropeçou e acabou encostando na mão de Landau, despertando-o. Stepan também se levantou, achando que ainda estivesse sonhando, mas era tudo real e sua cabeça continuava a doer.

Em francês, Landau disse para que mandassem embora a pessoa que chegara por último, para que voltasse no outro dia, mas que saísse da casa. Stepan aproveitou e pegou para si aquela ordem, mesmo não sendo para ele, e saiu daquela casa imediatamente. Ele retornou à casa de Piotr Oblônski, onde havia se hospedado.

Ao chegar, entregaram-lhe um bilhete de Betsy, que dizia querer terminar o assunto da noite anterior. Na cabeça de Stepan, vinham apenas coisas sórdidas e a péssima lembrança do que passara na casa da condessa Lídia. No dia seguinte, recebeu de Aleksei Aleksándrovitch nova recusa do pedido de divórcio de Anna e percebeu que fora tudo por influência de Landau.

Capítulo 23

Para tomar alguma decisão na vida conjugal, é preciso haver discordância total ou harmonia completa. Quando não há nem uma coisa nem outra, não há como tomar qualquer decisão. A vida em Moscou era insuportável para Anna e Vrônski. No entanto, nenhum dos dois tomava a iniciativa de retornar para o campo. Eles permaneciam na cidade, porque não havia harmonia entre o casal.

A irritação que os desunia, era, por parte de Anna, a diminuição do amor de Vrônski por ela e, da parte dele, era o arrependimento de ter se colocado em uma situação difícil por conta de Anna. Eles não comentavam a respeito entre si, mas cada um achava que o outro estava errado.

Para Anna, Vrônski vivia apenas para dar amor às mulheres; um amor que deveria ser direcionado apenas para ela, mas sentia que esse amor havia diminuído, talvez por ele tê-lo dividido com outras mulheres ou com apenas uma outra mulher. E isso causava ciúmes em Anna.

Agora, ela procurava qualquer coisa para ter ciúmes de Vrônski: encontrava motivos nas antigas amizades femininas dele, nas mulheres da sociedade e até mesmo na possibilidade de ele querer se casar com outra (principalmente após a condessa Vrônskaia comentar que queria casá-lo com a jovem princesa Sorókina). Sendo assim, Anna culpava Vrônski por tudo. Culpava-o até mesmo pela demora no processo de divórcio e por seu isolamento. Ela acreditava que, se ele a amasse, compreenderia sua situação e a livraria de tudo. Ela também o culpava por morar em Moscou e não no campo.

A noite já estava se aproximando e Anna estava só, esperando que Vrônski retornasse de um jantar de solteiros. Ela andava de um lado para outro e pensava em todos os detalhes da discussão anterior. O motivo fora Vrônski ser contra a educação para mulheres e Anna, a favor. Ele havia dito até que ele disse que Hannah, a pupila de Anna, não tinha a necessidade de estudar. Isso deixou Anna irritada, pois parecia que ele menosprezava todo o esforço que ela fizera com a garota.

Então, Vrônski disse que a afeição de Anna por Hannah era algo artificial. Anna logo entendeu que Vrônski se referia à sua falta de amor pela filha e ao amor que ela tinha pela pupila. Naquele mesmo dia, quando os dois conversaram, não tocaram no assunto da discussão, embora a chama da raiva ainda estivesse acesa.

Como Anna estava o dia todo sozinha e triste, resolveu se reconciliar e reconhecer uma culpa, que não era dela, a fim de abrandar a situação e retornarem para o campo. Para esquecer aquele assunto, Anna decidiu arrumar a bagagem que levaria para o campo.

Vrônski chegou às dez horas.

Capítulo 24

Tão logo Vrônski entrou em casa, Anna perguntou se o jantar fora divertido. Como resposta, Vrônski apenas disse que sim. Percebendo que Anna estava de bom humor, aproveitou o momento, pois também estava de bom humor.

– O que vejo? Mas que ótimo! – disse Vrônski, apontando para as malas.

Anna disse que era preciso partir o quanto antes para o campo. Afinal, não precisava ficar em Moscou para receber a notícia do divórcio, que ela, agora, dizia já não acreditar que seria possível, mas também não se preocupava mais. O desejo de Vrônski, em ir para o campo, era recíproco. Ele foi para o quarto trocar de roupa e prometeu voltar para tomar um chá e conversar.

Anna não recebeu bem a fala de Vrônski, pareceu-lhe que estava falando com uma criança mimada. Somado à culpa que ela sentia, tudo lhe pareceu ainda mais ofensivo e despertou nela a vontade de brigar; mas resolveu permanecer com o mesmo tom alegre de antes.

Na hora do chá, Anna perguntou sobre o jantar de Vrônski com os amigos e ele contou-lhe tudo. Quando Vrônski perguntou quando partiriam, Anna demonstrou o desejo de partir o quanto antes; porém, Vrônski lembrou-se de que precisava ir até a casa de sua mãe, a fim de pegar uns documentos e dinheiro. Portanto, eles poderiam partir apenas depois de amanhã.

– Se é assim, não partiremos mais. Nem segunda-feira, nem nunca! – respondeu Anna, irritada.

Vrônski ficou surpreso, mas Anna despejou toda a raiva que tinha guardada, ainda da discussão anterior. Ela percebera que pusera tudo a perder, mas, para não dar o braço a torcer, tentava mostrar que Vrônski é quem estava errado. Em algum momento, ela chegou a duvidar da franqueza de Vrônski, o que o levou a ficar muito irritado e a lamentar a falta de respeito de Anna.

Vrônski levantou-se e disse para Anna que estava cansado das situações criadas por ela e para tudo havia um limite. Conteve-se por um instante e quis apenas saber o que Anna queria dele. Ela respondeu que queria apenas que ele não a abandonasse, como estava querendo. Ela queria apenas amor, mas que este já não existia.

O conde não conseguia compreender tudo o que estava acontecendo; ele apenas pedira para adiar a viagem, e Anna o acusara de ser falso. Aliás, Anna disse que ele era pior do que falso, era um homem sem coração. Vrônski então explodiu de raiva e segurou-a pelo braço, gritando com ela. Anna desvencilhou-se e foi para seu quarto.

Anna acreditava que aquilo precisava acabar, mas não sabia como, não sabia sequer para onde ir, se para o campo, para a casa de Dolly ou para a casa da tia; só pensava na humilhação que sofreria, na vergonha e na desonra de Aleksei Aleksándrovitch e de Serioja. Começou a enxergar a solução para tudo unicamente na morte. Para Anna, se ela morresse, Vrônski voltaria a amá-la, arrepender-se-ia de tudo o que fizera para ela e sofreria.

Vrônski entrou no quarto, mas Anna não se virou para ele. Mesmo assim, ele aproximou-se e pegou na mão dela e disse que partiriam depois de amanhã, caso ela quisesse. Anna ficou em silêncio e, depois, pôs-se a chorar e a dizer que ia embora no dia seguinte, para libertá-lo dela. Vrônski pediu para que se acalmasse, pois seu ciúme não fazia sentido algum, que ele jamais deixaria de amá-la. Anna percebeu a ternura de Vrônski e abraçou-o, beijou-o por diversas vezes e ficou mais calma.

Capítulo 25

Sentindo que estavam reconciliados, Anna começou os preparativos para a viagem. Eles ainda não tinham resolvido se seria na segunda-feira ou no domingo, mas agora, para Anna, era indiferente e ela preparava tudo com entusiasmo. Enquanto arrumava as malas, Vrônski entrou no quarto, já vestido, e disse que ia para a casa da mãe pegar os documentos e que Egor levaria o dinheiro para ele no campo. Sendo assim, estariam prontos para partir no dia seguinte. Por mais animada que Anna estivesse, o simples fato de mencionar a visita à casa da mãe, deixou-a abalada. Ela respondeu que talvez não estivesse tudo pronto para o dia seguinte. Mas disse para que ele fosse esperá-la na sala de jantar.

Enquanto Vrônski comia, Anna quis saber se eles partiriam no dia seguinte. Porém, um acontecimento fez com que ela mudasse sua postura. O criado veio com um telegrama, para que Vrônski assinasse. Como se quisesse esconder algo, Vrônski disse que assinaria depois, em seu escritório e respondeu a Anna que partiriam amanhã mesmo.

– De quem é o telegrama? – perguntou Anna.

– De Stepan.

– E por que não me mostrou? Não há segredos entre mim e Stepan.

Vrônski chamou o criado e mostrou o telegrama para Anna. Ele leu em voz alta: Stepan dizia não ter resolvido nada sobre o divórcio, que parecia impossível, mas ele faria de tudo o possível. Anna confirmou o que dissera no dia anterior, de que era indiferente em relação ao divórcio; por isso, Vrônski não precisava esconder o telegrama dela. Tal atitude fez Anna pensar que Vrônski agia exatamente dessa forma ao esconder dela as cartas que recebia de outras mulheres.

Vrônski contou-lhe que Iáchvin viria visitá-los; ele estava feliz por ter vencido no jogo de cartas e ter ganhado uma boa quantia. De repente, Anna irritou-se, por conta de Vrônski tentar mudar de assunto e por ter escondido dela o telegrama do irmão. Disse que ele deveria, assim como ela, ser indiferente quanto ao divórcio.

– Eu me interesso porque gosto de clareza – respondeu Vrônski.

Mas Anna disse que a clareza estava no amor e então o questionou, querendo saber o motivo de ele querer o divórcio. Vrônski respondeu que era por conta dela e dos filhos que viriam. No entanto, Anna logo disse que não haveria mais filhos. Ela acusou-o de não pensar nela, esquecendo-se de que ele a citara em sua resposta. Para Anna, o fato de Vrônski querer mais filhos denotava que ele não tinha apreço pela beleza dela. Mas Vrônski frisou que a citara e que se preocupava com o divórcio porque sabia que aquela situação era a responsável pela irritação dela.

De repente, Anna começou a falar da mãe de Vrônski, dizendo não se importar com aquela mulher sem coração. Vrônski ficou nervoso e pediu a Anna que não desrespeitasse sua mãe. No entanto, ela continuou a desrespeitá-la e acusou Vrônski de nem sequer amar a própria mãe.

– Se é assim, preciso...

– É preciso tomar uma decisão, eu já me decidi – interrompeu Anna.

Depois que Anna falou, Iáchvin entrou e ela não teve tempo de sair da sala; Anna sentou-se e começou a conversar com ele. Iáchvin contou sobre sua vitória no jogo, sobre seu dinheiro e perguntou quando o casal partiria. Vrônski, olhando para Anna, disse que seria no dia seguinte. Anna apenas disse que estava tudo resolvido e mais nada. Iáchvin percebera que os dois estavam brigando.

Anna perguntou a Iáchvin se ele não tinha pena de Pevtsov, de quem ele ganhara sessenta mil rublos, mas o capitão disse não ter pena alguma, pois o jogo era assim; no dia seguinte, ele mesmo poderia perder tudo. Então, Anna questionou-o: caso fosse casado, como seria aquela questão do jogo para a esposa? Nesse momento, Iáchvin soltou uma gargalhada e disse que justamente por isso não se casava. De repente, entrou Vóitov, que comprara um cavalo de Vrônski. Anna aproveitou para sair da sala.

Antes de sair, Vrônski foi até o quarto de Anna, mas ela fingiu estar ocupada e perguntou do que ele precisava. Vrônski apenas disse que viera pegar o documento do cavalo para Vóitov. Antes de sair, ele olhou para o espelho e notou que Anna começara a chorar, mas ele estava sem tempo e seguiu pela porta. Passou o dia inteiro fora de casa.

Quando voltou, a criada disse que Anna pedira para que ele não fosse ao quarto dela, pois estava com dor de cabeça.

Capítulo 26

Até aquele momento, o casal nunca passara um dia inteiro brigados. Era a demonstração de um relacionamento que estava se esvaindo. Ao recordar das palavras cruéis que Vrônski pronunciara, Anna ainda imaginou muitas outras palavras cruéis que, em sua cabeça, ele queria lhe dizer, mas se detivera. No entanto, tais palavras imaginárias fizeram com que Anna não perdoasse Vrônski, como se ele realmente tivesse dito tudo aquilo.

No geral, Anna passou o dia inteiro com suas dúvidas, sem saber se tudo estava terminado ou se poderia ter alguma esperança na reconciliação, se deveria ir embora ou vê-lo mais uma vez. Ela esperou-o durante o dia todo e, de noite, retirou-se para seu quarto e avisou à criada que lhe dissesse para não a incomodar, pois estava com dor de cabeça. Nos pensamentos de Anna, se Vrônski entrasse em seu quarto, ele ainda a amava, se ele não entrasse, estaria tudo acabado.

Vrônski chegou tarde da noite e Anna ainda estava acordada. No entanto, ele foi direto para seu próprio quarto, sem procurá-la. Para Anna, estava tudo terminado entre os dois. Outra vez, a ideia da morte voltou a permear seus pensamentos. Ela queria fazer com que o amor dele se restabelecesse, a fim de castigá-lo, vencer a luta contra ele. Anna imaginou que bastava tomar o vidro todo de ópio para que morresse. Parecia-lhe algo simples. Vrônski arrepender-se-ia de tudo o que fizera a ela e amaria sua memória. Anna deitou-se e pôs-se a pensar em todos os detalhes do que viria a ser o sofrimento e o arrependimento de Vrônski, diante de sua morte.

De repente, Anna começou a sentir um grande horror da morte. Ela, que antes desejava a morte, agora tinha medo de morrer e queria permanecer viva. Sabia que Vrônski a amava e era recíproco. Anna foi rapidamente para o quarto de Vrônski; ele estava dormindo um sono pesado. Aproximou-se dele e começou a chorar de tanto amor que sentia por Vrônski. Ela voltou para seu quarto, tomou a segunda dose de ópio e adormeceu.

De manhã, Anna teve um pesadelo horrível, que já tivera antes. Era o mesmo velhinho de barba desgrenhada, que mexia em algo, enquanto falava algumas coisas em um francês sofrível. Anna, como sempre, ficava apavorada e deu-se conta de que aquele mujique mexia com algo de metal sobre ela. Anna acordou suando frio.

Ao acordar, resolveu ir falar com Vrônski. Mas ouviu o som de uma carruagem e os passos rápidos dele na entrada. Era uma jovem, de chapéu lilás, que viera lhe entregar um embrulho. Naquele momento, todo o sentimento de reconciliação em Anna desapareceu.

– Era Sorókina, que veio com a filha para me trazer o dinheiro e os documentos de minha mãe – disse Vrônski, ao vê-la.

Anna fez menção de sair e, quando já estava próxima da porta, Vrônski perguntou se eles partiriam no dia seguinte.

– O senhor, não eu – respondeu Anna.

– Anna, não é possível viver assim!

– O senhor vai se arrepender disso – disse Anna, e saiu.

Vrônski, de início, quis ir atrás de Anna, mas desistiu e resolveu passar a ignorar aqueles acessos. Ele saiu do escritório, deu ordem para que entregassem o cavalo a Vóitov, entrou na carruagem, sem olhar para a janela, e partiu sem dizer nada à Anna.

Capítulo 27

– Ele partiu! Acabou! – disse Anna, para si mesma, junto à janela.

Nesse momento, seu pavor pela morte e seu pesadelo preencheram seu coração com um terror gélido. Para Anna, era terrível ficar sozinha naquela casa. Ela chamou o criado, mas, sem paciência, foi ao encontro dele; queria saber para onde fora Vrônski; o criado avisou que ele fora para a cavalariça. Sendo assim, Anna decidiu lhe enviar um bilhete, pedindo para que voltasse imediatamente, pois ela lhe devia desculpas e estava apavorada. O criado foi ao encontro de Vrônski.

Ainda com medo de ficar sozinha, Anna foi até o quarto da criança. Ao chegar lá, espantou-se, pois parecia que esperava encontrar Serioja e não Annie. Anna parecia estar descontrolada, sem percepção alguma do que estava vendo. Ela não podia sequer pensar que estava tudo acabado entre ela e Vrônski, e calculava o tempo que levaria até que ele recebesse o bilhete e retornasse para casa. Anna estava apavorada e perdera totalmente a noção de tudo; sequer sabia se havia se penteado ou não. Sentia que estava enlouquecendo.

Ánuchka encontrou Anna e compreendeu sua situação. Sendo assim, relembrou a patroa de que ela queria encontrar-se com Dolly. No entanto, Anna apenas calculava os quinze minutos para ir, quinze minutos para voltar. Esse era o tempo necessário para que Vrônski retornasse. De repente, ouviu-se a carruagem na entrada da casa e Anna foi correndo para a janela. Infelizmente, havia apenas o mensageiro na carruagem, trazendo o bilhete de volta. Ele não conseguiu encontrar Vrônski, que já havia tomado o trem para a casa da mãe. Então, Anna resolveu mandar o mensageiro até a casa da condessa Vrônskaia e enviou um telegrama, pedindo para que Vrônski retornasse imediatamente.

Ánuchka, percebendo o desespero de Anna, tentou tranquilizá-la, dizendo que ela deveria sair um pouco, para espairecer. Anna entrou na carruagem e deu a ordem ao cocheiro para que fosse direto para a Rua Známenka, para a casa dos Oblônski.

336 | Liev Tolstói

Capítulo 28

O dia estava bastante claro, chovera durante muito tempo, mas naquele momento já havia estiado. Tudo reluzia sob o sol da tarde, desde os metais das carruagens aos telhados das casas. Sentada no fundo da carruagem, Anna já não pensava mais na morte, como pensava em sua casa, não lhe era mais algo inevitável. Porém, estava ainda se recriminando por conta da humilhação e pelo tanto que se rebaixara perante Vrônski, como se não pudesse viver sem ele; questionava-se a esse respeito, sem conseguir responder à sua própria dúvida.

Enquanto isso, talvez para distrair-se, Anna começou a ler os letreiros das lojas e a observar as pessoas na rua. Estava com a ideia fixa de contar tudo à Dolly e obter algum conselho, mesmo sabendo que Dolly não gostava de Vrônski. Ao passar por uma loja de doces, relembrou quando tinha 17 anos e viajava para o mosteiro de Tróitsa. Pôs-se a pensar se, aquela menina, de 17 anos, poderia imaginar que um dia sofreria tamanha humilhação.

Anna imaginava que Vrônski ficaria satisfeito ao receber seu bilhete, no qual se rebaixava e assumia toda a culpa. Pensou também em seu passado com Aleksei Aleksándrovitch, o que lhe causava repulsa. Depois, ficou com receio do que Dolly pensaria, após ela largar seu segundo marido, talvez pensasse que ela estivesse errada. Lembrou-se de Serioja, que iria perdê-lo de qualquer maneira. Anna sentia nojo de tudo o que pertencia a Vrônski, até da carruagem e dos cavalos.

Ao chegar na casa de Dolly, perguntou ao criado se ela estava sozinha. Mas, para sua surpresa, Dolly estava com Kitty. Então Anna começou a pensar em Kitty, a mesma que fora apaixonada por Vrônski e com quem ele lamentava não ter se casado. Para Anna, Vrônski lamentava-se por ter ficado com ela. Dolly veio sozinha ao encontro de Anna, enquanto Kitty ficou no quarto com as crianças. Com a presença de Kitty na casa, Anna mudou de ideia e perguntou apenas se havia algum telegrama de Stepan. Dolly respondeu que sim, foi pegá-lo para que Anna lesse; ali estava escrita a mesma coisa que havia no telegrama que Vrônski recebera.

Anna perguntou sobre Kitty, e Dolly ficou sem graça, dizendo que ela logo viria. Ela sentia que Dolly estava mentindo e que Kitty estava se escondendo dela. Kitty realmente não queria encontrá-la, mas Dolly insistiu, até que ela foi ao encontro de Anna. As duas conversaram brevemente, Kitty ficou com muita pena de Anna, por conta de seu olhar, que ela sentia ter algo de errado. Anna sentiu prazer em dizer que Lévin a visitara e que gostara muito dele. Por fim, pediu à Kitty que mandasse seus cumprimentos ao Lévin.

– Então, adeus, Dolly! – disse Anna, beijando Dolly e apertando a mão de Kitty.

– Sempre encantadora. É muito bonita! – disse Kitty, quando Anna partiu.

No entanto, Kitty continuava sentindo pena de Anna, mas não sabia o motivo. Para Dolly, Anna estava realmente estranha, pois parecia que queria chorar.

Capítulo 29

Anna saiu da casa de Dolly ainda pior do que estava. Seus tormentos somaram-se ao sentimento de afronta e de repúdio ao encontrar-se com Kitty. Ela continuou observando os transeuntes e imaginando o que eles pensavam, o que diziam. Anna já não se arrependia por não ter contado tudo para Dolly. No pensamento de Anna, Dolly ficaria contente em saber da desgraça dela. A Kitty então, ainda mais. Anna imaginava que Kitty a considerava uma mulher imoral, que sabia da amabilidade exagerada com que ela tratara Lévin, e por isso sentia ciúmes dela e até a odiava. Mas Anna lembrava-se de que realmente tentara fazer com que Lévin se apaixonasse por ela.

De repente, um senhor a cumprimentara na rua, erguendo o chapéu, confundindo-a com outra pessoa. Anna percebeu e pensou que, se nem mesmo ela se conhecia, muito menos aquele senhor poderia conhecê-la. Sentia-se ainda mais sozinha, sem ter sequer alguém para contar suas coisas mais banais. As igrejas causavam-lhe repulsa; eram lugares onde as pessoas eram falsas ao rezarem, pois, na verdade, todos se odiavam. De repente, a carruagem parou diante da porta de sua casa.

Anna quis logo saber se Vrônski respondera a seu telegrama. O criado trouxe-o e nele dizia que Vrônski só voltaria depois das dez horas. O mensageiro, que levara o bilhete, ainda não retornara. Diante dessa situação, Anna resolveu arrumar uma mala, com o mínimo necessário, e estava decidida a ir atrás de Vrônski. Em seu pensamento, ela nunca odiara tanto alguém quanto odiava Vrônski. Queria encontrá-lo pela última vez.

No entanto, Anna não se dera conta de que o telegrama que recebera era anterior ao que ela havia enviado. Já imaginava Vrônski conversando com a mãe e a Sorókina, rindo dos sofrimentos dela. A essa altura, sentia repulsa de tudo e de todos, até dos criados. Sendo assim, resolveu ir até a estação de trem, seguir para a casa da condessa Vrônskaia e surpreender Vrônski.

Capítulo 30

Anna estava, novamente, na carruagem e observava os letreiros das lojas. Agora, ainda mais do que antes, pensava que todas as pessoas se odiavam e que a luta pela existência e o ódio eram o que unia as pessoas. Pensando em Vrônski, começou a questionar-se o que ele procurava nela, até que compreendeu que ele não buscava tanto o amor, mas sim a satisfação da vaidade. Ela via nele uma alegria de triunfo de sua vaidade, por tê-la conquistado. Para Anna, havia amor, mas a vaidade o sobrepujava. Agora, ela sentia que tudo isso já passara, só restara a vergonha; sentia que Vrônski não precisava mais dela, pois já tirara tudo o que ela tinha. Até mesmo no fato de Vrônski querer o divórcio, Anna não via como algo bom, mas como algo maléfico, como se ele quisesse acabar com o último resquício de beleza que lhe restava. Para Anna, teria sido muito mais vantajoso ter continuado como antes, sua amante, pois assim teria todo o amor e todo o carinho dele.

Anna entregara-se cada vez mais a Vrônski e queria isso também da parte dele; no entanto, sentia que ele se afastava cada vez mais. Os ciúmes exagerados, dos quais Vrônski reclamava, eram sintomas da insatisfação que ela sentia. Ela sabia que seus desejos causavam repugnância em Vrônski; sabia que ele não queria Kitty, não a traía e muito menos teria algo com Sorókina, mas isso de nada lhe adiantava. Tudo o que ela queria era seu amor, e este sentia que já não tinha. Anna estava em um turbilhão de pensamentos confusos: ora via a possibilidade do divórcio, de casar-se com Vrônski e viver com Serioja, ora via que não restara mais amor entre ela e Vrônski, e que todos se odiavam.

Finalmente, a carruagem chegou à estação de Nijegórod e o cocheiro foi lhe comprar uma passagem para Obirálovka. Porém, Anna já não se lembrava do que estava fazendo ali e nem para onde deveria ir. Todos ao seu redor eram-lhe asquerosos e repugnantes. Ela continuava pensando em seu bilhete vergonhoso, em Vrônski queixando-se à mãe, em seu amor e em seu ódio por ele; tudo isso enquanto seu coração pulsava de uma maneira assustadora.

Capítulo 31

A campainha da estação soou, avisando para que os passageiros subissem no trem. O cocheiro cruzou o salão ao encontro de Anna, para entregar-lhe a passagem e conduzi-la a seu vagão. Quando Anna passou, percebeu que os jovens pararam de falar e comentavam algo, enquanto olhavam para ela. O cocheiro, pelo lado de fora, despediu-se dela e o condutor fechou a porta para o trem partir.

Pela janela, Anna observou um mujique sujo e repulsivo, de gorro e com cabelos desgrenhados; ele passou ao lado da janela e abaixou-se sobre as rodas do vagão. Então, Anna percebeu algo de conhecido naquele mujique. Quando se recordou de seu sonho, saltou do banco e foi correndo em direção à porta do vagão, apavorada. No mesmo momento, o condutor abria a porta para que um casal subisse no vagão.

– A senhora deseja sair? – perguntou o condutor.

Anna ficou em silêncio e nem o condutor e nem o casal perceberam o pavor estampado em seu rosto, graças ao véu que usava. Ela voltou para seu banco. O casal sentou-se de frente para ela e começou a conversar em voz alta, em francês, na tentativa de ganhar a atenção dela e iniciar uma conversa. Na cabeça de Anna, porém, aquele casal se odiava, eram pessoas deploráveis.

A segunda campainha soou e, logo em seguida, surgiram mais pessoas e mais bagagens por todos os lados. Depois, soou a terceira campainha, o trem apitou e começou a se movimentar. Durante a viagem, Anna esqueceu-se de seus companheiros de vagão, ficou apenas observando a paisagem, a leve brisa na cortina da janela e o sol que brilhava. No entanto, a calmaria durou pouco. Ela logo começou a pensar nas mesmas coisas de antes, começou a acreditar que a vida era um tormento, que as pessoas viviam apenas para causar dor umas às outras. Tudo era mentira, falsidade, engano e maldade nos pensamentos de Anna.

Quando o trem parou na estação, Anna saiu junto da multidão, mas se desviava deles como se fossem leprosos. Parou na plataforma e tentava se lembrar do motivo que a levara até ali. Todos pareciam encará-la. De repente, lembrou-se do que fazia ali e parou um carregador, perguntando se não havia algum bilhete do conde Vrônski.

– Ainda há pouco chegou uma carruagem da família, para buscar a princesa Sorókina e a filha – respondeu o homem.

Enquanto Anna falava com o carregador, o cocheiro de Vrônski apareceu e veio até ela, entregar-lhe um bilhete. Nele, Vrônski lamentava não ter recebido antes o bilhete, mas reiterava que teria que ficar até as dez horas. O coração de Anna batia ainda mais forte, tão forte que mal conseguia pronunciar qualquer palavra ao cocheiro. Com esforço, disse a ele que fosse para casa. O chefe da estação perguntou se ela ia seguir viagem no trem. Anna estava perdida, sem saber para onde iria, enquanto caminhava pela plataforma. Caminhou até a beirada da plataforma, em que vinha chegando um trem de carga, fazendo com que toda a plataforma estremecesse.

De repente, veio-lhe a imagem do homem que fora esmagado pelo trem, exatamente na primeira vez em que vira Vrônski. Naquele momento, tudo ficou claro para Anna e ela compreendeu o que deveria fazer. Desceu as escadas que levavam até os trilhos. Calculou muito bem onde deveria se pôr sobre os trilhos, o momento exato em que passasse a primeira roda do vagão. Era ali que ela planejava castigar Vrônski, livrar-se de todos e de si mesma.

Por conta de sua bolsa, Anna perdeu a passagem do primeiro vagão. Então, calculou novamente e decidiu que seria quando passasse o segundo vagão. Anna fez o sinal da cruz. Aquele gesto a lembrou de vários momentos da infância e o sentimento de trevas esvaiu-se. No entanto, ela entendeu que aquele era o momento e não podia mais adiar. No exato momento em que o vagão se aproximava, Anna livrou-se da bolsa e pôs-se sob o vagão, apoiando-se com as mãos no chão. No mesmo instante, ficou horrorizada com o que estava fazendo e tentou se jogar para trás, mas algo empurrou sua cabeça e arrastou-a pelas costas. Ela pediu perdão a Deus, quando já não era mais possível lutar.

Um mujique, de baixa estatura, trabalhava em um ferro, enquanto dizia algo. Todas as ilusões, aflições, desgraças e maldades ficaram claras para Anna. Todas as coisas que antes eram trevas, extinguiram-se em definitivo.

Oitava parte

Capítulo 1

Passaram-se quase dois meses e o verão já estava na metade. Foi então que Serguei Koznychev resolveu sair de Moscou. Durante esse período, em sua vida, nada de especial acontecera. Ele havia terminado seu livro, intitulado *Ensaio das bases e das formas de governo na Europa e na Rússia*, havia um ano. Durante os seis anos de escrita desse livro, Serguei publicara a introdução e alguns trechos de capítulos em periódicos, além de ter mostrado outras partes a pessoas de seu círculo. Sendo assim, a obra não era exatamente uma novidade para o público. No entanto, em seu lançamento, Serguei esperava que ao menos tivesse algum impacto no mundo intelectual, já que poderia não ser novidade na área científica.

Após a publicação, Serguei não questionou os livreiros a respeito das vendas e não questionava os amigos a respeito da leitura. Apenas alguns poucos citavam seu livro, por puro respeito ao amigo. Aqueles que não se interessavam por publicações científicas sequer comentaram. Mesmo assim, ele estava ansioso por uma resenha e pela opinião pública. Passou-se um tempo e ninguém citava seu livro. A sociedade estava toda focada em outros assuntos, assim como a imprensa. Seu livro fora citado somente em uma crônica humorística, que falava sobre um famoso cantor que perdera a voz, onde diziam apenas algumas poucas palavras, dando a entender que seu livro era motivo de chacota.

Finalmente, após três meses, publicaram um artigo crítico em uma revista conceituada. Serguei conhecia o autor do artigo, já o encontrara uma vez. Ainda que o desprezasse, ele leu atentamente o artigo, que considerou péssimo. O autor parecia ter compreendido de uma maneira totalmente diferente aquilo que Serguei escrevera, apontando possíveis erros e acusando o livro de ser um amontoado de palavras bonitas.

Após a leitura do artigo, Serguei tentou imaginar se teria feito algo contra o autor, em seu encontro com ele. Até que se lembrou de tê-lo corrigido durante uma conversa, denotando sua ignorância, assim descobriu todo o motivo do teor negativo do texto. Depois desse artigo, ninguém mais falou sobre o livro de Serguei. Ele sentiu que um trabalho de seis anos passara sem ser notado por ninguém.

A situação de Serguei não era das melhores, pois, após terminar o livro, ele não tinha mais a ocupação em seu escritório. Sendo assim, passou a se ocupar com os assuntos da sociedade, as conversas nos salões, nos congressos, nas reuniões e em qualquer outro local onde ele poderia conversar. Mas, mesmo assim, sobrava-lhe muito tempo ocioso em Moscou.

Por sorte, havia outro assunto muito em voga naquela época, que era a questão eslava, a guerra dos sérvios contra os turcos, para qual a Rússia estava enviando voluntários para ajudar aos sérvios. Serguei envolveu-se nessa questão por completo. Em Moscou, só se falava disso e organizavam eventos beneficentes em favor dos sérvios. Mesmo que Serguei não concordasse totalmente com tal questão, acabou se envolvendo e notou que muitas pessoas se envolviam por questões de ordens pessoais, por puro interesse; em geral, pessoas fracassadas de diversas esferas, como militares, ministros, jornalistas e líderes partidários. Mesmo assim, Serguei notou que se tratava de uma manifestação da opinião pública e parecia-lhe que aquela questão marcaria época; portanto, valia a pena estar envolvido.

No mês de julho, Serguei resolveu passar duas semanas no campo, na casa do irmão. Além de descansar, queria estar exatamente no meio do povo, para sentir o espírito popular a respeito da questão eslava. Katavássov acompanhou-o, pois prometera a Lévin que o visitaria.

Capítulo 2

Serguei e Katavássov haviam acabado de chegar na estação de Kursk, que estava movimentada e lotada de gente por todos os lados, quando viram mais quatro carruagens de aluguel, transportando voluntários para a guerra. Mulheres carregavam buquês e saudavam os voluntários na entrada da estação, enquanto uma multidão os acompanhava. Uma das senhoras se aproximou de Serguei.

– O senhor também veio para se despedir? – perguntou ela, em francês.

– Não, eu vou viajar, princesa. Vou para a casa do meu irmão.

A princesa continuou a conversar com Serguei e comentou que já haviam partido mais de oitocentos voluntários russos, e Serguei disse que eram bem mais, se contassem os que partiram de outras localidades. A princesa confirmou com ele se era verdade que haviam doado mais de um milhão de rublos, mas Serguei disse que fora muito mais. Ela ainda comentou sobre o telegrama que receberam naquele dia, informando que os turcos perderam por três dias seguidos e que previam uma batalha decisiva para o dia seguinte. Por fim, ela pediu a Serguei que intercedesse por um jovem que tentara se voluntariar, mas conseguira permissão. Ele concordou e prometeu escrever um bilhete recomendando-o, afinal, ele fora encaminhado pela condessa Lídia. Serguei escreveu o bilhete, endereçado a quem fosse responsável pela aprovação do jovem, e entregou-o à princesa.

– O senhor conhece o conde Vrônski? Ele vai partir neste trem – comentou a princesa.

Segundo a princesa, ele viria acompanhado da mãe. Enquanto conversavam, a multidão correu para o salão de refeições. Lá estava um cavalheiro proferindo um discurso em nome dos voluntários. Todos gritavam em saudação a eles. De repente, apareceu Stepan entre a multidão e aproximou-se de Serguei e da princesa. Stepan sugeriu que Serguei fizesse um discurso, mas este se negou, dizendo que estava de partida para a casa de Lévin.

– Então o senhor encontrará minha esposa antes de mim. Diga a ela que está tudo bem e que fui nomeado membro da comissão conjunta.

Stepan lamentou a partida de Serguei, pois ofereceriam um jantar em homenagem a Bartniánski e a Veslóvski, que iriam para guerra. Ele não percebia que Serguei e a princesa queriam se ver livres de sua presença e comentou sobre um telegrama e sobre Vrônski, com um ar de tristeza. Depois, foi em direção à sala onde estava Vrônski. Stepan até se esquecera da morte da irmã; via em Vrônski apenas um herói e um amigo.

A princesa falou sobre Vrônski e pediu a Serguei que conversasse um pouco com ele durante a viagem. Serguei, a contragosto, disse que talvez conversasse com ele. Ela disse que não gostava dele, mas, agora, ele estava se redimindo, ao partir com um esquadrão inteiro, pagando de seu próprio bolso.

De repente, surgiu Vrônski, rodeado pelo povo e com Stepan a seu lado. Ele não parecia nem sequer prestar atenção ao que Stepan dizia. Ao passar, cumprimentou Serguei e a princesa com um movimento do chapéu. Em seu rosto envelhecido, parecia haver sofrimento.

Na plataforma, pessoas cantaram músicas em homenagem aos voluntários, saudavam-nos e se curvavam em reverências.

Capítulo 3

Depois de despedir-se da princesa, Serguei entrou no vagão lotado, junto com Katavássov, e o trem partiu.

Na estação de Tsarítsin, o trem foi recebido por um coro de jovens. Os voluntários saudaram o coro e acenaram pelas janelas. Serguei não lhes dava atenção, pois já conhecera a índole daqueles voluntários muito bem. Porém, Katavássov não tivera a oportunidade de conversar com os voluntários e queria muito conhecê-los melhor. Sendo assim, Serguei sugeriu que ele fosse no vagão da segunda classe, na próxima estação.

Na primeira parada, Katavássov acatou o conselho do amigo. Os voluntários estavam sentados na outra ponta do vagão e conversavam em voz alta. Sabiam que toda a atenção do vagão estava voltada para eles. Um deles, embriagado, falava muito alto e contava um caso que acontecera na escola. Diante dele estava um oficial, que apenas ouvia tudo atentamente. Outro jovem estava ao lado deles e outro dormia. Ao conversar com o jovem falante, Katavássov descobriu que ele era um rico comerciante de Moscou, que perdera quase toda a fortuna, ainda antes dos 22 anos de idade. O jovem não agradou a Katavássov, que o achou efeminado e de saúde frágil. No entanto, o jovem achava-se um verdadeiro herói e esbravejava sobre isso.

O oficial também não agradou a Katavássov, por conta do emprego de palavras rebuscadas sem propósito algum. O terceiro rapaz, da artilharia, agradou-lhe um pouco. Porém, ao conversar com ele, descobriu que era da artilharia, mas ficara pouco tempo no exército, chegando a ser apenas um cadete. No entanto, tinha uma grande vontade em ajudar aos sérvios. Somado ao desgosto que sentira durante a conversa, Katavássov ainda presenciou o momento em que todos eles saltaram do trem, na estação, e correram para beber.

Depois, ele encontrou um velho militar, sozinho, e aproximou-se, a fim de comentar sua péssima impressão a respeito dos voluntários. O velho militar parecia compartilhar da mesma opinião, mas ambos conversaram apenas de maneira geral, sem se comprometerem com opiniões negativas.

– O que fazer? Precisam de pessoas. Dizem que os oficiais sérvios são inúteis – comentou o velho militar.

Ao entrar no vagão, Katavássov apressou-se em comentar com Serguei suas impressões sobre os voluntários. Conforme avançavam as estações, as recepções eram cada vez mais tímidas do que foram em Moscou.

Capítulo 4

Durante uma parada, Serguei caminhou pela plataforma. Ao passar pelo compartimento de Vrônski, viu a cortina fechada. Ao retornar, avistou a condessa Vrônskaia, que o chamou e contou que estava acompanhando Vrônski até Kursk. Quando percebeu que ela estava sozinha, Serguei comentou que era um gesto nobre da parte dele, alistar-se.

– Depois de sua desgraça, o que mais poderia fazer? – perguntou a condessa Vrônskaia.

A condessa disse ainda que sofrera muito com a morte de Anna, mas não por conta da morte em si, mas porque fora muito difícil cuidar do filho, que ficara desolado e sequer queria comer. Tiveram de esconder qualquer objeto que pudesse lhe servir para tirar a própria vida.

– Ela terminou como devia terminar uma mulher do tipo dela. Até sua morte foi de maneira infame – completou a velha.

Serguei argumentou que não cabia a eles julgar, mas reconheceu que fora penoso para ela. Em seguida, a condessa narrou exatamente o que acontecera, que ela estava em casa com o filho e ficou sabendo que uma mulher se atirara no trilho do trem; ela logo imaginou que fosse Anna e tentou esconder de Vrônski, mas era tarde demais. Segundo ela, Anna queria apenas fazê-lo sofrer com sua morte e mais nada.

Após a morte de Anna, Aleksei Karênin tomou a guarda da pequena Annie. Vrônski concordou, de início; porém, até hoje, lamentava ter entregue sua filha a um estranho. Para a condessa, Karênin ficara livre com a morte de Anna, mas seu filho ficara destruído. Ela realmente odiava Anna em vida e, com sua morte, odiava-a ainda mais.

A guerra parecia vir a calhar para Vrônski, que encontrou nisso algum sentido para sua vida. Iáchvin, que fora para a Sérvia, convencera Vrônski a ir com ele.

Por fim, a condessa Vrônskaia pediu a Serguei que conversasse com seu filho, para dizer-lhe algumas palavras de apoio.

Capítulo 5

Vrônski estava na plataforma, caminhando de maneira agitada, para lá e para cá. Quando Serguei aproximou-se, percebeu que Vrônski o vira, mas fingira não ter visto. Isso pouco importava para Serguei, pois, naquele momento, Vrônski era um ativista de uma grande causa e sentia-se na obrigação de dizer algo elevado a ele. Aproximou-se e então Vrônski olhou para ele e o reconheceu, apertando-lhe a mão.

– Talvez o senhor não queira falar comigo. Há algo em que eu poderia lhe ser útil? – perguntou Serguei.

– Nada mais é agradável para mim nesta vida – respondeu Vrônski.

Mesmo assim, Serguei colocou-se à disposição de Vrônski, caso ele precisasse de uma carta de recomendação ao primeiro-ministro ou ao rei da Sérvia.

No entanto, o conde respondeu que não precisava de recomendação para ir ao encontro da morte. Serguei relatou que lhe agradava a ideia de Vrônski ir para a guerra, pois a fama dos demais voluntários não era boa e ele era um verdadeiro exemplo. Vrônski, porém, estava em um estado lamentável. Para ele, nada mais importava na vida e seguia para a guerra apenas porque lá se via útil para algo. Estava determinado a dar sua vida em nome de algum objetivo nobre. Se a vida não lhe valia de nada, que valesse algo para alguém ou para alguma causa.

Serguei tentou consolá-lo, dizendo que aquela guerra o faria renascer e não o contrário. Vrônski estava com uma terrível dor de dente, que mal o deixava falar ou mexer o rosto; tinha o olhar fixo e vago. Ao olhar para os trilhos, Vrônski lembrou-se de Anna, do momento em que a vira, estendida na mesa, toda ensanguentada e com uma expressão dolorosa e aterradora; ele podia até ouvir Anna dizer que ele iria se arrepender, tal como dissera na última discussão.

Depois, tentou se lembrar dela como na primeira vez em que a vira, também na estação; era uma mulher sedutora, misteriosa, amorosa, que desejava receber e dar felicidade, não aquela mulher vingativa e cruel dos últimos tempos. A dor de dente passou, mas ele começou a querer soluçar.

Para esquecer aqueles pensamentos, continuou a conversar com Serguei e falou sobre os telegramas, que diziam que a Turquia havia sofrido três derrotas. Após a conversa, soou a segunda campainha e cada um foi para seu vagão.

Capítulo 6

Como Serguei não sabia exatamente quando deixaria Moscou, não avisou ao irmão para que o buscasse na estação. Quando Serguei e Katavássov chegaram, em uma charrete, com os rostos sujos por conta da poeira da estrada, Lévin não estava em casa. Na varanda, estavam Kitty, o pai e a irmã. Ela reconheceu rapidamente o cunhado e foi a seu encontro. Serguei evitou sujá-la e apenas lhe beijou a testa. Em seguida, elogiou a cunhada, dizendo que eles viviam na tranquilidade do campo, fora da agitação da cidade. Katavássov cumprimentou Kitty sorrindo alegremente.

– Lévin ficará muito contente com a vinda de vocês. Ele está na granja, logo estará de volta – disse Kitty.

Katavássov disse que, na cidade, só se falava na guerra dos sérvios e invejava Lévin, que levava a vida tranquila do campo. Quis saber o que Lévin pensava a respeito da guerra. Kitty respondeu que pensava tal como todos e disse que ia mandar chamá-lo. Ela conduziu as visitas para que se lavassem e falou que o pai dela também estava na casa, viera do exterior havia pouco tempo.

Kitty foi até o pai e pediu para que fosse receber as visitas, mas ele não estava com muita vontade. Depois, ela foi até Dolly e fez o mesmo pedido, pois sentia que precisava dar de mamar para o Mítia[35]. No quarto da criança, estavam a babá e Agáfia, que não saía nunca de perto do bebê. A babá trouxe Mítia para a mãe, que prontamente deu-lhe o peito. Agáfia dizia que o bebê a reconhecia. Kitty não aceitava e dizia que não era verdade; no entanto, sabia que Mítia reconhecia Agáfia e não ela, a própria mãe.

Para todos, a criança era um ser vivo, que exigia cuidados como qualquer outra pessoa. Para Kitty, o bebê era um ser moral, com quem ela partilhava uma história de relações espirituais.

Capítulo 7

Quando Kitty disse que poria o filho para dormir, Agáfia saiu do quarto e a babá arrumou todo o ambiente para que o bebê dormisse, e começou a abaná-lo. Ela reclamava constantemente do calor e pedia por uma chuva.

Mítia estava sonolento no colo da mãe, enquanto se alimentava. Kitty ficou admirando o filho, gordinho, que abria os olhos de vez em quando. A babá não aguentou por muito tempo e adormeceu. De repente, ouviu-se o som alto da voz do velho príncipe, conversando com Katavássov, no andar de cima. Lévin ainda não havia chegado, talvez estivesse no apiário, pois passava muito tempo por lá. Kitty não reclamava, pois Lévin ficara muito triste durante a primavera e agora se distraía no apiário.

---

35 Diminutivo de Dmítri. (N.T.)

Kitty sabia exatamente o que deixara Lévin triste, era sua falta de fé. Ele sabia que a esposa recriminava as pessoas sem fé, dizia que elas não alcançariam a salvação. No entanto, Kitty não conseguia enxergar isso no marido, que considerava uma pessoa de alma muito boa. Achava até engraçado a falta de fé dele. Na verdade, Kitty não compreendia como Lévin simplesmente não acreditava, já que demonstrava vontade de acreditar. Sentia que ele não podia conversar com ela a respeito de tudo e, por isso, estava feliz por terem visitas. Lévin gostava muito de conversar com Katavássov.

De repente, Kitty ficou preocupada, pois mandara a lavadeira lavar todas as roupas de cama da casa; temia que não tivesse roupas de cama para os hóspedes e teriam que utilizar lençóis usados. Passado esse breve momento de pavor, Kitty voltou a pensar no marido, na sua falta de crença e pôs-se a rir. Lembrou-se de que, quando Stepan estava endividado e pedira a Dolly que vendesse parte de seu patrimônio, o que a deixara enfurecida a ponto de pedir o divórcio, Lévin, para não deixar Dolly ofendida com sua ajuda, sugeriu que Kitty cedesse sua parte do patrimônio à irmã. Ela continuava não entendendo como alguém tão bondoso como Lévin pudesse não ter fé alguma.

– Espero que você seja igual a seu pai – disse Kitty a Mítia, ao entregá-lo para a babá.

Capítulo 8

Desde o momento em que Lévin vira morrer seu irmão tão adorado, passou a encarar a questão da vida e da morte sob um prisma de novas convicções, que substituíram suas antigas crenças da infância e da juventude. Lévin foi tomado pelo horror de não saber qual era o sentido da vida. O que substituíra a antiga crença cumpria muito bem seu papel no campo intelectual; no entanto, não lhe servia para a vida em si. Lévin sentia como se estivesse descoberto durante uma geada e tinha a convicção de que pereceria da pior forma possível. Ele tinha a certeza de que, com tais pensamentos, não conseguiria alcançar o conhecimento que buscava.

Sua vida inicial de casado abafara tais pensamentos. No entanto, após o parto de Kitty, época em que morou em Moscou, os pensamentos vinham se tornando cada vez mais frequentes e intensos. Seu problema era que, caso ele não aceitasse as respostas oferecidas pelo cristianismo, referente às questões da vida, não teria outros tipos de respostas para aceitar. A partir de então, Lévin procurava as respostas em todos os livros que lia e em todas as conversas que tinha. O que o deixava mais apavorado era que as pessoas que haviam substituído as velhas crenças por novas convicções, as mesmas que ele, não viam mal algum nisso e viviam tranquilas. Porém Lévin não sabia até que ponto estavam sendo sinceras (com ele e consigo mesmas).

Por outro lado, as pessoas que ele mais respeitava e que eram próximas a ele acreditavam na religião, desde Kitty a até o irmão Serguei. Além disso, durante o parto da esposa, Lévin chegara a rezar e a acreditar, naquele momento. Passado aquele período, já não acreditava mais em nada. Esse episódio atormentava-o, pois, ao acreditar e depois deixar de acreditar, e reconhecer que a crença fora fruto de uma fraqueza, ele estaria profanando o momento tão importante que vivenciara. Ele tentava escapar desse conflito a todo custo.

Capítulo 9

Esses pensamentos atormentavam Lévin ora de maneira mais intensa, ora não. Quanto mais ele lia e pensava a respeito, mais distante lhe pareciam as respostas. Pouco antes de retornar para o campo, Lévin, convencido de que não encontraria respostas no materialismo, voltou a ler Platão, Spinoza, Kant, Schelling, Hegel e Schopenhauer. As ideias desses pensadores pareciam-lhe boas e ele parecia começar a compreender algo. Porém, bastava sair do mundo intelectual e partir para a vida real, todas essas ideias esvaíam-se, pois não eram aplicáveis à sua vida real.

Enquanto lia Schopenhauer, substituiu a palavra "vontade" por "amor"; essa ideia pareceu funcionar durante uns dois dias e Lévin até se sentiu consolado por ela. Mas, mais uma vez, ao retornar à vida real, tudo se esvaiu.

Serguei aconselhou-o a ler as obras teológicas de Khomiakov. Lévin leu e impressionou-se com as ideia dele sobre a igreja, de que a verdade divina não era dada ao homem, mas sim ao conjunto de pessoas unidas pelo amor, que era a Igreja. Agradou-lhe a ideia de crer em uma Igreja real e, a partir dela, alcançar a Deus e não iniciar diretamente por Deus, que ainda estava distante. Porém, ao comparar a ideia de Igreja entre os autores ortodoxos e os católicos, notou que ambas anulavam uma a outra. Sendo assim, Lévin desiludiu-se também com Khomiakóv.

Durante a primavera, Lévin ficou sem obter resposta alguma sobre o sentido da vida. Vivia atormentado por não saber quem era e para que estava ali. Diante de tantos questionamentos e incertezas sobre a questão da vida, Lévin enxergava uma única solução para se ver livre de tudo isso e essa solução era a morte.

Mesmo sendo um pai de família, saudável e feliz, Lévin viu-se próximo ao suicídio por diversas vezes. Chegou até a esconder uma corda, para que não se enforcasse, e evitava andar com sua espingarda, com receio de atirar em si mesmo. Mas nada disso aconteceu, e Lévin continuou a viver.

Capítulo 10

Lévin não encontrava a resposta e entrava em desespero quando pensava no que ele era e para que vivia. Quando deixava de pensar nessas questões, parecia não haver dúvidas a respeito e vivia até com mais determinação do que antes.

No início de julho, ao retornar para o campo, Lévin retomou sua vida habitual. Ocupava-se dos afazeres do campo, das relações com os mujiques e com os vizinhos, da vida doméstica, do cuidado das coisas da irmã e do irmão, das relações com Kitty, do filho e de sua família. Nessa época, Lévin pegou gosto pela apicultura e ocupava-se bastante disso. Diante do fracasso em pensar a respeito do bem comum, Lévin abandonara completamente a reflexão sobre o assunto e fazia tudo de maneira automática, pois não poderia agir de outra maneira.

Antes, quando Lévin tentava fazer algo pelo bem comum, notava que os pensamentos a esse respeito eram agradáveis; porém, a atividade era inconsistente e ia diminuindo até se esvair totalmente. Agora, após o casamento, ele começou a viver voltado para si e não havia nenhuma alegria ao pensar em tais atividades, mas ainda tinha a convicção de que seu trabalho era necessário e produzia resultados melhores do que antes.

Lévin já não conseguia se ver livre do trabalho no campo. Sentia a necessidade de fazer tal qual seus pais e avós fizeram antes. Precisava trabalhar de modo que as terras fossem rentáveis e conservá-las para que seu filho, ao herdá-las, agradecesse por ter cuidado tão bem delas, como ele mesmo fizera com seu avô. Por isso, achava que não devia alugar as terras, mas administrá-las pessoalmente.

Os afazeres tomavam todo o tempo de Lévin; o cuidado das terras dos irmãos, os conselhos dados aos mujiques, cuidar do conforto de Dolly, que ele convidara para morar com eles, além da esposa e do filho. Tudo isso, era somado à apicultura e à caça.

Lévin tinha plena consciência de que precisava contratar homens por um preço baixo, mas não tratá-los como escravos; vender o feno aos mujiques em período de baixa venda, mesmo que sentisse pena deles; fechar a hospedaria e a taberna, mesmo que gerassem lucro; punir com rigor o corte ilegal de árvores, mas não punir os mujiques quando o gado invadisse seu pasto. Em suma, Lévin sabia que não podia deixar de agir para obter lucro e não deixar de ter pulso firme com os mujiques; no entanto, sabia que não era necessário agir de maneira cruel e prejudicial com eles.

Na verdade, ele não sabia se estava agindo bem ou mal, mas evitava pensar no assunto, e até preferia assim, pois, do contrário, sentia que esse conhecimento o impediria de agir. Acreditava que sentia na alma, quando estava agindo mal. E assim ia vivendo, sem saber o sentido da vida; essa ignorância o fazia temer o suicídio, mas também traçava com firmeza seu caminho na vida.

Capítulo 11

No dia em que Serguei e Katavássov chegaram à casa de Lévin, ele estava em um de seus dias de maior aflição.

Era a época de maior trabalho no campo, quando todo o povo se juntava e dava tudo de si para a colheita. Todo o trabalho do campo, de ceifar, embalar o centeio e a aveia, capinar os prados, arar a terra para a próxima colheita, semear, tudo isso parecia simples; mas, para que desse certo, era necessário que todos trabalhassem durante três ou quatro semanas, desde os velhos até os mais jovens, comendo apenas kvás, cebola e pão preto, durante dia e noite, dormindo apenas três horas por dia. Toda a Rússia era assim, naquela época do ano.

Como Lévin tinha relações estreitas com os mujiques, também se sentia entusiasmado pelo trabalho coletivo. Ele saía, logo cedo, para acompanhar a semeadura do centeio e o transporte de aveia; depois voltava para ver a esposa e a cunhada, que estavam acordando, tomava o café e saía para a granja, a fim de preparar as sementes.

Enquanto Lévin conversava com a família, com o administrador e com os mujiques, ele tinha apenas um único assunto em sua cabeça, além do campo: a sua já conhecida questão sobre o sentido da vida. Lévin se questionava sobre o motivo de tanto trabalho, para que estava ali e por que obrigava os mujiques a trabalhar. Todas aquelas pessoas, um dia, morreriam. Sendo assim, ele questionava-se sobre o motivo de tanto trabalho, o motivo de tudo o que faziam. Pensando em toda essa questão, Lévin observava e calculava o tempo que levavam para debulhar as sementes, para definir o trabalho do dia. De repente, foi até Fiódor, que colocava as sementes na debulhadora, e corrigiu o que ele fazia, pois estava fazendo a máquina entupir. Fiódor, todo sujo de pó preto, disse algo, mas continuou fazendo da mesma maneira. Lévin então o afastou e fez ele mesmo da maneira correta.

Durante o almoço dos mujiques, os dois andaram pelo campo e conversavam sobre as terras que Lévin arrendara para Kirílov, e se Platon, um mujique rico e muito direito, da mesma aldeia de Fiódor, não estaria interessado na terra, no ano seguinte.

– O preço é alto, não vai compensar para ele – disse Fiódor.

– Mas como compensa para Kirílov?

Então Fiódor explicou que compensava para Kirílov porque ele explorava os empregados, arrancava-lhes o couro. Já Platon não teria coragem de arrancar o couro de alguém e até perdoaria as dívidas dos mujiques; então não teria dinheiro para pagar pela terra.

– E por que ele perdoa? – perguntou Lévin.

Fiódor responde que Platon era um velho justo, que vivia para a alma e pensava em Deus; já Kirílov pensava apenas em encher a barriga. Lévin questionou o que significava viver para alma e Fiódor explicou que era alguém que vivia de maneira justa, como Deus mandava. De repente, Fiódor citou o próprio Lévin como alguém que vivia da mesma forma e sem ofender aos mujiques.

Lévin, visivelmente emocionado, despediu-se de Fiódor e foi para casa.

Um novo sentimento tomou conta de Lévin. Aquelas palavras de Fiódor fizeram sentido na cabeça dele, viver para a alma, de maneira justa, como Deus mandava. Tal sentimento surgiu nele, como se tivesse há muito tempo preso em seu peito.

Capítulo 12

Lévin caminhava rapidamente pela estrada, atento a seus pensamentos e a um estado espiritual totalmente novo.

As palavras ditas por Fiódor foram como uma descarga elétrica em sua alma, como se tudo o que antes estava desorganizado se organizasse de uma só vez em sua mente. Lévin vivenciava algo novo em sua alma e sentia um imenso prazer por conta disso. Parecia ter todas as respostas para suas antigas dúvidas; de repente, ele descobrira que deveria viver para Deus e não para suas necessidades. Começou a pensar que compreendera tão bem as palavras do mujique, que não duvidava de nada do que ele dissera. Em seus pensamentos, Lévin observava que todos viviam apenas para encher a própria barriga, durante séculos, e que ele não fora diferente; no entanto, aquela não era a maneira correta. Fiódor, porém, conseguira iluminar suas ideias e agora ele poderia viver para a verdade, para Deus.

Lévin divagava sobre o bem, que não estava na razão e não deveria ter uma causa e nem uma recompensa. O bem estava fora de tudo isso.

"Será que encontrei a resposta para tudo, será que agora os meus sofrimentos acabaram?", pensava Lévin.

Lévin seguiu para a floresta, deitou-se na relva e pôs-se a refletir sobre tudo o que acontecera. Parecia-lhe que ele não descobrira nada, apenas reconhecera aquilo que já conhecia. Ele estava apenas vivendo na ilusão, mas, agora, reconhecera o Senhor. Lévin compreendeu que ele e todas as outras pessoas não tinham nada além do sofrimento, da morte e do esquecimento eterno, advindo justamente da morte. Estava decidido a não viver mais dessa maneira, que chegara a levá-lo a pensar em matar-se com um tiro. No entanto, Lévin não fizera nada disso e continuara a viver, a pensar, a sentir e até mesmo se casara. Vivia muito feliz quando não pensava no sentido da vida. Mas isso apenas significava que vivia bem, mas pensava mal. Lévin sentia que já tinha consigo toda aquela crença, que viera tudo junto com o leite materno. Afinal, se ele não a tivesse previamente, sua vida teria sido uma completa desgraça. Sendo assim, a resposta para sua pergunta estava com ele mesmo, bastava apenas encontrá-la dentro de si.

Capítulo 13

Lévin lembrou-se de um acontecimento recente, entre Dolly e seus filhos. As crianças, sozinhas, começaram a cozinhar framboesa em uma xícara, usando a chama das velas, e atiravam leite para dentro da boca. Dolly repreendeu as crianças e explicou-lhes o trabalho que dava colocar aquele alimento na mesa delas. Ele ficara impressionado com a falta de crença das crianças, ao ouvirem as palavras de Dolly. Elas apenas ficaram tristes por não poderem mais brincar, não pelo desperdício do alimento e da xícara. Para elas, tudo aquilo nascia por si mesmo, independente da intervenção humana.

Vendo tal acontecimento e pensando a respeito da reação das crianças, Lévin chegou à conclusão de que ele e todas as outras pessoas faziam exatamente a mesma coisa, ao procurar o sentido da vida por meio da razão. Da mesma forma como as crianças morreriam de fome, se fossem deixadas para produzir o próprio alimento e fabricar a própria xícara, ele também não conseguiria construir nada em sua vida, caso fosse privado da noção do único Deus e Criador; sem a mínima noção do que é o bem.

Sendo assim, Lévin reforçou a ideia de que fora educado sob os preceitos de Deus, como um cristão, durante toda sua vida. E, assim como as crianças, ao ficarem com fome e frio, em busca de alguém que tivesse alimento e um agasalho para se aquecerem, Lévin, ao deparar-se com a dificuldade da ausência de uma crença, correu e retornou a Deus.

Quando ele começou a pensar na Igreja, chegou a se questionar se poderia acreditar em tudo o que ouvira, durante toda a vida, na Igreja. Como explicaria a criação, a salvação? No entanto, não parecia haver nada que o impedisse de ter fé em Deus, nem o que a Igreja dizia poderia abalar essa fé no Senhor. Lévin agradeceu a Deus, engolindo os soluços que lhe prendiam na garganta e enxugando as lágrimas que afogavam seus olhos.

Capítulo 14

Lévin estava olhando para a frente e, enquanto observava o rebanho, viu sua telega sendo puxada pela égua Gralha; Ivan, o cocheiro, ao chegar perto de Lévin, avisou-lhe que Kitty o enviara em busca do patrão, pois seu irmão e um fidalgo haviam chegado em sua casa. Lévin subiu na telega e assumiu as rédeas.

Ainda que não estivesse dormindo, Lévin sentia como se tivesse acordado de um sono profundo; olhava para o cavalo, para Ivan e lembrou-se de que esperava seu irmão, mas não sabia quem era o outro fidalgo que viera com ele. De toda forma, sentia que, independentemente de quem fosse, a relação com ele e com todas as pessoas seria diferente. Agora, Lévin acreditava que não existiria mais a distância entre ele e o irmão e, portanto, não haveriam discussões; com Kitty, continuaria sem discussões, como sempre fora; com o hóspede, ele estava determinado a ser gentil e afetuoso.

Enquanto segurava as rédeas do animal, Lévin fitava Ivan, que estava apenas observando o caminho que o patrão estava tomando para casa. Lévin pensou em iniciar alguma conversa com ele, mas não sabia como; pensou em falar da correia da barrigueira, que ele prendera muito alto ao cavalo, mas iria soar como uma bronca.

– Siga pela direita, por favor. Há um tronco logo adiante – avisou Ivan, e corrigiu as rédeas de Lévin.

– Por favor, não toque em mim e não tente me ensinar nada! – respondeu Lévin, irritado.

Lévin percebeu que agira da mesma forma como sempre agia diante de um criado que o corrigia. Ficou triste, por achar que mudaria de imediato, mas agia da mesma maneira de sempre. Ao aproximar-se da casa, Lévin encontrou-se com as crianças, Gricha e Tânia, que correram em sua direção. Logo eles avisaram que Serguei e mais alguém haviam chegado. Tânia, que não sabia o nome da visita, tentou imitar Katavássov, quando Lévin perguntou quem era a outra pessoa. Tudo o que Lévin desejava era que fosse alguém agradável.

Quando dobrou a curva da estrada, Lévin pôde ver que era Katavássov, por seu jeito estranho de andar, com os braços abertos. Ele gostava muito de conversar sobre filosofia, mesmo não se aprofundando tanto no assunto. Lévin sentiu que não poderia mais discutir com ele como antes. Desceu da telega e cumprimentou o irmão e Katavássov. Depois, perguntou pela esposa.

– Levou Mítia para o bosque, pois lá está mais fresco do que em casa – respondeu Dolly.

Lévin sempre pedia que Kitty não levasse a criança até o bosque, pois poderia ser perigoso. Ele ficou irritado com a notícia. Serguei perguntou ao irmão o que andava fazendo, mas Lévin disse que apenas cuidava dos assuntos do campo e perguntou por quanto tempo Serguei ficaria em sua casa.

– Só uma ou duas semanas. Tenho assuntos para resolver em Moscou.

Nessa breve troca de palavras, Lévin sentiu a vontade de manter uma relação amistosa com o irmão, mas não conseguiu e nem sequer sabia o que dizer. Para não falar sobre a guerra, Lévin perguntou sobre o livro de Serguei, mas este lhe disse que ninguém estava interessado em seu livro, nem mesmo ele. Não teve jeito, a relação entre os irmãos permanecia a mesma de sempre.

Katavássov perguntou a Lévin se ele lera Spencer, já querendo iniciar uma discussão. No entanto, Lévin respondeu que não lera, pois não acreditava que encontraria alguma resposta para seus problemas nele ou em qualquer outro. Notando que Katavássov ficara impressionado com a resposta, Lévin mudou de assunto e disse que conversariam mais tarde.

Depois, todos seguiram pela trilha que levava até o apiário. Lévin deixou Dolly, o sogro, Katavássov, Serguei e as crianças um pouco distante do apiário, por conta do risco de as abelhas picarem. Ele foi até o local onde ficavam as colmeias, colocou sua roupa de proteção e ficou por ali, pensando um pouco mais sobre tudo o que acontecera em sua mente naquele dia. Temia que o estado de espírito que sentira tivesse evaporado, visto que tratara as pessoas da mesma maneira de sempre. Mas esse pensamento durou apenas um pouco e logo retornou sua força espiritual.

Capítulo 15

– Ah, Lévin, sabe com quem Serguei viajou? Com Vrônski! Ele está indo para a Sérvia – disse Dolly.

– E está levando um esquadrão por sua conta! – completou Katavássov.

– É bem típico dele. E continuam enviando voluntários? – perguntou Lévin.

Serguei nada respondeu, mas Katavássov confirmou que ainda enviavam. O velho príncipe queria entender para que enviavam tanta gente para a guerra, pois ele sequer sabia contra quem iriam guerrear. Serguei respondeu que era contra os turcos. O príncipe, não satisfeito com a resposta, questionou quem declarara guerra, se foram Ivan Ragózov, a condessa Lídia e a madame Stahl. Serguei respondeu que ninguém declarara guerra, mas todos queriam ajudar por solidariedade aos mais próximos, que eram os sérvios.

Lévin irritou-se, pois, para ele, somente o Estado poderia declarar uma guerra ou enviar voluntários, não pessoas, por si mesmas. Katavássov questionou Lévin, querendo que ele lhe explicasse o motivo de um civil não ter tal direito.

Lévin reafirmou que somente o Estado devia declarar uma guerra, pois esta era algo terrível para apenas um grupo de pessoas tomarem partido. Katavássov argumentou que, por vezes, um governo não tomava iniciativa alguma e, portanto, cabia à população tomar alguma iniciativa e impor sua vontade. Serguei interrompeu e disse que não era questão de declarar guerra; naquele caso, era a expressão de um sentimento humano, de ajudar os sérvios. Para fazer valer sua opinião, Serguei deu o exemplo de uns bêbados batendo em uma mulher: em um caso assim, Lévin não iria questionar se havia uma declaração de guerra contra aqueles homens, avançaria contra eles e defenderia a vítima.

– Mas não mataria ninguém – disse Lévin.

– Mataria! – retrucou Serguei.

O velho príncipe disse que ele, assim como Lévin, não se interessava pelos outros eslavos, apenas pela Rússia. Mas Serguei disse que opiniões pessoais não eram a opinião de todo um povo; ainda mais nesse caso, onde o povo expressara sua vontade. Segundo o velho príncipe, o povo não sabia de nada. Mas Dolly interrompeu e disse que o povo sabia e citou um episódio ocorrido na igreja.

O que ocorrera fora que o sacerdote lera um texto e ninguém havia compreendido nada; depois disseram que haveria uma coleta para uma causa nobre e todos deram um copeque em doação, sem ao menos saber o motivo.

Nesse momento, Lévin apontou para um velho que estava no apiário e disse que ele não sabia de nada do que estava acontecendo, não sabia sobre a guerra. Quando ele perguntou ao velho, sobre o que disseram na igreja e se deveriam fazer guerra em favor dos cristãos, o velho disse apenas que não precisava pensar em nada daquilo, pois o soberano decidia por eles, ele sabia melhor a respeito.

Lévin achava que as pessoas que se voluntariavam não tinham juízo algum, enquanto Serguei achava o contrário, que elas eram os perfeitos representantes da Rússia. Katavássov acreditava que o povo, mesmo não sabendo, exprimira sua vontade na forma de donativos para a guerra.

Para Lévin, não era a vontade de todo o povo, pois muitos sequer sabiam sobre que estava acontecendo; sendo assim, algumas poucas pessoas não podiam decidir qual era a vontade de todo um povo.

Capítulo 16

Serguei não fez mais objeções e direcionou o assunto para outro tema. Segundo ele, não dava para medir a vontade do povo pela aritmética, pois ainda não haviam implantado a votação no país e, mesmo assim, isso não representaria a vontade do povo; no entanto, havia outros meios. Em seu ponto de vista, era possível sentir no ar, com o coração, e observar pelos grupos de intelectuais, que, antes discordantes entre si, agora se uniram em nome de um único objetivo.

Para o velho príncipe, os jornais não podiam ser tomados como referência, pois todos diziam a mesma coisa. Serguei disse que se referia à unanimidade que imperava nos grupos intelectuais. Lévin quis dizer algo, mas o velho príncipe o interrompeu, dizendo que a unanimidade não era real; para isso, citou Stepan, que conseguira um bom cargo, não fazia nada no trabalho e recebia oito mil rublos, mas, mesmo assim, para ele, seu cargo tinha utilidade e essa opinião era unânime em sua área. A mesma coisa sobre os jornais; com a guerra, a receita deles dobrava, sendo assim, nada mais óbvio do que todos dizerem a mesma coisa em favor guerra. O príncipe disse então que fossem para guerra todos aqueles favoráveis, que ficassem na linha de frente. Dolly disse que eles fugiriam, mas seu pai disse, nesse caso, deveriam ser fuzilados.

– Ora, isso é uma brincadeira de mau gosto – disse Serguei.

Lévin tentou dizer que não era brincadeira, mas Serguei o interrompeu. Para ele, cada um tinha uma função específica na sociedade e os homens do pensamento tinham a função de exprimir a opinião pública. A opinião pública era uma virtude da imprensa e, para exemplificar, citou que o povo russo estava de pé, pronto para se sacrificar pelos irmãos oprimidos.

Mas, para Lévin, não se tratava de sacrifício próprio, mas de matar os turcos. O povo se sacrificava pela alma, não pela matança. Katavássov ficou confuso ao ouvir tal afirmação vinda de Lévin, um naturalista, e questionou-o, querendo saber o que seria o sacrifício pela alma.

– O senhor sabe! – disse Lévin.

– Juro por Deus, não sei!

Serguei citou o Evangelho para Lévin, no qual Cristo dizia que não viera para trazer a paz, mas sim a espada, o que provava, então, que na própria Bíblia estava escrito o contrário do que ele afirmava. Nesse momento, Lévin lembrou-se de que não deveria discutir com eles. Viu que era impossível convencer o irmão e o amigo e que jamais concordaria com eles. Sendo assim, calou-se e disse que logo choveria e que era melhor que todos retornassem para casa.

Capítulo 17

O velho príncipe Scherbátski e Serguei sentaram-se na telega e seguiram pela estrada, enquanto os outros seguiram a pé, apressadamente.

As nuvens estavam começando a ficar mais escuras e fizeram com que todos acelerassem ainda mais os passos, a fim de chegar em casa antes de a chuva cair. Havia nuvens baixas e densas vindo rapidamente, por conta do vento forte. Era esperada a chuva a qualquer momento. As crianças corriam gritando, com suas vozes estridentes, de alegria e de medo. Dolly tentava avançar, mas tinha dificuldade em movimentar-se com todas suas saias e ficava atenta a seus filhos. Os homens andavam a passos largos, segurando os chapéus. Quando já estavam próximos do alpendre, ouvia-se as primeiras gotas batendo na calha da casa.

– Onde está Kitty? – perguntou Lévin a Agáfia.

– Pensamos que estava com o senhor – respondeu.

Kitty e Mítia ainda estavam no bosque, com a babá. Lévin pegou algumas mantas e correu ao encontro deles. O vento estava muito forte e arrancava as flores das tílias e do jardim. As árvores balançavam ao longe, no bosque. Todos os criados correram e foram procurar abrigo. A chuva caía forte na floresta e em metade do campo, indo em direção ao bosque. Lévin fazia um grande esforço para seguir em frente, enfrentando o vento e a densa camada de chuva que caía. De repente, a luz de um raio iluminou o bosque e Lévin sentiu um calafrio. A copa de um carvalho tombou atrás de outras árvores no bosque, houve um estrondo que deixou Lévin apavorado.

– Meu Deus, faça com que não tenha caído sobre eles! – disse Lévin, para si mesmo.

No mesmo instante, Lévin deu-se conta de como era absurda aquela súplica, mas a repetiu. Sabia que não podia fazer nada além disso. Chegou ao local onde costumavam ficar e nada encontrou. Olhou para outro lado e lá estavam a babá e Kitty, sob uma árvore, curvadas sobre o carrinho do bebê, completamente encharcadas. A chuva logo cessou, mas elas permaneceram na mesma posição. Lévin ficou aliviado. Kitty olhava para Lévin e sorria timidamente. Ele a repreendeu por conta do descuido com a criança, mas Mítia estava são e salvo, dormia tranquilamente e continuava seco.

Kitty argumentou, dizendo que não tivera culpa; a criança começara a chorar e ela teve de trocar a fralda, mas a chuva caíra de repente. Eles recolheram as coisas e foram em direção à casa. Lévin estava arrependido por sua irritação e apertava a mão de Kitty.

Capítulo 18

Durante todo o dia, Lévin parecia participar das conversas apenas de maneira superficial; ele, apesar da frustração por esperar uma transformação, aproveitava a plenitude de seu coração.

Após a chuva, tornara-se impossível passear; sendo assim, todos ficaram em casa. Não tiveram mais discussões, todos estavam com o melhor humor possível. Katavássov fazia as mulheres rirem com suas histórias. Serguei também estava muito feliz e falava sobre o futuro da questão oriental; falava tão bem e de maneira tão simples, que todos prestavam atenção. Kitty precisou ausentar-se, pois precisava dar banho em seu filho. Logo em seguida, vieram chamar Lévin. Ele sentiu por ter que abandonar aquele assunto, que estava muito interessante. No entanto, sabia que, se o chamaram, deveria ser algo muito importante.

Enquanto seguia para o quarto da criança, pôs-se a pensar em tudo o que ocorrera com ele naquela manhã; de repente, todo aquele assunto sobre a questão eslava tornou-se irrelevante, e um novo estado de espírito tomou conta dele, o mesmo que experimentara pela manhã. Os momentos de serenidade, que antes Lévin precisava fingir, já não eram mais necessários, ele sentia a serenidade de maneira totalmente natural.

Quando entrou no quarto da criança, lembrou-se de que, se a prova da divindade era sua revelação do que era o bem, por que deveria limitar-se apenas à Igreja cristã? Como ficavam as outras crenças? Ele parecia ter a resposta, mas parou de pensar a respeito, quando entrou no quarto. Kitty estava segurando Mítia, enquanto lhe dava banho. Ela chamara Lévin para mostrar que a criança já reconhecia os familiares quando se aproximavam. A prova fora que, quando Lévin se aproximou, Mítia começou a sorrir, ao passo em que começou a balançar a cabeça com a aproximação da cozinheira. Todos ficaram surpresos.

– Estou contente por você ter começado a gostar do Mítia – disse Kitty a Lévin.

Kitty já estava amargurada com o fato de Lévin não sentir nada pelo próprio filho, mas Lévin argumentou que apenas ficara desapontado, pois esperava sentir algo muito mais repentino e intenso. Lévin comentou que sentira muito medo, naquela manhã, no bosque. No entanto, aquilo servira para mostrar a ele o quanto amava o filho. Kitty sorriu e comentou que estava contente por Katavássov ser tão gentil e pelo marido estar tão bem com o irmão. Depois, Kitty falou a Lévin que fosse continuar a conversa com os dois, pois o quarto estava quente, por conta do vapor do banho da criança.

Capítulo 19

Quando saiu do quarto, Lévin lembrou-se do assunto em que pensava, antes de entrar no quarto. Em vez de ir até a sala e conversar com Serguei e Katavássov, ficou na varanda, contemplando o céu. Dali, observava as estrelas e a Via Láctea, além dos relâmpagos e trovões, que surgiam ao longe.

Nesse momento, Lévin retomou a questão a respeito da divindade. Para ele, a única evidência de sua existência eram as leis do bem, que vieram ao mundo por meio de uma revelação; leis estas que o uniam aos demais em uma comunidade de crentes, chamada Igreja. Porém, outra vez, ele se questionava como ficavam os judeus, muçulmanos, budistas e outros crentes. Questionava a manifestação de Deus perante o mundo inteiro; tinha a consciência de que tudo aquilo era impossível alcançar pela razão, no entanto, percebeu que estava querendo explicar tudo por meio da mesma razão e por meio de palavras. Ele não podia acreditar que milhões de pessoas eram privadas da bênção que dava sentido à vida.

Para ele, suas conclusões seriam precárias, se não se baseassem no entendimento do bem, que é o mesmo para todos, mas que fora revelado para ele com o cristianismo. Em outras crenças e suas relações com a divindade, ele não deveria interferir.

Kitty aproximou-se de Lévin e perguntou o que ele fazia ali. Ela estava um pouco preocupada, porém, ao olhar para o rosto do marido, percebeu que estava calmo e contente, então apenas sorriu. Lévin percebeu que Kitty o compreendia e sabia até mesmo o que ele estava pensando. Pensou em contar tudo para a esposa, mas ela o interrompeu, pedindo que fosse ver se estava tudo em ordem no quarto de Serguei, se haviam instalado o novo lavatório. Sendo assim, Lévin pensou novamente e decidiu não lhe contar nada, pois era um segredo que só dizia respeito a ele e não era possível expressá-lo por meio de palavras.

Lévin tinha o conhecimento de que esse novo sentimento não o transformara, não trouxera felicidade, não fora algo repentino, como ele imaginava que seria, assim como pensava que seria o amor pelo filho. No entanto, sabia que aquele sentimento estava firmemente fixado em sua alma. Tinha a plena consciência de que continuaria agindo da mesma forma com todos, repreendendo o cocheiro, discutindo e expressando opiniões fora de hora, continuaria culpando Kitty por seu próprio medo e arrependendo-se depois, não entenderia o motivo pelo qual se rezava, mas continuaria rezando. Mas, em sua vida, para sempre, haveria o indubitável sentido do bem, que cabia somente a ele incutir em sua vida.